CB050666

MICHAEL CONNELLY

CAI A NOITE EM HOLLYWOOD

TRADUÇÃO
ALVES CALADO

TRAMA

Título original: *The Dark Hours*

Copyright © 2021 by Hieronymus, Inc.
Esta edição é publicada mediante acordo com Little, Brown and Company, Nova York, Nova York, Estados Unidos. Todos os direitos reservados.

Direitos de edição da obra em língua portuguesa no Brasil adquiridos pela Trama, selo da EDITORA NOVA FRONTEIRA PARTICIPAÇÕES S.A. Todos os direitos reservados. Nenhuma parte desta obra pode ser apropriada e estocada em sistema de banco de dados ou processo similar, em qualquer forma ou meio, seja eletrônico, de fotocópia, gravação etc., sem a permissão do detentor do copirraite.

EDITORA NOVA FRONTEIRA PARTICIPAÇÕES S.A.
Rua Candelária, 60 – 7.º andar – Centro – 20091-020
Rio de Janeiro – RJ – Brasil
Tel.: (21) 3882-8200

Dados Internacionais de Catalogação na Publicação (CIP)

C752d Connelly, Michael

Cai a noite em Hollywood/Michael Connelly; traduzido por Alves Calado. - 1 ed. - Rio de Janeiro: Trama, 2022.
328p.; 15,5 x 23cm

ISBN: 978-65-89132-40-0

Título original: *The Dark Hours*

1. Literatura norte-americana - suspense. I. Calado, Alves. II. Título.

CDD: 810
CDU: 821.111

André Queiroz – CRB-4/2242

CONHEÇA OUTROS
LIVROS DA EDITORA:

Este é para Robert Pepin, tradutor, editor, amigo desde o início. Merci beaucoup, mon ami.

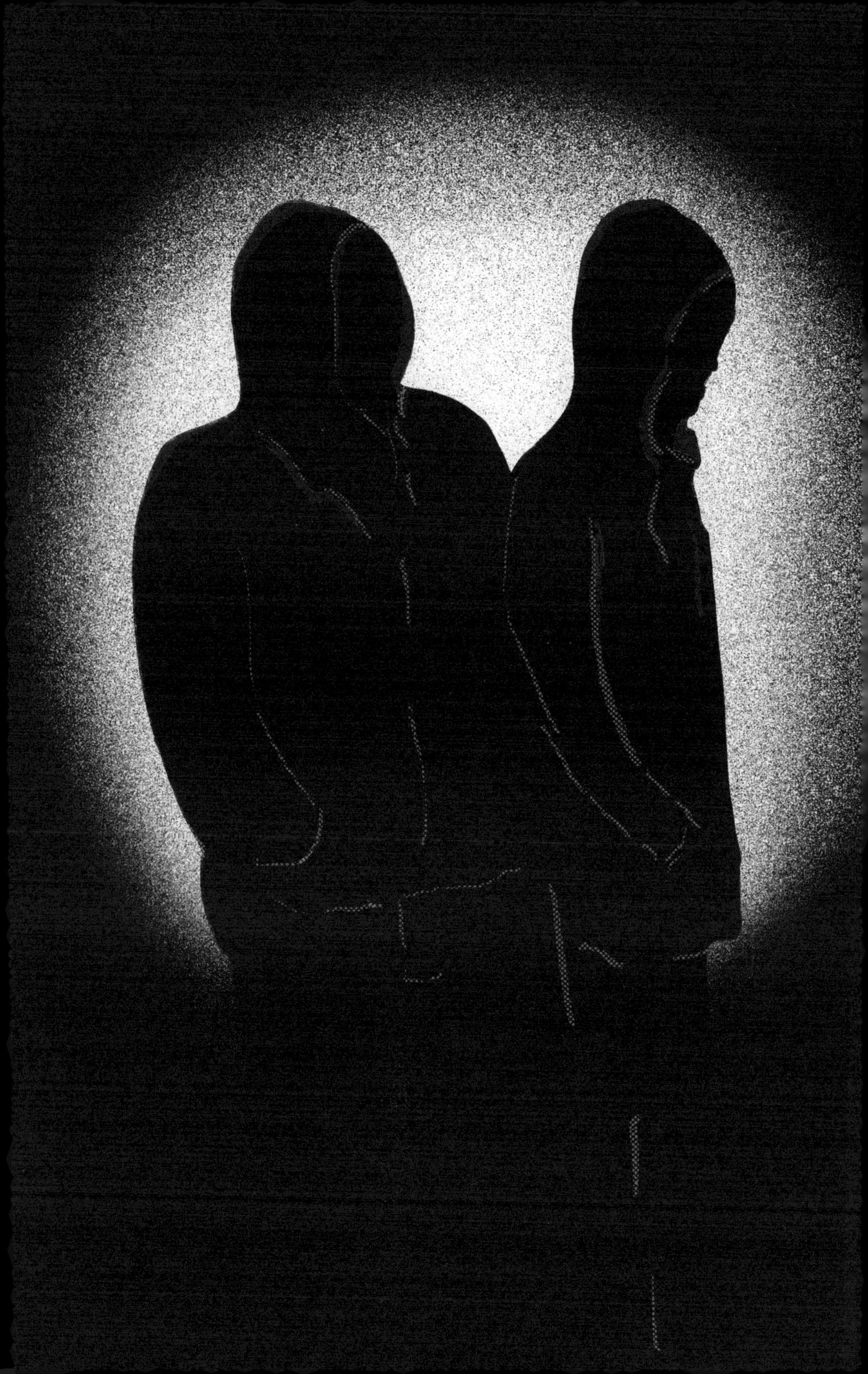

ced b
PRIMEIRA PARTE
HOMENS DA MEIA-NOITE

1

Deveria chover de verdade, o que reduziria a chuva de chumbo anual. Mas a previsão do tempo errou. O céu estava de um preto azulado e límpido. E Renée Ballard se preparou para a tempestade, posicionando-se no lado norte da Divisão, sob o abrigo do viaduto de Cahuenga. Preferia estar sozinha, mas tinha saído com uma parceira, e ainda por cima uma parceira relutante. A detetive Lisa Moore, da Unidade de Agressões Sexuais da Divisão de Hollywood, era uma veterana do turno do dia que só queria ir para casa, ficar com o namorado. Mas na véspera de Ano-Novo a prontidão era geral. Alerta tático: todo mundo no departamento uniformizado e trabalhando em turnos de doze horas. Renée e Lisa estavam de serviço desde as seis da noite, e tudo estivera tranquilo. Mas agora chegaria a meia-noite do último dia do ano e a encrenca começaria. Além disso, os Homens da Meia-Noite estavam por aí, em algum lugar. Renée e sua parceira relutante precisavam estar prontas para agir rapidamente quando a chamada chegasse.

– A gente precisa ficar aqui? – perguntou Lisa. – Olha esse pessoal. Como é que eles conseguem viver assim?

Renée examinou os abrigos improvisados feitos de lonas velhas e entulho de construção que se alinhavam dos dois lados da passagem sob o viaduto. Viu uns dois fogareiros acesos e pessoas andando de um lado para o outro em volta dos acampamentos precários. O lugar estava tão apinhado que havia até mesmo alguns abrigos encostados nos banheiros químicos que a prefeitura tinha posto nas calçadas para preservar alguma aparência de dignidade e saneamento na área. Ao norte do viaduto, havia uma área residencial com apartamentos dando para a região de morros conhecida como Dell. Depois de vários relatos de pessoas defecando nas ruas e nos quintais do bairro, a prefeitura apareceu com os banheiros químicos. Isso foi chamado de *esforço humanitário*.

– Você pergunta como se achasse que eles querem morar embaixo de um viaduto – disse Renée. – Como se tivessem um monte de opções. Para onde eles iriam? O governo dá os banheiros. Isso leva a merda deles para longe, mas é só.

– Pois é. Uma praga: todo viaduto da porra da cidade. É o próprio terceiro mundo. As pessoas vão começar a ir embora da cidade por causa disso.

– Elas já começaram a ir. Mas de qualquer modo nós vamos ficar aqui. Passei as últimas quatro vésperas de Ano-Novo aqui embaixo e é o lugar mais seguro para estarmos quando começarem os tiroteios.

Depois disso ficaram em silêncio por alguns instantes. Renée Ballard também tinha pensado em ir embora, talvez voltar para o Havaí. Não por causa do problema sem solução dos sem-teto que assolavam Los Angeles. Era tudo. A cidade, o trabalho, a vida. Com a pandemia, a inquietação social e a violência, fora um ano ruim. O departamento de polícia tinha sido vilipendiado, figurativa e literalmente. E ela junto. Levara cusparadas, figurativa e literalmente, das pessoas que ela achava que defendia e protegia. Foi uma lição difícil, e um sentimento de inutilidade havia se assentado, chegando até os ossos. Precisava de algum tipo de folga. Talvez procurar sua mãe nas montanhas de Maui e tentar se reconectar depois de tantos anos.

Tirou uma das mãos do volante e levou a manga da camisa até o nariz. Era sua primeira vez usando o uniforme de novo desde os protestos. Podia perceber o cheiro do gás lacrimogênio. Tinha lavado o uniforme a seco duas vezes, mas o odor ficara entranhado, permanente. Era uma lembrança forte do ano que estava acabando.

A pandemia e os protestos tinham mudado tudo. O departamento passou de proativo a reativo. E, de algum modo, a mudança deixara Renée à deriva. Mais de uma vez havia pensado em se demitir. Isto é, até a chegada dos Homens da Meia-Noite. Eles tinham lhe dado um propósito.

Lisa Moore olhou o relógio. Renée percebeu isso e olhou para o relógio do painel. Estava uma hora atrasado, mas, fazendo as contas, ela soube que faltavam dois minutos para a meia-noite.

– Ah, lá vamos nós – disse Lisa. – Olha esse cara.

Ela estava olhando pela janela, para um homem que vinha se aproximando do carro. Fazia menos de quinze graus, mas ele não usava camisa e estava segurando a calça suja com a mão. E não usava máscara. Lisa estava com a janela entreaberta, mas apertou o botão e fechou-a, lacrando o carro.

O sem-teto bateu na janela. As duas podiam ouvi-lo através do vidro.

– Ei, policiais, estou com um problema aqui.

As duas estavam no carro descaracterizado de Renée, mas ela havia posto as luzes piscantes quando estacionaram na metade da passagem sob o viaduto. Além disso, estavam com uniforme completo.

– Não posso falar com o senhor estando sem máscara – disse Lisa, em voz alta. – Vá arranjar uma máscara.

– Mas eu fui roubado – reagiu o homem. – Aquele filho da puta ali pegou minhas coisas enquanto eu estava dormindo.

– Senhor, não posso ajudá-lo se o senhor não estiver de máscara – disse Lisa.

– Não tenho nenhuma máscara, porra.

– Então sinto muito, senhor. Sem máscara, não dá.

O homem deu um soco na janela, o punho batendo no vidro na frente do rosto de Lisa. Ela recuou a cabeça, ainda que o soco não tivesse pretendido quebrar o vidro.

– Senhor, afaste-se do carro – ordenou Lisa.

– Foda-se – reagiu ele.

– Senhor, se eu precisar sair, o senhor irá para a delegacia – disse Lisa. – Se não estiver com coronavírus agora, pegará lá. O senhor quer isso?

O homem começou a se afastar.

– Foda-se – repetiu ele. – Foda-se a polícia.

– Como se eu nunca tivesse escutado isso – disse Lisa.

Ela verificou seu relógio de novo e Renée olhou para o do painel. Era o último minuto de 2020, e para Lisa Moore e a maioria das pessoas da cidade e do mundo, o ano já deveria ter acabado muito antes.

– Meu Deus, será que a gente não pode ir para outro lugar? – reclamou Lisa.

– É tarde demais. Eu disse: aqui embaixo estamos em segurança.

– Mas não estamos protegidas dessas pessoas.

2

Foi como um saco de pipocas estourando no micro-ondas. Alguns estalos durante a contagem final do ano e, depois, o estardalhaço enquanto a frequência dos estampidos tornava impossível separar os disparos individuais. Uma sinfonia de tiros. Durante cinco minutos inteiros houve um matraquear ininterrupto enquanto as pessoas que festejavam o Ano-Novo disparavam suas armas para o céu, seguindo uma tradição de décadas em Los Angeles.

Tudo que sobe acaba descendo, mas isso não importava. Todo Ano-Novo na Cidade dos Anjos começava com risco.

Claro, o tiroteio era acompanhado por fogos de artifício e bombinhas, criando um som único para a cidade, e tão certo ao longo dos anos quanto a mudança do calendário. O número de chamadas relacionadas à chuva de chumbo variava em torno de dezoito. As principais vítimas eram os para-brisas, porém, no ano anterior, Renée atendera a uma chamada em que uma bala caiu por uma claraboia e acertou no ombro uma stripper que dançava no palco logo abaixo. A bala nem rompeu a pele. Mas um caco de vidro da claraboia deu a um cliente sentado perto do palco uma nova divisão no penteado. O homem optara por não fazer um boletim de ocorrência, porque isso revelaria que o lugar onde ele estava não era aquele em que tinha dito à família que estaria.

Independentemente do número de chamadas, as patrulhas cuidariam da maior parte, a não ser que fosse necessária a presença de um detetive. Renée e Lisa esperavam, acima de tudo, por uma chamada. Os Homens da Meia-Noite. Era uma realidade dolorosa o fato de que, às vezes, você precisava que os predadores atacassem de novo, com a esperança de um erro ou uma evidência nova que pudesse levar a uma solução.

Homens da Meia-Noite era o apelido não oficial dado por Renée à dupla de estupradores que tinha atacado duas mulheres em cinco semanas. Ambos os ataques haviam acontecido em noites de feriados: o Dia de Ação de Graças e a véspera de Natal. Os casos eram ligados pelo modus operandi, e não por DNA, porque os Homens da Meia-Noite tinham o cuidado de não deixar DNA para trás. Cada ataque havia começado pouco depois da meia-noite e durado até quatro horas, enquanto os predadores se revezavam atacando as mulheres nas camas delas, encerrando a tortura com o corte de uma grande mecha do cabelo de cada vítima com a faca que fora mantida na garganta durante a provação terrível. Havia outras humilhações que ajudavam a ligar um caso ao outro, além da raridade de uma dupla de estupradores.

Sendo a detetive do terceiro turno, Renée Ballard respondera às chamadas nos dois casos. Depois os entregou aos detetives do turno do dia da Unidade de Agressões Sexuais da Divisão de Hollywood. Lisa Moore fazia parte dessa unidade composta por três detetives. Como Renée estava de plantão quando os ataques aconteceram, foi acrescentada informalmente à equipe.

Em anos anteriores, um par de estupradores atrairia imediatamente a atenção da Unidade de Crimes Sexuais que funcionava no Prédio da Administração Policial no centro da cidade, como parte da Divisão de Roubos e Homicídios, uma divisão de elite. Mas os cortes no orçamento para a polícia levaram ao desmantelamento da unidade, e agora os casos de agressão sexual eram tratados pelos esquadrões de detetives das divisões. Era um exemplo de como os manifestantes que exigiam a redução das verbas para o departamento de polícia tinham alcançado seu objetivo de modo indireto. O movimento para reduzir as verbas fora rejeitado pelos políticos da cidade, mas o departamento de polícia acabou queimando todo o orçamento enfrentando os protestos que aconteceram depois da morte de George Floyd pelas mãos da polícia de Minneapolis. Depois de semanas de alerta tático e dos custos associados a isso, o departamento ficou sem dinheiro, e o resultado foi o congelamento das contratações, a desmobilização das equipes e o encerramento de vários programas. De fato, o departamento perdera verba em várias áreas fundamentais.

Lisa Moore era um exemplo perfeito de como tudo isso levara a uma redução do serviço à comunidade. Em vez de a investigação dos Homens da Meia-Noite ser encaminhada para uma unidade especializada, com muito mais recursos – além de detetives com treinamento extra e experiência em investigações de crimes em série –, tinha ido para a equipe de Agressões Sexuais da Divisão de Hollywood, com serviço demais e pessoal de menos. Uma equipe responsável por investigar cada estupro, tentativa de estupro, agressão, toque, exibicionismo indecente e acusação de pedofilia numa enorme área geográfica com população densa.

E Lisa, como muitas pessoas no departamento desde os protestos, procurava fazer o mínimo possível entre agora e a aposentadoria, não importando o quanto isso estivesse distante. Enxergava o caso dos Homens da Meia-Noite como algo que sugava seu tempo para longe de sua existência normal, das oito às quatro da tarde, quando preenchia diligentemente a papelada durante a primeira metade do dia e depois realizava o mínimo de trabalho investigativo, deixando a delegacia somente quando não era possível fazer o serviço por telefone e computador. Tinha recebido a designação para trabalhar no turno da meia-noite com Renée Ballard no feriado de Ano-Novo como um enorme insulto e uma inconveniência. Renée, do outro lado dessa moeda, enxergara na ocasião uma chance de chegar mais perto de pegar dois predadores que estavam por aí, machucando mulheres.

– O que você ouviu sobre a vacina? – perguntou Lisa.

Renée balançou a cabeça.

– Provavelmente o mesmo que você. No mês que vem... talvez.

Agora Lisa balançou a cabeça.

– Escrotos – disse. – Nós, policiais que atendemos às primeiras chamadas, deveríamos receber junto com os bombeiros. Em vez disso, estamos junto com o pessoal que trabalha nos supermercados.

– Os bombeiros são considerados profissionais da saúde – disse Renée. – Nós, não.

– Eu sei, mas é o princípio da coisa. Nosso sindicato é uma merda.

– Não é o sindicato. É o governador, o departamento de saúde, um monte de coisas.

– As porras dos políticos...

Renée deixou para lá. Era uma reclamação ouvida com frequência nas delegacias e nos carros da polícia em toda a cidade. Como muitas pessoas no departamento, René já contraíra Covid-19. Ficara de molho por três semanas em novembro e agora só esperava ter recebido anticorpos suficientes para aguentar até a chegada da vacina.

Durante o silêncio pensativo que se seguiu, uma radiopatrulha parou perto delas do lado de Lisa, numa das duas pistas que iam para o sul.

– Você conhece esses caras? – perguntou Lisa, estendendo a mão para o botão da janela.

– Infelizmente – respondeu Renée. – Ponha a máscara.

Era uma dupla de sargentos, chamados Smallwood e Vitello, que sempre tinham testosterona demais correndo no sangue. Além disso, se achavam "saudáveis demais" para contrair o vírus e não ligavam para a exigência de máscara, imposta pelo departamento.

Lisa baixou a janela depois de colocar a máscara.

– Como vão as coisas aí no barco da mulherada? – perguntou Smallwood, com um sorriso largo no rosto.

Renée colocou a máscara fornecida pelo departamento. Era azul-marinho com as letras DPLA em relevo prateado acompanhando a linha do maxilar.

– Você está bloqueando o trânsito aí, Smallwood – disse Renée.

Lisa olhou de volta para ela.

– É isso mesmo? – sussurrou. – *Small wood*?

Renée assentiu.

Vitello apertou o botão da barra de luzes no teto do carro. O azul piscante iluminou as pichações nos muros de concreto acima das barracas e abrigos improvisados dos dois lados do viaduto. Várias versões de "foda-se a Polícia" e "foda-se Trump" tinham sido cobertas com tinta branca por funcionários da prefeitura, mas as mensagens eram visíveis sob a luz azul penetrante.

– Como vão as coisas? – perguntou Vitello.

– Ei, tem um cara ali que quer informar um roubo de bens pessoais – respondeu Renée. – Por que vocês dois não vão fazer o boletim de ocorrência?

– Foda-se isso – disse Smallwood.

– Para mim parece trabalho de detetives – acrescentou Vitello.

A conversa, se é que podia ser chamada assim, foi interrompida pela voz de um despachante do centro de comunicações vinda pelo rádio nos dois carros, pedindo qualquer unidade 6-William. O "6" significava Hollywood e "William" significava detetive.

– É você, Ballard – disse Smallwood.

Renée tirou o rádio do carregador no centro do console e atendeu.

– Seis-William-vinte e seis. Continue.

O despachante pediu que ela fosse verificar um tiroteio com ferido na Gower.

– O Gulch – gritou Vitello. – Vão precisar de apoio lá, senhoras?

A Divisão de Hollywood era composta por sete áreas de patrulhamento chamadas de Áreas Básicas de Carro. Smallwood e Vitello estavam designados para a área que incluía as Colinas de Hollywood, onde a criminalidade era baixa e a maioria dos moradores que eles encontravam eram brancos. O objetivo disso era mantê-los fora de encrenca e longe de confrontos com minorias. Mas nem sempre funcionava. Renée ouvira histórias de que eles pegavam pesado com adolescentes em carros estacionados de modo ilegal na Mulholland Drive, onde a vista noturna da cidade era espetacular.

– Acho que podemos cuidar disso – gritou Renée. – Vocês podem voltar para a Mulholland e vigiar a garotada jogando as camisinhas pela janela. Garantam que o lugar esteja seguro, rapazes.

Ela engrenou o carro e apertou o acelerador antes que Smallwood ou Vitello pudessem pensar numa resposta.

– Coitado – disse Lisa, sem nenhuma simpatia na voz. – Policial Pau Pequeno.

– É – concordou Renée. – E ele tenta compensar isso a cada noite nas patrulhas.

Lisa gargalhou enquanto elas aceleravam indo em direção ao sul pela Cahuenga Boulevard.

3

Gower Gulch, ou ravina de Gower, era o nome dado pelo folclore de Hollywood ao cruzamento entre a Sunset Boulevard e a Gower Street, que há quase cem anos tinha sido um local onde os trabalhadores temporários eram apanhados. Eles esperavam na esquina para trabalhar como figurantes nos faroestes que os estúdios lançavam a cada semana. Muitos caubóis de Hollywood esperavam no cruzamento com figurino completo – botas empoeiradas, calças de couro, coletes, chapéus enormes – de modo que o lugar passou a ser conhecido como Ravina de Gower. Havia boatos de que um jovem ator chamado Marion Morrison arranjara trabalho ali. Mais tarde, ele ficaria conhecido como John Wayne.

Agora o Gulch era um shopping com a fachada desbotada de uma cidade do Velho Oeste e retratos dos caubóis de Hollywood – de Wayne a Gene Autry – pendurados do lado de fora da farmácia Rite Aid. Indo para o sul, a partir do Gulch, uma fileira de estúdios de filmagem do tamanho de ginásios esportivos seguia pelo lado leste até a joia da coroa de Hollywood, os Estúdios Paramount. O estúdio de vários andares era cercado por muros de três metros e meio e portões de ferro, como uma prisão. Mas essas barreiras eram construídas para manter as pessoas do lado de fora, e não de dentro.

O lado oeste da Gower era uma contradição. Havia uma fileira de oficinas automotivas dividindo o espaço com velhos prédios residenciais que tinham barras de ferro protegendo todas as janelas e portas. O lado oeste era muito marcado pelas pichações de uma gangue local chamada Las Palmas 13, mas as paredes dos estúdios no lado leste permaneciam impecáveis, como se o pessoal com latas de tinta spray soubesse, por alguma intuição, que não devia mexer com o negócio que havia construído a cidade.

A chamada levou Renée e Lisa até uma festa de rua no pátio de uma oficina de lanternagem. Havia várias pessoas reunidas na rua, a maioria sem máscara, observando policiais de duas radiopatrulhas que isolavam uma cena de crime dentro do portão do pátio pavimentado com asfalto, cheio de veículos em vários estágios de conserto e restauração.

– E aí, a gente tem mesmo que fazer isso? – perguntou Lisa.

– Eu tenho – respondeu Renée.

Ela abriu a porta e saiu do carro. Sabia que sua resposta envergonharia Lisa, fazendo-a ir atrás. Renée tinha quase certeza de que precisaria da ajuda de Lisa.

Renée passou por baixo da fita policial estendida na entrada da oficina e se certificou rapidamente de que a vítima do tiro não estava ali e que tinha sido transportada. Viu o sargento Dave Byron e outro policial tentando encurralar um grupo de testemunhas potenciais numa das garagens abertas da empresa. Dois outros policiais uniformizados isolavam uma área interna em volta da cena do crime propriamente dita, marcada por uma poça de sangue e restos deixados pelos paramédicos. Renée foi diretamente até Byron.

– Dave, o que você tem para mim? – perguntou.

Byron olhou para ela por cima do ombro. Usava máscara, mas, pelos olhos, dava para perceber que estava sorrindo.

– Renée, tenho um sanduíche de merda para você – disse ele.

Ela sinalizou para ele se afastar dos cidadãos, de modo a conversarem em particular.

– Pessoal, vocês todos fiquem aí – disse Byron, levantando as mãos num gesto para as pessoas permanecerem onde estavam, o que, para Renée, sugeriu que elas talvez não entendessem inglês.

Ele se juntou a Renée perto da frente enferrujada de um velho ônibus VW. Olhou para as coisas que tinha anotado num caderninho.

– Sua vítima é, supostamente, Javier Raffa, dono da oficina – disse ele. – Mora a um quarteirão daqui, mais ou menos.

Byron apontou um polegar por cima do ombro, indicando a região a oeste da oficina.

– Se é que serve de alguma coisa, sabe-se que ele tem ligação com a Las Palmas – acrescentou.

– Certo. Para onde ele foi transportado?

– Para o Presbiteriano de Hollywood. Estava praticamente batendo as botas.

– O que as testemunhas disseram?

– Não muita coisa. Deixei isso para você. Parece que o Raffa abre os portões e um barril de chope em toda véspera de Ano-Novo. É para o pessoal do bairro, mas um bocado de gente da Las Palmas aparece. Depois da contagem regressiva, algumas armas foram disparadas para o alto e, de repente, Raffa estava caído no chão. E tem estojos de balas espalhados por toda parte. Boa sorte com isso.

– Alguma câmera?

– As do lado de fora são de mentira – respondeu Byron. – As de dentro são de verdade, mas não verifiquei nenhuma. Disseram que não estão em posições que ajudem muito.

– Certo. Você chegou aqui antes da ambulância?

– Não, mas uma setenta e nove chegou. Finley e Watts. Disseram que foi ferimento na cabeça. Eles estão ali, você pode ir falar com eles.

– Eu vou, se for preciso.

Renée verificou se algum policial que estabelecia a área de isolamento falava espanhol. Ela sabia um espanhol básico, mas não o suficiente para realizar entrevistas com testemunhas. Viu que Victor Rodriguez era um dos policiais que prendiam a fita de isolamento no retrovisor de uma velha picape.

– Você se importa se eu pedir para o Victor traduzir? – perguntou.

Renée pensou ter visto um franzido na testa sobre a máscara de Byron.

– Quanto tempo? – perguntou ele.

– As preliminares com as testemunhas, e depois talvez com a família. Vou pedir alguém de outra unidade se levarmos alguma pessoa para a delegacia.

– Está bem, mas se surgir outra coisa, vou precisar dele de volta.

– Entendido. Vou ser rápida.

Renée foi até Rodriguez, que estava na divisão havia cerca de um ano, depois de ser transferido da Rampart.

– Victor, você está comigo – disse.

– Estou?

– Vamos conversar com as testemunhas.

– Falou.

Lisa alcançou Renée a caminho do grupo de testemunhas.

– Achei que você fosse ficar no carro – disse Renée.

– Do que você precisa? – perguntou Lisa.

– Seria bom ter alguém no Presbiteriano de Hollywood para verificar a vítima. Quer ir até lá no carro?

– Merda.

– Ou você pode entrevistar testemunhas e parentes enquanto eu vou.

– Me dá as chaves.

– Foi o que eu pensei. As chaves ainda estão no carro. Depois me conta o que descobrir.

Renée orientou Victor Rodriguez num sussurro enquanto se aproximavam das testemunhas.

– Não induza – disse ela. – Só queremos saber o que eles viram, o que escutaram, qualquer coisa que eles lembrem de antes de terem visto o Sr. Raffa caído no chão.

– Saquei.

Passaram os quarenta minutos seguintes fazendo entrevistas rápidas com as testemunhas reunidas, nenhuma das quais vira a vítima levando o tiro. Em entrevistas separadas, todas descreveram o pátio apinhado, caótico, e a maioria estava olhando para o alto à meia-noite, enquanto os fogos de artifícios e as balas atravessavam o céu. Ainda que ninguém tenha admitido, reconheciam que algumas pessoas do local tinham disparado armas para o alto. Nenhuma dessas testemunhas revelou alguma coisa que as tornasse suficientemente importantes para serem levadas à delegacia e passar por outra sessão de perguntas. Renée anotou os endereços e números de telefone em seu caderno e disse que esperassem outros contatos de investigadores da Homicídios.

Então, Renée sinalizou chamando Finely e Watts, para perguntar sobre as primeiras impressões deles em relação ao crime. Eles disseram que, quando chegaram, a vítima não estava reagindo e parecia ter sido acertada por uma bala vinda de cima. O ferimento era no cocuruto. Disseram que estavam ocupados principalmente com o controle de multidão, mantendo as pessoas longe da vítima e criando espaço para os paramédicos.

Enquanto encerrava a conversa, Renée recebeu um telefonema de Lisa Moore, que estava no Hospital Presbiteriano de Hollywood.

– A família da vítima está toda aqui. Vão receber a notícia de que ele não sobreviveu – disse Lisa. – O que você quer que eu faça?

Quero que você aja como uma detetive treinada, pensou Renée, que, em vez disso, respondeu:

– Mantenha a família aí. Estou indo.
– Vou tentar.
– Não tente. Vou chegar em dez minutos. Você sabe se eles falam inglês?
– Não tenho certeza.
– Certo, descubra e me mande uma mensagem. Vou levar alguém se for preciso.
– Como está a coisa por aí?
– É cedo demais para dizer. Se foi acidente, o atirador não ficou esperando. E, se não foi, não tenho câmeras nem testemunhas.

Renée desligou e foi até Rodriguez.
– Victor, você precisa me levar até o Presbiteriano de Hollywood – disse.
– Sem problema.

Renée informou a Byron aonde estava indo e pediu que ele mantivesse a cena do crime isolada até que ela retornasse.

Enquanto atravessava o pátio, acompanhando Rodriguez até o carro dele, viu as primeiras gotas de chuva batendo no asfalto, em meio aos estojos de balas.

4

Rodriguez usou as luzes, mas não a sirene, para acelerar a ida até o hospital. Renée aproveitou os minutos para ligar para seu tenente em casa e deixá-lo a par. Derek Robinson-Reynolds, o oficial encarregado dos detetives de Hollywood, atendeu imediatamente, depois de ter mandado a Renée um torpedo pedindo para ser atualizado.

– Renée, eu estava esperando notícias suas mais cedo.

– Desculpe, tenente. Precisamos falar com várias testemunhas antes de ter uma noção do negócio. E acabei de saber que nossa vítima morreu ao chegar ao hospital.

– Então vou ter de chamar o Bureau Oeste. Sei que eles já estão com o esquadrão inteiro num homicídio duplo que aconteceu ontem.

Os homicídios eram tarefa do Bureau Oeste. Robinson-Reynolds estava pronto para passar a investigação adiante, mas sabia que isso não seria bem recebido por seu colega da Homicídios do Bureau Oeste.

– O senhor pode fazer isso, é claro, mas ainda não determinei que negócio é esse. Havia um monte de gente disparando armas à meia-noite. Não tenho certeza se foi por acidente ou intencional. Estou indo para o hospital, dar uma olhada nele.

– Bom, nenhuma testemunha viu nada?

– Nenhuma que tenha ficado. Eles só viram a vítima no chão. Qualquer um que tenha visto a coisa acontecer deu o fora antes que a unidade chegasse.

Houve uma pausa enquanto o tenente pensava no próximo passo.

Renée e Victor estavam a um quarteirão do hospital. Ela falou antes que Robinson-Reynolds reagisse:

– Me deixe cuidar disso, tenente.

Robinson-Reynolds ficou quieto. Renée fez sua defesa:

– O Bureau Oeste está cuidando do homicídio duplo. Nós ainda nem sabemos o que é isso aqui. Me deixe cuidar e veremos em que pé a coisa fica de manhã. Aí eu ligo para o senhor.

Por fim, o tenente disse:

– Não sei, Renée. Não sei se eu quero você saltitando por aí sozinha.

– Não estou sozinha. Estou com Lisa Moore, lembra?

– Certo, certo. Nada sobre aquilo, esta noite?

Ele estava perguntando sobre os Homens da Meia-Noite.

– Até agora, nada. Estamos chegando ao Presbiteriano. A família da vítima está aqui.

Isso obrigou Robinson-Reynolds a tomar uma decisão.

– Certo, vou segurar as pontas com o Bureau Oeste. Por enquanto. Me mantenha informado. Não importa a hora, Renée.

– Entendido.

– Certo, então.

O tenente desligou. O telefone de Renée zumbiu com uma mensagem de texto enquanto Rodriguez parava atrás do carro de Renée, que tinha sido deixado por Lisa numa vaga de ambulância.

– Era o Dash? – perguntou Rodriguez. – O que ele disse?

Dash era o apelido usado para Derek Robinson-Reynolds pela maioria das pessoas da divisão quando não estavam se dirigindo pessoalmente a ele. Renée verificou a mensagem. Era de Lisa: `Ninguém fala inglês aqui.`

– Ele deu sinal verde, nós vamos investigar – disse Renée.

– Nós? – perguntou Rodriguez.

– Provavelmente vou precisar de você aqui também.

– O sargento Byron disse para eu voltar o quanto antes.

– O sargento Byron não está no comando da investigação. Eu estou, e você fica comigo até eu dizer o contrário.

– Entendido. Desde que você fale com ele.

– Vou falar.

Renée encontrou Lisa na sala de espera da emergência, cercada por um grupo de mulheres chorando e um adolescente. A família de Raffa tinha acabado de receber a má notícia sobre o marido e pai. Uma mulher, três filhas adultas e o filho exibiam vários graus de choque, sofrimento e raiva.

– Puxa... – disse Rodriguez enquanto se aproximavam.

Ninguém gostava de se intrometer no tipo de trauma provocado por mortes inesperadas.

– Você quer ser detetive algum dia, não quer, V-Rod? – perguntou Ballard.

– Aham, pode apostar.

– Certo, quero que você ajude a detetive Lisa Moore a entrevistar a família. Faça mais do que traduzir. Faça as perguntas. Qualquer inimigo conhecido, a ligação dele com a Las Palmas, quem mais estava na oficina esta noite. Consiga nomes.

– Certo, e você? Aonde é que...

– Vou verificar o corpo. Depois me junto a vocês.

– Saquei.

– Bom. Avise à detetive Moore.

Renée se separou dele e foi até o balcão de recepção. Logo foi levada ao posto de enfermagem que ficava no meio da emergência. Era cercado por vários cubículos de exames e tratamentos, separados por cortinas. Perguntou a uma enfermeira se o corpo da vítima de tiro já havia sido removido de uma área de tratamento e foi informada de que o hospital estava esperando uma equipe da perícia para pegá-lo. A enfermeira indicou uma cortina fechada.

Renée puxou a cortina verde-clara, entrou no cubículo de exame onde havia apenas uma cama e fechou a cortina. O corpo de Javier Raffa estava deitado de rosto para cima. Não houvera nenhuma tentativa de cobri-lo. A camisa – uma camisa de trabalho, azul, com seu nome numa etiqueta de pano oval – estava aberta e o peito ainda mostrava o gel condutor, provavelmente das pás do desfibrilador usado numa tentativa de ressuscitá-lo. Também havia descolorações esbranquiçadas na pele morena do peito e do pescoço. Os olhos estavam abertos e havia um instrumento de borracha saindo da boca. Renée sabia que aquilo tinha sido posto na boca antes de usarem o desfibrilador.

Tirou um par de luvas de látex pretas de um compartimento em seu cinto de utilidades e as vestiu. Usando as duas mãos, virou lentamente a cabeça do homem para o lado, procurando o ferimento de entrada. O cabelo era comprido e encaracolado, mas ela encontrou a entrada na parte de trás do topo da cabeça, sob o cabelo embolado com sangue. A julgar pela localização, duvidou que existisse um ferimento de saída. A bala ainda estava lá dentro. O que, em termos de perícia médica, era bom.

Inclinou-se mais, por cima da cama, para olhar de perto o ferimento. Supôs que tinha sido feito por uma bala de pequeno calibre e notou que parte do cabelo em volta estava chamuscado. Isso significava que a arma estava a menos de trinta centímetros quando foi descarregada. Viu grãos de pólvora queimada no cabelo de Javier Raffa.

Foi nesse momento que soube que a morte não fora acidental. Raffa tinha sido assassinado. Um matador aproveitara o momento em que todos os olhos estavam voltados para o céu da meia-noite e em que soavam disparos por toda a volta para segurar a arma perto da cabeça de Raffa e puxar o gatilho. E nesse momento Renée soube que queria ficar com o caso, que arranjaria um modo de guardar essa conclusão até estar entranhada demais para ser removida.

Sabia que essa poderia ser a solução de crime de que precisava para se salvar.

5

Renée fechou a cortina depois de sair da baia de tratamento e foi até o posto de enfermagem, para não atrapalhar o caminho na movimentada área de emergência. Pegou seu telefone e ligou para o número do Destacamento de Enfrentamento às Gangues da Divisão de Hollywood. Ninguém atendeu. Então, ligou para a linha interna da sala do plantão. O sargento Kyle Dallas atendeu e Renée perguntou quem estava trabalhando no segundo turno do DEG.

– Devem ser Janzen e Cordero – respondeu Dallas. – E acho que o sargento Davenport também está por aí.

– Dentro ou fora? – perguntou Renée.

– Acabei de ver Cordero na sala de descanso, acho que todos podem ter voltado, agora que a hora das bruxas passou.

– Certo, se você os vir, diga para ficarem aí. Preciso falar com eles. Chego logo.

– Pode deixar.

Renée passou pela porta automática que dava na sala de espera e viu Lisa e Rodriguez sentados no canto com a família de Raffa numa entrevista em grupo. Renée ficou irritada porque Lisa não tinha feito entrevistas individuais, mas então se lembrou de que ela estava acostumada a investigar crimes sexuais, que geralmente implicavam entrevistas a sós com vítimas. Lisa Moore estava fora do seu ramo, e Rodriguez simplesmente não sabia mais do que ela.

Renée viu que o filho não estava sentado junto ao grupo e olhava para Lisa por cima dos ombros de duas das suas irmãs. Era suficientemente jovem para ainda frequentar a escola, de modo que provavelmente falava inglês. Lisa deveria ter percebido isso.

Foi até lá e deu um tapinha no ombro dele.

– Você fala inglês? – sussurrou.

O garoto assentiu.

– Venha comigo, por favor – disse Renée.

Levou-o até outro canto. A sala de espera estava vazia, o que já seria surpreendente para qualquer noite da semana, mas, acima de tudo, para a noite de Ano-Novo, após a meia-noite. Ela sinalizou para que o garoto se sentasse numa cadeira, pegou outra e a afastou da parede, posicionando-a de modo que pudessem conversar cara a cara.

Os dois se sentaram.

– Qual é o seu nome? – perguntou Renée.

– Gabriel.

– Você é filho do Javier?

– Sou.

– Sinto muito pela sua perda. Nós vamos descobrir o que aconteceu e quem fez isso. Sou a detetive Renée Ballard. Pode me chamar de Renée.

Gabriel olhou seu uniforme.

– Detetive? – perguntou ele.

– Nós precisamos usar uniforme na véspera de Ano-Novo. Todo mundo tem de ir para a rua, esse tipo de coisa. Quantos anos você tem?

– Quinze.

– Em que escola você estuda?

– Hollywood.

– E hoje à meia-noite você estava no pátio da oficina?

– Estava.

– Junto com o seu pai?

– Ah, não, eu estava... perto do Cadillac.

Renée tinha visto um Cadillac velho e enferrujado no pátio do crime. O porta-malas estava aberto e dentro havia um barril de chope numa cama de gelo.

– Você estava com alguém perto do Cadillac?

– Minha namorada.

– Qual é o nome dela?

– Não quero que ela se encrenque.

— Ela não vai se encrencar. Só estamos tentando descobrir quem estava lá essa noite, só isso.

Renée esperou.

— Lara Rosas — disse Gabriel finalmente.

— Obrigada, Gabriel. Você conhece Lara da escola ou do bairro?

— Ah, dos dois.

— E ela foi para casa?

— Foi, ela saiu quando a gente veio para cá.

— Você viu o que aconteceu com o seu pai?

— Não, só vi depois. Ele ali, deitado.

Gabriel não estava demonstrando nenhuma emoção e Renée não viu marcas de lágrimas no rosto dele. Sabia que isso não significava nada. As pessoas processam e expressam o choque de modos diferentes. Um comportamento incomum ou a falta de emoção óbvia não devem ser considerados algo suspeito.

— Você viu na festa alguém que parecia estranho ou não fazer parte do lugar?

— Na verdade, não. Tinha um cara perto do barril que não parecia ser da área. Mas era uma festa de rua. Quem sabe?

— Pediram para ele ir embora?

— Não, ele só estava ali. Pegou um chope e depois acho que saiu. Eu não o vi mais.

— Ele era do bairro?

— Duvido. Nunca vi esse cara antes.

— Por que você diz que ele não parecia ser da área?

— Bom, era um cara branco. Além disso, parecia meio sujo, sabe? As roupas e coisas.

— Você acha que ele era um sem-teto?

— Não sei, talvez. Foi o que eu pensei.

— E foi antes do tiroteio que você o viu?

— É, antes. Com certeza. Foi antes de todo mundo começar a olhar para cima.

— Você disse que as roupas dele estavam sujas. O que ele estava usando?

— Um agasalho cinza, com capuz, e jeans. A calça estava suja.

— Suja de terra ou graxa?

— Tipo terra, acho.

— O capuz estava na cabeça ou solto? Você viu o cabelo?

— Estava na cabeça. Mas parecia que ele tinha o cabelo raspado.

— Certo. E os sapatos, você lembra?

– Não, não sei nada sobre os sapatos.

Renée fez uma pausa e tentou memorizar as informações sobre o estranho. Não estava anotando nada. Achava que seria melhor manter contato ocular com Gabriel e não correr o risco de amedrontá-lo pegando um caderno e uma caneta.

– Você notou mais alguém que não tivesse a ver? – perguntou.

– Mais ninguém.

– E não tem certeza se o cara de capuz ficou por ali depois de pegar a cerveja?

– Eu não o vi de novo.

– E, quando você o viu pela última vez, faltava quanto tempo para a meia-noite e o começo dos tiros?

– Não sei, meia hora.

– Você viu alguém, como o seu pai, perguntar a ele o que fazia ali ou pedindo que fosse embora?

– Não, porque era tipo uma festa do quarteirão. Todo mundo era bem-vindo.

– Você viu mais alguma pessoa branca na festa?

– Algumas, é.

– Mas não eram suspeitas.

– Não.

– Mas esse cara era.

– Bom, era tipo uma festa e ele estava sujo. E com o capuz na cabeça, saca?

– O seu pai estava usando uma camisa de trabalho. Isso era comum?

– Porque a camisa tinha o nome dele. Ele queria que todos os vizinhos soubessem quem ele era. Ele sempre fazia isso.

Renée assentiu. Agora era hora de fazer perguntas mais difíceis e manter aquele garoto ao seu lado pelo máximo de tempo possível.

– Você disparou alguma arma esta noite, Gabriel?

– Não, de jeito nenhum.

– Certo, bom. E você tem alguma ligação com a Las Palmas 13?

– O que a senhora está perguntando? Eu não sou bandido. Meu pai sempre me disse para ficar longe dessas coisas!

– Não fique chateado. Só estou tentando deduzir o que é o quê. Você não tem ligação com a gangue, isso é bom. Mas o seu pai tinha, certo?

– Ele largou essa merda muito tempo atrás. O trabalho dele era totalmente legal.

– Certo, é bom saber. Mas ouvi dizer que havia uns caras da Las Palmas na festa do pátio da oficina. É verdade?

– Não sei, talvez. Meu pai cresceu com aquele pessoal. Ele não jogou os caras no lixo, simplesmente. Mas ele era honesto, o negócio dele era honesto, ele tinha até um sócio branco. Então não me vem com essa merda de "ligação com gangue". Isso é babaquice.

Renée assentiu.

– É bom saber, Gabriel. Você pode me dizer se o sócio dele estava lá?

– Eu não o vi. Acabamos aqui?

– Ainda não, Gabriel. Qual é o nome do sócio?

– Não sei. Ele é médico em Malibu, ou alguma merda assim. Só o vi uma vez, quando ele veio com o chassi amassado.

– Chassi amassado?

– Da Mercedes dele. Ele bateu de marcha a ré em alguma coisa e amassou o chassi.

– Entendi. Certo, vou precisar de mais duas coisas de você, Gabriel.

– O quê?

– Preciso do número de telefone da sua namorada e que você vá lá fora até o meu carro por um minuto.

– Por que eu devo ir com a senhora? Quero ver o meu pai.

– Eles não vão deixar você ver o seu pai, Gabriel. Pelo menos até mais tarde. Eu quero ajudar você. Quero que essa seja a última vez que você tenha de falar sobre isso com a polícia. Mas para isso preciso limpar sua mão para garantir que você está dizendo a verdade.

– O quê?

– Você disse que não disparou uma arma esta noite. Vou limpar sua mão com uma coisa que eu tenho no carro e vamos saber com certeza. Depois disso, você só vai ter notícias minhas quando eu for dizer que pegamos a pessoa que fez isso com o seu pai.

Renée esperou enquanto Gabriel avaliava suas opções.

– Se você não fizer, vou ter de presumir que você mentiu para mim. Você não quer isso, quer?

– Certo, tudo bem, vamos lá.

Primeiro Renée foi até o grupo pedir as chaves do carro a Lisa. Ela disse que as chaves estavam no carro. Em seguida, Renée levou Gabriel até as baias das ambulâncias. Ali, tirou um caderno do bolso de trás. Depois de anotar o número do celular da namorada de Gabriel, anotou a descrição que ele fez do homem com capuz. Em seguida, abriu o porta-malas. Pegou um pacote de compressas para testes de resíduos de disparos, usou compressas separadas para limpar as duas mãos de Gabriel e, em seguida, lacrou-as em sacos plásticos para serem mandadas ao laboratório.

– Viu, não tem nenhuma pólvora, certo? – perguntou Gabriel.

– O laboratório vai confirmar isso. Mas acredito em você, Gabriel.

– E aí, o que eu faço agora?

– Entre e fique com sua mãe e suas irmãs. Elas vão precisar que você seja forte.

Gabriel assentiu e seu rosto se contorceu. Era como se o pedido para ser forte tivesse arrancado toda a sua força.

– Você está bem? – perguntou Renée.

Ela tocou o ombro dele.

– Vocês vão pegar esse cara, não é?

– Vamos. Vamos pegá-lo.

Renée só voltou para a delegacia por volta das três da madrugada. Pegou a escada que subia do corredor dos fundos e entrou na sala compartilhada pelas unidades de Gangues e Costumes. Era longa e retangular, geralmente vazia porque as duas unidades trabalhavam na rua. Mas agora a sala estava apinhada. Policiais dos dois esquadrões, uniformizados como Renée, estavam sentados atrás de mesas e bancadas que ocupavam toda a extensão da sala. A maioria não usava máscara. O grupo grande podia ser explicado de várias maneiras. Primeiro, era difícil fazer trabalhos de gangues e costumes usando uniforme completo, como era determinado pelo alerta tático do departamento. Isso significava que o alerta, que deveria colocar o maior número possível de policiais na rua durante a comemoração de Ano-Novo, resultara no efeito oposto. Também poderia significar que, como já havia passado da hora da bruxa, que ia da meia-noite às duas, todo mundo tinha voltado para uma pausa. Mas Renée sabia que havia, ainda, mais uma explicação: este era o novo Departamento de Polícia de Los Angeles – policiais que perderam o direito de ação proativa e esperavam ser reativos, só ir para a rua quando isso fosse requisitado e necessário e, mesmo assim, fazendo o mínimo, para não provocar alguma reclamação ou controvérsia.

Para Renée, boa parte do departamento havia caído na mesma postura de um cidadão apanhado no meio de um assalto a banco. Cabeça baixa, olhos voltados para o outro lado, obedecendo ao aviso: se ninguém se mexer, ninguém sairá ferido.

Avistou o sargento Rick Davenport no final de uma bancada e foi até lá. Quando a viu chegando, ele parou de olhar para um celular e um sorriso de reconhecimento sem máscara franziu seu rosto. Tinha quarenta e poucos anos e fazia mais de uma década que trabalhava no destacamento de enfrentamento às gangues.

– Renée – disse ele. – Ouvi dizer que El Chopo foi apagado esta noite.

Renée parou junto à bancada.

– El Chopo?

– Era assim que a gente chamava o Javier antigamente. Quando era bandido e usava a oficina do pai como desmanche.

– E não chamam mais?

– Supostamente ele se endireitou quando a mulher começou a parir filhos.

– Fiquei surpresa quando não vi você na cena, hoje à noite. O que houve?

– Uma coisa e outra. Só estou fazendo o que as pessoas querem.

– Ou seja, ficando longe da rua?

– Está claro que, já que eles não conseguem acabar com a nossa verba, querem acabar com a nossa presença. Não é, Cordo?

Davenport olhou, buscando concordância, para um policial do enfrentamento às gangues chamado Cordero.

– É isso aí, sargento – respondeu Cordero.

Renée puxou a cadeira vazia do lado direito de Davenport e sentou-se. Decidiu ir direto ao ponto.

– E aí, o que você pode me contar sobre o Javier? – perguntou. – Acredita que ele se manteve honesto? A Las Palmas permitiria isso?

– O que dizem é que há doze ou quinze anos ele comprou o direito de sair. E, pelo que a gente sabe, desde então ele está limpo e honesto.

– Ou esperto demais para vocês?

Davenport gargalhou.

– Sempre existe essa possibilidade.

– Bom, vocês ainda têm uma ficha do cara? Entrevistas de campo, qualquer coisa?

– Ah, a gente tem uma pasta. Provavelmente está meio empoeirada. Cordo, pegue a ficha do Javier Raffa e traga para a detetive Ballard.

Cordero se levantou e foi até a fileira de arquivos de quatro gavetas que cobria todo um lado da sala.

— Para ver como esse sujeito é das antigas – disse Davenport. – Ele está nos arquivos em papel.

— Então definitivamente não estava em atividade? – pressionou Renée.

— Não. E a gente saberia se estivesse. A gente fica de olho em alguns caras originais da gangue. Se eles estivessem se reunindo, a gente teria visto.

— A que nível da hierarquia o Raffa chegou antes de sair?

— Não muito alto. Ele era soldado. Nós nunca indiciamos o cara, mas sabíamos que ele desmontava carros roubados para o pessoal.

— Como você soube que ele comprou o direito de sair?

Davenport balançou a cabeça, como se não conseguisse lembrar.

— Alguém contou. Assim, de repente, não posso dizer o nome do dedo-duro, foi há muito tempo. Mas era isso que diziam, e, pelo que a gente soube, era verdade.

— Quanto custa uma coisa assim?

— Não me lembro. Pode estar na pasta dele.

Cordero voltou dos arquivos e entregou uma pasta a Davenport, e não a Renée. Este, por sua vez, entregou o material a ela.

— Divirta-se – disse.

— Posso levar isso?

— Desde que traga de volta.

— Entendido.

Renée pegou a pasta, levantou-se e saiu. Teve a sensação de que vários homens observavam enquanto deixava a sala. Ela não era popular na delegacia depois de um ano implorando e exigindo informações de pessoas dispostas a fazer o mínimo possível.

Desceu a escada e foi até o bureau de detetives, onde viu Lisa Moore sentada à mesa. Lisa estava digitando no computador.

— Você voltou – disse Renée.

— Não graças a você. Você me deixou com aquelas pessoas e aquele garoto policial.

— Rodriguez? Ele provavelmente tem cinco anos de serviço. Trabalhava na Rampart antes de vir para cá.

— Não importa. Ele parece um garoto.

— Conseguiu alguma coisa boa com a mulher e as filhas?

— Não, mas estou anotando. Para onde esse negócio vai, afinal?

— Vou segurar um pouco. Me mande o que você conseguiu.

– Não é para mandar para o Bureau Oeste?

– Eles estão com todas as equipes num homicídio duplo. Vou trabalhar nisso até que eles possam pegar.

– E o Dash concorda?

– Eu já falei com ele. Sem problemas.

– Que negócio é esse aí?

Ela apontou para a pasta que Renée carregava.

– Uma ficha antiga do pessoal de gangues, sobre o Raffa. Davenport disse que ele não está em atividade há anos. Que comprou a saída quando começou a ter filhos.

– Ah, não é fofo?

O sarcasmo era nítido. Renée tinha percebido muito tempo antes que Lisa perdera a empatia. O trabalho em tempo integral em casos sexuais provavelmente provocara isso. Perder a empatia pelas vítimas era uma medida de autoproteção, mas Renée torcia para que isso nunca acontecesse com ela. O trabalho policial podia facilmente esvaziar a pessoa. Mas ela acreditava que perder a empatia era perder a alma.

– Manda seus relatórios pra mim quando estiverem prontos – pediu.

– Vou fazer isso.

– E nada sobre os Homens da Meia-Noite, não é?

– Ainda não. Talvez eles estejam de folga hoje.

– Ainda é cedo. No Dia de Ação de Graças a chamada só aconteceu ao amanhecer.

– Maravilhoso. Mal posso esperar até o amanhecer.

O sarcasmo de novo. Renée o ignorou e ocupou uma mesa vazia ali perto. Como trabalhava no turno da noite, não tinha uma mesa própria. Precisava pegar uma emprestada na sala sempre que necessário. Olhou algumas bugigangas na única prateleira do cubículo onde estava e percebeu rapidamente que era o posto de trabalho de um detetive diurno do setor de Crimes Contra Pessoas chamado Tom Newsome. Ele adorava beisebol e havia várias bolas de suvenir em pequenos pedestais na prateleira. Tinham sido autografadas por jogadores dos Dodgers, antigos e atuais. A joia da coroa estava protegida num pequeno cubo de plástico. Não era autografada por um jogador. Em vez disso, a assinatura era do homem que tinha narrado jogos dos Dodgers no rádio e na TV por mais de cinquenta anos. Vin Scully era reverenciado como a voz da cidade porque transcendia o beisebol. Até mesmo Renée sabia quem ele era, e ela achou que Newsome estava se arriscando a que a bola fosse roubada, mesmo numa delegacia de polícia.

Ao abrir a pasta, foi recebida por uma foto de Javier Raffa sendo fichado, na juventude. Ele tinha morrido com 38 anos e a foto era de uma prisão em 2003, por receptação de propriedade roubada. Leu os detalhes do relatório da prisão que acompanhava a foto. O relatório dizia que Raffa fora parado numa picape Ford 1977 com várias peças de carros usados na carroceria. Uma dessas peças – um eixo transversal – ainda tinha o número de série gravado e pertencia a um Mercedes classe G roubado no vale de San Fernando, no mês anterior.

Segundo os registros na pasta, o advogado, citado como Roger Mills, negociou um acordo que rendeu a Raffa, na época com 21 anos, liberdade condicional e serviço comunitário em troca de uma admissão de culpa. Então, o caso foi removido da ficha de Raffa quando ele completou o tempo de condicional e as 120 horas de serviço comunitário, sem nenhum problema. O relatório dizia que seu serviço comunitário incluía pintar por cima das pichações das gangues nos viadutos das vias expressas de toda a cidade.

Era o único registro de prisão na pasta, apesar de existirem várias fichas de entrevistas de campo presas com clipe. Todas eram anteriores à prisão, quando Raffa tinha 16 anos. A maioria resultava de batidas policiais contra as gangues: patrulhas invadindo festas ou blitzes na Hollywood Boulevard. Policiais anotando nomes de conhecidos, tatuagens e outros identificadores anexados a arquivos de informações e bancos de dados sobre gangues. Sendo filho do dono de uma oficina de lanternagem, Raffa estava sempre dirigindo carros clássicos e restaurados ou rebaixados, que também eram descritos nas fichas das batidas e blitzes.

Desde o início, nos cartões, Raffa era citado com o apelido El Chopo. Era uma alusão óbvia ao apelido de um dos maiores chefes de cartéis, conhecido como El Chapo, que significa *Baixinho* em espanhol. Uma anotação que atraiu o olhar de Renée e, era repetida nas quatro fichas escritas e preenchidas entre 2000 e 2003, era a descrição de uma tatuagem no lado direito do pescoço de Raffa. Ela mostrava uma bola de bilhar branca com uma faixa laranja e o número 13 – referência à Las Palmas 13 e sua associação e deferência com a La eMe, a gangue de prisão também conhecida como Máfia Mexicana. O 13 era uma referência à letra M, a décima terceira letra do alfabeto.

Renée pensou na descoloração que tinha visto no pescoço de Raffa. Percebeu que era uma cicatriz a laser, de quando a tatuagem foi removida.

Na pasta havia uma cópia de um relatório de inteligência datado de 25 de outubro de 2006, uma listagem de várias informações e boatos sem fundamentação fornecidos por um informante confidencial identificado como LP3. Renée presumiu que o informante fosse alguém da Las Palmas. Examinou os itens separados e encontrou um sobre Raffa.

- Javier Raffa (El Chopo) DN 04/02/82 – supostamente pagou 25 mil dólares em dinheiro vivo a Humberto Viera como tributo para sair da gangue sem qualquer vínculo posterior.

Renée nunca tinha ouvido falar de alguém comprando o direito de sair de uma gangue. Sempre soubera da regra de *sangue para entrar, sangue para sair, até que a morte nos separe*, na lei das gangues. Pegou o telefone fixo. Newsome grudara nele uma lista de números da delegacia. Ligou para uma extensão que ficava ao lado do DEG e perguntou pelo sargento Davenport. Enquanto esperava que ele atendesse, pegou uma das bolas de beisebol no pedestal e tentou identificar o autógrafo. Sabia pouco sobre beisebol e jogadores dos Dodgers, antigos e atuais. Para ela, o primeiro nome da assinatura parecia algo como Mookie, mas achou que tinha entendido errado.

Davenport atendeu.

– É Renée Ballard. Tenho uma pergunta.

– Diga.

– Humberto Viera, da Las Palmas, ainda está por aí?

Davenport deu um risinho.

– Depende do que você quer dizer com "por aí" – disse. – Está na penitenciária de Pelican Bay há uns oito, dez anos. E não vai voltar.

– O caso era seu?

– Eu fiz parte, sim. Foi enquadrado por dois assassinatos de uns caras da White Fence. Conseguimos a confissão do motorista de fuga, e foi o que bastou para o Humberto. Tchauzinho para ele.

– Certo. Mais alguém com quem eu poderia falar sobre o pagamento de Javier Raffa para sair da gangue?

– Hmm. Acho que não. Isso é muito antigo, pelo que eu lembro. Quero dizer, sempre tem uns originais da gangue por aí, mas eles são originais porque puxam a fila. Nessas gangues há uma rotatividade de membros a cada oito ou dez anos. Ninguém vai falar com você sobre o Raffa.

– E o LP3?

Houve uma pausa antes que Davenport respondesse. E ficou claro que antes, quando ele tinha dito que não se lembrava de quem era o dedo-duro, estava mentindo.

– O que você acha que vai conseguir com ela?

– Então é uma mulher?

– Eu não disse isso. O que você acha que vai conseguir com ele?

– Não sei. Estou procurando um motivo para alguém ter metido uma bala na cabeça de Javier Raffa.

– Bom, LP3 se foi há muito tempo. Esse é um beco sem saída.

– Tem certeza?

– Tenho.

– Obrigada, sargento. Falo com você mais tarde.

Renée pôs o fone no gancho. Pela reação de Davenport, estava claro que LP3 era uma mulher, caso contrário ele não teria se atrapalhado tentando consertar o erro. Renée não sabia o que isso significava para o seu caso, considerando que aparentemente Raffa havia se separado da gangue quatorze anos antes. Mas era bom saber que, se o caso se voltasse contra a gangue, o DEG tinha alguém de dentro que poderia dar ideias e informações.

– O que foi aquilo? – perguntou Lisa.

Ela estava sentada do outro lado do corredor, de frente para Renée.

– Enfrentamento às Gangues. Eles não querem que eu fale com o informante da Las Palmas.

– Imagina só.

Renée não tinha certeza do que isso significava, mas não respondeu. Sabia que Lisa tinha encerrado a passagem pelo turno da noite. Seu envolvimento com o caso terminaria quando o sol nascesse e seu turno acabasse, o alerta tático estivesse encerrado e todos os policiais voltassem às programações normais. Lisa voltaria para o turno do dia, mas Renée ficaria sozinha para trabalhar nas madrugadas.

Era exatamente o que ela desejava.

7

Renée começou a montar o livro do caso de Raffa. Esse esforço começava com o trabalho tedioso de redigir o relatório do incidente, que descrevia a morte e identificava a vítima, mas também incluía muitos detalhes corriqueiros, como a hora do primeiro chamado, os nomes dos policiais que atenderam, a temperatura ambiente, a notificação aos familiares e outros detalhes importantes para a documentação, mas não para solucionar o caso. Então anotou resumos das entrevistas com as testemunhas, as que tinha feito e as que recebera de Lisa Moore, ainda que os relatórios de Lisa fossem curtos e superficiais. Um resumo da entrevista com a filha mais nova de Raffa tinha apenas uma linha: "Essa garota não sabe nada e não pode colaborar em nada com a investigação."

Tudo isso foi posto num fichário de três argolas. Por fim, Renée começou a montar uma cronologia do caso, registrando seus movimentos segundo os horários e incluindo uma menção à conversa com Davenport. Em seguida, fez cópias dos documentos que estavam na pasta do DEG e as inseriu também no fichário. Às cinco da manhã, tudo isso estava pronto. Então, ela se levantou e chegou perto de Lisa Moore, que lia um e-mail em seu telefone. O turno delas terminava em uma hora, mas para Renée isso não importava.

– Vou ao centro da cidade ver o que o pessoal da perícia conseguiu – disse. – Quer vir comigo ou prefere ficar aqui?

– Acho que vou ficar. Você não vai voltar até as seis.

– Certo. Então será que você poderia levar a pasta do DEG de volta para o Davenport?

– Claro, eu levo. Mas por que você está fazendo isso?
– Fazendo o quê?
– Levando o caso adiante. É um homicídio. Você só vai entregar para o Bureau Oeste, assim que todo mundo acordar lá.
– Talvez. Mas talvez eles me deixem trabalhar nele.
– Você está sujando o nome da gente, Renée.
– Como assim?
– Fique na sua. Se ninguém se mexer, ninguém se machuca, certo?
Renée deu de ombros.
– Você não disse isso quando entrei no caso dos Homens da Meia-Noite.
– Aquilo é estupro – disse Lisa. – Você está falando de um caso de homicídio.
– Não vejo a diferença. Há uma vítima e há um caso.
– Bom, entenda do seguinte modo: o Bureau Oeste vai ver uma diferença. Eles não vão gostar de você tentar pegar um caso deles.
– Veremos. Estou indo. Me avise se os nossos dois escrotos atacarem de novo.
– Ah, vou fazer isso. E você faça o mesmo.

Renée voltou à mesa emprestada, fechou o laptop e pegou suas coisas. Pôs a máscara para a caminhada pelo corredor até a saída. Tinha um banco para prisioneiros lá embaixo e ela queria proteção extra. Não havia como saber o que os presos traziam para a delegacia.

Depois de sair, pegou a 101 em direção ao centro, dirigindo pelos cinzas da madrugada rumo às torres que sempre pareciam iluminadas, à qualquer hora. Em termos gerais, o tráfego se reduzira à metade durante a pandemia, mas a essa hora a cidade estava morta, e Renée chegou ao cruzamento com a 10 Leste em menos de quinze minutos. Dali, eram apenas outros cinco minutos antes da saída para o campus L.A. da Universidade da Califórnia. O Centro de Ciência Forense – o laboratório de cinco andares compartilhado pelo DPLA e o Departamento do Xerife do condado de Los Angeles – ficava na extremidade do campus enorme.

O prédio parecia tão silencioso quanto as ruas. Renée pegou o elevador até o terceiro andar, onde os peritos trabalhavam. Entrou e foi recebida por um criminalista chamado Anthony Manzano, que estivera na cena do crime de Javier Raffa.

– Ballard – disse ele. – Eu estava imaginando quem viria me procurar.

– Por enquanto sou eu – respondeu Renée. – O Bureau Oeste está cuidando de um duplo e todo mundo está com as mãos cheias por lá.

– Nem precisa me dizer. Todo mundo, menos eu, está trabalhando naquilo. Vem cá.

– Deve ser um caso cabeludo.

– É mais tipo um caso de TV, e eles não querem ficar malvistos.

Renée ficara curiosa imaginando por que ninguém da mídia havia aparecido no caso da Ravina de Gower. Tinha achado que a teoria inicial, de que alguém havia sido morto por uma bala caindo, seria um enorme atrativo para a imprensa, mas até agora, que ela soubesse, não havia nenhuma busca de informações.

Manzano a conduziu pelo laboratório até sua estação de trabalho. Ela viu mais três criminalistas trabalhando em outros postos e presumiu que estivessem cuidando do caso do Bureau Oeste.

– Qual é o caso lá? – perguntou, em tom despreocupado.

– Um casal de idosos assaltado e assassinado.

Depois de uma pausa, Manzano soltou o desfecho:

– Foram incendiados. Ainda vivos.

– Meu Deus.

Renée balançou a cabeça, mas pensou imediatamente que a mídia devia estar montando naquele caso. O departamento designaria vários policiais para dar a aparência de que não estava deixando pedra sobre pedra. Isso significava que havia uma boa chance de ela manter o caso de Raffa, se conseguisse a aprovação do tenente Robinson-Reynolds.

Havia uma mesa de luz no posto de Manzano, e em cima dela um grande pedaço de papel milimetrado no qual ele estivera desenhando a cena do crime.

– Isso aqui é a cena do crime, e eu estava plotando os locais dos estojos de balas que coletamos – disse Manzano. – Parecia o tiroteio no O.K. Corral.

– Está falando dos tiros disparados para o alto, certo?

– Estou, e é interessante. Recuperamos trinta e um estojos e acho que são de apenas três armas, inclusive a do crime.

– Mostre.

Ao lado do papel milimetrado havia uma prancheta com as anotações e desenhos feitos por Manzano na cena do crime. Também havia uma caixa de papelão aberta, contendo os trinta e um estojos de balas em sacos plásticos individuais.

– Certo, portanto trinta e um disparos produziram trinta e um estojos no chão – disse Manzano. – Temos três calibres e marcas de munição, de modo que fica bem fácil deduzir.

Ele enfiou a mão na caixa, remexeu dentro e voltou com um estojo num saco.

– Identificamos dezessete estojos saídos de cartuchos PSC1 nove milímetros produzidos pela Winchester. Você terá de conseguir confirmação da FU, mas para mim, que não sou especialista, as marcas do pino de disparo parecem iguais, e isso sugere que todos vieram de uma arma nove milímetros que pode ter dezesseis balas no pente e uma na câmara, se estiver totalmente carregada.

Manzano se referia à Unidade de Armas de Fogo, que não era mais chamada assim devido ao outro significado da sigla.* O nome fora mudado para Unidade de Análise de Armas de Fogo.

– Acho que você provavelmente está diante de uma Glock dezessete ou uma arma semelhante – disse Manzano. – Depois temos treze estojos calibre quarenta fabricados pela Federal. Olhei nosso catálogo de munições e vi que essas eram provavelmente balas de ponta oca, mas a FU deve ter alguma opinião sobre isso. E, claro, elas podem ter sido disparadas por várias armas. Doze balas no pente, uma na câmara.

– Certo. Com isso resta uma.

Manzano enfiou a mão na caixa e encontrou o saco contendo o último estojo.

– É – disse. – E esse é um Remington vinte e dois.

Renée pegou o saco de provas e olhou o estojo de latão. Teve certeza de que era da bala que havia matado Javier Raffa.

– Isso é bom, Anthony. Mostre onde você o encontrou.

Manzano apontou para um *X* no mapa da cena do crime, que tinha ao lado o número 1 e estava dentro do contorno retangular de um carro. À direita do carro havia um boneco de rabiscos que Renée supôs que fosse Javier Raffa.

– Claro, a vítima foi transportada antes de chegarmos lá, mas a poça de sangue e o material deixado pelos paramédicos marcavam esse ponto – disse ele. – O cartucho estava a dois metros e setenta e nove centímetros do sangue, embaixo dos restos de um carro no pátio. O Chevy Impala, acho.

---

* FU é a sigla de Firearms Unit – Unidade de Armas de Fogo –, mas também pode significar *fuck you* – foda-se. N. do T.

Renée percebeu que haviam descoberto uma coisa importante. O estojo ejetado tinha rolado para baixo do carro, e isso dificultou que o atirador o recuperasse antes que as pessoas começassem a notar que Raffa tinha caído.

Ela levantou o saco de provas.

– Posso levar para a Unidade de Armas de Fogo? – perguntou.

– Vou preencher um CDC.

Ele estava falando de um recibo de cadeia de custódia.

– Você sabe se tem alguém lá? – perguntou Renée.

– Deve haver alguém. Eles estão em alerta máximo, como todo mundo.

Renée pegou seu telefone e olhou a hora. O alerta tático acabaria em quinze minutos. Era sexta-feira, o feriado de 1º de janeiro. A Unidade de Análise de Armas de Fogo poderia fechar.

– Certo, me deixe assinar o CDC e ir até lá antes que eles vão embora – disse.

A UAAF ficava no fim do corredor, e Renée entrou faltando dez minutos para o final do expediente. A princípio achou que era tarde demais – não viu ninguém. E então escutou alguém roncando.

– Olá?

– Desculpe – disse alguém. – Estou indo.

Um homem usando camisa polo com o logotipo da UAAF saiu de uma das estantes de armazenamento de armas que cobria uma parede da unidade. Eles haviam recolhido tantas variedades de armas de fogo no correr dos anos que elas eram colocadas em estantes que podiam ser unidas como um acordeão.

O homem estava segurando um espanador de penas.

– Só estava fazendo uma faxinazinha – disse. – Não iríamos querer que a arma de Sirhan ficasse empoeirada. Ela faz parte da história.

Renée apenas ficou encarando-o por um momento.

– Sou Mitch Elder – disse o homem. – O que posso fazer por você?

Renée se identificou.

– Você já vai sair, no final do alerta tático?

– Deveria sair – respondeu Elder. – Mas... o que você tem aí?

Pela experiência de Renée, os fanáticos por armas sempre gostavam de um desafio.

– Tivemos um homicídio nessa madrugada. Tiro. Eu tenho um estojo e estava querendo identificar a arma usada, talvez uma busca na RNIIB.

A Rede Nacional Integrada de Informações Balísticas era um banco de dados que armazenava características de projéteis e estojos usados em crimes. Cada estojo e projétil ficava com marcas que podiam ser atribuídas a armas específicas e comparadas às de outros crimes. Os estojos eram melhores do que os projéteis porque esses costumavam se fragmentar ou se deformar com o impacto, dificultando as comparações.

Renée levantou o saco de provas com o estojo, como uma isca. O olhar de Elder se fixou nele. Não demorou muito.

– Bom, vejamos o que você tem – disse.

Renée entregou o saco e depois acompanhou Elder até uma estação de trabalho. Ele calçou luvas, pegou o estojo e o examinou sob uma lente com luz. Virou-o nos dedos, estudando a borda em busca de marcas deixadas pela arma que o havia disparado.

– Uma boa marca de extrator – disse finalmente. – Acho que você está procurando uma Walther... mas veremos. Vou demorar um pouco para codificar. Se você quiser tomar o café da manhã, estarei aqui quando você voltar.

– Não, estou numa boa. Preciso dar um telefonema.

– Então talvez a gente possa tomar o café depois de terminar.

– Ah... Acho que provavelmente vou ter de continuar trabalhando no caso. Mas obrigada.

– Como você quiser.

– Vou arranjar uma mesa vazia.

Ela se afastou, quase balançando a cabeça. Estava chateada consigo mesma por ter acrescentado o agradecimento no final da rejeição.

Encontrou um espaço de trabalho completamente vazio, a não ser por um telefone na mesa. Pegou seu celular e ligou para Robinson-Reynolds, obviamente acordando-o.

– O que é, Renée?

Ele parecia chateado.

– Você disse para eu contar as novidades, não importando a hora.

– Disse. O que você tem?

– Acho que a morte foi homicídio. Assassinato. E quero ficar com ele.

– Renée, você sabe que o caso precisa ir para...

– Conheço o protocolo, mas o Bureau Oeste está cuidando de um caso importante para a mídia e acho que eles vão gostar que eu tire isso das mãos deles. Pelo menos até que tenham um respiro do homicídio duplo.

– Você não é detetive de homicídios.

– Eu sei, mas já fui. Posso cuidar disso, tenente. Já fizemos entrevistas com as testemunhas. Passei na perícia e agora estou em Armas de Fogo, fazendo uma busca na RNIIB com o estojo que achamos.

– Você não deveria ter feito nada disso. Deveria ter entregado o caso assim que soubesse que não foi acidental.

– O Bureau Oeste estava ocupado. Por isso, fui em frente. Nós podemos entregar o caso agora, mas eles não vão pular em cima, e horas se passarão, talvez dias, até que façam isso.

– Não sou eu quem decide, Renée. São eles. O tenente Fuentes, lá.

– Será que você poderia ligar para ele e azeitar isso para mim, tenente? Ele provavelmente ficará feliz por nós querermos tirar o caso das mãos dele.

– Não existe nenhum "nós" nisso, Renée. Além do mais, você deveria estar de folga há dez minutos. Não tenho como pagar hora extra.

– Não estou fazendo isso por causa da hora extra. Não é pelos verdinhos.

"Verdinhos" era uma referência à cor dos cartões de 8x12 que precisavam ser preenchidos e assinados por um supervisor autorizando o trabalho em hora extra.

– Sem verdinhos? – perguntou Robinson-Reynolds.

– Sem – prometeu Renée.

– E os Homens da Meia-Noite? E como a Lisa Moore entra nisso tudo? Vocês deveriam estar trabalhando juntas.

– Ela ficou na delegacia para começar a montar o livro do assassinato e redigir as declarações das testemunhas. Não surgiu nada sobre os Homens da Meia-Noite, mas vou continuar trabalhando no caso. Não estou abandonando.

– Então você está com muita coisa no prato.

– Eu não pediria isso se não pudesse cuidar do meu prato.

Houve uma pausa antes que Robinson-Reynolds tomasse uma decisão.

– Certo, vou ligar para o Fuentes. Aviso a você.

– Obrigada, tenente.

O tenente desligou primeiro e Renée voltou para a estação de trabalho de Elder. Ele tinha sumido. Ela olhou em volta e o viu sentado diante de um terminal de computador perto da janela que dava para a via expressa 10. Isso significava que tinha entrado no banco de dados da RNIIB. Foi até lá.

– Ballard, você tem alguma coisa aqui – disse Elder.

– Verdade? – perguntou Renée. – O quê?

– Outro caso. A bala tem ligação com outro assassinato. Há quase dez anos, no Vale. Um cara levou um tiro num assalto. Os estojos combinam. A mesma arma foi usada. Uma Walther P22.

– Uau.

Renée sentiu um arrepio frio descendo pela coluna.

– Qual é o número do caso? – perguntou.

Elder ditou um número que estava na tela do computador. Renée pegou uma caneta num copo ao lado do terminal e anotou no seu caderno.

– Qual é o nome da vítima?

– Lee, Albert. Morto em dois do dois de onze.

Ela anotou tudo.

– O caso ainda está aberto?

– Aberto, não solucionado – respondeu Elder. – Um caso da DRH.

A Divisão de Roubos e Homicídios, a antiga unidade de Renée, antes de ela ter sido despachada sem cerimônias para trabalhar no turno da noite em Hollywood. Mas 2011 era anterior ao seu tempo lá.

– Diz quem foi o investigador?

– Diz, mas está desatualizado. Aqui diz que o policial investigador é Harry Bosch. Mas eu o conheço e já faz um tempo que ele se aposentou.

Renée se imobilizou por um momento, antes de conseguir falar:

– Eu sei.

8

Renée parou em frente à residência na Woodrow Wilson. Bocejou e percebeu que errara em ir primeiro para casa. Tirar o uniforme tinha sido bom, mas depois cochilar no sofá durante uma hora só servira para enfatizar a exaustão, em vez de aliviá-la.

Ouviu música saindo da casa assim que abriu a porta do carro. Alguma coisa acelerada, porém, mais estilo blues do que estava acostumada a ouvir com Harry Bosch. E havia um vocal. Isso a fez pensar que talvez outra pessoa estivesse lá dentro, escutando.

Bateu com força à porta, para ser ouvida acima da música, que foi interrompida imediatamente e em seguida a porta se abriu. Era Bosch.

– Ora – disse ele. – A detetive pródiga.

– O quê? O que isso quer dizer?

– Bom, faz muito tempo que não tenho notícias suas. Achei que você tinha se esquecido de mim.

– Ei, foi você que passou para o lado sombrio, trabalhando para aquele advogado de defesa. Achei que não teria tempo para mim.

– É mesmo?

– É. E aí, já tomou a vacina? O que acha de receber visitas em casa? Eu tenho anticorpos e posso ficar com a máscara.

Bosch recuou para que ela entrasse.

– Pode entrar e pode tirar a máscara. Ainda não me vacinei, mas vou correr o risco. E, só para constar, eu não trabalho *para* Mickey Haller. Trabalho para mim mesmo.

Renée passou pela porta, ignorando o comentário sobre Haller e mantendo a máscara.

— Parecia que você estava dando uma festa aqui.

— Devo ter aumentado um pouco o volume.

A casa não havia mudado. A cozinha estilo corredor ficava à direita da entrada, e ela avançou em direção à vista, passando pela área de jantar e entrando na sala. As portas deslizantes estavam abertas para a varanda e a vista do Passo Cahuenga. Renée apontou para as portas abertas.

— Deixando todo mundo no cânion ouvir seu som — disse. — Legal.

— Foi por isso que você veio? Alguém reclamou do som?

Ela se virou e o encarou.

— Na verdade é uma reclamação, mas de outra coisa.

— Que modo ótimo de começar um novo ano, com o DPLA com raiva de mim. Manda ver.

— Não é o DPLA. Por enquanto. Sou só eu. Hoje de manhã fui até Westchester, à nova biblioteca de homicídios que eles inauguraram lá. Você sabe, onde eles mantêm todos os livros de assassinatos ainda em aberto. Finalmente colocaram todos num lugar central. Eu pedi o livro de um dos seus casos antigos e eles disseram que tinha sumido, retirado pela última vez por você.

Bosch franziu a testa e balançou a cabeça.

— Li sobre aquele lugar no jornal — disse. — Patrocinado pela família Ahmanson. Mas a grande inauguração foi muito depois de eu sair pela porta do DPLA. Nunca pus os pés naquele lugar, muito menos peguei algum livro.

Renée assentiu, como se tivesse previsto a reação dele, e tinha uma resposta.

— Eles tiraram os arquivos da divisão aos poucos, um de cada vez — disse. — Se um livro já tivesse sido tirado, eles levavam o cartão de retirada de modo que houvesse um espaço na estante na Ahmanson. O cartão do seu caso era de 2014, três anos depois do assassinato e antes de você puxar o pino.

A princípio, Bosch não respondeu, como se estivesse verificando fatos na cabeça.

— O caso era de 2011? — perguntou finalmente. — Qual era o nome?

— Albert Lee. Morto por uma Walther P22. Parece que você recuperou o estojo. Mas só sei disso, porque você pegou a porcaria do livro. Preciso dele de volta, Harry.

Bosch levantou a mão como se estivesse tentando parar com a acusação.

– Eu não peguei o livro, certo? Quando saí, copiei as cronologias de todos os meus casos que ainda estavam abertos. De alguns, copiei tudo. Mas nunca tirei um livro. E com os arquivos nas divisões, qualquer um poderia ter pegado o livro e posto meu nome no cartão de retirada. Não havia segurança com relação aos livros. Supostamente a gente não precisava disso, porque eles eram considerados seguros. Afinal, estavam em delegacias.

Renée cruzou os braços, ainda sem se sentir disposta a ceder.

– Então você está dizendo que pode ter a cronologia, mas não tem o livro?

– Exatamente. Eu mantenho as cronologias, para o caso de eles serem esclarecidos e eu ser chamado ao tribunal para testemunhar sobre a investigação inicial. Queria ser capaz de refrescar a memória, esse tipo de coisa. Estou lembrado do caso do Albert Lee. Não era o tipo de caso em que eu quereria roubar o livro.

Renée mudou de posição e olhou de volta para a mesa da sala de jantar. Viu uma pilha de documentos com quinze centímetros de altura, que não tinha notado ao entrar. A folha de cima era claramente a primeira página de um relatório de autópsia. Apontou para aquilo.

– E o que é isso? – perguntou. – Parece um livro inteiro, pelo menos.

– São partes de uns seis livros. Mas não o do Lee. Olhe você mesma, se não acreditar. Por que eu mentiria para você?

– Não sei. Mas roubar livros não é legal.

– Concordo. Por esse motivo, eu nunca fiz isso.

Ela foi até a mesa e usou uma das mãos para espalhar a pilha sobre a mesa, de modo a ver alguns documentos. Um deles tinha o que parecia uma foto de vigilância anexada. Mostrava um homem entrando num carro, no que era obviamente o estacionamento de uma lanchonete In-N-Out. Não havia marcação de data e hora, de modo que não era uma foto de tocaia oficial.

– Quem é esse? – perguntou ela.

– Não é o caso do Lee – insistiu Bosch. – É uma coisa totalmente diferente, certo?

– Só estou perguntando. Quem é?

– Finbar McShane.

Renée assentiu. Isso explicava a pilha. Alguns casos se espalhavam por vários livros de assassinatos. Especialmente os não solucionados.

– Foi o que pensei. Você não consegue deixar de lado, não é?

– E o quê? Você acha que eu deveria? Ele matou uma família inteira e se livrou. Eu deveria deixar de lado?

– Não estou dizendo isso. Sei que é a sua obsessão, Harry. Já conversamos sobre isso.

– Certo, então você sabe.

Renée queria levar a conversa de volta para o seu caso.

– Você disse que o caso do Lee não era do tipo que faria você copiar um livro inteiro. O que quis dizer com isso?

– Ele não me fisgou.

– Por quê?

– Bom, como você sabe, ou como acho que vai saber, algumas pessoas são como arquitetas da própria morte. E outras são atropeladas pelo ônibus. Simplesmente estão no lugar errado, na hora errada, e não fizeram nada para provocar o destino. São inocentes.

Bosch indicou a pilha de documentos espalhados na mesa.

– E são esses que fisgam a gente – disse.

Renée assentiu e ficou quieta por um momento, como se dedicasse seu respeito a todos os inocentes.

– Fisgando ou não fisgando, você pode me dizer o que lembra sobre o Lee? Eu fiz uma conexão balística com o assassinato de um homem em Hollywood ontem à noite.

Bosch levantou as sobrancelhas. Finalmente ficou intrigado.

– O último assassinato do ano, é?

– Na verdade, foi o primeiro. Quando os tiros começaram, à meia-noite, alguém acertou um na cabeça da minha vítima.

– Camuflagem de áudio. Esperto. Quem é a vítima?

– Harry, não é você que faz perguntas aqui. Primeiro me fale sobre o Lee, depois podemos falar sobre o meu caso. Talvez.

– Entendi. Quer se sentar?

Ele indicou a mesa, em vez de a sala de estar, mais confortável. Foi para o outro lado, onde ficaria de costas para uma parede coberta por pilhas desarrumadas de livros, pastas, CDs e LPs, e sentou-se. Renée se sentou de frente para ele.

Enquanto falava, Bosch empurrou os documentos que Renée tinha espalhado, arrumando-os de novo numa pilha.

– Albert Lee, homem negro, acho que tinha 34 anos quando morreu. Talvez 33. Ele teve uma boa ideia. Os rappers estavam começando a virar astros da noite para o dia, fazendo suas próprias gravações, saindo direto do gueto e coisa e tal. Ele pegou dinheiro emprestado e abriu um estúdio de gravação em North Hollywood. Era um negócio maneiro, estava fora dos territórios das gangues de South Central, e as pessoas podiam ir lá, alugar tempo no estúdio e gravar uns raps. Era uma ideia ótima.

– Até não ser mais.

– Isso, até não ser mais. Eu mencionei que ele pegou dinheiro emprestado. Precisava fazer pagamentos mensais, além do aluguel e outras despesas. E algumas pessoas que iam gravar no estúdio dele...

– Eram bandidos de gangues.

– Não. Quero dizer, é, eram, mas o que eu ia dizer era que eles não tinham dinheiro para pagar o tempo do estúdio, e o Albert, que tinha um lado bonzinho, deixava que eles gravassem se assinassem um contrato para entregar um percentual do que ganhassem com as músicas, sacou?

– Saquei. Ele só estava tentando lucrar mais adiante.

– Exato, e algumas daquelas pessoas se deram razoavelmente bem, mas mesmo assim o pagamento era pouco. Ele processou alguns caras e tudo foi amarrado nos tribunais.

– Ele ia sair do negócio?

– Ia, mas arranjou um investidor. Sabe o que é contrato de antecipação de recebíveis?

– Não.

– É um empréstimo empresarial com juros altos, uma espécie de empréstimo ponte. É garantido pelas contas a receber. Faz sentido?

– Na verdade, não.

– Digamos que sua empresa tem cem dólares a receber, mas só daqui a uns dois meses. Um empréstimo de antecipação de recebíveis lhe daria os cem dólares, de modo que você pudesse manter a empresa funcionando, mas ele não é garantido por propriedades ou equipamentos, porque nada disso pertence à empresa. É tudo alugado. O único valor que a empresa tem para garantir o empréstimo é o que lhe é devido: as contas a receber.

– Certo, entendi.

– E foi isso que Albert Lee fez. Só que os juros desses empréstimos são altos, chegam aos limites da agiotagem, mas não atravessam a linha. É um negócio legal, e foi essa estrada que o Albert pegou. Ele fez três empréstimos diferentes, totalizando cem mil dólares, virou-se de cabeça para baixo e não conseguiu pagar, porque os processos eram adiados e adiados. Assim, em pouco tempo, o credor pegou a empresa. Deixou Albert no comando e administrando o estúdio, pagava um salário e... aí é que está o negócio: exigiu que o Albert fizesse um seguro de vida para o caso de acontecer algo com ele.

– Ah, merda. Quanto?

– Um milhão.

– Então Albert foi morto e o credor foi pago.

– Exatamente.

– Mas você não conseguiu fazer um indiciamento.

– Não pude chegar lá.

Bosch indicou a pilha de documentos na mesa.

– Como esse aí. Tenho uma boa ideia de quem fez, mas não posso chegar lá. Mas, diferentemente dessa família, Albert andou de braços dados com seu assassino. Para algumas pessoas, o lobo invade a casa. Pessoas como Albert convidam o lobo a entrar.

– Portanto nada de simpatia pelo cara que convida o lobo. Como isso se encaixa no "todo mundo importa ou então ninguém importa?"

– O cara que abre a porta ainda importa. Mas os inocentes vêm em primeiro lugar. Quando eu resolver todos esses aí, podemos falar sobre a próxima onda. Todo mundo ainda conta. Existe um número limitado de horas no dia e de dias no ano.

– E é por isso que um cara que mata uma família inteira está no topo da sua pilha.

– Você sacou.

Renée assentiu enquanto digeria a visão de Bosch sobre o que era necessário para ser fisgado por um caso ou ser capaz de colocá-lo no fim da fila.

– Então – disse finalmente. – No caso do Albert Lee, quem era o credor?

– Era um dentista. O nome dele era John William James. Tinha um consultório na Marina, e acho que ganhou tanto dinheiro pondo capas em dentes que começou a fazer contratos de antecipação de recebíveis.

– Você disse "era". Que o nome dele "era" John William James.

– É, esse é que vai ser o problema do seu caso. John William James morreu. Uns dois anos depois do assassinato de Albert Lee, James também foi morto. Estava sentado em seu Mercedes no estacionamento do lado de fora do consultório quando alguém enfiou uma bala de vinte e dois na cabeça dele, também.

– Merda.

– Lá se vai a sua pista, não é?

– Talvez. Mas mesmo assim eu gostaria de ver se você consegue encontrar a cronologia do caso, e o que mais você tiver.

– Claro. Está no armário da garagem ou embaixo da casa.

– Embaixo?

– É, eu construí um depósito embaixo dela, quando me aposentei. É bem legal. Tenho até uma bancada para quando vou examinar casos.

– Coisa que, tenho certeza, você faz com frequência.

Bosch não respondeu, o que ela recebeu como confirmação.

– Por sinal – disse Renée. – Como você está indo com tudo... do negócio da radiação?

Ela hesitou e não disse a palavra *leucemia*.

– Ainda estou vivo, obviamente. Tomo meus comprimidos e isso parece manter a coisa sob controle. Ela pode voltar, mas por enquanto não tenho reclamações.

– É bom saber. Então, será que você pode procurar a cronologia agora?

– Claro, já volto. Talvez demore um pouco. Quer que eu ponha a música de volta?

– Tudo bem, mas eu ia perguntar: o que você estava escutando quando eu cheguei? Tinha uma levada ótima.

– "Compared to What". Algumas pessoas dizem que foi a primeira canção jazz de protesto: "Ninguém nos dá razão. Se você tiver alguma dúvida, eles dizem que é traição."

– Certo, pode pôr de volta. Quem é?

– Originalmente Eddie Harris e Les McCann, mas essa versão é de John Legend com The Roots.

Renée começou a rir. Bosch apertou o botão de novo. Em seguida, baixou o volume.

– O que foi? – perguntou ele.

– Você me surpreende, Harry, só isso. Achei que você não ouvia nada gravado neste século.

– Isso dói, Renée.

– Desculpe.

– Já volto.

9

Renée estava na garagem do seu condomínio com os impressos de Bosch embaixo do braço, pegando sua bolsa no banco de trás, quando um homem se aproximou. Ficou tensa enquanto examinava a garagem e não via mais ninguém. Sua arma estava na bolsa.

– Olá, vizinha – disse o homem. – Só queria me apresentar. Você é do vinte e três, não é?

Renée sabia que ele estava falando do número do seu apartamento. Só estava morando no prédio havia alguns meses, e apesar de só existirem vinte e cinco unidades, ainda não conhecia todos os vizinhos.

– Ah, é, oi – disse. – Renée.

Os dois tocaram os cotovelos.

– Sou Nate, do treze, embaixo de você. Feliz ano novo!

– Feliz ano novo para você também.

– Meu companheiro é o Robert. Ele disse que te conheceu quando você estava trazendo a mudança.

– Ah, certo, é, eu conheci o Robert. Ele me ajudou a pôr uma mesa no elevador.

– E ele disse que você é policial.

– É, sou mesmo.

– Acho que essa não é uma época boa para ser policial.

– Tem seus momentos. Nem todos são bons, nem todos são ruins.

– Só para você saber, eu participei do protesto do Black Lives Matter. Não use isso contra mim.

– Não vou usar. E concordo, as vidas negras importam.

Renée notou que ele estava carregando um capacete e usando roupas de ciclista, inclusive o short apertado com almofada na bunda que parecia esquisito quando a pessoa estava fora da bicicleta. Queria mudar de assunto sem ser grosseira com um vizinho.

– Você anda de bicicleta? – perguntou.

Era uma pergunta idiota, mas foi a melhor que conseguiu fazer.

– Sempre que tenho chance – respondeu Nate. – Mas dá para ver que você tem um hobby diferente.

Ele apontou para as pranchas que Renée tinha encostado na parede da garagem na frente do seu Defender. Uma era a de stand up, para os dias sem vento, a outra, sua Rusty Mini Tanker para surfar as ondas da Sunset Beach. O resto das pranchas estava no depósito do condomínio, mas seu armário estava cheio, e ela sabia que deixar as pranchas mais usadas na garagem era correr o risco de ser roubada. Esperava que as câmeras nas saídas servissem como empecilho.

– É, acho que eu curto a praia – disse, e imediatamente não gostou da resposta.

– Bom, foi um prazer conhecê-la, e seja bem-vinda – disse Nate. – Além disso, devo dizer que sou o atual presidente da associação de proprietários. Sei que você aluga com os proprietários corporativos, nós aprovamos isso, mas se precisar de alguma coisa relacionada à associação de proprietários, bata à minha porta no primeiro andar.

– Ah, está bem. Farei isso.

– Espero ver você num dos encontros no pátio.

– Não ouvi falar nisso.

– Na primeira sexta-feira de cada mês, não incluindo hoje, claro. Happy hour. É "traga sua própria bebida", mas as pessoas compartilham.

– Certo, está bom. Talvez eu veja você lá. E foi um prazer conhecê-lo.

– Feliz ano novo!

– Pra você também.

Renée ainda estava se acostumando ao fato de ter vizinhos e ficava sem graça com os encontros e cumprimentos, especialmente quando revelava que era policial. Tinha passado a maior parte dos últimos quatro anos alternando entre uma barraca na praia de Venice e usando a casa da sua avó em Ventura para dormir. Mas a Covid-19 fechou as praias, e a crescente população de sem-teto em Venice tornou a praia um lugar onde ela não queria estar. Tinha alugado o apartamento, que ficava a apenas dez minutos da delegacia. Mas isso significava ter vizinhos em cima e em baixo, à esquerda e à direita.

Nate foi em direção ao elevador e ela se decidiu pela escada, de modo a não ter de subir com ele e conversar mais amenidades. Seu telefone começou a tocar e ela lutou para tirá-lo do bolso sem largar a papelada de Bosch. Viu na tela que era Lisa Moore quem estava ligando.

– Puta que pariu – disse Lisa, em vez de alô.

– O que foi, Lisa?

– Temos um caso e estou a cinco minutos do Miramar com o Kevin.

Renée interpretou isso como a informação de que os Homens da Meia-Noite tinham feito outra vítima e que Lisa estava quase no resort em Santa Barbara com o namorado, um sargento da Divisão Olympic.

– Qual é o caso? – perguntou.

– A vítima só prestou queixa há uma hora. Achei que a gente estivesse liberada.

– Quer dizer que ela foi estuprada ontem à noite, mas só prestou queixa agora?

– Exatamente. Ficou sentada na banheira durante horas. Olha, eles a levaram ao CAE. Existe alguma chance de você cuidar disso, Renée? Quero dizer, provavelmente vou demorar mais de duas horas para voltar daqui, com o tráfego e a merda toda.

– Lisa, nós estávamos de plantão o fim de semana inteiro.

– Eu sei, eu sei, só pensei que, depois do que nós conversamos, eu estava liberada, saca? Nós vamos voltar. É sacanagem pedir a você.

Renée deu meia-volta e retornou ao carro. Era um pedido enorme da parte de Lisa, não apenas porque, tecnicamente, o caso era dela. Renée sabia que qualquer ida ao Centro de Atendimento a Estupros deixaria uma marca nela. Não havia nenhuma história inspiradora que pudesse surgir no CAE. Abriu a porta do Defender e pôs a bolsa de novo dentro.

– Eu cuido disso – falou. – Mas em algum momento o Dash vai verificar e pode ligar para você. Você é que é das Agressões Sexuais. E não eu.

– Eu sei, eu sei. Estava pensando em ligar para ele agora, dizer que recebemos o telefonema e que uma de nós vai dar as informações depois de falarmos com a vítima. Se você ligar para ele mais tarde, isso deve me dar cobertura. E se precisar de mim amanhã, eu volto.

– Tudo bem. Só não quero ficar com o rabo na reta por ter dado cobertura a você.

– Não vai ficar. Você é a maior. Ligo mais tarde para ver como tudo está.
– Certo.

Desligaram. Renée estava chateada. Não por causa da falta de ética profissional de Lisa. Depois de um ano de pandemia e sentimentos contra a polícia, às vezes era difícil encontrar comprometimento com o trabalho. A doença do "por que a gente deveria se preocupar?" tinha infectado todo o departamento. O que a irritava era não poder levar adiante seus planos de passar a tarde em casa, pedir comida do Little Dom's e estudar o registro cronológico do assassinato de Albert Lee. Agora que tinha um caso novo dos Homens da Meia-Noite, com certeza o tenente Robinson-Reynolds entregaria a investigação de Raffa à Homicídios do Bureau Oeste. Seria a primeira coisa que ele faria de manhã.

– Merda – disse, ligando o Defender.

O CAE era ligado ao Centro Médico da Universidade da Califórnia, em Santa Monica. Renée estivera lá muitas vezes, trabalhando em casos, inclusive na ocasião em que ela própria fora examinada em busca de provas de estupro. Conhecia a maior parte das mulheres pelo primeiro nome – somente mulheres trabalhavam lá. Entrou pela porta descaracterizada e encontrou dois policiais uniformizados que reconheceu como McGee e Black, de pé na sala de espera.

– Ei, pessoal, eu posso cuidar a partir daqui – disse ela. – Como foi a chamada?

– Ela telefonou – respondeu Black. – A vítima.

– Ela ficou pensando naquilo o dia inteiro e então decidiu que tinha sido estuprada – disse McGee. – Qualquer prova que existisse desceu pelo dreno da banheira.

Renée o encarou por um momento, tentando ler o sentimento por trás de uma declaração tão escrota.

– Bom, veremos isso – disse, finalmente. – Só para você saber, estou supondo que ela não teve nenhuma dúvida de que foi estuprada, certo, McGee? A hesitação foi provavelmente com relação a prestar queixa a um departamento e a policiais que não ligam a mínima e não consideram estupro um crime.

As bochechas de McGee começaram a ficar vermelhas de raiva, constrangimento ou as duas coisas.

– Não fique chateado, McGee – continuou Renée. – Eu não disse que estava falando de você, disse?

– É. Babaquice – disse McGee.

– Deixa pra lá. Ela contou que foram dois suspeitos?
– Contou – respondeu Black. – Um entrou, depois deixou o outro entrar.
– A que horas foi isso?
– Mais ou menos à meia-noite – respondeu Black. – Disse que não ficou acordada para ver a chegada do Ano-Novo. Chegou do trabalho por volta das nove e meia, fez um jantar, depois tomou banho e foi dormir.
– Qual era o endereço?
– Ela mora lá no Dell – disse Black.
– Merda – murmurou Renée.
– O que foi? – perguntou McGee.
– À meia-noite eu estava parada embaixo do viaduto de Cahuenga. Justo quando aqueles caras estavam lá, atrás de mim.

O Dell era um bairro nas encostas, poucos quarteirões ao norte do viaduto onde Renée e Lisa tinham esperado a fuzilaria do Ano-Novo. Olhando o cartão de informações de campo, viu que a vítima, Cynthia Carpenter, morava na Deep Dell Terrace. Era quase no topo da colina que dava na represa Mulholland.

Renée levantou o cartão, como se perguntasse: é só isso que vocês têm?
– Vocês vão fazer o BO hoje, não é? – perguntou.
– Assim que a gente sair daqui – respondeu Black.

Renée assentiu. Precisava do boletim de ocorrência como ponto de partida da investigação.
– Bom, eu pego a partir daqui – disse. – Podem voltar para a seis e escrever.
– E você pode ir para o inferno, Ballard – disse McGee.

Ele não se mexeu. Black o agarrou pelo braço e o puxou para a porta, dizendo:
– Deixa pra lá, meu chapa. Deixa pra lá.

Renée esperou para ver como McGee queria fazer o jogo. Houve um momento de silêncio tenso e depois ele se virou e saiu para o estacionamento, atrás do parceiro.

Renée respirou fundo e se virou para o balcão de recepção. A enfermeira recepcionista, Sandra, sorriu para ela, tendo ouvido a conversa.
– Pega pesado com eles mesmo, Renée – disse ela. – Sua vítima está na sala três com a Martha. Vou dizer a ela que você vai esperar no corredor.
– Obrigada.

Renée passou pela mesa e seguiu pelo corredor curto com portas para quatro salas de exames. Houvera ocasiões em que tinha vindo aqui e todas as quatro salas estavam ocupadas com vítimas de agressão sexual.

O corredor era azul-claro com um mural de flores crescendo a partir do rodapé, numa tentativa de fazer as coisas parecerem mais agradáveis num lugar onde horrores eram documentados. Na parede entre as salas um e três havia um quadro de avisos com várias ofertas de terapia de estresse pós-traumático e aulas de defesa pessoal. Renée estava examinando um cartão de visitas preso ao quadro, oferecendo instrução de tiro dada por um policial aposentado do DPLA chamado Henrik Bastin. Pegou-se esperando que ele conseguisse um monte de trabalho neste lugar.

A porta da sala três se abriu e a Dra. Martha Fallon saiu, fechando-a em seguida. Sorriu, apesar das circunstâncias.

– Oi, Renée – disse ela.

– Martha. Nada de feriado para você, não é?

– Acho que quando os estupros tirarem um dia de folga, nós também teremos um. Desculpe, isso pareceu banal, e eu não queria.

– Como está a Cynthia?

– Ela prefere ser chamada de Cindy. Está... é... bem, está no lado escuro da lua.

Renée tinha ouvido Martha Fallon usar essa expressão antes. O lado escuro da lua era onde viviam as pessoas que haviam passado pelo que Cindy Carpenter tinha acabado de passar. Onde umas poucas horas sombrias mudavam tudo com relação a cada hora que viria em seguida. O lugar que apenas as pessoas que haviam passado por isso entendiam.

A vida nunca mais era a mesma.

– Talvez você tenha ouvido dizer: ela tomou banho – disse Martha. – Não conseguimos nada, não que isso realmente importe.

Renée achou que essa última parte era uma referência à quantidade de kits de estupro esperando para ser abertos na Unidade Forense para tipagem de DNA e outras análises de provas. Esse simples fato parecia explicar o lugar onde o departamento e metade da sociedade, e ainda mais o policial McGee, situavam a agressão sexual no espectro dos crimes sérios. A intervalos de alguns anos acontecia um clamor político e encontravam dinheiro para processar os casos de estupro acumulados. Mas então o furor diminuía e os casos começavam a se acumular de novo. Era um ciclo que jamais terminava.

O relatório de Martha não foi surpresa para Renée. Também não houvera DNA recuperado nos outros dois casos dos Homens da Meia-noite. Os perpetradores desconhecidos planejavam e executavam os crimes cuidadosamente. Os casos só eram conectados pelo modus operandi e pela raridade de uma dupla de estupradores. Era um fato tão raro que tinha uma sigla própria, ASMO: agressão sexual com múltiplos ofensores.

– Você terminou? – perguntou Renée. – Posso falar com ela?

– Pode. Eu disse a ela que você estava aqui.

– Como ela está?

Renée sabia que a vítima não estava bem. Sua pergunta se referia ao nível de trauma psicológico na extensão conhecida por Martha Fallon, depois de tratar de milhares de sobreviventes de estupros no correr dos anos.

– Ela não está bem. Mas você tem sorte, porque agora ela está com raiva, e esse é um bom momento para falar. Assim que ela tiver mais tempo para pensar, vai ficar mais difícil. Ela vai se enfiar na concha.

– Certo. Vou entrar.

– Vou pegar umas roupas para ela voltar para casa. Presumi que você levaria as roupas com as quais ela veio, como prova.

As duas partiram em direções opostas. Renée foi até a porta da sala três, mas ficou do lado de fora por um momento e leu o que o policial Black tinha anotado no cartão de informações de campo preenchido enquanto transportavam Cindy Carpenter para o CAE.

Cindy tinha 29 anos, era divorciada e gerente do café Native Bean, na Hillhurst Avenue. De repente, Renée percebeu que talvez reconhecesse a vítima, porque o café ficava no seu bairro, em Los Feliz. E ainda que ela só tivesse se mudado alguns meses antes, o Native Bean tinha se tornado seu lugar predileto para pegar um café e, de vez em quando, um bolinho de mirtilo de manhã depois do trabalho, especialmente se quisesse adiar o sono e ir para o mar.

Renée bateu de leve à porta e entrou. Cindy Carpenter estava sentada numa mesa de exame e ainda com uma camisola hospitalar. Suas roupas, mesmo ela tendo se vestido depois de tomar banho, tinham sido recolhidas como prova e estavam numa sacola de papel pardo na bancada da sala. Isso era protocolo e a sacola fora lacrada pela Dra. Fallon. Havia uma segunda sacola de provas em que Black e McGee tinham tido a presença de espírito de colocar a camisola que Cindy usava ao ser atacada, além dos lençóis, do cobertor e das fronhas da cama. Isso era procedimento padrão, mas frequentemente era deixado de ser cumprido pelos patrulheiros. De má vontade,

Renée precisou dar uma nota alta a McGee e Black por isso. Na bancada, havia também uma receita escrita por Martha Fallon, para a pílula do dia seguinte, além de um cartão com instruções para acessar os resultados dos exames de HIV e doenças sexualmente transmissíveis que seriam coletados depois do exame no CAE.

Renée reconheceu mesmo Cindy Carpenter. Era alta e magra e tinha cabelos louros que iam até os ombros. Renée a vira muitas vezes pela janela de entrega do Native Bean. Tinha comprado com ela em algumas dessas ocasiões, mas estava claro que Cindy era mais do que uma barista e administrava o negócio. Renée estava ansiosa pelo dia em que o interior da loja estaria aberto depois da pandemia e ela poderia entrar e sentar-se a uma mesa. Sempre fazia um bom trabalho nos cafés. Era uma das coisas de que mais sentira falta no ano anterior.

Nada no cartão de informações de campo ou do que Fallon dissera no corredor havia preparado Renée para a condição física de Cindy. Ela estava com hematomas em volta dos dois olhos e lacerações no lábio inferior e na orelha esquerda, por ter sido mordida. Também havia uma abrasão numa sobrancelha que Renée sabia, pelos casos anteriores, que provavelmente havia acontecido quando uma máscara grudada com fita adesiva sobre os olhos dela foi retirada com força. E por fim o cabelo louro em camadas estava desequilibrado devido a um corte propositadamente aleatório feito pelos agressores, uma indignidade que Renée sabia que Cindy lhe diria que havia acontecido no final e era um sinistro golpe de misericórdia da agressão. Os estupradores teriam levado o cabelo embora.

– Cindy, meu nome é Renée – disse ela, tentando ser informal. – Sou detetive da Divisão Hollywood do DPLA. Vou investigar este caso e preciso fazer algumas perguntas, se você não se importar.

Deixada sozinha na sala, Cindy estivera chorando. Estava segurando um lenço de papel numa das mãos e o celular na outra. Renée queria saber com quem ela estivera falando ou trocando mensagens, mas isso viria mais tarde.

– Quase não liguei para vocês – disse Cindy. – Mas então pensei: e se eles voltarem? Eu queria que alguém soubesse.

Renée assentiu, indicando que entendia.

– Bom, fico feliz que você tenha ligado – disse. – Porque vou precisar da sua ajuda para pegar esses homens.

– Mas eu não posso ajudar. Nem vi o rosto deles. Estavam usando máscaras.

– Bom, vamos começar por aí. Você viu as mãos deles? Outras partes dos corpos? Eram brancos, negros, morenos?

– Os dois eram brancos. Pude ver os pulsos e outras partes dos corpos.

– Certo, bom. Fale sobre as máscaras.

– Pareciam máscaras de esquiador. Uma era verde e uma, azul.

Isso batia com os outros dois ataques. Agora a conexão entre os três casos era mais do que uma teoria. Estava confirmada.

– Certo, isso ajuda – disse Renée. – Quando você viu as máscaras de esquiador?

– No final. Quando eles arrancaram a máscara dos meus olhos.

Essa era uma parte incomum, que tinha acontecido em todos os três ataques. Os Homens da Meia-Noite traziam máscaras preparadas antecipadamente, para colocar nas vítimas, e as tiravam no final dos ataques. Isso indicava que não queriam deixar as máscaras para trás, como provas. Porém, mais importante, era uma indicação de que não estavam mascarando as mulheres para impedir que elas os vissem. As próprias máscaras de esquiador protegiam sua identidade. Significava que eles queriam esconder alguma outra coisa das vítimas.

– Você viu mais alguma coisa neles? Ou só as máscaras de esquiador?

– Um deles usava uma camisa. Vi um curativo no braço dele.

– Qual? O da máscara verde ou da azul?

– Verde.

– Que tipo de curativo? Como era?

– Era tipo um dos maiores que existem. Era quadrado. Bem aqui.

Ela apontou para a parte interna do braço.

– Você acha que era para cobrir uma tatuagem?

– Não sei. Só vi tipo... um segundo.

– Certo, Cindy, sei que é difícil, mas quero que você detalhe tudo que eles fizeram com você, e também preciso tirar fotos dos seus ferimentos. Mas primeiro quero perguntar: eles disseram alguma coisa, qualquer coisa, que pudesse significar que sabiam quem você era, antes de ontem à noite?

– Quer dizer, como se isso não fosse uma coisa aleatória? Não, eu não conhecia aqueles caras. Não mesmo.

– Não, o que eu quero dizer é: você acha que eles te viram em algum lugar, no café, por exemplo, em algum local onde você faz compras ou qualquer outro, e decidiram atacar você? Ou seria o contrário? Eles escolheram o bairro e depois escolheram você?

Cindy balançou a cabeça.

– Não faço ideia. Eles não disseram nada assim, só me ameaçaram e falaram merdas como "você se acha tão maneira e é tão metida à besta". Eles...

Ela parou para levantar o lenço de papel enquanto uma onda de lágrimas chegava. Renée tocou seu braço.

– Sinto muito por fazer você passar por isso – disse.

– É como se eu tivesse de viver tudo de novo.

– Eu sei. Mas isso vai nos ajudar a pegar esses dois... homens. E impedir que eles possam machucar outras mulheres.

Renée esperou alguns instantes, até Cindy se recompor. Então recomeçou:

– Vamos falar sobre ontem à noite, antes de qualquer coisa acontecer. Você saiu ou ficou em casa para a passagem de ano?

– Bom, eu trabalhei até as nove, quando a loja foi fechada.

– Está falando do Native Bean?

– É, nós chamamos de Bean. Uma das minhas funcionárias está com Covid e o planejamento está todo bagunçado. Precisei trabalhar no último turno do ano.

– Eu gosto da sua loja. Me mudei para Finley há alguns meses e tenho comprado o meu café lá. Seus bolinhos de mirtilo são fantásticos. Bom, você fechou a loja às nove e foi para casa? Ou parou em algum lugar?

Renée supôs que ela diria que parou no supermercado Gelson's na Franklin. Seria o seu caminho para casa, e uma das outras vítimas tinha feito compras lá na noite do ataque.

– Fui direto para casa. Preparei o jantar, sobras de comida para viagem.

– E você mora sozinha?

– Moro, desde que me divorciei.

– O que você fez depois do jantar?

– Só tomei um banho de chuveiro e fui para a cama. Deveria abrir a loja hoje de manhã.

– Você é quem abre na maioria das manhãs, não é? É quando te vejo.

– Isso mesmo. Nós abrimos às sete.

– Em geral você toma banho de manhã, antes de ir trabalhar?

– Na verdade, não, prefiro dormir até mais tarde, por isso... Por que isso é importante?

– Porque neste ponto nós realmente não sabemos o que é importante.

O desapontamento de Renée por não existir a conexão do supermercado Gelson's havia desaparecido quando Cindy mencionou o banho. As duas vítimas anteriores tinham dito que tomaram banho de chuveiro nas noites em que foram agredidas. Com apenas duas vítimas dizendo isso, poderia ser coincidência. Mas três em três se tornava um padrão. Renée sentiu os instintos se agitando. Acreditou que talvez tivesse alguma coisa com a qual trabalhar.

10

Cindy Carpenter recusou atendimento médico para os ferimentos físicos. Disse a Renée que só queria ir para casa. Era uma viagem longa do CAE até o Dell, e Renée usou o tempo para repassar a história. Nesse ponto, Cindy estava exaurida, mas cooperou, contando-a de novo com todos os detalhes humilhantes, dizendo o que os estupradores a haviam obrigado a fazer, o que ouvira e o que conseguira ver quando a máscara colada sobre os olhos começou a se soltar. Desde a primeira narrativa no CAE até a segunda, no carro, Cindy contou a mesma história, acrescentando e subtraindo alguns detalhes aqui e ali, mas sem se contradizer em nenhum ponto. Isso era bom, Renée sabia. Significava que ela seria uma boa testemunha para a investigação e o julgamento, caso um processo fosse aberto.

Renée a elogiou, e disse por quê. Era importante mantê-la cooperando. Com frequência, as vítimas ficam relutantes quando começam a pôr na balança sua recuperação psíquica e a confiança no sistema.

De propósito, Renée não tinha gravado nenhuma das duas sessões. Uma gravação feita nas horas depois da agressão poderia ser ouro nas mãos de uma advogada de defesa. Ela – sim, os estupradores inteligentes costumavam usar mulheres como advogadas, para influenciar o júri – poderia pegar qualquer incoerência entre o testemunho no tribunal e um primeiro relato para abrir um buraco na argumentação com tamanho suficiente para a passagem de um ônibus chamado dúvida razoável. Renée sempre precisava pensar nos passos à frente enquanto tentava solucionar o caso atual.

Cindy tinha fornecido numerosos detalhes que ligavam o ataque que tinha sofrido aos dois casos anteriores. O principal era o horário dos ataques, os atos específicos de agressão sexual sofridos pelas mulheres e as medidas tomadas pelos estupradores para não deixar provas. Dentre esses esforços, estavam o uso de luvas e preservativos e, digno de nota, os suspeitos tinham trazido um aspirador de pó portátil, que era passado sobre a vítima e em alguns locais da casa antes de saírem.

Alguns novos detalhes surgiram na narrativa que Cindy fez no carro. Um era que o Sr. Verde, como tinham passado a chamar o suspeito com a máscara de esquiador verde, tinha pelos pubianos ruivos, ao passo que o Sr. Azul tinha pelos escuros, quase pretos. Presumindo que os pelos corporais combinassem com o couro cabeludo, agora Renée tinha descrições parciais dos dois perpetradores. As duas vítimas anteriores não tinham visto nada, porque a fita adesiva posta sobre os olhos não havia sido retirada. Todas as três vítimas tinham dito que podiam perceber, pelo toque dos estupradores, que eles usavam luvas, mas, durante a viagem, Cindy revelou que tinha visto as mãos deles quando a fita foi tirada, e que as luvas que eles usavam eram descartáveis, de látex preto. Renée sabia que essas luvas eram fáceis de serem compradas. Não seria uma forte evidência de culpa, mas era um dos muitos detalhes que poderiam ser importantes, caso algum suspeito fosse identificado.

Havia outra evidência ligando os três casos como parte do modus operandi. Durante a viagem de carro, Renée se concentrara em como os homens falavam e nas instruções que tinham dado a Cindy. Não a instigou com exemplos específicos porque isso poderia levar a uma falsa confirmação de conexão. Precisava pedir de modo mais genérico que Cindy tentasse se lembrar do que tinha sido dito a ela, mas a jovem forneceu uma conexão fundamental.

– No final, antes de irem embora, um deles, acho que era o Sr. Azul, disse: "Você vai ficar bem, boneca. Um dia você vai olhar para isso e sorrir." Em seguida, ele gargalhou e os dois foram embora.

Renée estivera esperando isso. O meio pedido de desculpas no final. As outras duas vítimas tinham contado a mesma coisa, até o tratamento antiquado ao chamar a vítima de "boneca".

– Tem certeza de que ele disse isso? Chamou você de "boneca"?

– Tenho. Ninguém nunca me chamou assim. É tipo a década de 1980, sei lá.

René concordava, mas isso não combinava com a avaliação de Cindy, baseada no que tinha visto do corpo dos agressores por entre a fita adesiva meio solta, de que eles teriam pouco menos ou pouco mais de trinta anos.

Ainda restava cerca de uma hora de luz do dia quando pararam diante do pequeno bangalô onde Cindy morava, na Deep Dell Terrace. Renée queria verificar a casa, para ver se conseguia encontrar um ponto de entrada e determinar se valeria a pena pedir uma perícia completa do local. Também queria andar pelo bairro à luz do dia e voltar depois da meia-noite, para avaliar as condições de iluminação e vigilância de outros moradores do bairro na encosta do morro.

Assim que entraram, Renée pediu que Cindy se sentasse no sofá da sala enquanto ela fazia uma rápida varredura na casa.

– Você acha que eles vão voltar? – perguntou Cindy.

Sua voz tinha a tensão do medo.

– Não é isso – respondeu Renée rapidamente. – Quero procurar qualquer coisa que o pessoal da patrulha possa ter deixado de perceber. E quero descobrir como os bandidos entraram. Você tem certeza de que nada foi deixado aberto ou destrancado?

– Nada. Sou paranoica com relação a trancar as portas. Verifico toda noite, mesmo quando sei que não passei por elas.

– Certo, só me dê uns minutos.

Renée começou a se mover pela casa sozinha, calçando um par de luvas de látex tiradas do bolso. Na cozinha havia uma porta que ela presumiu que dava diretamente na garagem anexa, para apenas um carro. Tinha uma tranca simples, de botão, na maçaneta, e nenhum trinco. No momento, a porta estava destrancada.

– Essa porta da cozinha dá na garagem? – gritou.

– É – gritou Cindy de volta. – Por quê?

– Ela está destrancada. Foi como você deixou?

– Acho que não. Mas posso ter deixado, porque as latas de lixo ficam na garagem e, de qualquer modo, a garagem está sempre trancada.

– Você quer dizer fechada? Ou fechada e trancada?

– Bom, fechada e trancada. Por fora não dá para abrir sem o controle remoto.

– Na garagem tem alguma porta que dê para fora? Além do portão basculante?

– Não, só o portão.

Renée decidiu não abrir a porta da garagem, mesmo com as luvas, até que a perícia a verificasse. A entrada podia ter acontecido por ali. Além disso, precisava considerar que McGee ou Black tivessem aberto a porta enquanto verificavam a casa, quando atenderam ao chamado. Podia perguntar a eles, mas sabia que nenhum dos dois admitiria essa gafe. Só teria certeza se haviam aberto a porta se um deles tivesse deixado alguma digital na maçaneta.

Decidiu que deixaria a garagem para o final, entrando por fora. Foi para um corredor que levava a dois quartos e um banheiro. Verificou primeiro o banheiro e não viu nenhuma evidência de invasão pela janelinha acima da banheira.

Entrou no quarto principal, onde a agressão acontecera. Ali, encontrou uma janela lacrada com várias camadas de tinta aplicadas em muitos anos. Olhou para a cama. Cindy dissera que só se dera conta da invasão quando acordou com um dos homens em cima dela, colocando uma fita adesiva sobre seus olhos e sua boca. Depois, ele amarrou suas mãos numa barra da cabeceira de latão da cama. Disse para ela não se mexer, nem fazer nenhum som, e então ela o viu sair do quarto e abrir a porta da frente para o parceiro.

Renée se ajoelhou e olhou embaixo da cama. Não havia nada, a não ser alguns livros. Puxou-os e viu que todos eram escritos por mulheres: Alafair Burke, Steph Cha, Ivy Pochoda. Empurrou-os de volta para baixo da cama e se levantou. Percorreu o quarto de novo com o olhar, mas nada se destacava. Voltou para o corredor e verificou o segundo quarto. Era bem arrumado e tinha poucas coisas dentro, obviamente um quarto de hóspedes. A porta do closet estava aberta uns dez centímetros.

Abriu totalmente o closet, sem tocar na maçaneta. Metade do espaço estava cheio de caixas de papelão marcadas como suprimentos do Native Bean. A outra metade estava vazia, aparentemente para o uso de hóspedes. Ajoelhou-se de novo para examinar o piso acarpetado. Não viu nada no carpete, mas havia um padrão nítido na trama indicando que um aspirador de pó tinha sido passado pouco tempo atrás. Ainda de joelhos, sentou-se nos calcanhares e chamou Cindy.

Ela veio imediatamente.

– O que foi?

– Você disse que não tem nenhum aspirador de pó, não é?

– É. Por quê?

– Passaram aspirador de pó nesse closet. Acho que foi aí que ele se escondeu.

Cindy olhou para o carpete muito bem limpo.

– Nós colocamos isso porque o dono anterior tinha guardado latas de tinta aí dentro e um pouco acabou se derramando no chão. Por baixo está horroroso.

– "Nós"?

– Meu marido e eu. Nós compramos a casa, e depois do divórcio eu fiquei com ela.

– A porta do closet... você deixa a porta aberta? Tipo, para circular o ar aí dentro ou algo assim?

– Não, mantenho fechada.

– Tem certeza de que você fechou a porta depois da última vez em que tirou coisas para levar para o café?

– Tenho.

– Certo. Olha, sinto muito, sei que você provavelmente só quer ser deixada em paz, mas quero que a perícia venha aqui e examine o closet, e talvez o resto da casa.

Cindy ficou cabisbaixa.

– Quando? – perguntou.

– Vou ligar para eles agora mesmo. Vou pedir que isso seja feito o mais rápido possível. Sei que é uma intromissão, mas queremos pegar esses caras e não quero deixar pedra sobre pedra. Acho que você também não quer.

– Está bem, acho. Você vai estar aqui?

– Se eles puderem vir agora, eu fico. Mas daqui a algumas horas vou começar um turno novo. Preciso ir à delegacia.

– Tente conseguir que eles venham agora, por favor.

– Vou tentar. Ah, você falou do seu marido. Ele ainda está em Los Angeles? Qual é o seu relacionamento com ele?

– Ele está aqui e estamos bem porque não nos vemos. Ele mora em Venice.

Mas havia uma tensão nítida sublinhando o modo como ela disse isso.

– O que ele faz?

– Trabalha na área de tecnologia. Para startups e coisas assim. Arranja investidores.

Renée se levantou. Precisou dar um passo para manter o equilíbrio. Percebeu que a privação de sono estava se manifestando.

– Você está bem? – perguntou Cindy.

– Estou. Só não dormi o suficiente. O que o seu ex achou de você ficar com a casa?

– Tudo bem, para ele. Por quê? Quero dizer, ele não gostou disso, mas... O que isso tem a ver?

– Só preciso fazer um monte de perguntas, Cindy, só isso. Não é grande coisa. Era com ele que você estava trocando mensagens?

– O quê?

– Quando entrei na sala de exames hoje, você parecia estar trocando mensagens ou telefonando.

– Não, eu estava trocando mensagens com Lacey, da loja, dizendo que ela precisava segurar as pontas até eu voltar.

– Você contou a ela o que aconteceu?

– Não. Eu menti. Disse que tive um acidente.

Ela indicou os ferimentos no rosto.

– Preciso descobrir um modo de explicar essa coisa.

Isso fez Renée pensar, porque sabia que o que Cindy contasse às pessoas agora poderia voltar para assombrar o caso, se houvesse um julgamento. Por mais louco que parecesse, um argumento da defesa dizendo que o sexo tinha sido consensual poderia ganhar apoio na mente de um jurado se houvesse algum testemunho da suposta amiga da vítima dizendo que esta jamais havia mencionado a agressão. Era uma possibilidade remota, mas Renée sabia que em algum momento precisaria orientar Cindy com relação a isso. Mas essa não era a hora.

– Então, você vai contar ao seu ex-marido? Vai contar o que aconteceu?

– Não sei, provavelmente não. Não é da conta dele. De qualquer modo, não quero pensar nisso agora.

– Entendo. Vou ligar para a perícia, ver se consigo fazer com que eles venham. Você terá de ficar na sala, se não se importar. Quero que eles examinem o seu quarto.

– Posso pegar meu livro para ler? Está embaixo da cama.

– Pode, tudo bem. Só tente não tocar em mais nada.

Cindy saiu e Renée pegou seu telefone. Antes de ligar pedindo uma equipe de perícia, agachou-se e tirou uma foto do carpete do closet, esperando que o padrão do aspirador fosse discernível na imagem. Em seguida, ligou para a perícia e recebeu uma estimativa de uma hora para a chegada.

Na sala, contou a Cindy que os peritos chegariam logo. Em seguida, perguntou se havia na casa um controle remoto que abrisse o portão da garagem. Explicou que não queria tocar na maçaneta da porta da cozinha. Até mesmo uma mão com luva poderia destruir impressões digitais.

– Eu uso a garagem como depósito e só estaciono na frente ou na entrada de veículos – disse Cindy. – Por isso tenho um controle no meu carro, que abre a porta, e tem um botão na parede do lado de dentro da garagem, perto da porta da cozinha.

– Certo. Podemos ir até o carro e usar o controle?

Saíram e Cindy usou uma chave remota para destrancar o carro. As luzes de estacionamento piscaram, mas Renée não escutou um estalo nítido das trancas.

– Seu carro estava trancado? – perguntou. – Eu não...

– Estava, tranquei ontem à noite.

– Não ouvi o estalo das trancas.

– Bom, eu sempre tranco.

Renée ficou chateada consigo mesma por não ter verificado primeiro se o carro estava trancado. Agora jamais teria certeza.

– Vou entrar pelo lado do carona – disse. – Não quero tocar na maçaneta da porta do motorista. Onde fica o controle da porta da garagem?

– No retrovisor. No lado do motorista.

Renée abriu a porta e se inclinou para dentro do carro. Tinha tirado seu chaveiro do bolso e usou a ponta da chave do seu apartamento para apertar o botão que abria a garagem. Em seguida, saiu do carro e olhou o portão da garagem se abrir com um guincho alto das molas.

– Ele sempre faz esse som? – perguntou.

– Faz. Preciso mandar lubrificar, ou algo assim. Meu marido é que cuidava dessas coisas.

– Você consegue ouvir de dentro, quando a garagem é aberta?

– Conseguia, quando meu ex ainda morava aqui.

– Você acha que o barulho acordaria você, no quarto?

– Sim. Ele sacode a casa inteira, como um terremoto. Você acha que foi assim que eles...

– Ainda não sei, Cindy.

As duas pararam na entrada da garagem. Cindy estava certa. Não havia espaço para um carro. O lugar estava apinhado de caixas, bicicletas e outras coisas, inclusive três latas para lixo, material reciclável e lixo de quintal. Parecia que Cindy guardava suprimentos do Native Bean também na garagem. Havia pilhas de copos e tampas em embalagens de plástico transparente, além de caixas grandes com vários tipos de adoçantes. Renée foi até a porta que dava na cozinha. Notou o botão que acionava a porta da garagem na parede à esquerda do batente.

Abaixou-se para olhar pelo buraco da fechadura na maçaneta, mas não viu nenhum sinal de que ela tivesse sido mexida.

– Bom, não temos certeza se essa porta estava trancada – disse.

– É, mas na maior parte do tempo ela está. E, como eu disse, a garagem estava trancada mesmo.

Renée apenas assentiu. Não contou a Cindy sua teoria atual, de que um dos estupradores tinha entrado na casa antes mesmo que ela viesse do trabalho e se escondido no closet do quarto de hóspedes até ela tomar banho e ir dormir. Em seguida, ele agiu, incapacitou-a, cobriu sua boca e os olhos com fita adesiva e deixou o outro estuprador entrar.

Uma bancada à direita da porta da cozinha estava repleta de equipamentos que Renée supôs que teriam vindo do café. Havia uma caixa de ferramentas aberta, com as ferramentas amontoadas de qualquer modo numa bandeja superior. Viu uma chave de fenda sozinha na bancada, como se tivesse sido tirada da caixa de ferramentas e deixada ali. Imaginou se os estupradores trariam suas próprias ferramentas para invadir a casa ou se contavam com a possibilidade de achar alguma coisa na garagem de uma casa onde uma mulher morava sozinha.

– Essa chave de fenda é sua? – perguntou.

Cindy foi olhar. Estendeu a mão para pegá-la.

– Não, não toque nela – disse Renée.

– Desculpe. Pode ser. Não sei. Todas essas coisas foram deixadas pelo Reggie.

– O seu ex.

– É. Você acha que eles usaram isso para entrar? Então como entraram na garagem?

Havia um tom esganiçado na sua voz.

– Não sei a resposta para nenhuma das duas perguntas – disse Renée. – Vejamos se os peritos descobrem.

Renée verificou seu telefone e disse que a perícia deveria chegar em quarenta e cinco minutos. Enquanto olhava a tela, houve uma chamada. Era Harry Bosch.

– Preciso atender – disse a Cindy. – Será que você pode voltar para a sala?

Renée saiu da garagem para a rua e atendeu ao telefone. Mas, em seguida, virou-se rapidamente para impedir que Cindy tocasse na maçaneta da porta da cozinha.

– Cindy, não – gritou ela. – Desculpe, será que você pode vir por aqui e entrar pela porta da frente?

Cindy obedeceu e Renée voltou a atender ao telefone.

– Harry, oi.

– Renée, parece que você está no meio de alguma coisa. Eu só queria verificar. Conseguiu algo de útil na cronologia?

Renée demorou um momento para se lembrar de qual caso e qual cronologia ele estava falando.

– Ah, não – disse. – Acabei me desviando, fui chamada para outro caso.

– Outro assassinato?

– Não, uns estupradores em série que estávamos procurando.

– No plural? ASMO?

– É. Esquisito demais. É uma dupla. Ontem à noite houve uma terceira vítima, mas ela só denunciou depois de eu ter passado na sua casa.

Houve silêncio.

– Harry, você está aí?

– Estou, só fiquei pensando. Uma dupla. Isso é bem raro. Em geral, os ASMO são estupros em grupo. E não dois caras com a mesma psicopatia.

– É. Bom, eu cuidei disso a tarde toda. Estamos chamando os dois de Homens da Meia-Noite.

– Quando existem dois caras assim... você sabe, que pensam do mesmo modo...

Ele ficou em silêncio.

– É, o que é que tem? – perguntou Renée.

– Só que um mais um não é igual a dois, saca? Eles se alimentam mutuamente. Um mais um é igual a três... eles vão crescendo, ficam mais violentos. Até que o estupro não basta. Eles matam. Você precisa pegá-los agora, Renée.

– Eu sei. Acha que eu não sei disso?

– Desculpe. Sei que você está em cima. De qualquer modo, eu tenho um livro que você deveria ler.

– Que livro?

– É sobre o antigo caso do Estrangulador de Hillside. O Bob Grogan... era uma lenda na Divisão de Roubos e Homicídios. Mas, nesse caso, eram dois estranguladores, e não um. Grogan pegou os dois e há um livro contando isso. Eu tenho aqui, em algum lugar. O nome é *Two of a Kind*.

– Bom, se você achar, me avise. Eu posso ir aí, pegar. Talvez me ajude a entender esses dois tarados.

– Já que você vai trabalhar no caso de estupro, que tal eu fazer um trabalhinho na outra coisa? O assassinato de ontem à noite?

– Tenho a sensação de que isso vai ser tirado do meu prato. Agora temos três casos de estupro conectados. Eles vão me manter nisso e mandar o homicídio para o Bureau Oeste.

– Até lá eu poderia trabalhar um pouco. Mas preciso ver o que você tem.

Renée parou por um momento, pensando. Trazer alguém de fora para um caso atual – mesmo sendo alguém com a experiência de Harry Bosch – poderia deixá-la na merda. Especialmente depois de Bosch ter trabalhado com o advogado de defesa Mickey Haller no ano anterior, num assassinato muito divulgado. Ninguém no comando aprovaria isso. Ninguém em todo o departamento aprovaria.

Teria de ser uma coisa extracurricular.

– O que você acha? – instigou Bosch.

– Acho que, se você encontrar o tal livro, talvez a gente possa fazer uma troca. Mas isso é perigoso para mim, em termos do departamento.

– Eu sei. Pense nisso. A gente se vê.

11

Enquanto esperava a chegada da perícia, Renée andou pela vizinhança e começou a pensar em termos do que tornava essa agressão diferente das duas primeiras. Não tinha dúvida de que eram os mesmos perpetradores. Havia semelhanças demais. Mas nessa última ocorrência também havia coisas que eram únicas.

Começou a listá-las na cabeça enquanto andava. A principal diferença era a localização geográfica. Os dois primeiros casos ocorreram na região plana, em bairros estruturados em grade, que proporcionavam várias rotas de fuga para os estupradores, caso alguma coisa desse errado. Isso não acontecia na Deep Dell Terrace. Era uma rua sem saída. Além do mais, era uma rua de montanha, estreita e sinuosa, num bairro que, em última instância, tinha apenas duas ou três rotas de subida e descida. Não havia um caminho que passasse por cima da montanha. Essa era uma distinção importante. Era mais ariscado pegar uma vítima nessa área. Se as coisas dessem errado para os estupradores e fosse feito um pedido de socorro, as rotas de fuga poderiam ser facilmente cobertas por uma reação policial. Ao mesmo tempo em que marcava mentalmente essa diferença no padrão, Renée também reconhecia que os padrões evoluíam. O sucesso dos dois primeiros estupros podia ter deixado os estupradores mais ousados, levando-os a novos terrenos de caça, mais arriscados.

O segundo aspecto nitidamente diferente dos dois primeiros casos era a topografia. Renée, assim como Lisa Moore, vinha trabalhando com a teoria de que os ataques eram cuidadosamente planejados. Assim que uma vítima era escolhida, os estupradores observavam sua rotina e se preparavam para a invasão e o ataque. Isso provavelmente implicava entrar no bairro vindo de fora. Cada uma das vítimas anteriores morava a poucos quarteirões de importantes vias no sentido leste-oeste – a Melrose Avenue, no primeiro caso, e a Sunset Boulevard, no segundo. Foi teorizado que os estupradores chegavam a pé e se moviam discretamente, vigiando a vítima, sua casa e as rotinas da área. Assim, um bairro plano e com ruas em grade permitia um melhor acesso à vítima e mais facilidade de fuga depois do crime. Porém, andando pela Deep Dell Terrace, ficou imediatamente claro que esse tipo de preparação e estratégia de fuga seria difícil aqui, se é que não impossível. O acesso aos fundos da casa de Cindy Carpenter era seriamente restringido pela encosta íngreme. As casas atrás dela, na próxima rua morro acima, projetavam-se em balanço por cima de uma face de rocha quase vertical. Não havia como se mover entre as casas ou atrás delas. Essas casas nem precisavam de cercas e portões; a topografia natural proporcionava segurança.

Tudo isso dizia a Renée que elas vinham olhando na direção errada. Tinham procurado dois vagabundos, voyeurs, que entravam no bairro vindos de uma rua comercial movimentada, moviam-se entre as casas ou atrás delas e descobriam a presa olhando através de janelas, possivelmente para atacar no momento ou voltar mais tarde. Isso foi apoiado quando as entrevistas com as vítimas e o cruzamento limitado de seus hábitos e movimentos nos dias anteriores não encontrou nenhuma conexão entre as duas mulheres. Elas se moviam em círculos diferentes que não se sobrepunham.

Segundo todas as indicações, o terceiro caso mudava tudo. O terceiro caso indicava que a vítima tinha sido escolhida em algum outro lugar e acompanhada até em casa. Isso mudava algumas coisas na investigação, e Renée se censurou silenciosamente pelo tempo desperdiçado olhando na direção errada.

Renée recebeu um alerta de e-mail no telefone e abriu o aplicativo, vendo que o policial Black enviara uma cópia do boletim de ocorrência. Abriu-a e examinou as duas páginas na telinha. Nada se destacava como informação nova. Já estava fechando o aplicativo quando se assustou com um veículo silencioso passando por ela. Virou-se e reconheceu um dos BMW elétricos usados pelas equipes de perícia.

O departamento tinha comprado uma frota daqueles carros para os detetives usarem, mas a autonomia de cem quilômetros por carga de bateria limitava sua utilidade quando os detetives precisavam ir mais longe, seguindo o ímpeto de um caso. Além disso, a autonomia anunciada caía consideravelmente ao dirigir numa via expressa, e era raro realizar uma investigação em Los Angeles sem dirigir numa via expressa. As histórias de detetives parados com baterias descarregadas eram abundantes, e os carros foram recolhidos e estacionados na cobertura de uma garagem da prefeitura durante mais de um ano até serem distribuídos de novo, dessa vez para unidades como a de perícia e de audiovisual, que realizavam viagens para uma única cena de crime e retornavam para a nave-mãe.

Renée começou a voltar para a casa de Cindy Carpenter e encontrou o perito enquanto ele saía do BMW. Ele abriu a tampa do porta-malas.

– Ballard, Divisão de Hollywood – disse ela. – Eu telefonei.

– Sou Reno – respondeu o homem. – Desculpe se assustei você ali. Essas coisas são silenciosas demais. Já aconteceu de pessoas literalmente atravessarem na minha frente sem olhar.

– Bom, talvez se você diminuísse um pouco a velocidade, isso não acontecesse.

– Você sabe qual é a velocidade dessas coisas? A gente mal toca no pedal e já está a sessenta por hora. Bom, você precisa de quê?

Ele fechou o porta-malas e ficou a postos, segurando a alça de uma grande caixa de equipamentos numa das mãos, com o peso inclinando os ombros. Era um homem magro, de macacão azul-escuro. As letras DIC – Divisão de Investigação Científica – estavam bordadas em letras brancas num bolso do peito.

– Tivemos uma invasão com estupro perpetrada por dois suspeitos ontem à noite – disse Renée. – Não consegui encontrar o ponto de entrada, mas acho que foi pela garagem. Quero que você comece por lá. Há uma chave de fenda numa bancada, talvez a gente tenha sorte com ela. Depois disso, quero que você olhe o closet no quarto de hóspedes.

– Certo – disse Reno. – A vítima está no hospital?

– Não, ela recusou mais tratamento médico. Está aí dentro.

– Ah.

– Ela sabe que você vem e eu vou ficar com você. Mas quero que examine o carro também.

Ela apontou para o Toyota parado na rua, atrás do carro de Reno.

– Ele estava na garagem?

– Não, mas ela deixou o controle remoto no carro, e acho que eles entraram no carro, depois na garagem, e depois na casa. Só há uma fechadura de maçaneta na porta que dá na cozinha.

– O carro não estava trancado?
– Não tenho certeza. Pode ser. O controle remoto está no retrovisor.
– Entendi.
– Seja rápido, está bem? Ela teve um dia muito ruim.
– É o que parece. Vou ser rápido.
– E eu vou pegar a chave para abrir o carro.

Enquanto Reno organizava seu equipamento, Renée voltou para dentro da casa e pediu a chave do carro a Cindy. Ela explicou o motivo e Cindy pareceu receber isso como outro nível de violação: sua casa, seu corpo e agora até mesmo seu carro tinham sido invadidos por aqueles homens malignos. Começou a chorar.

Renée reconheceu que Cindy entrava numa condição muito frágil. Perguntou se havia alguma pessoa amiga ou parente para quem ela pudesse ligar e pedir para lhe fazer companhia. Cindy disse que não.

– No relatório do incidente, vi que você listou seu ex-marido como parente próximo. Ele viria?

– Ah, meu Deus, não – exclamou Cindy. – E, por favor, não ligue para ele. Só pus o nome dele porque não conseguia pensar direito. E ele é a única pessoa em Los Angeles. Toda a minha família mora em La Jolla.

– Está bem, desculpe ter perguntado. É só que você parece meio frágil.

– Você não estaria?

Renée percebeu que tinha merecido essa resposta.

– Desculpe – disse. – Foi idiotice. E a Lacey, da loja?

– Parece que você não entende. Não quero que as pessoas saibam disso. Por que acha que fiquei pensando tanto tempo antes de ligar para vocês? Estou bem, certo? Só faça o que tiver de fazer e depois me deixe em paz.

Não havia o que responder. Renée pediu licença e levou a chave para Reno. Ele já estava usando pó prateado na maçaneta do lado do motorista, procurando digitais.

– Alguma coisa? – perguntou ela.

– Só manchas.

– Como se tivesse sido limpo?

– Talvez. Talvez não.

Isso era inútil. Renée pôs a chave no teto do carro.

– Vou bater em algumas portas. Devo voltar antes que você termine. Se não, peça para o pessoal da comunicação ligar para mim. Não estou com um rádio.

– E ela sabe que eu vou entrar?
– Sabe, mas primeiro bata.
– Certo.
– O nome dela é Cindy.
– Certo também.

Renée visitou apenas as casas ao leste da de Cindy, achando que havia uma chance melhor de os moradores desse lado terem visto alguma coisa incomum, já que o lado oeste não tinha saída. Qualquer um que deixasse a casa de Cindy a pé ou de carro teria de ir para o leste.

Fazer entrevistas num bairro depois de um estupro era uma coisa delicada. A última coisa de que a vítima precisava era que todo mundo na rua soubesse o que havia acontecido. Algumas vítimas se recusavam peremptoriamente a ser estigmatizadas, mas outras acabavam sentindo vergonha e perdendo a confiança depois de uma agressão assim. Por outro lado, se houvesse um perigo na vizinhança, os moradores precisavam saber.

Além disso, Renée estava impedida pela lei. Segundo os estatutos da Califórnia, as vítimas de agressão sexual têm direito ao sigilo total, a não ser que optem por abrir mão disso. Renée nem mesmo havia tocado no assunto com Cindy Carpenter, e por enquanto estava obrigada pela lei a não revelar que ela fora vítima de estupro a ninguém de fora da polícia.

Renée puxou a máscara para cima e estava segurando o distintivo no alto quando a porta da casa ao lado da de Cindy foi aberta por uma mulher de sessenta e poucos anos demonstrando um dos sinais de estar trancada por nove meses. Tinha uma grossa faixa grisalha na base do cabelo castanho, indicando a última vez em que tinha ido a um salão para uma tintura.

– DPLA, senhora. Sou a detetive Ballard. Lamento incomodá-la, mas estou conversando com todos os moradores da área. Ontem à noite, aconteceu um crime nesta rua, depois da meia-noite, e eu só gostaria de saber se a senhora viu ou escutou alguma coisa incomum durante a noite.

– Que tipo de crime?
– Invasão de propriedade.
– Ah, meu Deus, que casa?

O fato de ela ter perguntado "que casa", e não "casa de quem" indicava que a mulher talvez não conhecesse os vizinhos pessoalmente. Isso não importaria se ela tivesse visto ou ouvido alguma coisa. Mas significava que talvez ela não iniciasse uma linha de fofocas com os vizinhos depois da saída de Renée. Isso era bom. Renée não queria que os vizinhos já soubessem que ela ia chegar, quando estivesse batendo às portas.

– Aqui ao lado – respondeu Renée. – A senhora ouviu ou notou alguma coisa incomum ontem à noite?

– Não. Não que eu lembre. Alguém se machucou?

– Senhora, realmente não posso falar dos detalhes. Tenho certeza de que a senhora entende. A senhora mora sozinha aqui?

– Não, moro com meu marido. Nossos filhos são adultos. Foi a moça que mora aí ao lado? A que mora sozinha?

Ela apontou na direção da casa de Cindy Carpenter. Mas chamá-la de "a moça", em vez de usar o nome, era outra indicação de que a mulher não conhecia bem os vizinhos, se é que conhecia.

– O seu marido está em casa? – perguntou Renée, ignorando as perguntas. – Será que posso falar com ele?

– Não, ele foi jogar golfe. No Wilshire Country Club. Ele vai chegar logo.

Renée pegou um cartão de visitas e deu à mulher, instruindo-a a pedir que o marido ligasse caso se lembrasse de ter ouvido ou visto alguma coisa incomum na noite anterior. Em seguida, anotou o nome da mulher, para os registros.

– Nós estamos em segurança? – perguntou a mulher.

– Acho que eles não vão voltar.

– Eles? Mais de um?

– Achamos que eram dois homens.

– Ah, meu Deus.

– Por acaso a senhora viu dois homens na rua ontem à noite?

– Não, não vi nada. Mas agora estou com medo.

– Creio que a senhora esteja em segurança. Como eu disse, achamos que eles não vão voltar.

– Ela foi estuprada?

– Não posso falar sobre o caso, senhora.

– Ah, meu Deus, ela foi estuprada.

– Escute, senhora. Eu disse que foi uma invasão de domicílio. Se a senhora começar a espalhar boatos, causará muita dor à sua vizinha. A senhora quer isso?

– Claro que não.

– Bom. Então, por favor, não faça isso. Peça ao seu marido para ligar para mim se tiver ouvido ou visto alguma coisa incomum ontem à noite.

– Vou ligar para ele agora mesmo. Ele dever estar vindo para casa.

– Obrigada pelo seu tempo.

Renée voltou para a rua e foi até a próxima casa. E continuou. Na hora seguinte, bateu em outras sete portas e conversou com moradores de cinco. Ninguém tinha nenhuma informação útil. Duas casas tinham uma câmera de vigilância em cima da porta, mas um exame nos vídeos da noite anterior não forneceu nada de útil.

Renée voltou para a casa de Cindy Carpenter justo quando Reno guardava seus equipamentos no porta-malas do carro elétrico.

– E aí, conseguiu alguma coisa? – perguntou Renée.

– Um nada enorme. Esses caras são bons.

– Merda.

– Lamento.

– E a chave de fenda na garagem?

– Foi limpa. O que significa que provavelmente você estava certa. Eles a usaram para arrombar a porta e depois limparam. O negócio é que a porta daquela garagem é barulhenta. As molas rangem, o motor chia. Se eles entraram assim, por que ela não acordou?

Renée já ia explicar que achava que pelo menos um dos invasores já estava na casa quando Cindy voltou do trabalho. Porém, percebeu a falácia dessa teoria. Se eles abriram a garagem com o controle remoto do carro, o carro tinha de estar de volta na casa, o que significava que Cindy tinha voltado do trabalho. Isso mudou seu pensamento sobre o que conectava as três vítimas.

– Boa pergunta – disse.

Ela queria se livrar dele, para trabalhar com essas ideias novas.

– Obrigada por ter vindo, Reno. Preciso entrar de novo.

– Estou à disposição.

Renée voltou à porta da frente, bateu e entrou. Cindy estava sentada no sofá.

– Ele está indo embora e eu já vou largar do seu pé – disse. – Tem certeza de que não há ninguém para quem eu possa ligar, por você?

– Tenho. Vou ficar bem. Estou me recuperando.

Renée não tinha certeza do que poderia significar uma recuperação, considerando o trauma ocorrido. Cindy pareceu ler seu pensamento.

– Estou pensando no meu pai – disse ela. – Não lembro quem disse, mas ele sempre citava um filósofo quando eu ralava o joelho ou acontecia alguma coisa ruim. Ele dizia: se isso não mata, fortalece. Algo assim. E é como estou me sentindo agora. Estou viva, sobrevivi, vou ficar mais forte.

Por um momento, Renée não respondeu. Pegou outro cartão de visitas e o colocou numa mesinha perto da porta.

– Bom – disse. – Meus números estão aqui, para o caso de você precisar de mim ou pensar em alguma outra coisa.

– Está bem.

– Vamos pegar esses caras. Tenho certeza.

– Espero que sim.

– Você pode fazer uma coisa para mim? E será que a gente pode conversar amanhã?

– Acho que sim.

– Vou mandar um questionário. É chamado de questionário Lambkin. Basicamente são perguntas sobre sua história recente de movimentos e interações, tanto pessoalmente quanto nas redes sociais. Há um calendário sobre seus paradeiros, que você deve preencher do melhor modo possível. Acho que recua até sessenta dias, mas quero que você se concentre realmente nas últimas duas ou três semanas. Todo lugar que você lembrar. Esses caras viram você em algum momento, em algum local. Talvez tenha sido no café, mas talvez tenha sido em outro lugar.

– Bom, espero que não tenha sido na loja. Isso é medonho.

– Não estou dizendo que foi lá. Mas precisamos examinar tudo. Você tem uma impressora aqui?

– Tenho. Está num armário.

– Bom, se puder imprimir o questionário e preencher à mão, seria melhor.

– Por que ele é chamado de Lamb-não-sei-das-quantas?

– É o nome do cara que o organizou. Era o especialista em crimes sexuais do DPLA até se aposentar. Foi atualizado com aspectos das redes sociais. Está bem?

– Mande para mim.

– Assim que eu puder. E posso vir aqui amanhã, para examiná-lo com você, se você quiser. Ou posso simplesmente pegar quando você tiver terminado.

– Preciso abrir o café amanhã e provavelmente vou ficar lá o dia inteiro. Mas vou levar o questionário e preencho quando puder.

– Tem certeza de que você quer ir trabalhar amanhã?

– Tenho. Vai afastar minha mente dessas coisas.

– Certo. E vou ficar mais um pouco no bairro. Só para você saber, meu carro vai estar aí na frente.

– Você está contando aos vizinhos o que aconteceu comigo?

– Não, não estou. Na verdade, segundo as leis da Califórnia, não posso fazer isso. Só estou dizendo que houve uma invasão de domicílio na vizinhança. Só isso.

– Eles provavelmente vão saber. Vão deduzir.

– Talvez não. Mas queremos pegar esses monstros, Cindy. Eu preciso fazer o meu trabalho, e talvez algum vizinho tenha visto alguma coisa que ajude.

– Eu sei, eu sei. Alguém disse que viu alguma coisa?

– Até agora, não. Mas ainda preciso ir para esse lado da rua.

Ela apontou para o oeste.

– Boa sorte – disse Cindy.

Renée agradeceu e saiu. Foi até a casa ao lado. Um homem idoso atendeu e não foi de ajuda nenhuma, até mesmo revelando que tirava o aparelho auditivo à noite para dormir melhor. Então Renée atravessou a rua e falou com outro homem, que disse não ter visto nada, mas deu uma informação útil quando foi perguntado o que tinha ouvido.

– Como o senhor mora de frente para a garagem do outro lado da rua, costuma escutar quando a porta sobe ou desce? – perguntou Renée.

– O tempo todo, porra. Eu gostaria que ela lubrificasse aquelas molas. Elas guincham feito um papagaio sempre que a porta sobe.

– E o senhor lembra se ouviu isso ontem à noite?

– É, ouvi.

– O senhor se lembra da hora, por acaso?

– Ah, não exatamente, mas era meio tarde.

– O senhor estava na cama?

– Ainda não. Mas já ia dormir. Eu nunca assisto a nada dessas coisas de Ano-Novo. Não gosto. Só vou para a cama num ano, e quando acordo é o outro. É como eu faço.

– Então foi antes da meia-noite. O senhor se lembra do que estava fazendo ou assistindo na TV? Estou tentando ter uma ideia aproximada da hora.

– Espera aí, vou descobrir.

Ele pegou um celular no bolso e abriu o aplicativo de mensagens. Começou a passá-las com o dedo.

– Eu tenho uma ex-mulher em Phoenix – disse. – Nós não conseguimos viver juntos, mas agora somos amigos porque estamos separados. Engraçado como isso acontece. Bom, ela assiste à bola descer em Nova York, de modo que pode ir para a cama mais cedo. Por isso, eu mandei uma mensagem de feliz ano novo para ela no horário de Nova York. Foi quando ouvi o som da garagem.

Ele virou a tela do telefone para Renée.

– Aí está.

Renée se inclinou para olhar. Viu uma mensagem de "Feliz ano novo" mandada para alguém chamada Gladys, enviada às 20h55 da noite anterior.

– E essa foi a hora em que o senhor ouviu a garagem?

– É.

– O senhor a ouviu abrir e fechar ou só abrir?

– Abrir e fechar. Não faz tanto barulho quando desce, mas ouvi.

Renée perguntou o nome do vizinho, para seus registros, e agradeceu. Não disse que ele tinha acabado de ajudar a encaixar uma peça do quebra-cabeça. Tinha certeza de que ele ouvira os Homens da Meia-Noite entrando na casa de Cindy Carpenter. Cindy tinha trabalhado até as nove da noite e, de qualquer modo, não pôs o carro na garagem.

Não conseguia pensar em outra explicação. Um dos estupradores tinha entrado na garagem, usado a chave de fenda para abrir com facilidade a porta da cozinha e depois esperou a chegada de Cindy escondido no closet do quarto de hóspedes.

Mas acrescentar uma peça do quebra-cabeça empurrava outra para fora. Se Cindy Carpenter ainda estava no trabalho e o carro estava com ela, como os Homens da Meia-Noite abriram a garagem?

12

A casa de Harry Bosch ficava num bairro do outro lado da via expressa, com relação ao Dell. Renée telefonou para ele assim que iniciou o trajeto até lá.

– Estou perto – disse. – Encontrou o tal livro?
– Encontrei. Você vem agora?
– Chego em cinco minutos. Preciso usar o seu wi-fi também.
– Certo.

Ela desligou. Sabia que deveria estar indo para a Divisão de Hollywood, sentar-se na sala da chamada para o começo do turno, mas queria se manter em movimento. Em vez disso, ligou para a sala do plantão, para ver que sargento estaria cuidando das chamadas, e pediu para falar com ele. Era Rodney Spellman.

– Fala, Ballard! – disse, em vez de cumprimentar.
– Ontem à noite tivemos um terceiro ataque dos Homens da Meia-Noite. Lá no Dell.
– Ouvi dizer.
– Estou cuidando disso e não vou aparecer para a chamada. Mas será que você podia puxar o assunto e perguntar sobre ontem à noite? Especialmente os carros quinze e trinta e um? Quero saber se eles viram alguma coisa, se pararam alguém, qualquer coisa.
– Posso fazer isso, sim.
– Obrigada, sargento, ligo mais tarde para saber.
– Combinado.

Ela desligou. Atravessou a 101 na Ponte Pilgrimage e logo estava na Woodrow Wilson, subindo para a casa de Bosch. Antes de chegar, recebeu um telefonema de Lisa Moore.

– Como vão as coisas, irmã Ballard? – perguntou Lisa.

Renée supôs que ela já estivesse de pilequinho, e a fala pareceu falsa e irritante. Mesmo assim, Renée precisava conversar com alguém sobre o que havia descoberto.

– Ainda estou trabalhando – disse. – Mas acho que precisamos repensar a coisa. O terceiro caso é diferente dos outros dois e talvez a gente esteja olhando para o lado errado.

– Uau. Eu esperava ouvir que posso ficar aqui até o domingo.

A paciência de Renée com Lisa se esgotou.

– Meu Deus, Lisa, você ao menos se importa com isso? Quero dizer, esses dois caras estão soltos por aí e...

– Claro que me importo – disparou Lisa de volta. – É o meu trabalho. Mas nesse momento, ele está fodendo a minha vida. Ótimo, vou voltar. Chego amanhã às nove. Encontro com você na delegacia.

Renée se sentiu imediatamente mal com sua explosão. Agora estava sentada no carro, do lado de fora da casa de Bosch.

– Não, não se incomode. Eu cubro para você amanhã.

– Tem certeza?

Para Renée, Lisa tinha dito isso um pouco rápido demais e com um pouco de esperança demais.

– É, tudo bem. Mas na próxima vez em que eu precisar, você vai pegar o meu turno, sem questionamentos.

– Feito.

– Me deixe perguntar uma coisa. Como você fez o cruzamento das duas primeiras vítimas? Entrevistas? Ou pediu que elas preenchessem um questionário Lambkin?

– Com as atualizações, atualmente são oito páginas. Eu não iria pedir que elas fizessem isso. Entrevistei as duas, e o Ronin também.

Ronin Clarke era um detetive da Unidade de Agressões Sexuais. Ele e Lisa Moore não eram parceiros no sentido tradicional. Cada um tinha seus próprios casos, porém, cada um dava apoio um ao outro quando era necessário.

– Acho que deveríamos pedir que elas preenchessem o questionário – disse Renée. – Agora as coisas estão diferentes. Acho que erramos no perfil das vítimas.

Houve silêncio da parte de Lisa. Renée recebeu isso como discordância, porém Lisa provavelmente achava que não deveria verbalizar uma objeção depois de ter saído da cidade, deixando Renée trabalhar sozinha no caso novo.

– De qualquer modo, eu cuido disso – disse Renée. – E agora preciso desligar. Preciso fazer um monte de coisas e ainda tenho o meu turno essa noite.

– Telefono amanhã. – Lisa pareceu solícita. – E muito obrigada, Renée. Eu devolvo o favor. É só dizer o dia e eu pego o seu turno.

Renée desligou e pôs a máscara. Saiu com sua pasta. A porta de Bosch se abriu antes que ela chegasse.

– Vi você sentada aí.

Ele recuou de encontro à porta para que ela entrasse.

– Eu só estava sendo idiota – explicou Renée.

– Em relação a quê?

– Minha parceira no trabalho com os estupros. Deixei que ela viajasse com o namorado enquanto estou trabalhando em dois casos. Estou sendo idiota.

– Para onde ela foi?

– Santa Barbara.

– Os lugares estão abertos lá?

– Acho que eles não pretendem sair muito do quarto.

– Ah. Bom, como eu disse, estou aqui e posso ajudar. No que você precisar.

– Eu sei. Agradeço, Harry. É só o princípio da coisa. Lisa está totalmente esvaziada. Não resta nenhuma empatia. Ela deveria pedir uma transferência para longe dos crimes sexuais.

Bosch indicou a mesa da sala de jantar, onde seu laptop já estava aberto. Os dois se sentaram frente a frente. Não havia música tocando. Na mesa também estava um livro de capa dura com páginas amareladas. Era *Two of a Kind,* de Darcy O'Brien.

– Os crimes sexuais realmente esvaziam a gente – disse Bosch. – O que andou acontecendo desde que a gente se falou?

– O negócio virou de cabeça para baixo. Como eu disse, são três casos definitivamente conectados, mas esse terceiro... é diferente dos outros dois. Muda as coisas.

Renée pôs sua pasta no chão ao lado da cadeira e tirou o laptop de dentro.

– Quer detalhar comigo, já que sua parceira foi embora? – perguntou Bosch.

– O quê? Você é tipo o meu tio predileto que eu nunca tive? Vai me dar uma nota de um dólar para comprar bala quando eu sair?

– Ah...

– Desculpe, Harry. Não quero... só estou meio pê da vida com a Lisa. Estou furiosa comigo mesma por ter deixado ela se safar desse jeito.

– Tudo bem, eu entendo.

– Posso usar o seu wi-fi?

Ela abriu o laptop e Bosch a orientou para fazer a conexão com a internet. A senha do wi-fi era o número do seu antigo distintivo, 2997. Renée abriu uma cópia em branco do questionário Lambkin e mandou para Cindy Carpenter, pegando o e-mail dela no relatório mandado por Black. Esperava que Cindy não o ignorasse.

– Sabe o que daria uma lição à sua parceira? – perguntou Bosch. – Pegar esses escrotos antes de ela voltar.

– Isso é tremendamente improvável. Esses caras... são bons. E acabam de mudar o jogo.

– Diga como.

Renée passou os vinte minutos seguintes atualizando Bosch sobre o caso, o tempo todo pensando que deveria estar atualizando Lisa Moore com a mesma quantidade de detalhes. Quando terminou, Bosch chegou à mesma conclusão e à mesma opinião que ela. A investigação precisava mudar. Tinha errado em relação aos Homens da Meia-Noite e ao modo como eles escolhiam as vítimas. O que era escolhido primeiro não era o bairro. Eram as vítimas. Elas eram escolhidas e depois seguidas até os bairros e as casas. As três mulheres tinham surgido no radar dos criminosos em outro local.

Agora Renée precisava encontrar esse ponto de cruzamento.

– Acabei de mandar um questionário Lambkin para a última vítima – disse. – Espero pegá-lo de volta amanhã ou no domingo. Preciso convencer as duas primeiras a fazerem a mesma coisa, porque Lisa achou que era demais pedir a elas na hora. O primeiro estupro foi no Dia de Ação de Graças e duvido que a vítima tenha uma lembrança tão boa agora quanto teria se tivessem pedido para fazer isso logo de cara.

– Agora estou ficando chateado com essa tal de Lisa – disse Bosch. – Foi um negócio preguiçoso. Você vai mandar o questionário para as outras duas agora?

– Não, primeiro quero ligar e falar com elas. Vou fazer isso quando sair daqui. Você conheceu o Lambkin quando ele estava no departamento?

– Conheci, nós trabalhamos juntos em alguns casos. Ele sabia o que fazia ao tratar de crimes assim.

– Ele ainda está na cidade?

– Não, ouvi dizer que saiu do estado depois da aposentadoria e nunca mais voltou. Foi para algum lugar no norte.

– Bom, nós ainda usamos a pesquisa de referência cruzada que tem o nome dele. Acho que isso é uma espécie de legado. Quer saber o que eu tenho sobre Javier Raffa?

– Se você estiver disposta a compartilhar...

– Você tem uma impressora?

– Aqui embaixo.

Bosch estendeu a mão para uma das prateleiras inferiores da estante atrás da sua cadeira. Pegou uma impressora grande que parecia ter sido fabricada no século anterior.

– Você está brincando – disse Renée.

– O quê?... Isso? Não imprimo muita coisa. Mas ela funciona.

– É, provavelmente cinco páginas por minuto. Por sorte não tenho muita coisa para imprimir. Me dê o negócio para conectar e ligue na tomada. Você tem papel?

– Sim, tenho papel.

Bosch lhe entregou o conector para o laptop. Enquanto ele ligava a impressora na tomada e colocava papel, Renée abriu a pasta do processo em sua tela e começou a mandar para a fila de impressão os documentos que tinha reunido no turno anterior. Não estava errada. A impressora era lenta.

– Olha só, eu disse que ela funciona – observou Bosch. – Para que eu preciso de uma impressora bonitinha?

– Talvez porque eu gostaria de poder trabalhar em algum momento nessa noite. Ainda nem olhei o material do seu caso.

Bosch a ignorou e pegou as duas primeiras páginas – as únicas duas até então – na bandeja da impressora. Renée tinha mandado primeiro o boletim de ocorrência, de duas páginas, seguido pela Cronologia Investigativa, as declarações das testemunhas e o mapa da cena do crime. Não tinha certeza do que ele poderia fazer com aquilo, mas a cronologia era o mais importante porque continha relatórios passo a passo de tudo que Renée tinha feito durante a noite. Apesar de ela não ter esperança de que ficaria com o caso por muito mais tempo, sabia que, se Bosch descobrisse uma linha de investigação ligando o caso de Raffa ao seu caso antigo, o assassinato de Albert Lee, ela poderia ter alguma coisa para barganhar quando os poderes constituídos viessem tirar Raffa de suas mãos.

Esperou pacientemente que as páginas fossem impressas, mas sentia-se ansiosa por não estar mostrando a cara na delegacia, e mais ainda por não estar no trabalho que a esperava nos casos dos Homens da Meia-Noite.

– Quer beber alguma coisa? Posso fazer um café – sugeriu Bosch. – Isso aqui deve demorar um pouco.

– O café vai ser mais rápido do que essa impressora?

– Provavelmente.

– Certo. Seria bom ingerir um pouco de cafeína.

Bosch se levantou e foi até a cozinha. Renée olhou a impressora decrépita e balançou a cabeça.

– Depois de passar por aqui de manhã cedo, você não dormiu nada, não é? – gritou Bosch da cozinha.

A impressora não era somente velha, era barulhenta.

– Não – gritou Renée de volta.

– Então vou usar o material forte.

Renée se levantou e foi até a porta deslizante que dava na varanda.

– Posso sair na varanda?

– Claro.

Ela abriu a porta e saiu. Tirou a máscara para respirar livremente. Junto ao parapeito, viu o trânsito esparso na 101, e estava claro que o edifício garagem do Universal City estava vazio. O parque de diversões fora fechado por causa da pandemia.

Ouviu a impressora parar. Pondo a máscara de volta, entrou de novo. Depois de se certificar de que tudo estava impresso, desconectou o laptop e o fechou. Levantou-se e já ia dizer para Bosch não se incomodar com o café, quando ele saiu da cozinha com uma xícara fumegante para ela.

– Puro, não é? – perguntou ele.

– Obrigada. – Renée pegou a xícara.

Baixou a máscara e deu as costas para Bosch, bebericando o líquido quente. Estava escaldante e forte. Imaginou que já podia sentir a cafeína percorrendo o corpo enquanto o café ainda descia.

– Isso é bom. Obrigada.

– Vai manter você de pé.

O telefone de Renée começou a tocar. Ela olhou a tela. Era um número de área 323, mas nenhum nome apareceu.

– Acho que eu deveria atender – disse.

– Claro.

Renée atendeu.

– Aqui é a detetive Ballard.

– Detetive, é Cindy Carpenter. Recebi o tal questionário que você mandou e vou trabalhar nele. Mas acabei de me lembrar de uma coisa.

Renée sabia que frequentemente os detalhes do evento emergiam na memória da vítima de um crime horas, e às vezes dias, depois da experiência. Era uma parte natural do processamento do trauma, ainda que no tribunal os advogados de defesa costumassem se dar bem acusando as vítimas de inventar lembranças convenientes para combinar com as provas contra o réu.

– O que você lembrou?

– Devo ter bloqueado isso a princípio – disse Cindy. – Mas acho que eles tiraram minha foto.

– Como assim?

– Eles tiraram minha foto... você sabe, quando estavam me estuprando.

– Por que você acha isso, Cindy?

– Porque quando... você sabe, eles estavam me obrigando a fazer sexo oral, um deles agarrou meu cabelo e inclinou minha cabeça para trás, durante alguns segundos, e segurou ali. Era como se estivesse me obrigando a posar. Como se fosse um tipo de selfie doentia.

Renée balançou a cabeça, ainda que Cindy não pudesse ver. Sentiu que era provável que ela tivesse adivinhado com exatidão o que os estupradores estavam fazendo. Pensou que talvez esse fosse o motivo por trás do uso das máscaras grudadas no rosto das vítimas e das máscaras de esquiador. Eles não queriam que as vítimas soubessem que as agressões eram fotografadas ou talvez gravadas. Isso abria um novo conjunto de perguntas quanto ao motivo para os estupradores estarem fazendo aquilo, mas mesmo assim fazia avançar as ideias de Renée quanto ao modus operandi.

E renovava sua decisão de pegar esses dois homens, não importando que ajuda ela recebesse ou não recebesse de Lisa Moore.

– Está ouvindo, Renée? – perguntou Cindy. – Posso chamar você de Renée?

– Desculpe, estou ouvindo. E sim, por favor, me chame de Renée. Eu só estava anotando. Acho que você está certa e é um bom detalhe para saber.

Ajuda muito. Se acharmos essa foto no telefone ou no computador de um deles, eles estão fritos. É uma prova cabal, Cindy.

– Então isso é bom, acho.

– Sei que é mais uma coisa dolorosa, mas fico feliz porque você lembrou. Vou escrever um relatório do crime e quero que você revise, e vou colocar isso nele.

– Está bem.

– Bom, e quanto ao questionário que acabei de mandar. Há uma parte pedindo que você faça uma lista de qualquer pessoa que você conheça e que possa querer lhe fazer mal por algum motivo. Isso é muito importante, Cindy. Pense bastante. Tanto pessoas que você conheça, quanto pessoas que você não conheça de verdade. Um cliente raivoso no café, uma pessoa que acha que foi ofendida por você de algum modo. Essa lista é importante.

– Quero dizer, eu deveria fazer isso primeiro?

– Não necessariamente. Mas quero que você pense. Há alguma coisa de vingança nisso. Com a foto e o corte do seu cabelo. Esse negócio todo.

– Está bem.

– Bom. Então eu falo com você amanhã para ver como está indo com o dever de casa.

Cindy ficou quieta e Renée sentiu que sua tentativa de injetar humor com a fala sobre dever de casa não tinha caído bem. Não havia humor a ser descoberto nessa situação.

– Ah, de qualquer modo, sei que você precisa trabalhar cedo amanhã – continuou Renée, sem jeito. – Mas veja o que consegue fazer e eu ligo à tarde.

– Está bem, Renée.

– Bom. E, Cindy? Pode me ligar quando quiser. A gente se fala.

Renée desligou e olhou para Bosch.

– Era a vítima. Ela acha que eles tiraram uma foto durante o sexo oral.

O olhar de Bosch se afastou enquanto ele registrava e arquivava o fato no seu conhecimento das coisas malignas que os homens faziam.

– Isso muda um pouco as coisas – disse.

– É. Muda.

13

Depois de largar a pasta numa mesa na sala dos detetives, Renée foi para a sala do plantão para mostrar a cara e ver se estava acontecendo alguma coisa que precisasse de um detetive. O tenente de plantão passara a vida inteira na polícia e chegava perto da aposentadoria. Trinta e três anos de serviço significavam uma pensão máxima de 90% do salário final. Faltavam apenas cinco meses para Rivera, e havia um calendário com a contagem regressiva na parede da sala do plantão. Ele arrancava uma página por dia, não somente para fazer a contagem, mas para tirar os comentários cheios de palavrões escritos por algum engraçadinho.

Rivera tinha passado a maior parte do seu tempo trabalhando em várias tarefas na Divisão de Hollywood. Era considerado um veterano segundo os padrões do departamento, mas como tinha começado cedo, ainda nem estava perto dos 60 anos. Pegaria seus 90%, suplementaria com um serviço de segurança em meio expediente ou algum trabalho de investigador particular e passaria o resto dos dias numa boa. Mas os anos de serviço também o haviam embrulhado num apertado casulo de inércia. Ele esperava que cada turno da noite corresse liso como uma placa de vidro. Não queria ondas, nem complicações, nem problemas.

– Tenente – disse Renée. – O que temos acontecendo hoje na cidade maligna?

– Nada. Tudo calmo no front oeste.

Rivera sempre usava essa frase, como se Hollywood ficasse na borda da cidade. Talvez à noite isso fosse válido, já que os bairros ricos no oeste costumavam ser calmos e seguros. Hollywood era o front oeste. Na maioria das noites, Renée odiava ouvi-lo dizer que tudo estava calmo, porque queria um caso ou alguma coisa da qual participar. Mas não esta noite. Tinha trabalho a fazer.

– Vou estar no bureau dos detetives, com o rádio – disse. – Tenho trabalho a fazer com os distúrbios de ontem à noite. Viu o Spellman por aí?

– O sargento Spellman? Está na sala ao lado.

Renée notou a correção enquanto saía da sala do plantão para o corredor central. Foi até a próxima sala, chamada informalmente de sala do sargento porque era um lugar onde os supervisores podiam se separar das tropas para dar telefonemas, escrever relatórios ou decidir se denunciariam policiais por violações dos procedimentos. Spellman estava sozinho, sentado diante de uma bancada comprida, olhando um vídeo em seu laptop. Fechou imediatamente o laptop quando Renée entrou.

– E aí, Ballard, o que há?

– Não sei. Vim perguntar o que está acontecendo e ver se apareceu alguma coisa na reunião de chamada, sobre o meu caso lá do Dell.

Parecia que ele estivera assistindo à filmagem de uma câmera da roupa de um policial se aproximando de um carro parado. Isso fazia parte do seu trabalho, de modo que o fato de ele ter fechado o laptop rapidamente fez Renée pensar que o que estava na câmera era um dos dois *F*s: uso de força ou pessoas fodendo – as duas coisas podiam acontecer em qualquer abordagem no tráfego ou a algum carro parado.

– Ah, é, esqueci de falar com você. As coisas ficaram agitadas na chamada porque veio um cara da Costumes para uma sessão de troca de informações, e depois precisei pôr o pessoal na rua. Mas segurei o Vitello e o Smallwood na sala dos kits antes de saírem. Eles não viram nada notável ontem à noite. Além disso, foram tirados da área deles para umas duas chamadas de apoio.

– Está bem. Obrigada por ter perguntado.

Ela se virou e saiu da sala. Era um espaço pequeno, entulhado e cheirava ao perfume que Spellman usava.

Pegou o caminho mais longo de volta ao bureau de detetives, de modo a não ter de passar de novo pela sala do plantão. Achava que, para Rivera, longe dos olhos significava longe do pensamento. De volta à mesa que tomara emprestada, pegou um caderno, ligou o laptop e abriu os arquivos dos casos dos Homens da Meia-Noite. Encontrou o número do celular da primeira vítima,

Roberta Klein, e ligou para ela. Verificou o relógio na parede acima das telas de TV, esperando que ela atendesse. Anotou 21h05 numa página do caderno, para quando atualizasse a cronologia. Roberta Klein atendeu ao sexto toque.

– Oi, Bobbi, é a detetive Ballard, da Divisão de Hollywood.

– Pegaram eles?

– Não, ainda não, mas estamos trabalhando no caso, até mesmo no feriado. Desculpe ligar tão tarde.

– Fiquei assustada. Pensei: "Quem está me ligando a essa hora?"

– Desculpe. Como você está?

– Nem um pouco bem. Não tive notícias de vocês. Não sei o que está acontecendo. Estou com medo. Fico pensando que eles podem voltar, porque a polícia não consegue pegar os dois.

De novo Renée ficou chateada com Lisa Moore. Os casos de agressão sexual exigiam muito contato com as vítimas. Elas precisavam ser informadas, porque quanto mais soubessem o que a polícia estava fazendo, mais seguras se sentiam. Quanto mais seguras se sentissem, maior a probabilidade de cooperarem. Num caso de estupro, cooperar podia significar olhar para o agressor numa fila de suspeitos ou no tribunal. Isso exigia coragem e apoio. Essa era apenas mais uma situação em que Lisa deixara a peteca cair. A investigação era dela. Renée era somente a detetive do turno da noite, e não a encarregada. Até agora, pelo jeito.

– Bom, garanto que estamos trabalhando nesse caso em tempo integral, e é por isso que estou ligando.

– Larguei meu emprego – disse Roberta.

– Como assim?

– Larguei. Não quero sair de casa até que eles sejam presos. Estou com medo demais.

– Você falou com algum dos terapeutas que nós indicamos?

– Odeio conversar pelo Zoom. Parei. É impessoal demais.

– Bom, acho que talvez você devesse repensar isso, Bobbi. Pode ajudar você a passar por esse período. Sei que é difí...

– Se você não pegou os dois, por que está ligando?

Era claro que Roberta não estava interessada em ouvir como um terapeuta numa tela de computador poderia ajudá-la nas horas sombrias.

– Bobbi, vou ser direta porque sei que você é uma pessoa forte. Temos de redirecionar a investigação e precisamos da sua ajuda para isso.

– Como? Por quê?

– Porque estávamos olhando esse caso a partir de uma visão de bairro. Achávamos que esses homens escolhiam primeiro o bairro e depois procuravam uma vítima nele, porque havia acesso fácil de entrada e saída.

– E não foi isso que aconteceu?

– Bom, achamos que talvez tenha havido uma escolha específica de vítima.

– Como assim?

A voz de Roberta ficou meio esganiçada enquanto ela começava a entender.

– Eles podem ter cruzado seu caminho de algum modo diferente, Bobbi. E precisamos...

– Quer dizer que eles me escolheram especificamente?

Isso saiu num grito agudo, fazendo Renée se lembrar de ocasiões em que tinha pisado sem querer na pata da sua cachorra.

– Bobbi, escute – disse rapidamente. – Não há nada a temer. Realmente não achamos que eles vão voltar. Eles seguiram em frente.

– Como assim? Há outra vítima? É isso que você está dizendo?

Renée percebeu que perdera o controle da conversa. Precisava trazê-la ao rumo certo ou encerrá-la e partir para a próxima vítima, usando tudo que aprendera com os erros desse telefonema.

– Bobbi, preciso que você se acalme para que eu possa contar o que está acontecendo. Você pode fazer isso por mim?

Houve um silêncio longo antes que a mulher do outro lado respondesse.

– Está bem – disse ela, num tom mais controlado. – Estou calma. Diga que porra está acontecendo.

– Houve outra vítima, Bobbi. Aconteceu nessa madrugada. Não posso contar os detalhes, mas mudou o nosso pensamento. E é por isso que preciso da sua ajuda.

– O que você quer que eu faça?

– Em primeiro lugar, preciso que você diga se já foi ao café Native Bean em Los Feliz.

Houve uma pausa enquanto Klein pensava.

– Não – disse ela. – Nunca estive lá.

– Fica na Hillhurst. Tem certeza?

– Tenho. O que isso...

– Você conhece alguém que trabalhe lá?

– Não, eu nunca nem mesmo vou naquela direção.

– Obrigada, Bobbi. Agora quero...

– Alguém de lá foi atacada?

– Realmente não poso falar disso com você, Bobbi. Assim como você tem proteções para não ser identificada, as outras vítimas também têm. Bom, eu tenho o seu e-mail. Vou mandar um documento. É um questionário sobre sua vida e seus movimentos, e ele vai nos ajudar a descobrir onde seu caminho pode ter se cruzado com o desses homens.

– Ah, meu Deus, ah, meu Deus.

– Não há motivo para pânico, Bobbi. Ele vai...

– Não há motivo para pânico? Está brincando comigo? Aqueles homens podem facilmente voltar e me machucar de novo. A qualquer hora, porra.

– Bobbi, isso não vai acontecer. É muito improvável. Mas vou à sala do plantão assim que nós terminarmos de conversar e pedir para o tenente aumentar as patrulhas na sua rua. Vou garantir que eles façam isso, está bem?

– Tanto faz. Isso não vai impedir esses caras.

– O que nos traz de volta ao questionário que quero que você preencha. Isso *vai* nos ajudar a impedi-los. Será que você pode separar um tempinho esta noite e amanhã, e fazer para mim? Você pode me mandar de volta por e-mail ou, se quiser imprimir e trabalhar nele, eu passo aí e pego assim que você terminar. Só ligue para mim.

– E a detetive Moore? Onde ela está?

Boa pergunta, pensou Renée.

– Nós estamos trabalhando nisso juntas. Eu estou cuidando da pesquisa.

Renée começou a passar as mesmas instruções que tinha dado a Cindy Carpenter. Receber uma tarefa que iria distraí-la dos temores, pelo menos temporariamente, pareceu acalmar Roberta Klein e ela finalmente concordou em preencher o questionário. Renée, por sua vez, prometeu ir buscá-lo e fazer uma averiguação de segurança na casa. Quando o telefonema terminou, Bobbi Klein estava falando com calma e parecia pronta para começar a trabalhar.

Renée estava esgotada depois do telefonema e sentia a exaustão se esgueirar para os músculos. Decidiu deixar a segunda vítima para depois. Levantou-se e foi para a sala de descanso da delegacia, onde fez uma xícara de café na máquina de expresso. O café não era tão bom, nem tão forte quanto o de Bosch. Em seguida, foi para a sala do plantão e pediu a Rivera que mandasse a patrulha encarregada da área onde ficava a rua de Bobbi Klein passar por lá. Rivera disse que faria isso.

Quando voltou à mesa, Renée decidiu ir em frente com uma ideia que vinha sendo gestada desde que recebera o telefonema de Cindy Carpenter contando que os estupradores podiam ter tirado uma foto dela.

Foi até o computador de mesa, digitou a senha e abriu o relatório original do crime e os adendos da vítima. Encontrou os dados de Reggie Carpenter, o ex-marido de Cindy, e pôs o nome dele no banco de dados do registro de veículos. Havia várias anotações, mas apenas uma com o endereço em Venice, onde Cindy tinha dito que o ex morava. Em seguida, pôs o nome e a data de nascimento no banco de dados de crimes e ficou sabendo que Reginald Carpenter tinha na ficha uma prisão por dirigir embriagado e uma por agressão, sete anos antes. Pegou condicional pelas duas e aparentemente mantivera a ficha limpa desde então.

Renée telefonou para o número do ex-marido, fornecido por Cindy. Quando a ligação foi atendida, escutou várias vozes, de homens e mulheres, ao fundo, antes que alguém dissesse alô.

– Sr. Carpenter, aqui é a detetive Ballard, do DPLA. Estou pegando o senhor numa hora ruim?

– Espere aí... Cala a boca, porra! Alô? Quem é?

– Eu disse: aqui é a detetive Ballard, do DPLA. O senhor tem alguns minutos?

– Ah, bom, do que se trata?

Renée decidiu usar um ardil para ver se isso provocaria alguma informação.

– Estou investigando um crime na sua vizinhança, uma invasão de domicílio.

– Verdade? Quando?

– Ontem à noite. Pouco depois da meia-noite. Acho que tecnicamente significa que foi hoje. Estou ligando para ver se o senhor estava em casa nessa hora e se por acaso viu alguma atividade suspeita na sua rua.

– Ah, não. Eu não estava aqui. Só cheguei em casa bem tarde.

– O senhor estava aí perto? Talvez tenha visto alguma coisa de onde...

– Não, não estava perto. Estava em Palm Springs para a passagem do ano e só voltei há umas duas horas. Qual foi a casa que invadiram?

– Deep Dell Terace cento e quinze. Achamos que os criminosos vigiaram o lugar antes de escolher quando...

– Vou interromper a senhora aqui mesmo. Eu não moro mais na Deep Dell Terrace. Sua informação está errada.

– Verdade? Desculpe. Então o senhor não esteve naquela área?

– Não, minha ex-mulher mora lá, por isso eu me certifico de ficar longe. Houve risos ao fundo. Isso deixou Carpenter mais ousado.

– Como a senhora disse que era o seu nome?

– Ballard. Detetive Ballard.

– Bom, não posso ajudar, detetive Ballard. O que acontece lá não é mais da minha conta.

Ele disse isso de um modo autoritário que provocou mais risos nas pessoas com quem estava. Renée manteve o tom neutro, agradeceu a ele pelo tempo e desligou. Não tinha certeza nem mesmo do motivo para ter telefonado. Estava apostando em alguma coisa que havia percebido na voz de Cindy Carpenter quando ela falou sobre o ex-marido. Era um tom de apreensão, talvez até de medo.

De volta ao computador, abriu o banco de dados do sistema de tribunais do condado e foi até a vara de família. Examinou a documentação do divórcio dos Carpenter, mas, como esperava, os registros estavam sob sigilo, a não ser a primeira página da petição original para dissolver o matrimônio. Isso não era incomum. Renée sabia que a maioria dos casos de divórcio eram sigilosos porque as partes costumavam fazer acusações negativas mutuamente, e a disseminação pública dessas acusações poderia prejudicar reputações, especialmente sem haver provas.

Renée conseguiu perceber dois fatos a partir das informações limitadas. Um era que a ação de divórcio fora iniciada por Cindy, e a outra era o nome, o endereço e o número de telefone da advogada dela. Renée fez uma busca usando o nome – Evelyn Edwards – no Google, o que a levou a um site de uma firma de advocacia chamada Edwards & Edwards, especializada em direito de família. Segundo o site, a firma oferecia seus serviços vinte e quatro horas por dia, sete dias por semana. Renée abriu a biografia de Edwards e viu uma foto sorridente de uma afro-americana de pouco menos de 40 anos. Decidiu testar a afirmação da firma de que funcionava ininterruptamente.

Ligou para o número que estava no pedido de divórcio e foi atendida por uma máquina que pediu para deixar recado e garantiu que a Sra. Edwards responderia o mais cedo possível. Renée deixou recado.

– Meu nome é Renée Ballard, sou detetive do DPLA e preciso que Evelyn Edwards me ligue de volta esta noite. Estou investigando um crime violento envolvendo uma cliente dela. Por favor, me ligue de volta.

Renée desligou e ficou sentada imóvel durante um longo tempo, meio esperando que Edwards ligasse de volta imediatamente. Mas sabia que isso era improvável. Começou a pensar em próximos passos e na necessidade de começar a preparar um arquivo de referências cruzadas em que inseriria os dados que receberia das três vítimas dos Homens da Meia-Noite.

Abriu uma pasta nova no laptop, mas antes mesmo que pudesse dar um nome a ela, o telefone tocou. Era Evelyn Edwards.

– Desculpe interromper sua noite de sexta-feira.

– Detetive, devo dizer que não foi o tipo de mensagem que alguém gostaria de receber em nenhuma noite. Qual cliente minha foi vítima de um crime?

– Cindy Carpenter. A senhora cuidou do divórcio dela há dois anos.

– Sim, ela é minha cliente. O que aconteceu?

– Ela foi vítima de uma invasão de residência. Como estamos com uma investigação aberta, não vou entrar em detalhes. Espero que a senhora entenda.

Houve um momento durante o qual Edwards leu nas entrelinhas.

– Cynthia está bem? – perguntou.

– Está em segurança e melhorando.

– Foi o Reginald?

– Por que a senhora pergunta isso?

– Porque não entendo por que a senhora ligaria para mim se não tivesse nada a ver com o divórcio e o ex-marido.

– Posso dizer que neste momento o ex-marido dela não é suspeito. Mas qualquer investigação meticulosa inclui examinar todas as possibilidades, portanto, é isso que estamos fazendo. Eu examinei os registros do divórcio e vi que são sigilosos. Foi isso que me levou a telefonar para a senhora.

– Sim, os registros estão sob sigilo por um bom motivo. Eu violaria uma ordem judicial, além de minhas obrigações de sigilo profissional, se falasse dessas questões com a senhora.

– Achei que talvez pudesse haver um modo de contornar isso, que a senhora pudesse me falar sobre o relacionamento sem violar o sigilo, por assim dizer.

– A senhora não perguntou a Cynthia?

– Perguntei, e ela se mostrou relutante em falar sobre isso hoje. Eu não quis pressionar. Ela teve um dia difícil.

– O que a senhora não está me contando, detetive?

Eram sempre os advogados que queriam fazer perguntas em vez de responder. Renée ignorou, e pediu:

– A senhora poderia me dizer o seguinte: quem pediu ao juiz para pôr os registros sob sigilo?

Houve uma pausa longa enquanto Edwards aparentemente revisava as regras legais para determinar se poderia responder.

– Posso dizer que eu pedi para o juiz pôr os registros sob sigilo – respondeu ela finalmente. – E esse pedido é feito numa audiência pública.

Renée captou a deixa.

– A senhora sabe que eu não poderei encontrar uma transcrição daquela audiência numa noite de sexta-feira – disse Renée. – Talvez nem na segunda. Seria violação das regras a senhora fazer um resumo do motivo para ter pedido ao juiz, numa audiência pública, para pôr os registros sob sigilo?

– Sem consultar antes minha cliente, só vou lhe dizer o seguinte: o motivo da ação de divórcio continha alegações de coisas que o Sr. Carpenter fez com minha cliente para humilhá-la. Coisas terríveis. Ela não queria que essas alegações estivessem em nenhum registro público. O juiz concordou e a pasta foi lacrada. E é só isso que posso lhe dizer.

– Reggie é um sujeito ruim, não é?

Era um tiro no escuro. Renée achou que talvez conseguisse uma reação, mas Edwards não mordeu a isca, e em vez disso perguntou:

– O que mais posso fazer pela senhora, detetive Ballard?

– Agradeço o seu tempo, Sra. Edwards. Obrigada por ter ligado de volta.

– De nada. Espero que a senhora pegue quem cometeu esse crime.

– É o que pretendo fazer.

Renée desligou. Em seguida, se recostou na cadeira pensando no que soubera com Edwards e com o telefonema para Reginald Carpenter. Tinha acabado de puxar um fio sem muitos motivos, além de sua intuição, pelo modo como Cindy Carpenter falava sobre o ex. Mas a investigação era sobre dois estupradores em série que tinham atacado três mulheres diferentes. A possibilidade de isso se conectar a Reginald Carpenter, quer ele tenha sido um marido abusivo ou não, parecia remota. Além disso, Carpenter dizia que tinha estado em Palm Springs. Renée duvidava que ele mencionasse isso a um detetive se o fato não pudesse ser confirmado.

Mesmo assim, as informações obtidas com os dois telefonemas ficaram na sua cabeça, e Renée decidiu que, em algum momento, precisaria falar com Cindy Carpenter sobre seu ex, ainda que esse fosse obviamente um assunto que ela não desejava abordar. Enquanto isso, decidiu voltar ao novo foco da investigação: encontrar a conexão entre as três vítimas conhecidas.

Ligou para a segunda vítima, Angela Ashburn, e a convenceu a preencher o questionário que seria mandado por e-mail. Ashburn não demonstrou o mesmo medo e perturbação de Bobbi Klein. Apesar de demonstrar relutância em revisitar os pensamentos sobre a agressão, acabou concordando em preencher o questionário Lambkin no dia seguinte, já que estaria de folga do trabalho. Renée agradeceu e disse que faria contato na tarde de sábado.

Renée voltou ao trabalho no laptop, montando uma pasta em que reuniria as informações que viriam das vítimas. Tinha apenas começado a tarefa quando ouviu seu sinal de chamado chegando pelo rádio que pusera na mesa. Dava para ver que era o tenente Rivera, pelo leve sotaque.

– Chamado para seis-William-vinte-seis.

Ela esperou trinta segundos para Rivera voltar a falar pelo rádio.

– Código seis, Adam-quinze, Cahuenga com Odin.

Isso significava que policiais de patrulha precisavam de ajuda com uma investigação e requisitavam um detetive. Não indicava qual seria o crime a ser investigado. Frequentemente Renée era chamada a um local sem saber os detalhes antecipadamente. Nove em cada dez vezes não era necessária a presença de um detetive, e o chamado era uma tentativa dos policiais de patrulha de jogar parte das suas responsabilidades e do seu trabalho em cima dela. Nesse caso, ela sabia que o carro Adam-15 era de Vitello e Smallwood, e esperava que fosse uma dessas vezes. Mas respondeu afirmativamente a Rivera sem pedir mais informações.

– Positivo, seis-William-vinte-seis.

Fechou o laptop, guardou na valise e pegou o rádio. Em seguida, foi pelo corredor dos fundos até a porta da delegacia.

14

Saindo do estacionamento da delegacia, Renée foi para o leste por um quarteirão, passando pelo posto de bombeiros, e virou à esquerda entrando na Cahuenga Boulevard. Era uma via direta até o Cahuenga Pass, onde viu as luzes azuis piscando no cruzamento com a Odin Street. Parou atrás da radiopatrulha, que estava atrás de um cupê escuro. Vitello e Smallwood se encontravam entre os dois carros, com um homem que tinha os pulsos algemados às costas.

Renée saiu com seu rádio na mão.

– E aí, pessoal – disse. – O que foi?

Smallwood sinalizou para ela acompanhá-lo até a frente do cupê, de modo a conversarem fora do alcance da audição do sujeito algemado.

– Ei, Mallard, pegamos um dos sacanas que você está procurando – disse Smallwood.

Renée ignorou o trocadilho com seu sobrenome, feito pelo policial cujo próprio nome proporcionava tantas piadas na divisão.

– Que sacanas?

– Você sabe, a dupla. Os estupradores que atacaram ontem à noite. O cara é um deles.

Renée olhou por cima do ombro de Smallwood, para o homem algemado. Ele estava de cabeça baixa, envergonhado.

– E como você sabe disso? Por que o fizeram parar?

– Nós o paramos aleatoriamente – respondeu Smallwood. – Mas olha no piso do banco de trás. A gente não fez uma revista para o caso de você precisar de um mandado, ou algo assim. A gente não queria fazer merda, saca?

— Me dá sua lanterna. Vocês falaram com o cara?

— Nada. A gente não queria fazer merda.

— É, você já disse isso.

Smallwood entregou a lanterna. Renée foi até a lateral do cupê e apontou o facho através das janelas. Examinou os bancos da frente e o console central antes de passar para o de trás. No piso, do lado do carona, viu uma caixa de papelão aberta, e nela havia rolos de fita de alta aderência, prateada, fita crepe azul e um estilete. Sentiu o início de um jato de adrenalina.

Foi para trás do carro e apontou a lanterna para o sujeito algemado, ofuscando-o e obrigando-o a se virar para o outro lado. Ele tinha cabelos escuros, encaracolados, trinta e poucos anos e cicatrizes de espinhas nas bochechas.

— Senhor, de onde o senhor vinha quando os policiais o fizeram parar?

— Eu estava lá em cima, na Mulholland.

— Estava bebendo?

— Tomei duas cervejas depois de terminar o trabalho. Estacionado no mirante.

Renée captou o que parecia ser um leve sotaque inglês. Nenhuma das vítimas dos Homens da Meia-Noite havia informado que algum dos estupradores tinha sotaque. Mesmo assim, sabia que isso podia ser um ardil.

— Para onde o senhor ia agora, quando foi parado?

— Ah, só para casa.

— Onde?

Vitello lhe entregou uma carteira de motorista. Renée apontou a luz para ela e a leu enquanto o homem dizia o mesmo endereço. Ele era Mitchell Carr, 34 anos, e morava na Commonwealth, em Los Feliz. Renée percebeu que ele podia ser seu vizinho. Devolveu a carteira a Vitello.

— Você pesquisou o nome dele?

— Ele está limpo, a não ser por violações de trânsito – respondeu Vitello.

— Eu só tinha tomado duas cervejas – acrescentou Carr, esperançoso.

Renée olhou para ele. Notou algo preso ao cinto e apontou a luz para o objeto. Era uma trena retrátil. O barato de adrenalina começou a se esvair. Isso não parecia certo.

— De onde o senhor é? – perguntou. – Originalmente.

— Nova Gales do Sul. Faz muito tempo.

Vitello se inclinou para ela, em tom confidencial.

– Austrália – sussurrou.

Renée levantou a mão e sinalizou para ele se afastar, sem tocá-lo.

– Em que o senhor trabalha?

– Decoração de interiores.

– O senhor é decorador?

– Bom, não, eu trabalho para um decorador.

– Fazendo o quê?

– Entregando e instalando móveis, pendurando quadros, tomando medidas, esse tipo de coisa.

Renée olhou para Smallwood, que tinha se juntado aos dois entre os carros. Devolveu a lanterna dele e se virou de volta para Carr.

– Qual é o motivo do estilete e das fitas no seu carro? – perguntou.

– Eu estava marcando as dimensões dos móveis numa casa. Para que o dono visse onde tudo ia ficar. Como tudo se encaixava.

– Isso era lá na Mulholland?

– Na verdade era numa rua lá em cima, chamada Outpost. Perto da Mulholland.

– O senhor anda com um aspirador de pó para o trabalho?

– Como assim?

– Tipo um aspirador portátil, à pilha.

– Ah. Não, não mesmo. Eu supervisiono a instalação dos móveis, e outros caras costumam fazer a limpeza depois.

– O senhor se importa se olharmos no seu porta-malas, Sr. Carr?

– Claro que não. O que a senhora pensa que eu fiz?

Renée ignorou a pergunta e assentiu para Smallwood. Ele foi até a porta do motorista, que estava aberta, demorou alguns segundos para localizar a trava do porta-malas e finalmente o abriu. Renée foi olhar, com Vitello atrás.

– Fique com ele – instruiu Renée.

– Certo – disse Vitello.

Renée verificou o porta-malas. Havia mais caixas abertas contendo equipamentos da profissão declarada por Carr: rolos de fita adesiva, mais estiletes, pequenas latas de tinta e solvente. Nada de aspirador portátil, macacão, máscaras de esquiador ou máscaras para tapar os olhos feitas previamente.

– Obrigada, Sr. Carr – disse ela.

Renée se virou para Smallwood e Vitello.

– E obrigada por me fazerem perder tempo.

Passou por eles intempestivamente e voltou na direção do seu carro, levando o rádio à boca e avisando ao centro de comunicações que estava saindo do local. Smallwood foi atrás.

– Mallard – disse ele. – Tem certeza?

Enquanto voltava ao carro, Renée não disse nada. Quando abriu a porta encarou Smallwood, que ainda estava esperando uma resposta.

– Você verificou a altura dele, na carteira de motorista? – perguntou.

– Ah, não.

– Um e oitenta. Estamos procurando uns caras que têm por volta de um e sessenta e sete, um e setenta no máximo.

Ela entrou no carro, olhou o retrovisor lateral e partiu, deixando Smallwood parado.

Como já estava com a mão na massa, decidiu continuar com o plano de ir até o Dell, verificar as coisas tarde da noite. Dirigiu lentamente pela rua, passando pela casa de Cindy Carpenter. As luzes da sala estavam acesas por trás das cortinas fechadas. Além disso, Renée viu, na lateral da casa, uma luz acesa, que devia ser do quarto de hóspedes. Pensou que Cindy provavelmente teria ido dormir naquele quarto, deixando para trás aquele em que tinha sido atacada. Imaginou se Cindy dormiria com as luzes acesas a partir de agora.

Decidindo caminhar pela rua, foi até o final sem saída e parou junto ao meio-fio. O frio da noite poderia revigorá-la, e ela veria todas as sombras e lugares escuros.

A primeira coisa que notou enquanto andava foi que, ainda que a rua parecesse silenciosa, o som de fundo da via expressa 101, ali perto, era perceptível. Mais cedo, ela estivera na varanda dos fundos de Harry Bosch, que dava para a mesma via expressa do outro lado, mas lá o barulho do tráfego não era tão intrusivo como aqui. Também imaginou que a vizinhança ouviria os sons fracos do Hollywood Bowl, que ficava posicionado diretamente do outro lado da via expressa. Esse era provavelmente um som bom de se ouvir, e cuja falta devia estar sendo sentida havia quase um ano, com o fechamento devido à pandemia.

As luzes dos postes eram separadas demais para fornecer uma iluminação contínua da rua. Havia bolsões de escuridão, e a casa de Cindy ficava num deles, com sombras mais escuras porque a luz mais próxima – na extremidade leste da propriedade – estava apagada. Renée pegou a lanterninha que sempre carregava no bolso de sua jaqueta Van Heusen e a apontou em direção ao globo opaco no topo do poste. Era uma luminária de estilo antigo, do tipo preferido pelos moradores dos bairros elegantes na encosta, onde se preocupavam mais com design e estética do que com a necessidade de luz como impedimento para os crimes. Muitos bairros nas colinas e nas comunidades ricas ainda eram iluminados pelo brilho fraco daquelas lâmpadas. Em Los Angeles, decisões sobre estilo, intensidade e número de postes de luz eram tomadas pelos grupos de moradores. Consequentemente, havia dezenas de designs diferentes por toda a cidade, e a maioria das associações de moradores lutava contra qualquer esforço para modernizar a iluminação urbana.

A cobertura de vidro fosco da lâmpada parecia intacta. Renée não podia ter certeza se ela fora danificada ou mexida. Percorreu com o facho o poste de concreto pré-moldado até a base, onde havia uma placa de aço pela qual a fiação podia ser acessada. Já ia se curvar para procurar sinais de algo ter sido mexido quando se assustou com a voz de um homem às suas costas.

– Isso é uma bolota de carvalho.

Renée girou e apontou o facho da lanterna para os olhos de um velho que carregava um cachorrinho no colo. O cachorro parecia um chihuahua, e pelo jeito era tão velho quanto o dono. O homem tentou levantar uma das mãos para bloquear a luz, mas não conseguiu erguê-la o suficiente sem largar o cachorro. Renée baixou a luz e puxou a máscara para cima da boca e do nariz.

– Desculpe – disse. – O senhor me assustou.

– Ah, não foi de propósito. Estou vendo a senhora admirar nossa bolota de carvalho.

– Quer dizer, a luminária?

– É, nós chamamos de bolotas de carvalho por causa da forma do globo, veja bem. Nós somos muito protetores com relação a elas.

– Esta aqui não está muito boa.

– Já foi informado ao DIP. Eu liguei pessoalmente.

– O senhor mora nesta rua?

– Ah, moro. Há mais de cinquenta anos. Até conheci Peter, o eremita, há muito tempo.

Renée não tinha ideia de a quem ele estava se referindo.

– Sou policial – disse ela. – Detetive. O senhor costuma andar por essa rua à noite?

– Toda noite. O Frederic, aqui, ficou velho demais para andar, por isso eu o carrego. Sei que ele gosta.

– Quando o senhor informou que essa... bolota de carvalho... estava apagada?

– Ontem de manhã. Eu queria que fosse consertada antes do feriado, mas eles não fizeram. Mas eu disse: foram vocês que estragaram, voltem e consertem. Eu não queria que ela ficasse no final da fila. Sei como o DIP funciona.

– E o que é o DIP? E quem estragou o quê?

– Departamento de Iluminação Pública. Eles deveriam preservar, mas não ligam a mínima para a história. Ou para a beleza. Querem que a cidade inteira fique igual. Aquela luz laranja, horrorosa, dos postes de aço enormes. Vapor de sódio. É por isso que eles vêm aqui sabotar a gente, se a senhora quer saber.

Nesse momento, Renée ficou muito interessada pelo velho.

– Qual é o seu nome, senhor?

– Jack. Jack Kersey. Chefe da comissão de iluminação pública da Associação de Moradores de Hollywood Dell.

– Quando o senhor notou que essa lâmpada estava apagada?

– Na noite de quarta-feira, na nossa caminhada, anteontem.

– E o senhor acha que ela foi sabotada?

– Eu sei que foi. Eu estava aqui e os vi, na van. Quantos caras do DIP são necessários para desatarraxar uma lâmpada de rua? Acho que a resposta é dois. Eles estavam aqui, e naquela noite a luz não se acendeu.

Renée estivera apontando o facho da lanterna para o chão. Agora o apontava de volta para a placa de acesso na base do poste.

– Estavam trabalhando aqui? – perguntou.

– Isso mesmo. Quando peguei o Frederic e vim até aqui, eles estavam fazendo o retorno com a van, para ir embora. Eu acenei, mas eles simplesmente passaram direto por mim.

– O senhor conseguiu olhar algum deles?

– Na verdade, não. O cara que dirigia era branco. Tinha cabelo ruivo, disso eu lembro.

– E o outro?

Ele balançou a cabeça.

– Acho que eu só estava olhando para o motorista.

– Fale sobre a van. De que cor ela era?

– Branca. Era só uma van.

– Havia alguma coisa escrita nela, tipo Departamento de Iluminação Pública, um brasão da prefeitura ou alguma coisa assim?

– Ah, sim. Eu vi. DIP, bem na porta, quando passaram por mim.

– Quer dizer que o senhor viu as letras: *DIP*?

– É, bem na porta.

– E o senhor sabe que tipo de van era?

– Na verdade, não. Era uma van de serviço deles.

– Por exemplo, ela tinha a frente chata, como as antigas, com o motor entre os bancos da frente? Ou a frente era inclinada, como as mais novas?

– É, a frente era inclinada. Parecia nova.

– E as janelas? Tinha janelas por toda a lateral, ou era do tipo fechado?

– Fechado. A senhora sabe mesmo sobre vans, detetive.

– Já passei por esse tipo de coisa.

Ela não se incomodou em dizer que tivera várias vans, quando vivia carregando um monte de pranchas de surfe.

Renée apontou a lanterna de novo para a placa na base do poste. Dava para ver que dois parafusos a seguravam no lugar. Na sua sacola grande, no carro, havia um conjunto de ferramentas básicas.

– Onde o senhor mora, Sr. Kersey?

– Perto do final – respondeu ele. – No cruzamento.

Ele deu um endereço específico e apontou para a quarta residência adiante, perto da próxima luz da rua. Renée percebeu que era uma das casas em que ninguém havia atendido quando tinha batido, mais cedo.

– O senhor esteve fora hoje? – perguntou. – Eu bati à sua porta.

– Fui à loja, sim. Afora isso, fiquei em casa. Por que a senhora bateu? O que está acontecendo?

– Houve uma invasão numa casa da rua ontem à noite. Estou investigando. A luz pode ter sido apagada pelos perpetradores.

– Nossa! A casa de quem?

Renée apontou para a casa de Cindy Carpenter.

– Aquela.

– E logo agora que as coisas tinham começado a se acalmar por lá.

– Como assim?

– Bom, tinha um cara que morava ali. Ele era barulhento, sempre gritando, jogando coisas. Um sujeito esquentado, é como eu chamaria. Depois acho que ela o chutou para fora e as coisas ficaram calmas de novo. Pacíficas.

Renée assentiu. Percebia sua sorte por Kersey ter saído para passear com o cachorro enquanto ela estava na rua. As informações dadas por ele eram importantes.

– Por acaso o senhor não notou nada incomum na vizinhança ontem à noite? – perguntou.

– Ontem à noite... acho que não.

– Nada depois das oito horas, mais ou menos?

– Não me vem nada à mente. Desculpe, detetive.

– Tudo bem, Sr. Kersey. Vou pegar umas ferramentas no meu carro, que eu parei no final da rua. Preciso abrir essa placa. Já volto.

– Eu provavelmente deveria pôr o Frederic na cama. Ele se cansa rápido, a senhora sabe.

Renée pediu o número do telefone dele, para o caso de querer fazer mais perguntas ou mostrar fotos de vans.

– Obrigada, Sr. Kersey. Tenha uma boa noite.

– A senhora também, detetive. Boa noite e fique em segurança.

Ele se virou e voltou pela rua, murmurando palavras de conforto para o cachorro no colo.

Renée foi pela rua até seu carro, entrou e o dirigiu até onde estava o poste escurecido. Abriu o porta-malas e o conjunto de pequenas ferramentas que mantinha na sacola. Depois de calçar luvas, voltou até o poste com a chave de fenda e removeu rapidamente a placa de acesso. Os parafusos estavam apertados, mas giraram com facilidade. Não era o que ela esperava para uma coisa que era essencialmente antiga. Notou na placa uma desbotada etiqueta de fabricante, onde estava escrito Pacific Union Metal Division.

Assim que retirou a placa, apontou o facho da lanterna para a abertura e viu um emaranhado de fios pendurados de um conduíte de metal que, ela presumiu, subia pelo poste até a luminária. Um dos fios tinha sido cortado, com o núcleo de cobre ainda brilhando no facho da lanterna. O cobre não estava degradado nem oxidado, indicando que fora cortado recentemente.

Renée não teve dúvidas. Os Homens da Meia-Noite haviam cortado o fio e desligado a luz na quarta-feira, antes de voltarem na noite de quinta para invadir a casa de Cindy Carpenter e estuprá-la. Tinham tido tanto azar com Jack Kersey quanto ela tivera sorte. Kersey tinha visto os dois e sabia alguma coisa sobre as luzes da rua. Sua descrição básica do motorista da van tendo cabelos ruivos combinava com o que Cindy relatara sobre um dos agressores.

Agora se sentia mal com a bronca dada em Smallwood e Vitello por a terem chamado. Se eles não tivessem feito isso, Renée poderia não ter percorrido a rua na hora certa e encontrado Jack Kersey. As coisas pareciam ter se alinhado para ela, de algum modo, e agora estava um passo mais perto dos Homens da Meia-Noite.

Aparafusou a placa de acesso de volta e retornou para o carro. Queria ir para o sul e verificar as luzes dos postes perto das casas das duas primeiras vítimas.

15

Agora todas as luzes estavam acesas nas ruas onde haviam acontecido os dois primeiros ataques dos Homens da Meia-Noite. Mas Renée obteve um exemplo direto da natureza eclética do programa de iluminação pública da cidade. As duas ruas tinham estilos diferentes de globos e postes, inclusive ornamentados postes de ferro e globos duplos numa das ruas e bulbos simples na outra. Ficou chateada consigo mesma porque era uma detetive que trabalhava no turno da noite, mas nunca havia notado a diferença nas luzes das ruas de um bairro para o outro. Isso servia como lembrete para sempre ser observadora, procurar detalhes que fizessem diferença.

Foi para a lateral da rua, procurando o endereço do Departamento de Iluminação Pública, quando recebeu outra chamada para o detetive de plantão da noite. Precisava ir a uma cena de morte embaixo do viaduto da Gower Street. Anotou o endereço do posto do DIP mais próximo – na verdade havia muitos – e partiu para a Gower. Sabia que estava indo para uma das comunidades de sem-teto mais apinhadas e feias de Hollywood. Durante a pandemia, o lugar havia crescido, passando de algumas barracas para uma comunidade inteira, que chegava a pelo menos cem pessoas vivendo em coberturas de plástico e outras estruturas precárias – algumas construídas com engenhosidade espantosa. Nos últimos dez meses, Renée fora chamada duas vezes para cenas de morte na Gower Grim, nome dado à área dos sem-teto pelos policiais da divisão. Uma dessas mortes havia sido atribuída à Covid-19, a outra, a uma overdose de opioide.

Como ela vinha pela Hollywood Boulevard, o terreno subia suavemente em direção ao Beachwood Canon e à comunidade na colina a leste do Dell. Viu as luzes piscando em duas radiopatrulhas, o que indicou que havia um sargento de patrulha presente. Parou atrás das radiopatrulhas e viu dois policiais e o sargento Spellman do lado de fora de um pequeno cubículo com laterais feitas de paletes. Na parede de concreto que sustentava o viaduto alguém tinha pintado com spray o slogan "Sem Máscara, Sem Vacina, Sem Problemas".

Renée puxou sua máscara para cima, saiu e se juntou aos outros policiais.

– Ballard – disse Spellman. – Preciso que você assine a ficha desse. É outra overdose. Parece fentanil.

Renée estava ali para determinar se deveria chamar a equipe de homicídios ou descartar essa morte como sendo acidental, ou "morte por desventura" – a expressão que o Instituto Médico Legal gostava de usar. Sua decisão determinaria se todo o maquinário da investigação de homicídio seria acionado, com detetives e unidades de perícia sendo chamados no meio da noite.

Os policiais eram La Castro e Vernon, ambos homens jovens recém-saídos do ano de treinamento e recém-designados para Hollywood, vindos da calma Divisão de Devonshire, no Vale. Ainda não tinham experimentado o ambiente aberto e hostil que voltaria a Hollywood assim que a pandemia terminasse.

Renée pôs luvas e pegou sua minilanterna.

– Vamos dar uma olhada – disse.

Um pedaço de lona plástica azul usada como porta tinha sido puxado para cima da cabana improvisada. Não havia espaço para mais ninguém, além dela, entrar. O espaço era menor do que uma cela na velha cadeia do condado. No chão, havia um colchão sujo e, em cima dele, o corpo de um homem totalmente vestido, com cabelos desgrenhados e barba embolada. Renée estimou que ele tivesse vinte e poucos anos, mesmo parecendo ter mais de trinta, o corpo envelhecido pelo uso de drogas e a vida nas ruas. Estava deitado de costas, os olhos arregalados e virados para cima. Não havia cobertura no abrigo. A oito metros acima deles ficava a parte de baixo do viaduto, que trovejava sempre que um carro passava, e mesmo depois da meia-noite o tráfego lá em cima era constante.

Renée se abaixou e passou a luz mais perto do corpo. Os lábios estavam com um tom roxo azulado, a boca ligeiramente aberta. Dava para ver o vômito seco, amarelado, nos lábios, na barba e no colchão ao lado da orelha direita do morto. Passou a luz pelo corpo e notou que os dedos das duas mãos estavam enrolados, tensos, na direção das palmas.

Um caminhão passou ribombando acima, estremecendo os paletes. Renée moveu a luz ao redor e viu que o morto tinha isolado sua casa com caixas de papelão amassadas pregadas nos paletes. Viu que uma caixa tinha contido uma televisão de tela plana, cuja imagem estava posicionada de modo que o homem pudesse olhá-la do seu colchão sujo.

Havia coisas em cima e em volta do colchão. Caixas tombadas, uma mochila suja virada pelo avesso, um pote de maionese vazio que podia ter contido moedas coletadas em esquinas. Qualquer outra coisa que tivesse estado ali não estava mais. Os outros moradores de Gower Grim certamente haviam remexido nos pertences do morto antes de alertar a polícia.

Com os sem-teto, era difícil determinar no local a morte por overdose. Não havia frascos de comprimidos vazios ou pela metade deixados para ajudar o investigador. Os dependentes químicos que moravam nos acampamentos de sem-teto não podiam se dar ao luxo de ter um suprimento extra. Ou, se tinham, ele desaparecia muito antes da chegada da polícia. Mas frequentemente a vida precária determinava que o comprimido que os matava era o último pelo qual eles podiam pagar. A causa da morte desse homem certamente seria determinada pela autópsia e os exames de toxicidade, mas ela precisava decidir se acionaria as engrenagens. Não era uma decisão a ser tomada levianamente. O mais seguro seria sempre chamar o pessoal de homicídios. Mas isso costumava ser alarme falso. Provocaria uma reclamação nas fileiras, que resultaria em desconfiança em relação a Renée. Em mais de quatro anos no turno da noite, ela chamara o pessoal de homicídios várias vezes, mas nunca estivera errada.

Levantou-se e voltou para a rua. Viu a van branca do Instituto Médico Legal, com a faixa azul, parando junto ao meio-fio.

– E então? – perguntou Spellman.

– Purple Haze – respondeu Renée.

– O que isso quer dizer?

– Jimmy Hendrix se asfixiou no próprio vômito depois de tomar comprimidos demais. Esse cara fez o mesmo. Alguém conseguiu uma identificação?

Spellman começou a rir.

– Essa foi boa, Ballard. Preciso lembrar dessa.

Renée lamentou imediatamente ter usado a expressão. Era uma coisa insensível, e agora esse sargento patrulheiro, igualmente insensível, a usaria de novo. A expressão seria passada adiante e acrescentaria outra camada de insensibilidade ao departamento.

– Alguma identificação? – disse ela, para colocar as coisas de volta no rumo.

– Não, não encontramos nenhuma identificação – respondeu La Castro. – Perguntamos por aí, as pessoas só o conheciam como Jimmy.

– Puta que pariu! – disse Spellman. – Purple Haze é perfeito.

Ele se virou puxando a máscara para baixo, de modo a rir sem estorvo. Renée viu vários sem-teto observando-os das aberturas de suas barracas e coberturas de lona. Renée sentiu os olhos vazios deles identificando-a como a origem da piada que tinha feito o sargento gargalhar.

Renée permaneceu no local durante a meia hora seguinte, enquanto o perito legista realizava o mesmo exame que ela fizera e chegava à mesma conclusão. Enquanto esperava, usou seu rádio para pedir a unidade que carregava um leitor de digitais móvel. Se o morto tivesse carimbado alguma digital para pedir uma carteira de motorista da Califórnia ou se tivesse sido fichado numa cadeia ou prisão, sua identidade seria revelada. Os leitores eram caros e não eram distribuídos para todas as radiopatrulhas ou todos os detetives.

Quando o leitor chegou, Renée o levou até a cabana do morto e pôs o polegar direito dele na tela. O resultado foi negativo. Nenhuma identificação. O homem não estava no sistema. Isso era incomum – quase desconhecido – para um sem-teto usuário de drogas. Renée fez outra leitura do polegar dele e de novo o resultado foi negativo. Isso significava que o Instituto Médico Legal precisaria mergulhar mais fundo para identificar o homem e notificar os familiares. Se isso não acontecesse, o corpo seria mantido em refrigeração durante um ano e depois queimado, e as cinzas enterradas sob um número no Cemitério Evergreen, no leste de L.A.

Depois de o corpo ter sido colocado na van com faixa azul, Renée voltou à delegacia para cuidar da sua papelada antes do fim do turno. Primeiro atualizou a cronologia da investigação dos Homens da Meia-Noite, depois redigiu o relatório da morte do homem não identificado. Com o legista que estava no local, ficou sabendo que ele seria identificado nos registros como Fulano de Tal 21-3, até que sua identidade verdadeira fosse determinada. Renée percebeu que isso significava que, depois de apenas cerca de vinte e quatro horas do ano novo, já havia três corpos não identificados na Grande Cripta do Instituto Médico Legal. O fato de haver tantas pessoas anônimas e numericamente inexistentes nesta cidade continuava até mesmo na morte.

Quando terminou, imprimiu os relatórios e deixou cópias na caixa de correspondência do tenente detetive. Ele só as veria na segunda-feira, quando voltaria ao trabalho. Além disso, ela mandou a cronologia atualizada para Lisa Moore. Isso não era necessário, mas queria que a investigadora de crimes sexuais visse até onde ela adiantara a investigação sem sua ajuda.

O trabalho com a papelada levou Renée até o fim do seu turno, às seis horas. Mas precisava matar mais uma hora porque queria dar um pulo no Native Bean quando o café abrisse, às sete. Passou o tempo verificando os e-mails e surfando na internet, primeiro pesquisando "Peter, o eremita" no mecanismo de busca. Descobriu que tinha sido uma figura lendária no Dell. Havia morado na Ivar Avenue e tinha cabelos e barba brancos e compridos, o que o levou a trabalhar em filmes com temas bíblicos nas décadas de 1920 e 30. Além disso, levava o crédito de ser o primeiro a se fantasiar de personagens na Hollywood Boulevard, posando com mantos bíblicos para os turistas em troca de gorjetas. Faleceu na década de 1960, quando era uma celebridade no Dell.

Em seguida, entrou no site do Wags and Walks para verificar as últimas ofertas de cães para resgate. Ainda sentia a perda de sua cadela Lola, que sucumbira ao câncer ósseo oito meses antes. Com frequência cada vez maior, pegava-se verificando os sites de resgate, olhando fotos e pensando em levar um cachorro para casa. Lola era mestiça de pitbull e intimidara um bom número de pessoas na praia de Venice. Renée nunca precisava se preocupar com seus pertences quando saía na prancha de stand up e deixava Lola na barraca.

Mas agora que estava morando no apartamento novo, havia um limite de peso para os animais aceitáveis, e Renée estava mais em busca de companhia do que de proteção.

Foi passando as fotos e leu algumas histórias que as acompanhavam – todas segundo o ponto de vista do animal. Finalmente chegou a Pinto, um chihuahua com olhos dourados e expressão sincera. Ele atraíra o olhar de Renée duas semanas antes, quando apareceu pela primeira vez no carrossel de fotos de cães que precisavam de lares. Ainda estava no abrigo e continuava disponível.

Olhou o relógio de parede. Era hora de alcançar Cindy Carpenter quando ela estivesse abrindo o café. Olhou de volta para o cachorrinho. Era marrom e branco e tinha o focinho mais comprido do que o de um chihuahua puro sangue – como Frederic, o cachorro que Jack Kersey carregava. Clicou num botão embaixo da foto dele e surgiu um e-mail. Digitou: "Quero conhecer este cãozinho chamado Pinto". Hesitou, mas apenas por um ou dois segundos, depois acrescentou seu número de telefone e apertou o botão de enviar.

Estava morta de cansaço quando atravessou o estacionamento da delegacia até seu Defender. Mas se sentiu esperançosa em relação a Pinto.

Contou as horas desde que tinha dormido, e o resultado era quase um dia inteiro. Queria levar sua prancha até as ondas da Sunset Beach e deixar o Pacífico restaurá-la, mas sabia que o sono era imperativo. Agora passaria no Native Bean, falaria com Cindy e depois iria para o apartamento dormir até pelo menos meio-dia. Saiu do estacionamento da delegacia e pegou a Sunset Boulevard. Virou numa rua à direita, que ia direto para Hillhurst.

Chegou ao Native Bean às sete e viu quatro pessoas já fazendo fila junto à janela. Parou do outro lado da rua, pôs a máscara e saiu.

Quando chegou sua vez, a atendente não era Cindy. Pediu um descafeinado puro e viu Cindy ao fundo, preparando as bebidas. Chamou-a e acenou.

– Você tem um minuto?

– Ah, agora, não. Preciso terminar esses pedidos. Tem uma mesa na lateral.

Como Renée não tinha pedido nenhum preparado de café chique, recebeu seu copo imediatamente. Levou-o para a lateral do prédio, onde havia quatro mesas espaçadas na calçada da rua transversal. Sentou-se à mesa perto da porta lateral do estabelecimento e esperou. Não tomaria o café que acabara de comprar, mesmo sendo descafeinado. Queria poder dormir.

Depois de uns cinco minutos, Cindy saiu com seu próprio copo de café.

– Desculpe, hoje o dia está movimentado.

Sentou-se de frente para Renée. Os hematomas no rosto estavam se espalhando e tinham ficado de um roxo profundo. As lacerações estavam começando a criar casca.

– Sem problema – disse Renée. – Eu não avisei que vinha. Só queria ver como você está.

– Estou bem. Acho. Considerando tudo.

– É, você passou por uma coisa que ninguém deveria passar.

– Há alguma novidade? Vocês...

– Não, realmente não. Quero dizer, não fizemos prisões. Quando nós os pegarmos, vou avisar imediatamente a você, seja dia ou noite.

– Obrigada, acho.

– Você teve tempo para trabalhar no questionário?

– Tive, mas não terminei. É muita coisa. Eu trouxe comigo e vou trabalhar depois da agitação da manhã.

Como se isso fosse uma deixa, a porta do café se abriu e a mulher que atendera Renée na janela se inclinou para fora.

– Temos pedidos – disse ela.

– Está bem – respondeu Cindy. – Já vou.

A funcionária bateu a porta.

– Desculpe – disse Cindy. – Realmente preciso entrar.

– Tudo bem. Podemos falar mais tarde, quando você terminar o questionário. Só queria perguntar se você se lembrou de alguma coisa. Sabe, você se lembrou da foto. Por isso eu queria saber se surgiu mais algum detalhe.

Cindy se levantou.

– Não, realmente não. Desculpe.

– Tudo bem, não tem do que se desculpar. Mas uma outra coisa, bem rápida. Um vizinho seu viu uma van branca na rua, antes do ataque contra você. Eram dois homens, supostamente trabalhando num poste de iluminação, mas a luz está apagada, com certeza. Eu estive lá. Por isso acho que foram eles, desligando a luz para deixar o lado de fora da sua casa mais escuro.

– Isso é assustador. Tem certeza?

– Vou verificar com o Departamento de Iluminação Pública, para ver se mandaram alguém lá, mas duvido. Um dos fios do poste estava cortado. De qualquer modo, eu só queria perguntar. Você não conhece ninguém que tenha uma van branca, conhece?

– Ah, não.

– Certo, vou deixar você voltar ao trabalho.

Depois de Cindy entrar de novo, Renée se levantou e jogou o café intocado numa lata de lixo. Era hora de ir dormir.

16

O toque do celular se infiltrou no sono, extraindo Renée de um sonho com água. Ela levantou a máscara de dormir até a testa e estendeu a mão para o telefone. Viu que era Bosch, e era exatamente meio-dia.

– Harry.
– Merda, você estava dormindo. Me ligue de volta quando acordar.
– Estou acordada, estou acordada. O que aconteceu?
– Acho que encontrei a conexão.

O uso da palavra *conexão* lançou os pensamentos de Renée para as vítimas dos Homens da Meia-Noite. Era o caso em que estivera trabalhando até que a exaustão a empurrasse para o sono profundo, de onde Bosch tinha acabado de acordá-la. Jogou o edredom longe, passou as pernas pela beira da cama e se sentou.

– Espera um minuto – disse. – O que você está dizendo? Você conectou as três mulheres? Como foi...
– Não, não são as mulheres. Os assassinatos. Javier Raffa e Albert Lee.
– Ah, é, claro. Desculpe. Preciso acordar mesmo.
– Quando você se deitou?
– Mais ou menos às oito.
– Não é tempo suficiente. Volte a dormir e me ligue mais tarde.
– Não, agora não vou mais conseguir dormir. Vou ficar pensando no caso. Escuta, você está com fome? Não comi nada ontem. Posso levar alguma coisa até aí.
– Ah, sim. Se você tiver certeza.

– Tenho. O que você quer comer?

– Não sei. Qualquer coisa.

– Vou tomar um banho e sair. Diga o que você quer do Birds. Fica no caminho. O cardápio está na internet.

– Já sei o que eu quero. Um quarto de frango com feijão assado e salada de repolho. E o molho barbecue normal.

– Me manda um torpedo, de qualquer jeito, para eu não esquecer.

Renée desligou, depois ficou um longo momento sentada na cama, imaginando se deveria ter aceitado o conselho de Bosch e tentado voltar a dormir. Virou-se e olhou de volta para o travesseiro. Depois de quatro anos no turno da noite, trabalhando das oito às seis, quatro noites por semana, tinha aprendido que enganar o sono provocava consequências ruins.

Forçou-se a sair da cama e foi para o banheiro.

Uma hora depois, parou em frente à casa de Bosch. Levou seu laptop e a sacola de comida do Birds. O restaurante ficava a apenas alguns minutos do condomínio e tinha se tornado seu local de comida para viagem durante a pandemia. Além disso, eles davam desconto a qualquer pessoa com distintivo da polícia, ainda que os policiais do DPLA não devessem aceitar essas vantagens.

Bosch pegou a sacola com ela e pôs na mesa da sala de jantar, onde tinha liberado espaço entre o laptop, a impressora e a papelada. Começou a tirar as embalagens com a comida.

– Pedi o mesmo que você – disse Renée. – Deve ser fácil. Você liga se eu tirar a máscara para comer? Já estou com anticorpos. Supostamente.

– Tudo bem. Quando você pegou?

– Em novembro.

– Foi muito ruim?

– Fiquei de molho umas semanas, mas obviamente tive mais sorte do que outras pessoas. Você acha que o novo presidente vai apressar a distribuição da vacina? Não conheço ninguém no departamento que já tenha tomado.

– Espero que sim.

– E você? Você tem direito.

– Eu nunca saio de casa. Para mim pode ser mais perigoso sair para tomar a vacina.

– Você deveria fazer um agendamento, Harry. Não transforme isso numa coisa enorme.

– Você está falando igual à minha filha.

– Bom, sua filha está certa. Como vai a Maddie?

– Bem. Está indo bem na academia, e agora tem um namorado.

Bosch não disse mais nada, mas Renée supôs que a fala significava que ele não a via com frequência. Sentiu-se mal por isso.

Os dois comeram nas embalagens em que a comida tinha vindo. Como Bosch pegara talheres de verdade, eles deixaram os de plástico na sacola.

– Nos velhos tempos eles davam desconto para os policiais – disse. – No Birds.

– Ainda dão – explicou Renée. – Eles gostam de ter policiais como fregueses.

Ela lhe deu algum tempo para saborear a primeira mordida do churrasco de frango coberto com molho barbecue. Era o tipo de comida que fazia a pessoa levar um guardanapo à boca depois de cada mordida.

– E aí, fale da tal conexão que você encontrou – disse ela.

– Só tenho os registros públicos que a gente pode encontrar na internet. Registros corporativos arquivados no estado. Você terá de ir mais fundo com o seu acesso para confirmar.

– Certo, e o que vou confirmar?

– Acho que é parecido com o negócio de antecipação de recebíveis que aconteceu no caso do Albert Lee. A posse da oficina de lanternagem, inclusive o terreno em que ela está, foi transferida de Javier Raffa, há três anos, para uma corporação cujos donos são Raffa e um sócio.

– Quem é o sócio?

– Um dentista chamado Dennis Hoyle. Consultório em Sherman Oaks.

– Outro dentista. Dennis, o dentista. O dentista no caso de Albert Lee era na Marina, não era?

– Era, John William James.

– Alguma conexão entre Hoyle e James?

– Essa é a conexão.

Renée podia ver que Bosch estava orgulhoso do que havia encontrado, e por fazer isso sem ao menos sair de casa. Ela esperava ainda ter esse pique se estivesse viva e trabalhando em investigações na idade dele.

– Diga – pediu.

– Certo, você começa com o fato de Hoyle e James serem dentistas. Consultórios completamente diferentes. O de James, na Marina, com aquele tipo de clientes: celebridades, solteiros, atores, e por aí vai. O do seu cara, o

Hoyle, é no Vale, clientela diferente, provavelmente é mais um consultório de família. Por isso, parece que os dois jamais se encontrariam, não é?

– Acho que é. Talvez eles se conheçam de alguma associação profissional. Você sabe, tipo os Arranca-Dentes de Los Angeles, ou algo assim.

– Chegou perto. A maioria desses caras, dentistas, quando colocam uma coroa, um implante ou sei lá o que, não fazem eles mesmos a prótese. Fazem um molde dos dentes do paciente e mandam para um laboratório, que produz as coroas e dentaduras.

– Os dois mandavam para o mesmo laboratório.

– Eles *eram donos* do mesmo laboratório. Eram sócios. Até que alguém apagou o James. Tudo está nos registros corporativos. Se alguém quiser passar um tempo buscando no labirinto de empresas holding, a coisa está bem ali.

– E você passou esse tempo.

– O que mais faria?

– Caçar o seu cara, o Finbar McShane?

– Finbar é uma obsessão. Você mesma disse. Mas isso aqui? Isso é real.

Bosch enxugou as mãos meticulosamente num bolo de guardanapos e em seguida estendeu a mão para um maço de documentos na lateral da mesa. Renée viu o brasão do estado da Califórnia na folha de cima.

– Então você andou imprimindo – disse ela. – Deve ter levado a manhã inteira.

– Engraçadinha. Esses são os documentos de incorporação de um consórcio de empresas chamado Crown Labs Incorporated. Fica em Burbank, perto do aeroporto. Outras quatro corporações são as donas, e eu as rastreei até quatro dentistas: James, Hoyle e dois caras chamados Jason Abbott e Carlos Esquivel.

– Como o James ainda pode ser dono se está morto há sete anos?

– A empresa dele se chama JWJ Ventures. Os registros corporativos mostram que a vice-presidente da empresa, desde a fundação, é Jennifer James, que, vou supor, era mulher dele. Sete meses depois de ele ser assassinado, os registros foram alterados e agora Jennifer James é a presidente. Portanto, ele está morto, mas ela tem a parte dele no laboratório.

– Certo, então James, quando estava vivo, conhecia Hoyle e fazia negócios com ele.

– E cada um dos dois tinha uma associação com uma empresa em que o principal dono/operador foi assassinado.

– Com a mesma arma.

Bosch assentiu, repetindo:

– Com a mesma arma. Muito arriscado. As balas conectam o caso mais solidamente do que os registros corporativos. Tem de haver um motivo.

– Bom, os projéteis calibre vinte e dois são difíceis de identificar – disse Renée. – Eles se deformam, se despedaçam. O problema eram os estojos. E no assassinato de Raffa tivemos sorte. O estojo rolou para baixo de um carro e não pôde ser recuperado com facilidade.

– Aconteceu a mesma coisa com Albert Lee: o estojo não pôde ser recuperado com facilidade. Uma coincidência, e eu não engulo coincidências assim.

– Então talvez tenhamos outros assassinatos em que os estojos não ficaram para trás, e só tivemos sorte com esses dois.

Ficaram em silêncio por um momento, avaliando. Renée pensou, mas não disse, que devia haver outro motivo para o assassino manter a arma. Isso negava o planejamento e a precisão dos assassinatos. Ela sabia que era uma coisa que precisaria ser respondida no decorrer da investigação.

– Então... – disse Renée, indo em frente. – Vamos supor que a conexão de Hoyle com Javier Raffa aconteceu devido a um contrato de antecipação de recebíveis. Esses dentistas precisavam de alguém que arrumasse essas coisas. Alguém que soubesse que aqueles homens, Albert Lee e Javier Raffa, precisavam de dinheiro.

– Exato. O homem da conexão.

– E é esse que nós precisamos achar.

– Você precisa falar de novo com a família de Raffa e descobrir quando ele entrou em dificuldades financeiras e quem ele procurou para resolver isso.

– Bom, de uma coisa eu sei. Ele precisou pagar para sair da gangue. Segundo o que soubemos, ele pagou vinte e cinco mil à Las Palmas, em dinheiro vivo, para sair.

– Onde um cara assim consegue tanto dinheiro, sem roubar um banco?

– Ele pode ter refinanciado a empresa ou a propriedade.

– Como? Dizendo ao banco que precisava do dinheiro para comprar a saída de uma gangue de rua? Pode tentar.

Renée não respondeu, pensando nos detalhes.

– E os outros dois dentistas? – perguntou finalmente. – Abbott e Esquivel.

Bosch bateu na pilha de impressos.

– Estou com tudo aqui. Um deles tem consultório em Glendale, o outro, em Westwood.

– Esquisito. Acabei de lembrar do filho de Raffa dizendo que o sócio do pai dele era um sujeito branco de Malibu.

– Talvez Hoyles more lá e vá todo dia trabalhar em Sherman Oaks. James, na Marina, está mais perto de Malibu. Você vai ter de pesquisar todos eles no departamento de veículos para obter os endereços das casas.

– Vou fazer isso. Quando o Crown Labs foi fundado?

– Em 2004.

– Então esses caras já estão por aí há um tempo.

– Ah, é. James tinha 39 anos quando ganhou a passagem sem volta, há sete anos.

Renée terminou de comer o copo de salada de repolho que tinha vindo junto com o frango. Depois limpou a boca com um guardanapo pela última vez e fechou a embalagem para viagem.

– Não há muita coisa que eu possa fazer até segunda-feira, para pesquisar formalmente todas as conexões nos órgãos estatais – disse. – E, mesmo assim, só se eu ainda estiver com a investigação.

– É verdade.

– Estando com ela ou não, o que tenho vontade hoje é de fazer *skeeing* em alguns desses lugares. O laboratório, a casa do Hoyle, talvez o consultório dele. Ver se ele vive nos trinques. Vou pesquisar os dois no site do departamento de veículos e colocá-los no mapa. Mas neste momento não há conexão real com eles. Por isso vou fazer *skeeing*. Quero ver o que me espera. Depois vou conversar com a família do Raffa.

Skeeing era puro jargão do DPLA – uma palavra menos formal para "fazer vigilância". Significava examinar em detalhe uma pessoa de interesse, avaliando-a. A origem era debatida: um grupo achava que ela derivava da palavra *schematic*, usada para indicar a obtenção dos parâmetros físicos do local de trabalho ou da residência de um suspeito. Outros diziam que era uma abreviação de *scheming*: dar o primeiro passo num plano de invadir uma casa onde acontecia alguma atividade criminosa. De qualquer modo, Renée não precisava traduzir para Bosch.

– Vou com você – disse ele.

– Tem certeza?

– Tenho. Vou pegar uma máscara.

17

A patrulha de *skeeing* começou no laboratório de próteses dentárias perto do aeroporto. Era um grande prédio de um andar com estacionamento lateral trancado por um portão, na San Fernando Road, numa zona industrial com os fundos voltados para a via expressa 5. Na porta havia uma pequena placa identificando a empresa, junto com um logotipo: o desenho de um dente com olhos e um sorriso luminoso.

– É maior do que eu imaginei – disse Renée.

– As quatro entidades são as donas, mas provavelmente o laboratório faz serviços para dentistas de toda a cidade.

– Seria de se imaginar que um lugar assim geraria dinheiro suficiente, de modo que eles não precisassem se envolver com antecipação de recebíveis e tramas de assassinatos.

– Algumas pessoas nunca têm dinheiro suficiente. E, de novo, talvez estejamos completamente errados e eles sejam perfeitamente honestos.

– Não é o que parece.

– Quer tentar entrar?

– Eles estão fechados. Não há nenhum carro no estacionamento. Além disso, não queremos alertá-los de que estamos farejando.

– Bem pensado. Mas vamos até o final, descobrir o que dá para ver.

René dirigiu o carro, acompanhando a cerca, até verem um terceiro lado do prédio. Havia uma saída de emergência perto de uma lixeira.

– Certo – disse Renée. – E agora?

Bosch tinha trazido seus impressos e mapeado a ordem em que os dois deveriam realizar o *skeeing*. A parada seguinte era em Glendale, próximo dali. Passaram por um shopping na Brand Boulevard, onde Carlos Esquivel tinha um consultório dentário de família. Ficava no segundo andar do shopping e podia ser alcançado por uma escada rolante externa, que tinha sido desligada no feriado.

– Parece que ele tem um belo consultório aqui – disse Renée.

– Vamos passar por trás. Ver como é a condição de estacionamento.

Renée seguiu a orientação de Bosch e encontrou um beco que corria por trás do shopping, e ali havia um estacionamento reservado para os empregados. Viram o nome de Esquivel numa placa reservando uma vaga. Ao lado havia uma vaga reservada para um tal de Dr. Mark Pellegrino.

– Parece que ele tem um sócio – disse Bosch.

A próxima parada foi na casa de Esquivel, nas colinas acima de Glendale: uma construção contemporânea que certamente valia milhões de dólares, com paredes brancas, linhas duras, molduras pretas nas janelas e uma entrada de veículos fechada com portão.

– Nada mau – disse Bosch.

– Ele está bem de vida. Acho que consertar dentes é que nem fabricar ouro.

– Mas você consegue imaginar uma vida assim? Ninguém nunca fica feliz em te ver.

– Você é o cara que vai enfiar os dedos e instrumentos de metal na minha boca.

– Que bosta.

– Não é muito diferente de ser policial. Hoje em dia, as pessoas também não querem ver a gente.

E assim foi. Em seguida, atravessaram o Vale, verificando o consultório e a casa de Dennis Hoyle. Os registros no Departamento de Veículos mostravam que anteriormente ele havia morado em Malibu, mas sua residência atual era nas colinas do cânion Coldwater. Era uma propriedade murada com vista para todo o vale de San Fernando. Em seguida, desceram pelo passo Sepulveda até o local em Westwood onde Jason Abbott trabalhava como dentista, depois foram para o outro lado da via expressa em Brentwood, onde ele morava.

Foram para o sul, para a última passagem: os lugares onde o falecido John Williams James tinha trabalhado, morado e morrido. Mas, antes de chegarem lá, Renée fez uma volta inesperada em Venice. Bosch achou que ela estava errando a direção.

– Não é aí – disse ele.

– Eu sei. Só quero fazer um pequeno desvio. Uma das minhas vítimas dos Homens da Meia-Noite, a última, tem um ex-marido que mora aqui. E já que estamos fazendo patrulha, pensei em dar uma passada e olhar.

– Sem problema. Você acha que ele é um dos Homens da Meia-Noite?

– Não, não é isso. Mas tem alguma coisa aí. Eles se divorciaram há dois anos, mas ela parece ter medo dele. Eu falei com ele ontem à noite, inventei uma história para ver qual seria a reação, e o sujeito pareceu um escroto. Ele trabalha na área de investimentos em tecnologia.

– Todos eles são escrotos. Que endereço estamos procurando?

– Spinnaker, número nove.

Estavam numa rua estreita a um quarteirão da praia. Todas as casas eram modernas, com vários andares, e caras. Pelo jeito, Reginald Carpenter estava melhor, financeiramente, do que sua ex-esposa. Encontraram a casa dele perto da praia. Era de três andares, em cima de uma garagem para três carros, e o espaço entre as casas semelhantes dos dois lados só era suficiente para guardar latas de lixo.

– Espero que ele tenha elevador – disse Bosch.

Havia uma porta à direita da garagem com uma placa onde estava escrito NÃO ATENDO A VENDEDORES OU PEDINTES. Renée se inclinou na direção da sua janela para olhar a fachada da casa. Viu a ponta de uma prancha de surfe inclinada sobre o parapeito de uma varanda.

– Imagino se conheci esse cara quando eu ficava aqui – disse.

Bosch não respondeu. Renée deu meia-volta com o carro e retornou à Pacific Avenue.

A Pacific acompanhava a Lagoa Ballona, que separava Venice da Marina del Rey. Foram por ela até a Via Marina e em seguida estavam passando por casas ainda mais valorizadas do que as da rica Venice. Passaram pelo condomínio onde James morara e, em seguida, foram para a Lincoln Boulevard, onde ficava seu consultório dentário, num shopping cujos fundos eram voltados para o vasto complexo de docas e barcos da marina que dava nome ao local. Ali o *skeeing* deu resultado. O consultório da família James ainda funcionava, sete anos depois do assassinato não solucionado do proprietário. O nome na porta era de Jennifer James, Cirurgiã Dentista.

– Bom, isso explica algumas coisas – disse Renée.

– Ela herdou a sociedade e o consultório do marido. A não ser, talvez, que o tempo todo fosse um consultório compartilhado.

– Imagino o que ela sabia ou sabe sobre a antecipação de recebíveis.
– E os assassinatos, inclusive o do próprio marido.

Bosch apontou para uma vaga desocupada no canto do estacionamento.

– Ali era onde ele estava parado – disse. – O assassino supostamente veio da marina, atravessou o estacionamento e atirou nele através da janela. Dois tiros na cabeça, muito limpo, muito rápido.

– Imagino que não foi deixado nenhum estojo de bala, não é?
– Nenhum.
– Seria fácil demais. E os projéteis?

Bosch balançou a cabeça.

– A investigação não era minha. Mas, pelo que lembro, os projéteis não revelaram nada. Ficaram achatados quando bateram no osso.

Renée saiu do estacionamento para a Lincoln Boulevard e foi para o norte, em direção à via expressa 10.

– Então, o que mais você sabe sobre aquela investigação? – perguntou.

Bosch explicou que o assassinato de John Williams James foi investigado pela Delegacia de Homicídios da Divisão Pacific, onde foi determinado que não havia motivos ou provas suficientes para conectá-lo à morte de Albert Lee.

– Eu tentei argumentar – disse. – Mas eles não quiseram ouvir. Um cara chamado Larkin, da Pacific, trabalhou com ele. Acho que ele estava para se aposentar, faltavam uns três meses, e não procurava um grande caso de conspiração. Mas, afinal de contas, fazia dois anos que eu investigava o assassinato de Lee e não pude fazer a conexão que forçaria a atenção deles. A última coisa que ouvi foi que eles estavam dizendo que havia sido roubo. James usava um Rolex de dez mil dólares que tinha ganhado da esposa. O relógio sumiu.

– A mulher dele, que herdou a parte no laboratório e o consultório – disse Renée. – Quando ela deu o relógio a ele?

– Isso não sei. Mas, pelo que sei, o caso nunca foi resolvido. Agora deve estar arquivado, e os documentos devem estar no Ahmanson Center.

– Quer que eu dê meia-volta?
– Tudo depende do que mais você tem para fazer hoje.
– Tenho o turno esta noite e preciso ligar para as minhas vítimas do negócio dos Homens da Meia-Noite. Todas estão trabalhando nos questionários para mim.
– Outra conexão a ser encontrada.

– Espero que sim. Também quero falar com a mulher do Raffa, perguntar sobre o empréstimo de vinte e cinco mil dólares.

Renée viu uma abertura e fez um retorno na Lincoln. Foi para o sul, na direção de Westchester, a área da cidade perto do Aeroporto Internacional de Los Angeles.

– Que maravilha! – disse. – Pegamos o trânsito de dois aeroportos no mesmo dia.

– Esse trânsito está ótimo. Espere até o fim da pandemia e as pessoas saírem querendo viajar. Boa sorte, então.

O Centro de Treinamento Ahmanson ficava na Manchester Boulevard e fazia parte da rede de instalações de treinamento de novos recrutas do DPLA. Muito tempo atrás, o departamento crescera demais para a academia nas colinas em volta do estádio Dodger e tinha instalações extras aqui e lá em cima no Vale. O arquivo de homicídios da cidade também ficava aqui. Fora inaugurado apenas alguns anos antes, quando o número de casos não solucionados – seis mil, desde 1960 – superou o espaço disponível nas divisões do departamento. Os livros de assassinatos estavam em prateleiras numa sala do tamanho de uma biblioteca de bairro, e havia um projeto contínuo para digitalizar os casos, de modo que sempre houvesse espaço para mais.

– Você está com seu distintivo de aposentado ou a carteira de identidade? – perguntou Renée. – Para o caso de eles pedirem.

– Estou com a carteira. Não achei que precisaria pôr o distintivo na cara de ninguém.

– Provavelmente não vai precisar. Nos fins de semana e feriados eles só têm uns dois recrutas de serviço para manter o lugar aberto. Com certeza, vão ficar intimidados demais com sua aparência para pedir identificação.

– Então acho que é bom saber que ainda consigo isso.

– Por que não pega seus impressos, para a gente ver a data do livro que queremos pegar?

Depois de estacionar, eles subiram os degraus da frente e entraram num corredor imponente com grandes fotos de benfeitores do DPLA enfileiradas nas paredes. Numa encarnação anterior, o centro tinha sido a sede de uma empresa de petróleo. Ballard imaginou que, na época, as paredes seriam cobertas por fotos de benfeitores da produção de petróleo.

A biblioteca de homicídios ficava no primeiro andar, no final do corredor imponente. Sua porta dupla não tinha nenhuma identificação, e a ideia provavelmente era que não era bom anunciar que a cidade tinha toda uma biblioteca de livros com casos de assassinatos não solucionados.

Havia um cadete solitário atrás do balcão, sentado numa cadeira giratória e brincando com um jogo no celular. Ele ficou em alerta máximo quando Renée e Bosch entraram, provavelmente seus únicos visitantes no dia. Era o mesmo garoto que estivera de serviço no dia anterior, quando Renée tinha vindo olhar o livro de Albert Lee. Mesmo assim, ela mostrou o distintivo enquanto Bosch colocava seus impressos no balcão e começava a espalhá-los.

O recruta usava uniforme de treinamento, com seu nome em uma etiqueta de pano cima do bolso direito do peito. Ela era presa com velcro, de modo que podia ser tirada facilmente caso o recruta saísse da academia. Seu nome era Farley.

– Ballard, Divisão de Hollywood. Eu estive aqui ontem. Precisamos pegar outro livro. Este é de um caso de 2013.

Ela olhou o impresso em que Bosch estava concentrado. Era sua cópia da cronologia do caso de Albert Lee, e ele estava passando o dedo pela página das anotações de 2013. Ele encontrou a que detalhava suas indagações à delegacia de Homicídios da Divisão Pacific sobre o assassinato de John Williams James. Deu o número do caso e Farley o anotou.

– Certo, vou olhar – disse ele.

Em seguida, saiu de trás do balcão e desapareceu no labirinto de estantes lotadas de fichários de plástico, cada um catalogando uma vida tirada cedo demais e ainda sem resposta da justiça.

Farley parecia estar demorando muito para encontrar o livro do assassinato. Eles eram arquivados cronologicamente, de modo que pareceria fácil localizar as prateleiras de 2013 e encontrar o fichário de John William James.

René tamborilava os dedos no balcão, impaciente.

– Que diabo aconteceu com ele? – perguntou Bosch.

Renée parou de tamborilar quando percebeu uma coisa.

– Não está aqui – disse.

– Como assim?

– Acabei de perceber. O livro do Albert Lee sumiu, então por que eles deixariam esse?

– Eles? Quem são eles?

Antes que Renée pudesse pensar numa resposta, Farley voltou sem trazer um livro de assassinato. Em vez disso, estava com um cartão de retirada, de papel pardo, como o que Renée tinha visto quando viera pegar o livro de Albert Lee.

– Foi tirado – explicou Farley.

– Com esse, são dois – disse Renée. – Quem retirou?

Farley leu um nome no cartão de retirada.

– Ted Larkin, Delegacia de Homicídios, Divisão Pacific. Mas diz que ele tirou o livro há cinco anos. Antes mesmo que esse lugar aqui existisse. Como o outro que você pediu.

Renée bateu com força no balcão. Podia adivinhar que o livro provavelmente tinha sido retirado depois de Larkin se aposentar. Alguém tinha fingido ser os principais detetives dos dois casos para entrar em duas delegacias diferentes e roubar os livros dos assassinatos, deixando para trás cartões de retirada que seriam considerados plausíveis.

– Vamos – disse Renée.

Em seguida, deu as costas para o balcão e foi em direção à porta. Bosch foi atrás.

– Obrigada, Farley – gritou ela por cima do ombro.

Renée foi pelo corredor largo em direção à entrada principal, deixando Bosch se esforçando para acompanhá-la.

– Espera um minuto, espera um minuto – gritou ele. – Para onde você está correndo? Não há nada que você...

– Quero sair daqui. Para a gente poder conversar lá fora.

– Então só podemos ir na minha velocidade. Vá mais devagar.

– Certo. Só estou muito pê da vida.

Renée diminuiu o passo e Bosch a alcançou.

– Cara, que merda – disse ela. – Alguém está roubando livros de assassinatos no nosso próprio departamento.

A urgência da sua voz atraiu a atenção de dois cadetes que caminhavam no corredor.

– Espere – disse Bosch. – Você disse para a gente conversar lá fora.

– Certo.

Ela segurou a língua até passarem pela porta, descerem os degraus e começarem a atravessar o estacionamento até o carro.

– Eles têm alguém dentro – disse.

– É, sabemos disso. Mas quem são "eles"? Os dentistas? Ou existe algum intermediário?

— Essa é a questão.

Entraram no Defender e René saiu do estacionamento como se estivesse numa chamada de emergência. Seguiram em silêncio por um longo tempo, até que ela pegou a rampa de entrada da via expressa 10.

— E agora? — perguntou Bosch.

— Vamos fazer uma última parada. Depois preciso voltar para trabalhar na minha outra investigação. Eu disse às vítimas que ligaria.

— Isso é bom. Onde vamos parar?

— No estádio Dodger.

— Na academia? Por quê?

— Na academia, não. No estádio. Você vai ser vacinado, Harry. Você tem direito, e estou com a sensação de que, se eu não ajudar, isso nunca vai acontecer.

— Olha, só me leve para casa. Posso fazer isso no meu próprio tempo, sem desperdiçar o seu.

— Não, nós vamos. Agora. Confie na ciência, Harry.

— Eu confio. Mas há uma quantidade enorme de gente que merece ir na minha frente. Além disso, é preciso agendar.

— Aqui está o seu agendamento.

18

Depois de passar pela sala de chamadas sem ser sugada para nenhuma coisa nova, Renée disse ao comandante do plantão que ia até o Dell para uma segunda entrevista com a última vítima dos Homens da Meia-Noite. Ele disse a ela que se certificasse de levar um rádio.

Renée podia ter falado com Cindy Carpenter pelo telefone, mas as visitas cara a cara eram sempre melhores. Não somente era tranquilizador para elas ver um detetive em pessoa, mas havia uma chance maior de contarem detalhes recém-lembrados do crime. O cérebro se protege acionando o suporte essencial à vida num momento de trauma físico. Os detalhes completos do trauma só começam a voltar quando a segurança retorna. A lembrança de Cindy ter sido filmada ou fotografada era um exemplo disso. Renée esperava que a continuação do elo entre detetive e vítima emergisse nessa visita.

Porém, ainda usando sua camisa polo de trabalho com o logotipo do Native Bean, Cindy atendeu à porta perguntando:

– Que foi?

– Ei, tudo bem? – perguntou Renée.

– Tudo. Por que você fica voltando?

– Bom, você sabe por quê. E eu esperava que você tivesse terminado o questionário para mim.

– Não terminei.

Ela fez menção de fechar a porta e Renée estendeu a mão para impedir.

– Tem alguma coisa errada, Cindy? Aconteceu alguma coisa?

Renée reajustou rapidamente seus objetivos para a visita. Agora só queria entrar na casa.

– Bom, para começo de conversa, você ligou para o meu ex-marido, e eu tinha pedido para não fazer isso. Agora preciso lidar com ele.

– Você não disse para não ligar para ele. Disse que não queria falar sobre ele, mas também deu ao policial que atendeu ao chamado o nome e o número dele, como sendo o seu contato mais próximo. E isso...

– Eu disse que não sei por que fiz isso. Estava confusa e aterrorizada. Não consegui pensar em mais ninguém.

– Entendo tudo isso, Cindy. Entendo mesmo. Mas estou fazendo uma investigação e preciso segui-la até onde quer que ela me leve. Você pôs o nome do seu ex-marido no relatório do incidente, depois não quis falar sobre ele. Isso levantou uma bandeira de alerta para mim. Portanto, sim, eu liguei para ele. Não contei que você foi agredida. Na verdade, passei longe disso. Pelo que vejo, ele ligou para você. O que ele falou?

Cindy balançou a cabeça como se estivesse chateada com a facilidade com que Renée lidava com esse confronto.

– Posso entrar? – perguntou Renée.

– Pode.

Ela se afastou da porta. Renée entrou e tentou aliviar ainda mais a situação.

– Cindy, espero que você entenda que meu único propósito nesse momento é encontrar os homens que atacaram você e prendê-los para sempre. Não importando que passos eu dê na investigação, nenhum se destina a provocar mais sofrimento ou perturbação em você. É a última coisa que desejo fazer. Então, por que não nos sentamos e começamos com o que aconteceu depois que falei com Reginald?

– Certo.

Cindy ocupou o lugar no sofá onde Renée a vira pela última vez, no dia anterior. Renée sentou-se numa poltrona do outro lado de uma mesinha de centro baixa.

– Ele ligou para você? – perguntou René.

– Ligou. Perguntou o que aconteceu e eu acabei contando.

– E ele demonstrou simpatia?

– Fingiu, mas ele sempre fazia parecer que se importava comigo. Esse era o problema. Com ele, tudo era uma representação. Mas...

– Mas o quê?

– É por esse motivo que estou irritada porque você ligou para ele. Agora ele tem isso para usar comigo.

Renée esperou que ela dissesse mais alguma coisa, o que não aconteceu.

– Não entendo, Cindy. O que ele tem contra você?

– Eu abandonei o Reggie, certo? Fui eu que quis terminar.

– Certo.

– E ele disse que eu me arrependeria. E agora, graças a você, ele sabe o que aconteceu comigo. E fingiu ser simpático, mas dava para ver que não era assim. Ele estava dizendo: *eu não falei?*, sem ter de dizer.

Cindy virou o rosto e olhou pela janela, em direção à rua. Renée ficou em silêncio enquanto pensava na história do casamento de Cindy. Por fim, perguntou:

– Cindy, você se lembra, quando ele perguntou o que tinha acontecido, se teve a impressão de que ele já sabia?

– Claro que sabia. Você contou.

– Não contei que você foi agredida sexualmente. Disse que foi uma invasão de propriedade. Ele já sabia que você foi agredida?

– Não sei.

– Tente lembrar. O que ele disse, exatamente?

– Ele disse: "Ouvi dizer que uns caras invadiram a casa e que você está bem", coisas assim.

Renée fez uma pausa. Queria acertar com próxima pergunta.

– Cindy, pense bem no telefonema. Ele disse que "uns caras" invadiram a casa? Usou o plural?

– Não sei. Não lembro. Eu posso ter dito a ele que foram dois caras, porque contei o que aconteceu. O fato é que agora ele sabe, e eu realmente gostaria que ele não soubesse.

Renée sabia que não tinha mencionado que era mais do que um suspeito quando falou com Reginald pelo telefone. Mas agora Cindy Carpenter não conseguia lembrar direito quem tinha trazido esse fato à conversa. Isso aumentava as suspeitas de Renée, porque o relato da conversa revelava mais sobre o casamento dos dois. A descrição do ex-marido fazia com que ele parecesse mesquinho, egoísta e vingativo.

Mas, de novo, ela precisava se perguntar por que ficava retornando a Reginald. Ele presumivelmente tinha um álibi. E não havia nenhuma conexão conhecida entre Cindy ou Reginald Carpenter e as outras duas vítimas dos Homens da Meia-Noite.

– Por acaso Reginald disse onde estava na noite de Ano-Novo? – perguntou.

– Disse que tinha acabado de voltar de uma viagem para jogar golfe no deserto quando você ligou. Não disse exatamente onde era e eu não perguntei. Era a última coisa com que me preocuparia. Por que está perguntando?

– Ele simplesmente parecia preocupado quando liguei para ele.

– Pare de ligar para ele.

– Já parei.

Palm Springs podia ser considerado deserto. Por mais que Renée sentisse aversão por Reginald Carpenter, parecia improvável que ele estivesse envolvido nos ataques dos Homens da Meia-Noite. Ela decidiu pôr o ex-marido de lado e continuar a caçada por alguma conexão entre as três vítimas.

– Até onde você conseguiu responder o questionário? – perguntou.

– Quase terminei. Está aqui.

Ela pegou um maço de papéis dobrados na mesa lateral e tentou jogá-lo para Renée, do outro lado da mesinha de centro. Errou e os papéis foram parar na outra ponta do sofá.

– Epa, desculpe – disse Cindy.

Renée se levantou e pegou os papéis.

– O calendário aí recua até sessenta dias – explicou Cindy. – Mal consigo me lembrar de onde eu estive há uma semana. Então está realmente incompleto. Mas fiz o resto.

– Obrigada. Sei que foi uma dor de cabeça para você, fazer isso agora, mas é realmente valioso para a investigação.

Ela folheou as páginas e leu algumas respostas que Cindy dera na parte do calendário. Dentre elas, estavam idas a restaurantes e compras. A semana antes do Natal e o dia em si estavam marcados com "La Jolla".

– La Jolla? – perguntou Renée.

– Meus pais moram lá. Sempre vou no Natal.

Renée terminou de examinar.

– Você passou o mês inteiro sem pôr gasolina no carro? Não abasteceu para ir a La Jolla?

– Eu não sabia que você queria esse tipo de coisa.

– Nós queremos tudo, Cindy. Qualquer coisa que você possa lembrar.

– Eu abasteço no Shell da Franklin com a Gower. Fica no meu caminho para o trabalho.

– Está vendo? É exatamente isso que a gente quer. Os locais das suas rotinas. Quando você abasteceu pela última vez?

– Quando voltei da casa dos meus pais, no dia depois do Natal. Em algum lugar no condado de Orange, perto da Cinco.

– Certo, isso não é importante, imagino, já que foi só uma vez. E quanto a algum desentendimento? Com alguém do trabalho ou outro lugar?

– Na verdade, não. Quero dizer, os fregueses reclamam o tempo todo, nós só damos outro café, e tudo bem.

– Então nada andou fugindo ao controle? Especialmente nos últimos tempos?

– Não que eu possa pensar.

– Você tem anotado aqui o Massage Envy. É o que fica na Hillhurst?

– É, meus empregados me deram um vale-presente de Natal e eu usei um dia, quando saí mais cedo do trabalho. Não aconteceu nada.

– Massagista homem ou mulher?

– Mulher.

– Certo. Provavelmente vou ter mais perguntas depois de examinar isso.

O que ela não disse era que talvez tivesse perguntas depois de cruzar as respostas de Cindy com as das outras duas vítimas.

– Então, você descobriu alguma coisa sobre os caras que estiveram aqui na rua? – perguntou Cindy.

– Ainda não.

– Você acha que eram eles?

– Acho que é possível. O questionário é importante porque precisamos descobrir onde seus agressores cruzaram seu caminho. Queremos entender quem pode ter escolhido você, e por quê.

Cindy bateu a mão na perna, como se estivesse farta.

– Por que é minha culpa? – perguntou com raiva. – Por que isso tem a ver com alguma coisa que eu fiz?

– Não estou dizendo isso – respondeu Renée rapidamente. – De jeito nenhum.

Renée sentiu seu telefone vibrar. Olhou a tela e viu que era a linha interna da Delegacia de Hollywood. Era o comandante do plantão e ela percebeu que tinha deixado o rádio no carregador do carro oficial. Guardou o telefone sem atender.

— Bom, mas parece — disse Cindy.

— Então desculpe. Mas me deixe esclarecer: você não fez nada para merecer ou atrair isso. O que aconteceu com você não foi sua culpa, de jeito nenhum. Estamos falando sobre os agressores. Estou tentando descobrir onde, e em que circunstâncias, esses indivíduos doentios, deturpados, decidiram escolher você. Só isso, e não quero que você pense que estou olhando a coisa de algum outro modo.

Cindy estava de novo com a cabeça virada para o outro lado. Murmurou:

— Está bem.

— Sei que às vezes a investigação é apenas uma lembrança constante das coisas pelas quais você passou. Mas é um mal necessário, porque queremos pegar e prender esses escrotos.

— Eu sei. E desculpe se estou sendo uma chata.

— Não está, Cindy. E não tem do que se desculpar. De jeito nenhum.

Renée se levantou e dobrou o questionário Lambkin ao meio.

— Você já vai? — perguntou Cindy.

Depois de virar o rosto para longe dela e repetidamente reagir mal às perguntas, agora Cindy parecia chateada porque Renée ia embora.

— Parece que recebi outra chamada. Preciso ir. Mas posso ligar para você mais tarde, se você quiser.

— Tudo bem.

— Você vai trabalhar amanhã?

— Não, estou de folga.

— Certo, ligo amanhã, para ver se você tem alguma coisa a informar.

Renée saiu da casa e foi até o carro, olhando o telefone para ver se havia alguma mensagem da sala de plantão. Não havia. Quando chegou ao carro, olhou para a luz no poste do canto da frente do terreno de Cindy Carpenter. Ainda estava apagada.

19

Antes de chegar ao carro oficial, o telefone de Renée vibrou de novo. Desta vez, era seu comandante ligando. Isso significava que o comandante do plantão tinha acordado Robinson-Reynolds para reclamar que ela não estava atendendo aos chamados pelo rádio.

– Tenente – disse ela. – Já vou verificar com o comandante do plantão.

– Que diabo é isso, Ballard?

– Eu estava com a vítima do estupro. Ela estava muito emotiva e não era um bom momento para atender à chamada. Além disso, eu peguei um rádio sem carga quando saí da delegacia. Ele está carregando no meu carro.

– Bom, eles precisam de você numa cena de crime, porra.

– Estou indo. O que é? Onde é?

– Não sei, algum tipo de assalto no bairro tailandês. Pegue os detalhes com o comandante do plantão.

– Vou ligar para ele agora.

– Não gosto de receber telefonemas sobre o meu pessoal, Ballard. Você sabe disso.

– Sei, tenente. Não vai acontecer...

Robinson-Reynolds desligou.

– ... de novo.

Ela tinha esperado mantê-lo na linha para atualizá-lo sobre as investigações em que estava trabalhando. Agora precisaria esperar até a segunda-feira. Muita coisa podia acontecer até lá.

O fato de Renée gostar de trabalhar sozinha era uma coisa boa, porque o departamento tinha congelado as promoções e as contratações até que o mundo se livrasse da pandemia. Mas o que tornava o trabalho solitário difícil era não ter um parceiro com quem dividir as responsabilidades. Renée precisava cobrir tudo e ainda lutar para ficar com os casos que desejava manter. Assim que chegou ao carro, ligou para o tenente do plantão pelo rádio. Escolheu isso porque a conversa seria transmitida a todos. Uma ligação pelo celular daria carta branca para ele pegar no seu pé por não ter atendido aos chamados iniciais.

Como era um fim de semana de feriado e as pessoas mais antigas estavam de folga, havia outro comandante do plantão de serviço, o terceiro em três noites. O tenente Sandro Puig manteve um tom de voz modulado quando disse para Renée ir a um endereço na Hobart Avenue, investigar uma invasão de domicílio com agressão. Ela perguntou se havia algum policial tailandês de serviço e ele respondeu que a 6-A 79 – a radiopatrulha designada para a área do bairro tailandês – tinha uma policial que poderia traduzir.

Renée demorou cinco minutos para sair do Dell e mais cinco para chegar ao endereço, um prédio de apartamentos de dois andares, da década de 1950, com estacionamento embaixo. Parecia que a última vez em que alguém se dera ao trabalho de pintar o local havia sido no século passado. Parou atrás de uma radiopatrulha. Não viu nenhuma ambulância, apesar de a chamada ter sido dada como agressão.

As entradas dos apartamentos ficavam numa passarela externa. Enquanto subia a escada em direção ao apartamento 22, um homem sem camisa, com um olho ensanguentado, apareceu no patamar superior, viu Renée subindo e desceu correndo na direção dela.

No mesmo momento, ela escutou uma voz esganiçada de mulher gritando:
– Ei! Pare aí!

A memória muscular assumiu o controle. Renée deu um passo de lado para o meio da escada de concreto e levantou os braços e as mãos para receber o corpo que vinha a toda velocidade, num ângulo superior. O homem a acertou com todo o peso. Era pequeno, mas o impacto foi forte e ela foi empurrada para trás. Caiu de bunda no patamar de baixo com o peso do homem em cima. Depois do impacto, ele começou a rolar imediatamente de cima dela. Ela tentou agarrá-lo. Mas, sem camisa, não havia como prender seu corpo escorregadio de suor. Tão rapidamente quanto a colisão ocorrera, ele estava de pé e indo embora. A policial chegou ao patamar, pulou por cima do corpo esparramado de Renée e continuou a perseguição, gritando algo que parecia: "*Iud, iud, iud!*"

Renée percebeu que batera com a cabeça no concreto. Queria se levantar e ajudar na perseguição, mas o mundo estava girando. Virou-se de lado, depois de barriga para baixo e, em seguida, ficou de quatro.

– Ballard, você está bem?

Ela virou a cabeça em direção à escada e viu outro policial descendo. Logo sentiu uma mão em seu braço enquanto alguém tentava levantá-la.

– Espera – pediu Renée. – Me dá um segundo.

Ela fez uma pausa e depois olhou o segundo policial. Era Victor Rodriguez, seu tradutor da noite do assassinato de Raffa.

– Victor, quem era aquele cara, porra?

– Era a porcaria da nossa vítima – respondeu Rodriguez. – De repente, ele deu um pulo e saiu correndo.

– Vá atrás da sua parceira. Eu estou bem.

– Tem certeza?

– Vá.

Rodriguez partiu e Renée conseguiu se levantar, segurando o corrimão da escada. Sentiu uma vertigem súbita e se firmou no corrimão. Finalmente sua cabeça clareou e, hesitando, ela soltou o corrimão. Depois de dar alguns passos para ver se tudo estava funcionando, enfiou a mão embaixo da jaqueta, às costas, para verificar se havia sangue ou algum outro dano, mas não encontrou nada. Tocou a nuca. Não havia sangue, mas sentiu um calombo inchando no ponto do impacto.

– Merda.

Em seguida, ouviu um helicóptero no céu e soube que os policiais tinham pedido ajuda aérea para encontrar o fugitivo.

Mas isso não funcionou. Logo Rodriguez voltou com a outra policial, Chara Paithoon. Os dois estavam ofegando depois da perseguição malsucedida.

– Ele fugiu – disse Rodriguez.

– Você está bem, Renée? – perguntou Chara.

– Bati com a cabeça.

Havia poucos policiais tailandeses no departamento, e Chara era uma deles. Era baixa e atarracada. Usava cabelo curto com as laterais raspadas e uma onda feita com cera, na frente. Renée sabia que muitas policiais adotavam cortes de cabelo utilitários para afastar a atenção indesejada dos policiais do sexo masculino.

– Posso ver? – pediu ela. – Me deixe verificar seus olhos.

Chara ligou uma lanterna. Manteve a luz de modo que a borda do facho tocasse ligeiramente o rosto de Renée. Ela estava perto, olhando seus olhos.

– Você está com um pouco de dilatação – disse. – Deveria pedir para o pessoal da emergência dar uma olhada.

– É, onde eles estão? – perguntou Renée. – Achei que esse era um caso de agressão.

Chara deu um passo atrás e guardou a lanterna.

– Nós chamamos, mas acho que devem estar ocupados – respondeu Rodriguez.

– E o que, exatamente, aconteceu aqui?

– Um vizinho ligou, disse que havia uma briga no vinte e dois – respondeu Rodrigues. – Nós chegamos e os suspeitos tinham ido embora. Chara estava falando com o cara. De repente, ele a empurrou pra cima de mim e saiu correndo. O resto você sabe.

– Ele era imigrante ilegal? – perguntou Renée.

– Não chegamos nesse ponto – respondeu Chara. – Mas não era tailandês. O vizinho que ligou era, mas esse cara era cambojano. Acho que foi negócio da ABZ, e ele estava com medo de ser preso, por isso deu no pé.

Renée sabia que ABZ significava Asian Boyz, uma gangue que abusava dos imigrantes do sudeste da Ásia, legais ou não.

Dois paramédicos entraram no pátio central do prédio e Chara os recebeu, dizendo:

– Nossa vítima fugiu, mas vocês precisam dar uma olhada na detetive Ballard, aqui. Ela caiu e bateu com a cabeça.

Os paramédicos concordaram em verificar Renée, mas queriam fazer isso no carro deles. Chara e Rodriguez ficaram atrás para fazer o encerramento do que estava se tornando uma chamada de agressão sem vítima.

Renée se sentou embaixo de uma luz, na porta traseira da ambulância, enquanto um técnico verificava seus sinais vitais, a dilatação dos olhos e o couro cabeludo, em busca de algum hematoma ou inchaço. A etiqueta em seu nome dizia SINGLE (solteiro).

– Isso é o seu nome ou o seu status de relacionamento? – perguntou Renée.

– É o meu nome, mas vivem me perguntando isso – respondeu Single.

– Claro que sim.

– Bom, acho que você teve uma leve concussão. Tem um pouco de dilatação nas pupilas, a pressão sanguínea está um pouco alta.

Ele usou os dedos enluvados para apertar a pele em volta dos olhos de Renée. Ela podia ver sua expressão concentrada enquanto trabalhava. Single usava máscara, mas tinha olhos castanhos aguçados e cabelos castanhos fartos, e devia ser alguns anos mais novo do que ela. Uma das suas pupilas tinha uma mancha ligeiramente fora do centro, na posição de cinco horas.

– Coloboma – disse ele.

– O quê?

– Você está olhando o meu olho. A mancha na pupila é causada por um defeito de nascença na íris, chamado coloboma. Alguns chamam de pupila buraco de fechadura.

– Ah. E isso...

– Se afeta minha visão? Não. Mas preciso usar óculos escuros quando estou no sol. Portanto, na maior parte do tempo.

– Bem, isso é bom. Quero dizer, a sua visão.

– Obrigado. E você é do outro lado do muro, não é?

– O quê?

– Divisão de Hollywood?

– Ah, é, Hollywood. Você é do posto de bombeiros, então?

– É. Talvez eu veja você um dia desses no estacionamento.

– Claro.

– Mas acho que o que você precisa agora é ir para casa e descansar.

– Não posso. Sou a única detetive de plantão essa noite.

– É, bom, você não vai ser uma detetive que preste se o seu cérebro inchar e você tiver uma convulsão.

– Sério?

– Você levou uma boa pancada na cabeça. Lesões de golpe e contragolpe, contusões no cérebro, edema, podem se desenvolver depois de um tempo. Não estou dizendo que você tem isso, porque só há uma leve dilatação, mas sem dúvida é melhor pegar leve. Você pode dormir, mas é bom ter alguém para acordá-la e verificar a cada duas horas, mais ou menos. Fique de olho nisso. Você tem alguém em casa que possa verificar como está durante a noite?

– Eu moro sozinha.

– Então me dê seu número e eu fico ligando durante a noite.

– Está falando sério?

– Totalmente. Você não deve andar por aí depois de uma pancada assim. Ligue para o seu supervisor e avise que vai para casa. Se ele quiser falar comigo, eu digo o que acabei de dizer a você.

– Certo, certo, vou fazer isso.

– Me dê um número para ligar.

Renée lhe deu um cartão de visitas que tinha seu nome e o número do celular. Continuava cética em relação a Single telefonar para verificar como ela estava. Mas esperava que ele fizesse isso. Gostou da aparência e do jeito dele. Gostava do buraco de fechadura no olho.

– Então eu posso dirigir? – perguntou. – Estou com um carro oficial que preciso devolver, e pegar o meu.

– Posso lhe dar uma carona, já que você vai voltar à delegacia. Onde você mora?

– Los Feliz.

– Bom, talvez você possa pegar um Uber, ou talvez alguém da patrulha possa levar você em casa.

– Claro. Posso dar um jeito nisso.

– Bom. E daqui a umas duas horas eu ligo para ver como você está.

20

Parecia que toda vez que Renée caía profundamente no sono, o toque do celular a arrancava de volta, e era o paramédico Single cumprindo a promessa de verificar como ela estava. Esse ciclo continuou pela noite até a manhã de domingo, quando finalmente ele disse que era seguro dormir sem interrupção.

– Quer dizer que agora que o sol nasceu eu posso ter uma boa noite de sono? – perguntou ela.

– Achei que essa fosse sua programação normal. Você trabalha no turno da noite, não é?

– Só estou curtindo com a sua cara. Obrigada por ter feito isso por mim. Significa muito.

– Tudo bem. Na sua próxima concussão, pode me chamar.

Ela encerrou o telefonema com um sorriso no rosto, apesar da dor de cabeça entre os olhos. Levantou-se, cambaleou enquanto se firmava de pé e foi até o banheiro. Depois de jogar água fria no rosto, olhou-se com atenção no espelho. Viu sombras azuladas embaixo dos olhos, mas a dilatação das pupilas parecia ter voltado ao normal, pelo menos se comparada à que tinha ao voltar para casa, na noite anterior. Depois pensou na pupila de buraco de fechadura do paramédico Single e sorriu de novo.

Eram oito horas e ela ainda estava cansada depois do ciclo de sono interrompido repetidamente. Ficou com o conjunto de moletom e voltou para a cama, achando que cochilaria mais um pouco. Sabia que tinha muito a fazer, mas precisava estar descansada e pronta para o próximo turno naquela noite. Fechou os olhos e logo tudo isso foi esquecido.

No sonho, Renée conseguia respirar embaixo d'água. Não havia necessidade de subir à superfície para buscar o ar. Nenhuma ardência nos pulmões. Através do azul olhou para o sol, cujos raios penetravam na água com calor e conforto. Virou-se de costas e se moveu languidamente na correnteza, olhando para cima e percebendo que o sol tinha a forma de uma bolota de carvalho e não era o sol.

O toque do telefone pareceu acordá-la imediatamente após ela ter fechado os olhos, mas ao pegá-lo viu que eram três e meia e que dormira por quase oito horas. O telefonema era de Bosch.

– Recebeu meus recados?
– Não. O quê? O que aconteceu? Você telefonou?
– Não, mandei mensagens. Tem um memorial para o Javier Raffa hoje.
– Merda, quando? Onde?
– Começa daqui a dez minutos na St. Anne, na Occidental.

René sabia que o lugar não ficava longe. Pôs Bosch no viva-voz para poder olhar as mensagens e e-mails que deixara de ver. Havia três de Bosch e uma do seu tenente. Um dos e-mails que recebera era de Bobbi Klein, a primeira vítima dos Homens da Meia-Noite. Os outros não eram importantes.

– Não sei como consegui dormir tanto... Tive uma concussão ontem à noite.
– O que aconteceu?
– Conto mais tarde. Você está no memorial?
– Estou, mas não entrei. Pensei em ficar do lado de fora. Tenho um bom lugar e estou vendo as pessoas chegando. Acho que o Hoyle está aqui. Pelo menos tem um cara branco que acho que é ele.
– Certo, estou indo. Obrigada por me acordar.
– Tem certeza de que você está bem?
– Tenho, estou sim.

Renée se vestiu rapidamente e desceu à garagem. Seu carro estava lá porque tinha desconsiderado as ordens do paramédico Single e viera nele para casa, depois de falar com o tenente do plantão, na noite anterior.

Foi pela Hillhurst até Beverly e depois pegou a Occidental. Encontrou uma vaga junto ao meio-fio, a meio quarteirão dali, e ligou para Bosch.

– Cheguei. Você ainda está posicionado?
– Estou aqui.

– Certo, vou entrar. Verei se depois podemos conversar com a viúva.

– Parece bom.

– Chegou mais alguém importante?

– Tem um monte de caras da gangue, com tatuagens até as orelhas. Quer que eu entre com você?

– Não, vou ficar bem. Você acha que vale a pena seguir o Hoyle, se é que foi Hoyle que você viu?

– Não sei. Para onde ele iria numa noite de domingo? Provavelmente só está aqui para manter as aparências. Levantaria suspeitas se ele não viesse, né?

– Aham. Mas espere só até a viúva do Raffa descobrir o que está acontecendo.

– Você vai contar a ela aí?

– Não, vou esperar. Certo, estou indo agora.

Renée desligou e saiu do carro. Andou pela rua, seguindo alguns retardatários. Apressou-se para acompanhá-los e os usou como cobertura. O memorial acontecia numa capela ao lado da igreja principal. Por isso, o lugar estava apinhado e Renée ficou no corredor, do lado de fora, junto com os retardatários. Havia alto-falantes no teto, pelos quais ouviu os testemunhos e as lembranças lacrimosas de amigos e colegas de trabalho, além de um hino cantado por todo mundo. Renée entendia espanhol o suficiente para saber que muitas pessoas lamentavam que Javier Raffa, que abandonou a vida de crimes para criar uma família e cuidar do seu negócio, tivesse sido morto de forma tão violenta.

Depois de quarenta e cinco minutos, a cerimônia terminou. A família saiu da capela primeiro, para formar uma fila de cumprimentos do lado de fora. Renée ficou para trás, observando de um dos arcos que ladeavam o caminho na lateral da igreja.

Logo viu o sócio de Javier Raffa, o Dr. Dennis Hoyle, emergir na fila da capela. Reconheceu-o pelas fotos profissionais no site da clínica dentária de família. Era todo feito de ângulos: ombros e cotovelos finos, afiados. Tinha cabelos grisalhos e um cavanhaque cinza.

Renée pensou que talvez aquele fosse o melhor momento para falar com o sujeito: quando ele menos esperava ser questionado pela polícia. Mandou uma mensagem rápida a Bosch sobre seu plano e depois observou enquanto Hoyle abordava os familiares. Estava claro que era a primeira vez que se encontrava com eles, até mesmo com a viúva. Não abraçou ninguém e cumprimentou a viúva de modo simpático, com as duas mãos. Inclinou-se para a frente para lhe dizer alguma coisa ou possivelmente se identificar, mas Renée presumiu, pela expressão facial e a linguagem corporal da viúva, que ela não fazia ideia de quem ele era.

O filho de Javier Raffa, Gabriel, estava no final da fila dos cumprimentos. Hoyle simplesmente assentiu uma vez e deu um tapa no ombro do rapaz, depois se afastou com uma expressão de puro alívio. Renée usou o braço para manter a jaqueta cobrindo o distintivo no cinto. Deixou Hoyle passar e, em seguida, virou-se para segui-lo.

Enquanto Hoyle ia para a rua, Renée viu Bosch parado na calçada. Estava usando terno, para o caso de precisar entrar no serviço memorial. Mas o terno também funcionava para o que eles fariam.

Renée seguiu Hoyle e apressou o passo para alcançá-lo. Bosch se posicionou no meio da calçada, fazendo Hoyle diminuir a velocidade enquanto decidia para que lado ir.

– Dr. Hoyle? – disse Renée.

Hoyle girou como se estivesse chocado por alguém daquela parte da cidade conhecê-lo pelo nome.

– Ah, sim?

Renée abriu a jaqueta para mostrar o distintivo, além da arma no coldre.

– Sou a detetive Ballard, do DPLA. Este é o meu colega, Harry Bosch.

Ela indicou Bosch, que agora estava atrás de Hoyle. O dentista girou para trás, para olhar Bosch, e depois de novo para Renée.

– Sim? – disse ele.

– Estou investigando o assassinato de Javier Raffa – explicou ela. – Gostaria de lhe fazer algumas perguntas, se o senhor tiver tempo.

– Eu? Por que a senhora me faria perguntas?

– Bom, para começo de conversa, o senhor era sócio dele, não era?

– Bom, era, mas não sei nada sobre o que aconteceu. Quero dizer, eu nem estava aqui.

– Tudo bem. Nós precisamos ser meticulosos e falar com qualquer pessoa que o conhecia. Se o senhor era sócio dele, devia conhecê-lo bastante bem.

– Era um investimento de negócio, só isso.

– Ah, é bom saber. Onde o senhor estacionou? Talvez a gente devesse se afastar da igreja e conversar.

– Ah, estou ali adiante, mas...

– Mostre o caminho.

Ele estava com um Mercedes quatro portas e, por coincidência, tinha parado logo atrás do velho Jeep de Bosch. Nem Bosch nem Renée mencionaram isso, porque poderia criar rachaduras na farsa de que Bosch era detetive do DPLA. Quando chegaram ao carro de Hoyle, ele pegou a chave de controle remoto no bolso e destrancou as portas. Em seguida, virou-se para Renée e Bosch.

– Sabem, este não é um bom momento para falar. Acabei de ir ao memorial do meu amigo e estou meio emotivo. Só quero ir para casa. Será que nós...

– Como o senhor soube? – interrompeu Renée.

– Como eu soube que ele tinha morrido? Saiu no jornal... on-line.

Renée fez uma pausa, para o caso de Hoyle dizer mais alguma coisa.

– Não, quero dizer como o senhor soube que ele estava procurando um sócio? Um investidor. Alguém para ajudá-lo a comprar a saída da gangue.

Por um segundo, os olhos de Hoyle se arregalaram. Ele estava surpreso com o conhecimento dela.

– Eu... Bom, eu tenho consultores para esse tipo de coisa.

– Verdade? Quem? Eu gostaria de falar com eles.

– Eu já disse, não é uma boa hora. Posso ir?

Renée abriu os braços para mostrar que não o impediria de partir.

– Então, posso ir? – perguntou Hoyle.

– Seria melhor para o senhor, Dr. Hoyle, se esclarecêssemos parte disso agora – disse Renée.

– Esclarecêssemos o quê? A senhora disse que eu podia ir.

– Não, eu disse que seria melhor se o senhor falasse conosco agora, aqui. Não creio que o senhor deseje que a gente vá ao seu consultório, não é?

Hoyle puxou com força a porta do carro, que se fechou imediatamente de volta. Exasperado, ele a abriu de novo e a manteve aberta.

– Eu não fiz nada de errado e vocês estão me assediando!

Ele pulou no carro e bateu a porta. Ligou o motor e se afastou do meio-fio, passando por René e Bosch.

– Se ele acha que isso é assédio, ainda não viu nada – disse Renée.

Bosch parou ao lado dela e os dois viram o Mercedes seguir para o norte pela Occidental.

– Peguei pesado demais? – perguntou ela.

– Na opinião dele, sim.

– Ele que se foda.
– Provavelmente está ligando para os sócios agora mesmo. Era o que você queria?
– Queria que eles soubessem que eu estou aqui.

21

Renée e Bosch voltaram à igreja para ver se a família tinha terminado com a fila de cumprimentos. Não havia ninguém junto à porta da capela. Renée olhou dentro e viu a viúva e as filhas, mas não o filho, Gabriel.

– Preciso encontrar o Gabriel, para ele traduzir, se for necessário – disse ela. – Fique aqui, para o caso de eles começarem a ir embora.

– Vou segurá-los.

Renée voltou pelo corredor e olhou pela porta dupla que dava na catedral maior. Viu Gabriel sentado sozinho num banco. Entrou e andou em silêncio pelo corredor central. Gabriel estava usando um canivete para riscar alguma coisa no banco de madeira. Era "DEUS É", e ela não achou que, depois dos últimos três dias, ele estivesse escrevendo a palavra "AMOR".

– Gabriel – disse ela. – Pare.

Ele levou um susto tão grande que largou o canivete. A faca fez barulho ao cair no chão de mármore. Renée viu as lágrimas manchando o rosto do garoto.

– Olha – disse. – Sei que o que aconteceu com sua família foi horrível. Se você quiser colaborar para que algo seja feito em relação a isso, me ajude a falar com a sua mãe. Venha.

Ela voltou para o corredor. Ele hesitou, depois começou a baixar a mão para pegar o canivete.

– Me dá – pediu Renée. – Você não precisa disso, e só vai arranjar encrenca. Vamos falar com a sua mãe.

Gabriel saiu do banco e lhe entregou o canivete. Andou de cabeça baixa até a capela. Renée dobrou o canivete e o guardou no bolso.

– O que aconteceu com o seu pai não foi certo – disse ela. – Mas ele abandonou a vida da gangue e era isso que queria para você também. Não decepcione o seu pai, Gabriel.

– Não vou decepcionar.

– Na outra noite, você me disse que o seu pai tinha um sócio, um sujeito branco de Malibu. Ele veio ao memorial hoje?

– Acho que sim. Era o cara branco, não era?

– Não sei, Gabriel. Estou perguntando. Você sabe o nome dele?

– Não. Não lembro. Só o vi uma vez, quando veio à oficina.

Bosch estava esperando do lado de fora da capela. Ele assentiu para Renée, indicando que o resto da família continuava lá dentro.

Renée e Gabriel entraram. Bosch os acompanhou, mas ficou perto da porta. Renée se apresentou à família e explicou que precisava fazer algumas perguntas. Disse que Gabriel se oferecera para traduzir, se fosse necessário. O nome da mãe era Josefina e ela concordou em falar. Parecia que as lágrimas dos últimos dias tinham deixado marcas permanentes no rosto moreno. Ela estava com a expressão que Renée vira uma centena de vezes em mulheres cujos homens tinham sido levados pela violência – a expressão que pergunta: como vou viver? Como vou cuidar da minha família?

– Primeiro, quero garantir que estamos fazendo todo o possível para encontrar quem fez isso com Javier – começou Renée, falando devagar. – Estamos seguindo algumas pistas e esperamos que elas resultem em alguma prisão. Não posso contar tudo que estamos fazendo, de modo que algumas das perguntas podem parecer estranhas. Só peço que a senhora seja paciente e saiba que as informações que der serão importantes. Entendeu, ou gostaria que o Gabriel traduzisse?

– Entendi, sim – respondeu Josefina.

– Bom. Obrigada. Quero começar com o que perguntamos na outra noite, no hospital. A senhora sabe de alguém que quisesse fazer mal a Javier?

– Não. Quem faria isso? Javier era um homem bom.

– Recentemente ele disse alguma coisa sobre algum cliente ou empregado com raiva?

– Não. Todo mundo feliz. Era um lugar feliz.

– Javier deixou um testamento?

O rosto de Josefina demonstrou confusão. Renée olhou para Gabriel, tentando pensar em como explicar. Bosch disse em voz alta, do fundo da capela, em espanhol:

– *Ultimo testamento.*

Renée olhou para ele e assentiu, percebendo que ele tivera muitas conversas assim em seus anos como detetive de homicídios. Olhou de volta para Josefina, que falou com o filho em espanhol.

– Ela não sabe – disse Gabriel.

– Ele tinha algum advogado? – perguntou Renée. – *Abogado?*

– *Sí, sí, sí* – respondeu Josefina. – *Dario Calvente es su abogado.*

Renée assentiu.

– Obrigada. Vamos telefonar para ele. Talvez ele peça permissão à senhora para falar conosco.

Gabriel traduziu e Josefina concordou com a cabeça.

– O Sr. Calvente veio aqui hoje?

Josefina assentiu.

– A senhora conhecia o sócio do seu marido?

– Não.

– Ele esteve aqui? O Dr. Hoyle?

– Não sei.

Estava claro que Josefina sabia pouco sobre os negócios de Javier e que Renée precisava falar com o advogado para esclarecer coisas como testamento, seguro e registros da sociedade.

– Josefina, você sabia que Javier precisou pagar para sair da gangue Las Palmas?

Josefina assentiu e pareceu demorar um momento pensando na resposta. Falou em espanhol e Gabriel traduziu:

– Nós não poderíamos ter uma família se ele continuasse fazendo aquelas coisas com a gangue.

– Quanto ele precisou pagar?

– *Veinticinco* – respondeu Josefina.

– Vinte e cinco mil?

– *Sí.*

– Certo. Onde ele conseguiu o dinheiro?

– *El dentista.*

– O sócio dele.

– *Sí*.

– Como ele conheceu o dentista? Quem trouxe o dentista?

Gabriel traduziu a pergunta, mas não havia resposta para traduzir de volta. Josefina balançou a cabeça. Não sabia.

Renée disse que faria contato quando tivesse mais alguma coisa a informar sobre a investigação e pediu que Gabriel traduzisse, para garantir que ela entendia. Em seguida, ela e Bosch saíram e foram até o carro dele.

– Será que devemos tentar falar com Dario Calvente, o *abogado*? – perguntou Renée.

– É domingo. Duvido que ele esteja no escritório.

– Podemos encontrá-lo. Vamos no meu carro. Depois te trago de volta.

– Perfeito.

Renée pôs o nome no Google, no telefone, e encontrou o site de Calvente. Antes de chegar ao carro já estava deixando uma mensagem na linha do escritório dele. Como o site da advogada de Cindy Carpenter, esse prometia serviço 24 horas, sete dias por semana.

– Vou verificar no departamento de veículos e conseguir o endereço, se ele não ligar de volta logo – disse a Bosch.

Entraram no Defender e quase imediatamente Renée recebeu um telefonema com identificador bloqueado, que ela presumiu que fosse de Calvente.

– Detetive Ballard.

– Ballard, você está evitando meus telefonemas?

Ela reconheceu a voz do tenente Robinson-Reynolds.

– Não, tenente. Eu, ah, estava numa igreja, por isso desliguei o telefone.

– Sei que é domingo, Ballard, mas nunca achei que você fosse do tipo que frequenta igreja.

– Era um memorial para a minha vítima de homicídio. Eu precisava falar com a família e, você sabe, ver quem aparecia.

– Ballard, você não deveria estar trabalhando. Deveria estar no hospital.

– Estou bem, tenente. Foi só uma pancada na cabeça.

– Olha, o relatório da noite disse que um paramédico mandou você ir para casa. Não quero isso que isso fique só no atendimento da ambulância. Quero que você vá a uma emergência e faça um exame, antes de realizar mais algum trabalho.

– Estou seguindo uma pista. E já disse, estou...

– Isso não é uma sugestão, detetive. É uma ordem. Não vamos nos arriscar com uma lesão na cabeça. Vá à emergência e seja liberada. Depois me ligue para reportar.

– Ótimo. Vou terminar aqui e vou.

– Esta noite, Detetive. Quero notícias suas esta noite.

– Entendido, tenente.

Ela desligou a contou a Bosch sobre a ordem.

– Parece um negócio inteligente – disse ele.

– Agora você também? Eu estou ótima e isso vai ser uma tremenda perda de tempo.

– Você é policial. Eles vão atender depressa.

– Bom, eu só vou fazer isso quando estiver de serviço. Não vou desperdiçar o meu próprio tempo. E, por falar em tempo, não vou esperar esse *abogado* ligar de volta. Serviço vinte e quatro horas é o caralho.

Ligou para o centro de comunicações, identificou-se e deu seu número de série, em seguida pediu uma verificação de Dario Calvente no Departamento de Trânsito. Teve sorte. Só havia um Dario Calvente com endereço em Los Angeles. Agradeceu à telefonista e desligou.

– Silver Lake – disse. – Ainda quer ir?

– Vamos lá.

Demoraram quinze minutos para chegar. Calvente morava numa casa da década de 1930 em estilo espanhol, em frente ao reservatório de água. Os dois subiram alguns degraus de pedra para chegar à varanda da frente. Havia uma grande janela panorâmica com vista para o lago, mas estava coberta com uma placa dizendo VIDAS NEGRAS IMPORTAM.

Renée bateu à porta e pegou o distintivo. Um homem de cerca de 40 anos, que ela reconheceu da fila de cumprimentos no memorial, atendeu. Ainda estava de terno, mas sem a gravata. Tinha bigode grosso e olhos castanhos tão escuros quanto os de Bosch.

– Sr. Calvente, DPLA – disse Renée. – Desculpe incomodá-lo em casa, mas nós deixamos uma mensagem no seu escritório e o senhor não ligou de volta.

Calvente apontou para ela.

– Eu vi a senhora hoje – disse. – No memorial de Javier.

– Isso mesmo. Meu nome é Renée Ballard e este é o meu colega Harry Bosch. Josefina Raffa contou que o senhor era advogado do marido dela, e gostaríamos de fazer algumas perguntas.

– Não sei o que posso dizer a vocês – respondeu Calvente. – Eu fiz um trabalho para o Javier, sim, mas foi em troca de serviços no meu carro. Eu não diria que sou propriamente advogado dele.

– O senhor sabe se ele tinha outro advogado?

– Acho que não. Foi por isso que ele perguntou se eu poderia ajudar.

– E quando foi isso?

– Ah, há alguns meses. Minha mulher teve um acidente e eu pedi que o carro fosse rebocado até a oficina do Javier. Quando ele descobriu que eu era advogado, pediu que eu fizesse um trabalho.

– O que era o trabalho? O senhor pode dizer?

– Havia sigilo envolvido, mas era um contrato que ele tinha assinado. Ele queria saber como dissolver a sociedade.

– Era a sociedade da empresa dele?

Calvente olhou para além dos dois, na direção do reservatório. Inclinou a cabeça para trás e para a frente, como se considerasse se deveria responder. Depois, olhou para Renée e assentiu uma vez.

– E o senhor o ajudou? – perguntou ela.

– Minha especialidade não é direito contratual. Eu disse que não vi no contrato nenhum ponto que achasse que ele poderia atacar. E disse que ele deveria procurar uma segunda opinião de um advogado especializado em contratos. Perguntei se ele queria uma referência, e ele disse que não. E, em troca disso, me deu um desconto no conserto do nosso carro. Foi só isso.

– O senhor se lembra se o nome do sócio era Dennis Hoyle?

– Acho que o nome era esse, mas não tenho certeza. Faz alguns meses.

– Ele contou alguma coisa sobre o motivo para querer romper o contrato?

– Só disse que não era uma situação boa, porque tinha pagado uma dívida muito tempo atrás, mas continuava entregando parte dos lucros a ele. Lembrou que o contrato não tinha data de encerramento. Era uma sociedade plena, por todo o tempo de vida da empresa.

– De quanto era a participação de Hoyle na empresa?

– Acho que eram vinte e cinco por cento.

– Se tudo que o senhor fez para ele foi essa revisão, por que foi ao memorial hoje?

– Bom, eu, ah, queria expressar meus pêsames à família e dizer que estava disponível para o que eles precisassem. Como advogado, claro.

– Por sinal, como o senhor soube que ele tinha sido vítima de um homicídio?

– Vi o memorial programado na igreja quando fui lá, hoje de manhã. Não sabia que era homicídio, até ir, hoje. Foi uma coisa terrível para a família.

Renée se virou para Bosch, para ver se ele tinha alguma pergunta que ela pudesse ter deixado de fazer. Ele balançou a cabeça e ela olhou de volta para Calvente.

– Obrigada, Sr. Calvente – disse Renée. – O senhor ajudou muito.

– De nada.

Bosch desceu lentamente os degraus. Renée precisou esperá-lo. Quando ele chegou à calçada, sussurrou:

– Advogado de porta de necrotério. Mal conhece o sujeito e vai ao memorial dele?

– É. Já viu o filme *O Veredicto*, de Sidney Lumet?

– Acho que não. Hoje em dia não vou muito ao cinema.

– É um filme antigo, com Paul Newman. Eu passei por uma fase Paul Newman. Enfim, ele é advogado, na verdade, é um advogado bêbado, e tenta melhorar os negócios indo a enterros e entregando cartões de visita.

Bosch olhou de volta para a casa e disse:

– Esse cara deve ir a muitos enterros.

– Bom, o que ele nos deu é bom. Javier queria desfazer o contrato. Há uma motivação nisso.

– Há. Mas Hoyle estará protegido pelo contrato. Calvente disse que era um contrato legítimo. Ainda precisamos encontrar o intermediário e esperar que ele nos leve ao homem da Walther P22.

– Essa noite vou de novo ao enfrentamento às gangues. Eles tinham um dedo-duro que contou, há uns anos, que Javier pagou para sair da Las Palmas. Acho que era uma mulher. Não quiseram me dar o nome dela, mas vou fazer com que me digam agora. Ela pode saber quem juntou Raffa com Hoyle.

– Parece um bom plano.

Quinze minutos mais tarde, Renée tinha deixado Bosch no carro dele e estava indo para a emergência do Presbiteriano de Hollywood, quando recebeu um telefonema do paramédico Single, perguntando:

– Como você está?

– Na verdade, estou indo à emergência.

– Ah, não, o que aconteceu?

– Nada, estou bem. Meu chefe não quer deixar que eu volte ao trabalho esta noite a não ser que seja liberada pela emergência. Eu disse a ele que um paramédico muito bom tinha me liberado hoje, mas ele me obrigou mesmo assim.

– Ah, que pena. Eu ia te convidar para um jantar dos bombeiros.

– Uau, nunca recebi um convite assim, antes. O que vocês vão comer?

– Todo tipo de coisas. Sanduíche de queijo quente, picadinho. Acho que alguém trouxe duas tortas de maçã. Temos salada, espigas de milho.

– Bom, eu comeria uma salada e um queijo quente.

– Aah, parece que temos uma vegetariana.

– Só não como mais carne vermelha.

– Sem problema, mas achei que você ia à emergência.

– Prefiro ir jantar e deixar a emergência para o horário de serviço.

– Bom, então venha. O jantar começa em trinta e cinco minutos. A não ser que a gente receba uma chamada e precise sair correndo.

– Estou indo. Mas vocês podem levar convidados?

– Um de nós pode. Um convidado a cada noite. Eu troquei com um cara para ficar com essa noite porque esperava que você gostasse do picadinho do posto de bombeiros. Mas o queijo quente também é bom.

– Certo, tá legal. Vejo você daqui a pouco. Uma última pergunta...

– Claro.

– Qual é o seu primeiro nome?

– Ah, é Garrett.

– Garrett. Maneiro. Logo, logo a gente se vê, Garrett.

Depois de desligar, Renée anotou o nome inteiro de Garrett na sua lista de contatos. Esperava que ele ficasse ali por um bom tempo. Parou o carro atrás do posto dos bombeiros. Antes de entrar, foi ao vestiário da delegacia e passou um pouco de maquiagem leve. Só ia a um posto de bombeiros para jantar queijo quente, mas queria causar boa impressão.

22

O jantar foi divertido. Garrett apresentou Renée aos colegas e ela recebeu uma salva de palmas. E o queijo quente não estava ruim, mas a comida e a diversão foram interrompidas quando o paramédico Single e sua equipe de resgate foram chamados para um acidente de trânsito na esquina das avenidas Highland e Hollywood Boulevard, um dos cruzamentos mais movimentados da cidade. Eles partiram rapidamente e Renée levou a segunda metade do sanduíche de queijo quente num guardanapo, dando a volta no muro que separava o posto de bombeiros da delegacia de polícia. Terminou de comer na delegacia, durante a chamada de meio do turno, que acontecia às oito horas – o horário em que ela costumava começar. Era um esquadrão pequeno, o que tornava a reunião menos apinhada e mais informal. Ninguém se opôs a que ela terminasse de comer o sanduíche.

Depois Renée desceu para o corredor do segundo andar e foi até a sala do DEG procurar o sargento Davenport. Ele estava sentado onde ela o vira pela última vez, três noites atrás. Se Davenport não estivesse usando roupas diferentes, ela poderia jurar que ele não tinha se movido. Renée pegou a pasta de papel que ele lhe dera e a largou na mesa. Apontou para a pasta.

– LP3 – disse. – Preciso falar com ela. Dessa vez é pra valer.

Davenport tirou as pernas de cima da lata de lixo e se sentou ereto.

– Ballard, você sabe que não posso simplesmente dar o nome de um informante.

– Sei. Você precisa falar com o capitão. Ou pode ir se encontrar com a informante e eu posso ir junto. De qualquer modo está bom para mim, mas agora isso é um caso de assassinato premeditado, conectado a outro caso de assassinato premeditado, e preciso descobrir o que ela sabe. Então, como você quer fazer isso?

– Em primeiro lugar, eu já falei: não estou afirmando que é...

– Uma mulher, é. Eu sei. Só digamos que eu adivinhei. Você vai ajudar ou vai atrapalhar essa investigação?

– Se você parasse de me interromper e simplesmente ouvisse, saberia que LP3 não está mais em atividade, não está em atividade há anos, e não vai se interessar em falar com pessoas que se lembram da sua história suja.

– Certo, então. Vou ligar para a casa do capitão.

Renée se virou para a porta.

– Ballard, qual é! Por que você tem sempre de ser tão es...

Renée se virou de volta para ele.

– O quê? Tão escrota? Se querer resolver um homicídio é ser escrota, tudo bem, eu sou escrota. Mas nesse departamento ainda existem pessoas que querem levantar o rabo e bater em portas. Eu sou uma delas.

As têmporas de Davenport ficaram cor-de-rosa, de fúria ou embaraço. Como sargento II, ele estava um posto acima do dela, detetive II. Mas, apesar de estar à paisana, ele não era detetive, e essa diferença derrubava sua vantagem de posto. Renée podia dizer a ele o que quisesse, sem consequências.

– Certo, olha – disse Davenport. – Vou demorar um tempo para fazer contato com ela e convencê-la. Vou fazer isso e aviso a você.

– Quero me encontrar com ela esta noite. Isso é um homicídio. E, por sinal, você acabou de revelar de novo que ela é uma mulher.

– Isso já era evidente, não acha, Ballard?

– Preciso ir ao Presbiteriano de Hollywood uns minutos. Depois espero notícias suas, dizendo que temos uma reunião marcada.

– Ótimo, faça isso.

– Telefono quando me liberarem.

Renée pegou um rádio e foi em seu carro do departamento até o hospital, onde deu uma carteirada para ficar no início da fila da emergência. Foi examinada e liberada por um médico e, de volta ao carro, ligou para a casa do tenente Robinson-Reynolds e deu as notícias.

– Isso é bom, Ballard – disse ele. – Fico feliz que você esteja bem.

– Eu disse que estava.

– É, bem, mas a gente precisa da coisa oficial. Aqueles paramédicos são um punhado de tapados. Se fosse minha mãe que tivesse sido jogada escada abaixo, eu não sossegaria até que um médico de verdade a examinasse, entende?

Renée não sabia qual parte da fala deveria questionar, nem se valia a pena. Mas a parte sobre ter sido jogada escada abaixo poderia ter consequências em termos de como Robinson-Reynols enxergava suas capacidades.

– Não sei o que lhe disseram, tenente, mas não fui jogada escada abaixo. Eu ia subir a escada quando a suposta vítima veio correndo na minha direção. Eu o agarrei e nós dois caímos.

– Isso é semântica, Ballard. Então, está pronta para voltar ao trabalho?

– Estive trabalhando. Não parei em nenhum momento.

– Certo, certo, foi mal. E então, por que não me conta o que andou fazendo, já que não parou de trabalhar? Em que pé estamos nos dois casos?

Renée pensou por um momento.

– No caso do Raffa, o homicídio, estou marcando um encontro com uma dedo-duro da quadrilha. Espero que nos dê uma dica sobre um credor que tem motivação para matar Raffa.

– Qual é a motivação? Raffa devia dinheiro a ele? Isso nunca é motivação. Por que matar o cara que lhe deve dinheiro? Aí ele não vai poder pagar.

– A motivação não é essa. Há um bom tempo, Raffa pegou vinte e cinco mil dólares emprestados com esse sujeito, para comprar a saída da Las Palmas. Isso lhe rendeu um sócio comanditário. Com Raffa morto, o sócio comanditário fica com a empresa, a apólice de seguro, se existir uma, e, mais importante, o terreno da oficina de lanternagem. Aí estão o dinheiro e a motivação.

– Entendi, Ballard. Isso é bom. Bom de verdade. Mas você sabe que essa coisa toda vai para o Bureau Oeste assim que eles puderem assumir.

– Sei, tenente, mas o senhor quer que eu só fique de babá ou quer que entregue a eles um caso pronto para o indiciamento? Quero dizer, isso reflete no senhor, não é?

Robinson-Reynolds ficou em silêncio, mas não demorou muito para ligar os pontos.

– É, está certo. Não quero você sentada em cima disso. Quero que o caso seja trabalhado até que sejamos obrigados a entregar. Já fizeram a autópsia?

– Ainda não. Nesse momento, eu sou a principal investigadora, então eles vão me ligar quando estiverem preparados. Provavelmente amanhã, em algum momento.

— Certo. E, quanto a essa dedo-duro, você vai levar apoio?

— Rick Davenport, da Gangues, está organizando. Ele vai junto.

— Certo, e o caso novo dos Homens da Meia-Noite?

— As três vítimas estão preenchendo questionários Lambkin e amanhã espero que toda a equipe de crimes sexuais comece a fazer o cruzamento para ver onde isso vai dar. Agora nós estamos analisando de modo diferente a escolha das vítimas, com base no caso novo.

Nós. Renée ficou chateada consigo mesma por continuar dando cobertura a Lisa Moore.

— Certo. Vou falar sobre isso com o Neumayer amanhã de manhã.

Matthew Neumayer era o detetive encarregado da unidade de crimes sexuais da divisão, composta por três pessoas, e supervisor imediato de Lisa Moore.

— Então acho que vou voltar para o negócio — disse Renée.

— Claro. Vou chegar cedo amanhã, talvez pegue você antes que vá embora.

Renée desligou e telefonou imediatamente para Davenport.

— Ballard.

— E então, vamos fazer isso hoje à noite ou não?

— Não fique tão irritada. Vamos. Vou pegar a mulher e levar para se encontrar com você. Que horas? Ela não quer você perto de onde ela mora.

Renée sentiu uma onda de energia atravessar seu corpo. Finalmente se encontraria com a LP3.

— Que tal daqui a uma hora?

— Uma hora está bom.

— Onde?

— No estacionamento da praia, no final da Sunset Boulevard.

Ballard conhecia bem o local, das muitas manhãs surfando depois do trabalho. Mas era um caminho longo até lá.

— Estou de serviço, e isso me tira da divisão durante quarenta minutos. Se eu receber uma chamada, estou fodida.

— Você quer falar com ela ou não? Agora a vida dela é por lá, e ela não vai voltar a Hollywood.

Renée sentiu que não tinha opção.

— Certo. Uma hora. Estarei lá.

— E, Ballard, nada de nomes. Nem pergunte a ela.

— Ótimo.

Renée sabia que poderia conseguir o nome mais tarde, caso precisasse para o tribunal. Então os poderes constituídos cairiam em cima de Davenport e o obrigariam a entregar. Neste momento, só estava interessada em saber se a LP3 poderia levá-la até o homem da Walther P22.

Depois de encerrar o telefonema com Davenport, voltou à delegacia e informou ao tenente de plantão que estaria fora do radar e da divisão nas próximas duas horas. Era Rivera que estava de serviço na última noite do fim de semana de Ano-Novo, e ele não pareceu se importar muito, desde que Renée levasse um rádio, para o caso, como ele disse, de o inferno abrir as portas.

Depois, ela foi à sala do esquadrão imprimir uma foto de Javier Raffa, colocar pilhas novas no minigravador e pegar um rádio totalmente carregado antes de voltar ao carro.

O tráfego na Sunset diminuiu rapidamente assim que ela passou pela Strip e entrou em Beverly Hills. Mesmo com todas as boates e os restaurantes fechados por quase um ano, as pessoas passeando de carro devagar reduziam a velocidade. Renée sentiu a temperatura baixar enquanto ia para o oeste. Era uma noite límpida e fria. Sabia que precisaria vestir o casaco que mantinha no porta-malas para as longas noites nos locais de crimes. O vento do Pacífico deixaria gelado o estacionamento onde se encontraria com a informante, e ela não sabia se conversariam ao ar livre ou dentro de um carro.

Diziam que qualquer pessoa que quisesse conhecer Los Angeles tinha que percorrer a Sunset Boulevard desde o início até a praia. Era a rota pela qual o viajante conheceria tudo que é Los Angeles: sua cultura e suas glórias, bem como suas muitas fissuras e falhas. Começando no centro da cidade, onde vários quarteirões tiveram o nome mudado para Cesar E. Chavez Avenue trinta anos atrás, para homenagear o líder sindicalista e dos direitos civis, a rota levava os viajantes por Chinatown, Echo Park, Silver Lake e Los Feliz, antes de virar para o oeste e atravessar Hollywood, Beverly Hills, Brentwood e Palisades, e finalmente encontrar o Oceano Pacífico. No caminho, suas quatro pistas atravessavam bairros pobres e bairros ricos, acampamentos de sem-teto e mansões, passando por instituições icônicas de entretenimento e educação, de comidas típicas e religiões variadas. Era a rua de uma centena de cidades, no entanto estava inteiramente em uma.

Isso fez Renée pensar em Bosch. Pegou o telefone e ligou para ele, colocando no viva-voz.

– Vou me encontrar com a LP3.

— Agora? Sozinha?

— Não, meu contato no Enfrentamento de Gangues, Davenport, vai estar lá. Foi ele que arranjou. Ele vai pegá-la e levá-la ao encontro.

— Onde?

— Sunset Beach. No estacionamento.

— Isso é meio esquisito.

— Também não fiquei feliz. Ela está fora da vida da gangue e mora por lá. Segundo o Davenport, eu não tinha opção.

— E isso vai acontecer agora?

— Daqui a uns quarenta e cinco minutos. Estou indo para lá.

— Certo, olha, se alguma coisa der errado, acenda um sinalizador, ou algo assim. Você não vai me ver, mas eu estarei lá.

— O quê? Harry, não vai dar nada errado. Davenport vai estar lá. E essa informante virou honesta. Só fique em casa e eu ligo depois. Além disso, você acabou de tomar a vacina ontem, deve ficar de molho até ter certeza de que não há nenhum efeito colateral.

— Eu estou bem, e você está se esquecendo de uma coisa. O único modo de aqueles livros de assassinatos terem desaparecido em duas divisões diferentes é alguém de dentro do departamento ter levado. Não quero acusar o Davenport, mas ele estava em Hollywood na minha época, e eu não gostava do sujeito. Não estou dizendo que ele é sujo, mas ele era preguiçoso e gostava de falar. E não sabemos com quem ele andou falando sobre isso.

A princípio Renée não respondeu, pensando nas preocupações de Bosch.

— Bom, concordo que ele é preguiçoso, mas achei que era um negócio mais recente, a reação pessoal dele à redução de verbas. Mas não acho que vá haver problema. Eu disse ao meu tenente e ao tenente do plantão o que vou fazer, porque ficarei afastada da divisão. Não vou impedir que você venha, Harry, nós até podemos nos encontrar e conversar depois. Mas acho que tudo vai correr bem.

— Espero que você esteja certa, mas estarei lá. E é melhor eu sair agora.

Os dois desligaram e Renée pensou nas palavras de Bosch pelo resto do caminho, seguindo as pistas curvas da Sunset Boulevard.

23

Depois da última curva, a Sunset descia até a praia e Ballard viu um enorme estacionamento perto de um restaurante para turistas fechado. No estacionamento só havia um carro, que não tinha as linhas atarracadas de um veículo do departamento. Renée se esquecera de que Davenport provavelmente usava um carro disfarçado para seu trabalho com as gangues. Enquanto esperava a mudança no semáforo, ligou para ele.

– Já chegou?

– Estamos aqui esperando, e você está atrasada.

– Qual é o seu carro? Já vou entrar.

– Vai ser óbvio, Ballard. Estamos no único carro no estacionamento. Só entre.

Ele desligou. Renée olhou para a luz vermelha no semáforo. Admitiu que Bosch a deixara desconfiada. Verificou o posto de gasolina na esquina e o estacionamento do supermercado depois dele, e não viu o velho Cherokee de Bosch. De jeito nenhum ele poderia ter chegado tão rápido, vindo de casa.

O semáforo mudou para verde e ela atravessou a pista até o estacionamento. A cancela da cabine de cobrança estava levantada, porque era tarde da noite. Ela foi em direção ao carro parado no meio do estacionamento num ângulo que fazia seus faróis atravessarem a janela do lado do motorista. Quando se aproximou, reconheceu Davenport atrás do volante. Em seguida, deu uma volta e viu que a passageira estava no banco da frente. Parou o carro ao lado, de modo que pudessem falar de janela para janela, e engatou a marcha de estacionamento. Antes de desligar o motor, pegou o minigravador, ligou-o e começou a gravar. Enfiou-o na abertura lateral do ar-condicionado, onde não seria visto pela informante, mas captaria cada palavra. Em seguida, levantou o rádio e repassou sua localização ao centro de comunicações, de modo a haver um registro de sua última localização, caso algo desse errado.

Baixou a janela e desligou o motor.

A mulher sentada a pouco menos de um metro, no carro de Davenport, era latina e parecia ter uns 40 anos. Tinha cabelos castanhos compridos, usava maquiagem pesada nos olhos, e uma blusa de gola alta que Renée achou que provavelmente escondia uma tatuagem ou as cicatrizes deixadas pela remoção.

Davenport se inclinou adiante para enxergar Renée do outro lado da sua passageira.

– Por que esse negócio de filme de espionagem, Ballard? E você ligou avisando isso? Está me sacaneando, porra?

– Robinson-Reynolds mandou.

– Você nem deveria ter contado a ele sobre isso.

– Eu precisei. Você me tirou da divisão durante quarenta minutos e eu precisava contar a alguém. Ele disse para avisar ao setor de comunicações quando...

– É, bom, ele é um idiota. Você tem vinte minutos, Ballard. Faça as perguntas.

Renée olhou para a mulher. Ela parecia incomodada com os gritos de Davenport ao seu lado.

– Certo, qual é o seu nome? – perguntou.

– Nada de nomes! – gritou Davenport! – Meu Deus, Ballard, eu disse. Nada de nomes.

– Certo, certo, como você quer que eu a chame? Quero que isso seja uma conversa, e gostaria de dar um nome à pessoa com quem estou falando.

– Que tal Fulana? – gritou Davenport.

Ele pronunciou o *F* como um *H*.

– Certo, tudo bem. Vamos começar com sua ligação com a Las Palmas 13.

– Meu noivo, ou pelo menos o homem que eu achava que era meu noivo, era um líder na época em que eu estava com ele. Um chefão.

– E naquela época você era informante?

– Era.

– Por quê?

A mulher respondeu sem hesitação ou qualquer traço de sotaque. Falava de modo tranquilo sobre a vida dupla potencialmente mortal que levara.

– Ele começou a me trair. Saía com outras mulheres. Putas da gangue. E ninguém faz isso comigo.

– Então você não o abandonou. Virou informante.

– Isso mesmo. E era paga. Minhas informações eram boas.

Ela olhou para Davenport como se quisesse confirmação. Ele não disse nada. Renée precisou supor que o noivo de quem ela estava falando era Humberto Viera, que, segundo Davenport, estava preso na Pelican Bay e nunca mais voltaria. Renée estava conversando com a imagem viva do alerta sobre a mulher desprezada: o inferno não conhece fúria igual.

– Quinze minutos – gritou Davenport, solícito.

– Há uns quatorze anos você contou ao seu controlador do DPLA que Javier Raffa comprou o direito de sair da Las Palmas. Ele pagou vinte e cinco mil dólares a Humberto Viera. Você se lembra disso?

– Lembro.

– Como você conseguiu essa informação na época?

– Eu vi o dinheiro. Vi quando ele entregou.

O fato de ela ter visto a transação parecia confirmar que Viera era o seu noivo e que a condenação dele à Pelican Bay se devia em parte à sua vingança.

– Como o acordo aconteceu? – perguntou Renée. – Raffa simplesmente fez a oferta?

– Foi negociado – disse a informante. – Raffa queria sair e sabia que só existia um modo: num caixão. Mas o meu homem era ganancioso. Sempre pensava nele mesmo, antes de pensar na gangue. Ou em mim. Ele disse que Raffa poderia comprar a saída. Deu o preço e ajudou Raffa a conseguir o dinheiro.

– Desmontando carros?

– Não, o Raffa já fazia isso. Era o trabalho dele. Na época, ele até era chamado de El Chopo. Tipo uma piada.

– Então onde ele conseguiu o dinheiro?

– Precisou pegar um empréstimo.

– Onde alguém consegue um empréstimo para sair de uma quadrilha?

– Havia um homem. Um cara que o pessoal conhecia. Um *banquero callejero*. Raffa o procurou.

– Um banqueiro de rua.

– É, Raffa conseguiu o dinheiro com ele. O *banquero* conhecia pessoas com quem conseguir. Pessoas que queriam emprestar.

– Você se lembra do nome dele, ou de quem ele era?

– Ouvi dizer que era um policial.

Davenport abriu sua porta e deu a volta na frente do carro, até a janela de Renée.

– O que você está fazendo? – perguntou ela.

O braço dele foi na direção de Renée, que recuou. Ele enfiou a mão no carro e tirou a chave da ignição.

– É isso aí – disse. – Chega.

– O que você está falando, Davenport? Isso é uma investigação.

– E eu não concordei em puxar nenhum policial para dentro desse negócio. Não na porra do meu turno de serviço.

– Me dá minha chave.

Davenport já estava dando a volta no carro de novo, retornando à sua porta aberta.

– Trago de volta depois de levar ela para onde você não possa achar, porra.

– Davenport, me dá a chave. Vou jogar uma porra de um-vinte-e-oito em cima de você se você...

– Foda-se, Ballard eu jogo um um-vinte-e-oito de volta em cima de você. Vamos ver em quem eles acreditam. Você está a um passo da porra da porta da rua.

Ele pulou de volta no carro e bateu a porta. Renée se concentrou na mulher.

– Quem era o policial? – perguntou ela.

– Não responda, porra – gritou Davenport.

Ele olhou para a esquerda e a janela do carona começou a subir.

– Quem era? – perguntou Renée de novo.

Davenport ligou o carro. A informante apenas olhou para Renée enquanto sua janela se fechava. O carro partiu a toda velocidade pelo estacionamento, em direção à saída.

– Maldição! – gritou Renée. – Merda!

Então seu telefone começou a tocar e ela viu o nome de Bosch na tela.

– Harry!

– O que acabou de acontecer?

– Conto mais tarde. Onde você está? Dá para ver os dois?

– Quer dizer, o outro carro? É, ele acabou de avançar o sinal e partiu pela PCH em direção a Malibu.

– Você pode ir atrás? Ele pegou minha chave e eu estou empacada aqui. Ele vai levá-la para casa e preciso saber quem ela é e onde mora.

– Estou indo.

Renée ouviu o telefone bater no centro do console quando Bosch ligou o carro e partiu. Em seguida, ela pulou do seu carro e percorreu com o olhar as empresas e os estacionamentos na Pacific Coast Highway. Viu o Jeep Cherokee quadrado saindo do estacionamento do supermercado para a PCH, passando pelo semáforo no cruzamento com a Sunset e indo para Malibu.

– Pega ele, Harry – disse em voz alta.

24

Davenport só voltou cerca de quarenta minutos depois. Renée estava encostada na lateral do carro, de braços cruzados, quando viu o veículo dele atravessar o estacionamento até o seu. Ele estendeu o braço pela janela, com a chave pendurada na mão. Não ia ficar. Manteve o olhar para a frente, através do para-brisa, enquanto falava.

– Precisei fazer isso, Ballard.

Renée pegou a chave na mão dele.

– Por quê?

– Porque a gente está afundando, Ballard. Tudo que a gente não precisa agora é arrastar outro policial para mais um escândalo. Não entende?

– Não, Davenport, não entendo. Quem é o policial que você quer proteger?

Agora ele se virou para encará-la.

– Não sei e não perguntei a ela, porque não quero saber. Estou protegendo é o departamento, Ballard, e não o policial. É por isso que, se você me dedurar e eu te dedurar, você vai perder. O departamento sempre vem em primeiro lugar. O departamento sempre vence. Pense nisso.

Ele apertou o acelerador e o carro partiu. Renée não se encolheu, nem se mexeu. Acompanhou a curva ampla que ele fez para voltar ao portão, depois pegou o telefone e ligou para Bosch.

– Harry, você conseguiu?

– Ela está numa casa aqui em cima, na PCH. Perto da água, logo depois do semáforo no Topanga Canyon. O que aconteceu? Ele levou sua chave de volta?

– Estou com ela. Me dê o endereço e eu vou aí.

Quinze minutos depois, Renée parou no acostamento da Pacific Coast Highway atrás do jipe de Bosch. Saiu, foi até lá, entrou e sentou-se no banco do carona ao lado dele.

– É aquela com escotilhas – disse Bosch.

Ele apontou para o outro lado da rua. A estrada era ladeada por casas que se projetavam em balanço por cima das pedras, da areia e da água. Eram apertadas umas contra as outras como dentes numa boca, tão próximas que era impossível dizer em que área do oceano os dois estavam, a não ser pelo som das ondas atrás. A casa para a qual Bosch apontara tinha dois andares e uma garagem simples. Era de madeira cinza com acabamento branco e viam-se duas janelas redondas no segundo andar. Renée sabia que a vista deveria ficar do outro lado. Provavelmente, havia janelas de vidro grandes voltadas para o oceano.

– Eles pararam – disse Bosch. – Ele entrou com ela, ficou dois ou três minutos e saiu. O que está acontecendo, Renée?

– Ela ia me dizer o nome do cara do dinheiro. Disse que ele era o banqueiro de rua e que era policial. Então Davenport entrou no meio e acabou com o papo. Fingiu estar cheio de nobreza, como se estivesse tentando proteger o departamento. Mas não engulo isso. Acho que ela ia revelar alguma coisa que ele sabia.

– Ele joga sujo?

– Qual é o limite da sujeira? Acho que ele, pelo menos, sabe alguma coisa que poderia prejudicar o departamento. A decisão dele é encobrir o negócio, em vez de limpar. Se isso é sujeira, sim, ele joga sujo. Mas o que quer que seja, ele não sabia que ela ia abrir o bico. Caso contrário, não teria arranjado o encontro.

– Faz sentido. E aí, o que você quer fazer?

– Quero o nome do banqueiro de rua.

– Então vamos pegar.

Era noite de domingo e Malibu estava vazia no final do fim de semana de feriado. Havia pouco tráfego e nenhuma ameaça a Renée e Bosch quando atravessaram as quatro pistas da PCH no escuro. A porta da frente da casa onde a informante aparentemente morava ficava junto ao abrigo de veículo, perto do lado do motorista do Porsche Panamera estacionado ali. Renée bateu com força, usando a lateral do punho, de modo a ser ouvida acima do som das ondas quebrando atrás da casa.

A porta foi aberta antes que ela precisasse bater de novo. Havia um homem ali. Tinha cerca de 60 anos, era branco, com as tentativas clichês de parecer mais jovem expostas à plena vista: brincos, pulseiras, cabelo tingido e cavanhaque, jeans azuis esgarçados e um agasalho com capuz cinza. Tudo isso combinava com o Porsche.

– Sim? – perguntou ele.

Renée mostrou o distintivo.

– Estamos aqui para ver a mulher que foi deixada há cerca de meia hora – disse Renée. – Acredito que ela possa ser sua esposa.

– Não sei do que a senhora está falando. É meia-noite e isso está fora...

Ele foi interrompido pela informante que chegou atrás, para ver quem estava à porta.

– Você – disse ela. – O que você quer?

– Você sabe o que eu quero. Quero o nome.

Renée se adiantou e sua postura intimidante fez o homem recuar, ao mesmo tempo em que protestava.

– Espera um minuto aí – disse ele. – Você não pode simplesmente...

– Ela é sua esposa, senhor? – perguntou Renée.

– Isso mesmo – respondeu ele.

– Bom, fique para trás a não ser que deseje que esta conversa aconteça numa delegacia.

Em seguida, Renée olhou direto para a informante.

– Você não gostaria disso, não é? Voltar ao bairro antigo. A gente nunca sabe quem da Las Palmas pode estar no banco da cadeia quando entrarmos pela porta de trás da delegacia.

– Gene – pediu a informante. – Deixe-os entrarem. Quanto mais cedo eu lidar com isso, mais rápido eles vão embora. Vá para a varanda.

– Garota esperta – disse Renée.

– Está frio lá fora – retrucou Gene.

– Só vá – ordenou a informante. – Isso não vai demorar.

– Meu Deus – protestou Gene. – Você disse que esse tipo de merda tinha acabado.

Ele foi até a porta deslizante que dava na varanda. Do outro lado, as ondas de um azul-escuro estavam lindamente iluminadas por refletores ancorados embaixo da casa. A informante esperou até que Gene estivesse na varanda e fechasse a porta, para abafar o som do oceano.

– Não gosto disso – disse ela. – Davenport me mandou não falar mais contigo. E quem é você, porra?

Essa última parte foi direcionada a Bosch.

– Ele está comigo – respondeu Renée. – É só isso que você precisa saber, por enquanto. E não me importa o que Davenport falou ou se você gosta disso. Você vai me contar sobre o banqueiro ou vai estar no tipo de encrenca da qual o dinheiro do Gene não pode ajudar a tirá-la.

– Não violei nenhuma lei – disse a informante.

– Existem leis do estado e existem leis das gangues. Você acha que Humberto Viera, lá na Pelican Bay, acredita que você é inocente? Acha que ele não quer saber onde você esteve nesses últimos dez anos?

Renée pôde ver a ameaça romper a armadura da informante. Tinha deduzido corretamente. Viera era o noivo galinha, que agora tinha o resto da vida na penitenciária de segurança máxima para pensar em quem o traíra.

– Sente-se ali – disse Bosch, apontando para um sofá. – Agora.

Ele tinha entendido bem a conversa. A informante havia acabado de passar de ex-bandida durona a uma mulher com medo de que sua vida cuidadosamente organizada com um homem mais velho e rico pudesse mudar subitamente.

Ela obedeceu e foi até o sofá. Renée pegou uma poltrona giratória do outro lado de uma mesinha de centro de bambu, girou-a de costas para a porta deslizante e ficou de pé, de costas para Gene, que estava tentando olhar pelo vidro.

– Qual é o seu nome? – perguntou Renée.

– Não vou dar o meu nome.

O ressentimento era nítido no seu rosto.

– Preciso chamar você de alguma coisa – insistiu Renée.

– Então me chama de Darla. Sempre gostei desse nome.

– Certo, Darla, fale sobre o banqueiro de rua. Quem era ele?

– Só sei que era um policial e que o sobrenome dele era Bonner. Só isso. Nunca vi o cara. Não sei como ele é. Por favor, vá embora.

– Que tipo de policial?

– Não sei.

– Do DPLA? Do Departamento do Xerife?

– Eu disse que não sei.

– Qual era o primeiro nome dele?

– Não sei disso também, caso contrário, teria contado.

– Como você sabe que ele era policial? Como ficou sabendo o sobrenome dele?

– Com o Berto. Ele falou sobre o cara.

– Disse que ele era um banqueiro de rua?

– Disse que ele era o cara que poderia conseguir dinheiro para o Raffa. Ele contou ao Raffa. Eu estava lá.

– Onde?

– Nós fomos de carro até a oficina do pai do Raffa. Lá onde eles consertavam carros na frente e desmontavam nos fundos. Raffa veio até o carro e Berto disse a ele. Deu um número para ele ligar. E também avisou ao El Chopo que Bonner era policial. Disse que ele precisava ter cuidado quando negociasse com o cara, porque ele era policial e era gente séria.

– Como assim "gente séria"?

– Você sabe, tipo "não me sacaneia". Existem consequências para merdas assim.

– Quer dizer que ele era matador?

– Não sei. Sei que ele era sério.

– Certo. Bonner foi mencionado outras vezes?

– Foi, quando Raffa levou o dinheiro pro Humberto. Ele disse que Bonner conseguiu com um doutor e que ele precisou assinar papéis e coisa e tal.

– Que tipo de doutor?

– Não ouvi essa parte, ou então eles não falaram disso. Só lembro que era um doutor.

– Por que você nunca contou isso ao seu controlador no DPLA? Que o banqueiro era policial.

– Porque não sou idiota.

– Como assim?

– Para começo de conversa, se acontecesse alguma coisa, o Berto saberia que tinha sido eu, porque ele me contou sobre o Bonner. E a outra coisa é que não se deve dedurar policiais pros policiais. É idiotice. Quando você percebe, alguém dedurou você pro seu homem. Entende o que estou dizendo?

– Entendo. Como você acha que o Berto conheceu o Bonner?

– Não sei. Eles se juntaram de algum modo. Os dois se conheciam antes de eu entrar em cena.

Renée sabia que havia uma conexão fundamental a ser feita.

– Quando foi isso? – perguntou. – Quando você entrou em cena?

– Eu e o Berto nos juntamos quando eu tinha 17 anos. Foi em 2004. E ficamos juntos seis anos.

Renée sentiu algum respeito por Darla e por seu caminho. Sair de East Hollywood e chegar à praia era uma jornada improvável. Dava para ver que ela sentia um certo orgulho disso, apesar das escolhas de homens que fizera para chegar lá.

– Sabe se houve outras transações entre Berto e Bonner? – perguntou Renée. – Quero dizer, além do negócio com o Raffa?

– Houve, eles tinham negócios. Tipo, quando alguém precisava de muito dinheiro, eles... é... conversavam, e coisa e tal. Acho que havia outros negócios.

Renée olhou para Bosch, para ver se ele tinha alguma pergunta que ela não houvesse feito. Ele assentiu e perguntou:

– Como o Berto e o Bonner se comunicavam?

– Principalmente por telefone. Às vezes se encontravam.

– Onde?

– Não sei.

Darla desviou o olhar ao responder. Era a primeira vez na conversa em que Renée via uma indicação de insinceridade. Renée olhou para Bosch e ele assentiu ligeiramente. Também notara.

– Tem certeza? – perguntou Renée.

– É, tenho. Você acha que eu perguntava ao Berto sobre os negócios dele o tempo todo? Se eu fizesse isso, seria morta.

Darla baixou os olhos de novo enquanto protestava. Renée soube que ela estava escondendo alguma coisa. Pensou em como driblar aquilo e imaginou o que Darla teria medo de abordar. Então descobriu o que provavelmente era.

– Anda, Darla, conta.

– Eu já disse. Não sei.

– Você viu o Bonner, não viu?

– Eu já disse: não vi.

– Você foi atrás dele. Do Humberto. Foi atrás porque achou que ele ia ver uma mulher, mas era o Bonner. Você viu os dois juntos.

Darla se balançou para trás no sofá, como se estivesse chocada com a conclusão de Renée.

– Onde eles se encontraram? – pressionou Renée. – Isso é importante, Darla.

Darla balançou uma das mãos no ar, como se dissesse: *Por que não? Você já entregou todo o resto.*

– Eles foram àquele lugar na Franklin, onde o frango é muito bom.

Renée olhou para Bosch.

– O Birds? – perguntou.

O lugar que dava desconto para os policiais.

– É, é isso – respondeu Darla. – Vi os dois, depois dei meia-volta e fui embora.

– Como era o Bonner? – perguntou Renée.

– Não sei, branco. Era um cara branco.

– Qual a cor dos cabelos?

– Tinha a cabeça raspada. O escroto achava que era o Vin Diesel.

Renée pensou na descrição que Gabriel Raffa tinha feito sobre o homem com agasalho de capuz.

– Bonner estava de uniforme? – perguntou.

Darla gargalhou.

– É, o chefão Berto Viera almoçando com um policial uniformizado.

– Certo, sem uniforme. O que mais você lembra, Darla?

– Só isso. Mais nada.

– Tem certeza? Essa foi a única vez em que você viu os dois?

– A única.

Renée assentiu. Por enquanto, tinha o suficiente. E sabia onde poderia encontrar Darla, se precisasse. Olhou para Bosch e ele assentiu. Bosch também tinha terminado. Para pontuar o fim da entrevista, Gene bateu no vidro e abriu os braços.

Ele estava com frio e queria entrar.

Renée sinalizou concordando, depois olhou para Darla.

– Obrigada, Darla. Você ajudou muito.

– Você vai me pagar? Os caras do Enfrentamento às Gangues sempre pagavam.

– Nesse caso, precisaríamos abrir uma nova ficha de informante para você. Não creio que você queira isso.

Darla olhou para Gene passando pela porta de vidro, e o estrondo de uma onda se quebrando entrou junto.

– É, acho que não – respondeu ela.

Renée agradeceu feliz ao casal e saiu junto com Bosch. Não havia tráfego e eles atravessaram a PCH num passo tranquilo.

– Foi um belo salto que você deu com ela – disse Bosch. – Que ela foi atrás dele para ver se ia se encontrar com alguma mulher.

– Obrigada – disse Renée. – A coisa me veio de repente.

Eles estavam entre os dois carros. Bosch perguntou:

– E agora?

– Vou tentar descobrir o Bonner. Ver para onde a coisa vai, a partir daqui. A descrição dela combina com a que o filho da vítima me deu, sobre um cara branco na festa de Ano-Novo. Um careca com agasalho de capuz.

– Na história dela tem uma coisa que não se encaixa.

– O quê?

– Se o banqueiro, Bonner, era policial, por que o Humberto não usou isso para se livrar de uma pena de prisão perpétua?

Renée assentiu. Era um bom argumento.

– Talvez ele tenha tentado e não aceitaram. Ou talvez esse tal de Bonner seja tão "sério" que ele ficou com medo. Talvez ele tenha achado que o fato de Bonner ser policial significava que poderia pegá-lo dentro da penitenciária.

– Um monte de talvez.

– Sempre há.

– Me avise se descobrir alguma coisa. Vou estar a postos, caso você precise.

– Obrigada, Harry. E obrigada por estar lá esta noite. Nós não chegaríamos a esse ponto se você não achasse que o Davenport era corrupto de algum modo.

– Então acho que nós dois demos saltos bons esta noite.

– Que equipe! Toca aqui.

Renée levantou a mão.

– Não deveríamos fazer isso durante a Covid – reagiu Bosch.

– Qual é, Harry. Você consegue.

Bosch levantou a mão, e, meio sem graça, deu um tapa na dela.

– Precisamos melhorar isso – disse Renée.

25

Depois de se apresentar ao tenente Rivera na sala do plantão, Renée foi ao bureau de detetives tentar identificar Bonner. A lista dos policiais em atividade no departamento era acessível facilmente pelo site interno. Atualmente havia duas pessoas com o sobrenome Bonner, mas uma era mulher, Anne Marie, e o homem, Horatio Jr., não estava no departamento na época em que Javier Raffa pagara para sair da Las Palmas 13. Na melhor das hipóteses, esses dois podiam ser descendentes do Bonner que ela procurava. Mas perguntar a eles não era opção. A lealdade estaria com o pai, tio ou quem quer que fosse. Eles alertariam ao Bonner que Renée estava em seu encalço antes que pudesse chegar até ele.

Cada divisão tinha o que chamavam de livro de pensão. Era um fichário, atualizado anualmente, com a lista dos policiais aposentados que recebiam pensões, ou seja, ainda estavam vivos. Os mais difíceis de rastrear eram os policiais mortos. As listas no livro de pensões incluíam os detalhes de contatos do ex-policial, além do número do distintivo, número de série, datas de começo e início do serviço e o último posto na divisão antes da aposentadoria. O livro era usado para entrar em contato com ex-policiais no decorrer de investigações que tivessem alguma relação com as atividades deles no tempo de serviço. Era particularmente útil em casos arquivados.

O exemplar do livro de pensões da Divisão de Hollywood ficava na sala do tenente detetive, que, no momento, estava trancada porque Robinson-Reynolds estava de folga numa noite de domingo. Sem se abalar, Renée usou um conjunto de gazuas, que guardava em seu arquivo, para abrir a fechadura simples. O fichário branco que procurava estava numa prateleira junto com vários manuais do departamento, atrás da mesa do tenente. Sabendo que estava invadindo um local proibido, ela tentou ser o mais rápida possível. Abriu o livro na mesa do tenente e procurou rapidamente o nome Bonner na listagem em ordem alfabética.

Encontrou dois: Horatio Bonner, que se aposentara em 2002, de modo que não podia ser o que Renée procurava, mas devia ser o pai de pelo menos um dos Bonners empregados atualmente no departamento; e um Christopher Bonner, que tinha se aposentado sete anos atrás, depois de vinte anos de serviço. Constava que seu último posto foi o de detetive de primeira classe no bureau de detetives de Hollywood. Para Renée, isso pareceu curioso. Nunca ouvira falar de Christopher Bonner. Chegara à divisão dois anos depois de ele sair, mas, mesmo assim, não conseguia se lembrar de ver ou ouvir nada sobre algum caso que tivesse o nome dele relacionado. O que fazia aumentar o enigma era que Bosch não havia reagido ao nome, e parecia que o tempo dos dois trabalhando em Hollywood podia ter se sobreposto, mas ela não tinha certeza do ano em que Bosch havia saído da Divisão de Holywood para a Unidade de Crimes Abertos Não Solucionados, no centro da cidade.

Depois de pôr o fichário aberto na mesa, pegou o telefone e tirou uma foto da ficha de Christopher Bonner. Quando fez isso, notou um bloquinho de notas adesivas amarelas na lateral da área central de trabalho na mesa. Robinson-Reynolds tinha escrito "Ballard" na folha de cima, e nada mais. Era obviamente uma anotação para lembrá-lo de dizer alguma coisa ou perguntar alguma coisa a Renée. Ou talvez para falar sobre ela com outra pessoa. Renée não conseguia pensar no que poderia ser, já que a última vez em que Robinson-Reynolds estivera na sala para escrever o lembrete havia sido no turno diurno na véspera de Ano-Novo. Nada em que ela estava envolvida agora tinha ao menos acontecido, a não ser a investigação dos primeiros ataques dos Homens da Meia-Noite.

Deixou a pergunta de lado por enquanto, pôs o telefone no bolso e recolocou o livro de pensões de volta na prateleira. Deixou a sala como havia encontrado e trancou a porta.

Em sua mesa emprestada, transferiu as informações sobre Bonner da foto para a tela do computador. Bonner morava em Simi Valley – pelo menos, era para lá que os cheques de pensão eram mandados –, um porto seguro para os policiais fora de Los Angeles, no Condado de Ventura. Era suficientemente perto para ele ter morado lá enquanto trabalhava no DPLA. Muitos policiais faziam isso. Também o colocava perto do Vale de San Fernando, onde a conexão entre os quatro dentistas era centralizada, na Crown Labs Incorporated.

Levantou-se e voltou à sala do plantão, onde o tenente Rivera estava atrás da mesa, segurando um bolinho. Havia uma bandeja cheia de bolinhos numa bancada ali perto. Enquanto Renée se aproximava, ele apontou para a bandeja, segurando o bolinho.

– Agradecimento de um cidadão – disse. – Sirva-se.

– Hoje em dia, você deveria pedir que o laboratório verificasse isso antes. Senna glicosídeo, saca?

– Que diabo é isso?

– Um laxante. É o ingrediente ativo do Ex-Lax.

Rivera olhou para o bolo com cobertura de chocolate que estava na sua mão, provavelmente com visões de comedores de bolinhos fazendo fila na porta do banheiro. Já havia tirado a forminha de papel. Hesitando, pousou-o num guardanapo sobre a mesa.

– Muito obrigado, Ballard – disse ele.

– Só estou cuidando de você, tenente. Quer que eu ligue para o laboratório?

– Por que você está aqui, Ballard? Está tudo calmo no front oeste.

– Eu sei. Queria perguntar sobre Christopher Bonner.

– Bonner? O que é que tem?

– Você o conhece?

– Claro. Ele trabalhou aqui.

– Ele deve ter trabalhado como detetive.

– É, tinha o seu cargo.

– O quê?

– Trabalhou no turno da noite até o dia em que puxou o pino.

Renée ficou chocada com a coincidência, mas isso ajudava a explicar por que o nome dele não era familiar para ela. Em geral, os detetives do turno da meia-noite entregavam seus casos para o pessoal diurno. Em resultado, não eram citados formalmente como os principais, em muitas investigações. Isso também podia explicar por que Bosch não tinha reconhecido o nome.

– Então você devia conhecê-lo muito bem – disse ela.

– É, acho que conhecia. Como você, ele trabalhava para mim.

Renée não se incomodou em corrigi-lo em relação à pessoa a quem ela prestava contas.

– Você disse: "o dia em que ele puxou o pino". Aconteceu alguma coisa que fez com que ele pedisse demissão?

– Não sei, Ballard. Ele simplesmente saiu. Talvez tenha ficado farto da merda lá fora. Não preciso contar o que você vê lá fora no turno da noite.

– É, não precisa.

– Por que está perguntando sobre o Chris?

– Ah, o nome dele surgiu na investigação do homicídio da noite de terça-feira. Ele conhecia a família, antigamente. Só fiquei curiosa.

Renée esperava que sua resposta satisfizesse Rivera sem provocar suspeitas. Como distração, curvou-se sobre a bandeja de bolinhos, segurando o cabelo para não bater nas coberturas.

– Sabe – disse ela. – Acho que esses aí parecem bons. Posso pegar um?

– Sirva-se.

Ela pegou um de baunilha com glacê.

– Obrigada. É difícil esconder alguma coisa na baunilha.

Foi para a porta, dizendo:

– Estou por aí, se você precisar de mim.

– Ligo para você.

Quando voltou ao bureau de detetives, jogou o bolinho na lata de lixo embaixo da mesa emprestada. Em seguida, pegou seu telefone e ligou para Bosch, esperando que ele já não tivesse ido dormir.

– Encontrou? – perguntou ele.

– Acho que sim. E saca só: ele tinha o meu cargo aqui em Hollywood.

– Como assim? Detetive do último turno?

– Isso mesmo. Se aposentou dois anos antes de eu chegar, e acho que ele podia estar aqui no seu tempo.

– Devo estar ficando gagá. Não me lembro desse nome.

– Você provavelmente nunca se encontrou com ele. Longe dos olhos, longe da mente.

– Ele ainda mora na área?

– Simi Valley.

– Bom, isso o insere no nosso quadro de referência. Parece que ele é o homem do dinheiro. Também é o homem da P22?

– Ainda não chegamos lá.

– Como você vai trabalhar isso?

– Não posso fazer muita coisa até amanhã. Mas posso examinar os registros, ver se existe alguma coisa ligando os pontos.

– Boa ideia.

– É, então me deixa fazer isso. Vá dormir um pouco. De manhã, depois do turno, aviso se consegui alguma coisa. Até lá provavelmente também vou saber se ainda estou no caso.

– Boa caçada.

Essa era a despedida dos detetives de homicídios. Era uma demonstração de respeito, e Renée achava que não havia ninguém, em todo o departamento, que ela respeitasse mais do que Harry Bosch.

Antes de trabalhar no banco de dados do departamento, pegou o telefone, verificou seus e-mails e ficou sabendo que uma mulher chamada Daisy, da Wags and Walks, tinha respondido ao seu pedido de conhecer o mestiço de Chihuaua chamado Pinto. A mensagem era que Pinto ainda estava disponível para adoção e adoraria conhecer Renée.

Renée pôs o telefone de lado e usou o terminal da mesa para entrar no banco de dados do departamento. Começou com a maior rede que poderia jogar: todos os casos que tivessem o nome e o número de série de Bonner nos relatórios.

A digitalização dos casos do departamento recuava até a metade dos anos 90, de modo que a carreira de Bonner estava contida. O mecanismo de busca demorou mais de um minuto para voltar com 1.400 respostas. Renée considerou que era um número baixo, já que Bonner tinha vinte anos de serviço. Achava que, quando alcançasse vinte anos, ela teria mais do que o dobro desse número de anotações no banco de dados.

Verificar todos esses relatórios, mesmo os que fossem descartados facilmente, poderia demorar dias. Renée precisava reduzir para horas, pelo menos de início. Abriu sua cronologia no laptop e verificou a data do relatório da informação de que Javier Raffa pagara para sair da Las Palmas. Era datado de 25 de outubro e 2006, o que significava que Bonner já estava associado, de algum modo, ao chefão Humberto Viera. Renée refez a busca dos relatórios que tinham o nome de Bonner, reduzindo a rede para até três anos antes e depois da data do relatório.

Dessa vez, a busca demorou menos e o computador tossiu 5.403 respostas. Ela as reduziu para 3.544 procurando apenas até dois anos antes e depois da marca de 2006.

Levantou os olhos para o relógio e viu que eram quase três horas. Seu turno terminava às seis, mas esperaria até que Robinson-Reynolds chegasse ao trabalho, o que aconteceria entre sete e oito horas, mais provavelmente por volta das oito. Depois disso, pretendia se encontrar com Matt Neumayer chefe da equipe de agressões sexuais, quer Lisa Moore tivesse voltado ou não da estadia em Santa Barbara.

Decidiu que, se tivesse sorte e não houvesse nenhuma chamada, e se conseguisse não ficar cega de tanto olhar para o computador, poderia examinar todos os relatórios até a hora das reuniões.

Começou a trabalhar num protocolo rápido para revisar os relatórios. Só examinaria a primeira folha, que continha o nome da vítima, do suspeito – se houvesse – e o tipo de crime que provocara a chamada. Isso permitiria que ela passasse rapidamente pelos relatórios triviais de crimes e interações com cidadãos que tivessem menos importância. Se algo a intrigasse, abriria todo o relatório para ler mais, procurando conexões com Humberto Viera ou qualquer outra pessoa cujo nome tivesse aparecido até agora na investigação de Raffa.

Era uma noite de domingo e as ruas estavam calmas. Nenhuma chamada a interrompeu. Ela se levantava uma vez a cada hora para afastar o olhar da tela por alguns minutos e pegar um café ou andar pelos corredores do bureau de detetives. Num determinado momento, um patrulheiro entrou para encontrar uma mesa onde redigir um relatório, e Renée o mandou usar um terminal do outro lado da sala porque ele não estava com máscara.

Depois de duas horas de busca, ela havia chegado à data de 25 de outubro de 2006 nos relatórios e não tinha nada para mostrar. Não houvera nenhuma referência a Bonner que envolvesse prisão, investigação ou interação com algum membro da Las Palmas 13. Isso, em si, era uma revelação, porque para Renée era difícil acreditar que alguém pudesse passar dois anos inteiros como detetive do turno da meia-noite sem uma única interação com um bandido da Las Palmas. Isso lhe dizia que Bonner tinha evitado casos das gangues, se é que não tinha olhado explicitamente para o outro lado quando se tratava de crimes de gangues.

Isso também lhe dizia que era necessário reformular a busca. Não achava que o melhor uso do seu tempo seria examinar os próximos dois anos de registros. Em vez disso, voltou ao mecanismo de busca e pediu registros de 2000 a 2004, produzindo 2.113 relatórios que tinham o nome de Bonner.

Esses relatórios começavam com Bonner como patrulheiro na Divisão de Hollywood. Em seguida, ele foi promovido a detetive, no início de 2002, e foi designado para o terceiro turno, que, na época, era considerado um cargo inicial para detetives. Ainda era, mas não tinha sido um cargo inicial para Renée. Sua designação para a madrugada viera como castigo por se opor a um dos muitos males do departamento: assédio sexual. Tinha perdido uma escaramuça departamental com seu chefe na Divisão de Roubos e Homicídios e foi banida para o turno da noite em Hollywood.

Uma hora depois, encontrou a agulha no palheiro digital: um relatório de 3 de outubro de 2004, em que Bonner foi citado como o detetive do último turno que atendeu a uma chamada sobre um tiroteio numa residência ocupada. O incidente ocorreu às 3h20 numa casa na Lemon Grove Avenue, perto da Western Avenue. O resumo declarava que os ocupantes da casa estavam dormindo quando tiros foram disparados por um carro que passava. O atirador usava uma arma automática. Ninguém foi ferido e os ocupantes podiam nem ter ligado para a polícia, mas vários vizinhos fizeram isso.

O relatório listava os ocupantes da casa como Humberto Viera e sua namorada, Sofia Navarro. Renée acreditava que agora sabia o verdadeiro nome de Darla.

Um relatório escrito por Bonner, que nesse ponto era detetive havia menos de um ano, descrevia Viera e Navarro como não sendo cooperativos. O resumo descrevia Viera como membro de alto nível da gangue de rua Las Palmas 13.

O resumo também declarava que informações do DEG indicavam que Viera era suspeito de envolvimento numa tentativa de sequestro de Julio Sanz, membro de uma gangue rival. Segundo a informação, Sanz pertencia à White Fence, que operava a partir de Boyle Heights, mas estava penetrando no território da Las Palmas. O sequestro era uma tentativa de obter vantagem num acordo entre as gangues sobre a fronteira dos territórios.

Renée fez mais uma tentativa de descobrir coisas do passado de Bonner. A Divisão de Holywood sempre desfrutara o apoio de um grupo de cidadãos chamado Blue Hollywood. O grupo fornecia equipamentos, pagava a festa de Natal e organizava reuniões de bairros. Também dava as boas-vindas aos recém-transferidos e agradecia aos que estavam se aposentando, frequentemente com uma matéria e uma foto no site deles.

Entrou em bluehollywood.net e pôs o nome de Bonner na janela de busca. Foi recompensada com uma menção e uma foto na coluna mensal "Chegadas e

Partidas", publicada sete anos antes. Era a foto formal que estivera no gráfico da organização da divisão, do lado de fora da sala do capitão, quando Bonner tinha servido. Renée ampliou a foto na tela e a examinou. Bonner tinha olhos fundos e cabeça raspada. Seu pescoço ficava apertado no colarinho do uniforme. Ele não sorria na foto.

Renée se recostou e esfregou os olhos. A luz do amanhecer começava a entrar pelas janelas de caixilhos junto ao topo das paredes do bureau de detetives.

Tinha conectado diretamente Bonner e Viera, o que dava credibilidade e confirmação ao que Darla/Sofia revelara: Viera pusera Javier Raffa em contato com Bonner quando Raffa precisou de uma grande quantia de dinheiro. Além disso, Renée tinha uma foto de Bonner que combinava com a descrição fornecida por Darla e Gabriel Raffa.

A próxima conexão que precisava ser feita era entre Bonner e os dentistas e os empréstimos de antecipação de recebíveis. O dinheiro que Bonner tinha arranjado e entregado a Raffa vinha de outro lugar. Provavelmente, não era da conta bancária de Bonner. Mas Renée não fazia ideia de onde os caminhos do detetive do último turno e os dos dentistas que trabalhavam de dia tinham se cruzado.

Imprimiu todos os relatórios do incidente dos tiros disparados pelo carro. E, enquanto esperava, pôs o nome Julio Sanz na janela de busca e descobriu que ele fora assassinado em novembro de 2004, apenas cinco semanas depois dos tiros disparados pelo carro contra a casa de Humberto Viera.

Apesar de seus olhos estarem cansados e incapazes de manter o foco na tela do computador, Renée abriu os relatórios daquele assassinato. Sanz levara um tiro no Cemitério Evergreen, onde fora visitar o túmulo do pai, cuja morte fazia aniversário. Foi encontrado esparramado sobre a sepultura, com uma bala na cabeça, estilo execução.

O caso jamais foi solucionado.

Renée se inclinou para longe da tela e avaliou essa última informação. Cinco semanas depois de a casa de Humberto Viera ser atacada, e cinco semanas depois de Viera conhecer o detetive Christopher Bonner naquele caso, o homem que supostamente estaria por trás dos disparos dados pelo carro foi assassinado num cemitério em East L.A.

Renée não viu coincidência nisso. Estava começando a enxergar os relacionamentos entre os elementos da sua investigação. Tudo circulava em uma única órbita, em volta do assassinato de Javier Raffa.

26

Renée não sabia a que horas Robinson-Reynolds chegaria depois do fim de semana do feriado. Decidiu usar o tempo de espera para mudar de marcha, do caso de Raffa para a investigação dos Homens da Meia-Noite.

Sabia que a maioria dos departamentos de serviços públicos começava a funcionar às sete. Saiu da delegacia e foi na direção de East Hollywood, onde o Departamento de Iluminação Pública tinha um pátio de serviço na esquina das avenidas Santa Monica Boulevard e Virgil. O local era marcado por uma fileira dos vários tipos de iluminação de rua encontrados em Los Angeles, todos plantados na calçada diante do pátio de trabalho e depósito. No museu do condado havia uma instalação de arte com os postes de iluminação de rua de L.A., onde os turistas e aficionados iam em bando para fazer selfies. Aqui estava a coisa de verdade. Renée entrou no pátio e estacionou na frente de um escritório. Sabia que precisava ser cautelosa. Não era impossível que um ou os dois Homens da Meia-Noite trabalhassem no DIP. Isso poderia explicar a familiaridade deles com os vários bairros de Hollywood e o conhecimento de qual fio cortar para apagar a lâmpada diante da casa de Cindy Carpenter sem interromper a linha que alimentava todas as luzes da rua. Renée vira um emaranhado de fios atrás do painel de acesso, mas apenas um havia sido cortado.

Enquanto saía do carro, olhou em volta o pátio de trabalho e as baias abertas de uma garagem. Presumiu que a maioria dos carros do DIP já estivessem em campo a essa hora, mas havia duas picapes paradas nas baias de reparos. Eram brancas, mas não eram vans, e cada uma tinha um brasão da cidade na porta do lado do motorista, com Departamento de Iluminação Pública impresso embaixo. Jack Kersey não mencionara o brasão da cidade em sua descrição da van que ele vira na Deep Dell Terrace.

Renée entrou no escritório, mostrou seu distintivo e pediu para ver um supervisor. Foi conduzida até um homem chamado Carl Schaeffer, que tinha um cubículo onde os cartões e o relógio de ponto ficavam à sua vista e uma programação de trabalho dominava a parede atrás da mesa. Seu posto era de supervisor do pátio. Renée fechou a porta e deu uma boa olhada em Schaeffer. Ele tinha cerca de 50 anos e estava muito fora da faixa de idade que as vítimas tinham estimado para os Homens da Meia-Noite.

– Preciso confirmar uma informação relacionada a reparos de luzes de rua – disse Renée.

– Nós cobrimos desde a Alvarado até Westwood com a 10 em direção ao norte até a Mulholland – respondeu Schaeffer. – Se é aí que a senhora está procurando, eu sou o seu cara. Como posso ajudar?

– Estou procurando os registros de reparos na Deep Dell Terrace nos... digamos os últimos dois meses.

– Certo, isso eu sei sem olhar porque vamos mandar uma picape lá em cima hoje.

– O que está acontecendo lá?

– Parece que tivemos uma situação de adulteração. Um proprietário diz que dois dos nossos caras cortaram a energia do poste, mas não mandamos ninguém para lá. Parece que foi vandalismo.

– Quando foi isso?

– Aconteceu em treze de dezembro, segundo o proprietário.

– O senhor pode cancelar o serviço lá em cima hoje?

– Ah, claro que posso. Por quê?

– Vou mandar examinar o poste e a placa de acesso em busca de digitais. Um crime foi cometido na área e os suspeitos podem ter cortado a energia antes.

– Que tipo de crime? Assassinato?

– Não.

Schaeffer esperou que Renée dissesse mais, mas ela não fez isso. Ele captou a mensagem.

– Mas a senhora acha que alguém cortou a luz para que ninguém visse?

– É possível. O senhor tem registros de algum pedido de serviço na Deep Dell?

– Não. Posso olhar, mas eu me lembraria de qualquer coisa recente. Eles têm um cara que mora lá em cima. Sempre que perdem uma luz, nós recebemos a notícia dele, e esse caso na Deep Dell Terrace foi a primeira vez em que tive notícias dele em cerca de um ano.

– Jack Kersey?

– Parece que eles ligaram para vocês também.

– Eu me encontrei com ele por acaso, lá em cima.

– É uma tremenda figura. Vou dizer: ele mantém a gente sempre em alerta.

– Dá para ver.

– O que mais posso fazer pela senhora, detetive?

– Tenho mais duas outras ruas para as quais desejo verificar se vocês receberam pedidos de reparos recentemente.

Ela não deu as datas nem os endereços exatos das duas primeiras agressões sexuais. Só perguntou se tinha havido algum conserto em luzes de postes nos últimos três meses no quarteirão do número 600 da Lucerne Boulevard ou no quarteirão do número 1.300 da Vista Street. Sobre essas duas ruas, Schaeffer não sabia responder de memória. Ele digitou os endereços no computador e depois mandou duas páginas para a impressora.

– A resposta é sim – disse ele. – Estou imprimindo para a senhora. Recebemos chamadas para as duas ruas. Na Lucerne, a reclamação foi em dois de dezembro, e o reparo, no dia quatro. Na Vista, o pedido chegou no dia vinte e oito e nós estávamos com pouca gente, porque todo mundo quer aquela semana de folga. Os consertos na Vista também vão acontecer hoje.

– Quero que cancele esse reparo também – disse Renée.

– Sem problema.

– Obrigada. Tenho mais algumas perguntas. No conserto na Lucerne, o senhor recebeu um relatório de qual era o problema?

– Sim, está no impresso. Houve vandalismo. Fios cortados na base.

– Vários fios?

Schaeffer verificou a tela do computador.

– Tivemos de substituir o circuito inteiro. A linha de alimentação da lâmpada e a principal.

Era a rua onde havia acontecido o primeiro estupro. Renée considerou que os Homens da Meia-Noite tinham cortado dois fios porque não sabiam qual era o de alimentação. Na época do ataque na Deep Dell eles tinham aprendido.

– Então eles apagaram várias luzes ao mesmo tempo? – perguntou.

– Exato. E recebemos reclamações de vários moradores.

Ao aprender a apagar apenas uma luz – a mais próxima da casa da vítima pretendida – os Homens da Meia-Noite estavam melhorando o modus operandi e tinham menos probabilidade de atrair atenção imediata para seus esforços malignos.

– Certo – disse Renée. – Eu notei que a maioria das picapes de vocês está em campo, mas há duas nas baias. Vocês usam vans brancas para chamadas de serviço?

– Vans? Não. Usamos picapes e caminhões, assim, quando precisamos trocar um poste ou um conjunto inteiro de lâmpadas, podemos levar o que for necessário no carro de serviço. Não podemos enfiar um poste de quatro metros numa van, e é isso que fazemos com mais frequência: substituir o conjunto inteiro. As pessoas gostam de bater neles com os carros.

Ele sorriu de sua própria tentativa de fazer humor.

– Entendi. E suas picapes têm indicação clara de veículos da prefeitura?

– Sempre.

– Nada de vans?

– Nenhuma. A senhora quer me contar o que está acontecendo? Alguém está fazendo alguma merda e dizendo que trabalha com a gente?

– Eu gostaria de poder contar, Sr. Schaeffer, o senhor foi muito útil. Mas não posso, e o senhor precisa manter isso em sigilo. Não fale com ninguém.

– O que eu iria contar? Não sei o que está acontecendo.

Renée enfiou a mão no bolso e pegou um cartão de visita. Nele havia o número do seu celular.

– Uma última coisa – disse. – Preciso saber sobre qualquer informe de luz apagada na área de Holywood nas duas próximas semanas. Não importa se for no fim de semana ou não, preciso que o senhor ligue para mim assim que vier a informação de que alguma luz de rua está apagada. Não preciso saber sobre acidentes com carros. Só de lâmpadas apagadas, sem funcionar, vandalizadas, algo assim. O senhor pode fazer isso?

– Claro, sem problema.

– Obrigada, senhor. Quando isso tudo acabar, poderei contar mais.

– O que quer que seja, espero que vocês peguem o desgraçado. Especialmente se for ele que anda por aí cortando os nossos fios.

Ele lhe entregou os impressos com os detalhes das falhas nas duas primeiras luzes de rua. Renée agradeceu de novo e saiu. Enquanto voltava ao carro, admitiu que era mais provável que o próximo informe sobre uma luz de rua vandalizada em Holywood viesse quando já fosse tarde demais e o próximo ataque já tivesse acontecido.

Saindo do pátio de serviço, Renée passou pelos locais exatos das luzes de rua anotadas nos impressos. Nos dois casos, a luz em que a ligação tinha sido cortada ficava perto da casa em que uma das agressões sexuais havia acontecido. Isso não deixou dúvidas de que os Homens da Meia-Noite tinham mexido nas luzes antes dos ataques para esconder suas atividades na escuridão. Além disso, notou que nos dois locais as luminárias eram diferentes das cúpulas em forma de bolotas de carvalho na Dell.

Ligou para a perícia e pediu que um técnico em digitais examinasse a placa de acesso do poste na Vista e no da Deep Dell Terrace. Era uma probabilidade remota, mas Renée sabia que as probabilidades remotas nunca davam resultado se você não as abordasse. Uma impressão digital poderia mudar a trajetória da investigação num instante. Deixou o endereço na Lucerne fora do pedido, porque aquela luz já havia sido consertada e qualquer digital deixada pelos Homens da Meia-Noite provavelmente teria sumido.

Verificou seu telefone e viu que eram quase oito horas. O tenente já deveria estar na sala quando ela voltasse.

No caminho, recebeu um telefonema de um coordenador de autópsias no Instituto Médico Legal do condado. Com mais de mil autópsias realizadas por semana, o instituto precisava de um coordenador só para organizar a programação e notificar os investigadores e os familiares do morto. Foi informada de que a autópsia de Javier Raffa estava marcada para as onze da manhã e que o legista era o Dr. Steven Zvader.

Renée disse que estaria lá.

O tenente Robinson-Reynolds estava atrás de sua mesa quando Renée voltou ao bureau de detetives. Renée bateu na janela ao lado da porta aberta e ele sinalizou para ela entrar.

– Ballard – disse ele. – Achei que você já teria ido para casa. Como está a cabeça?

– Estou bem. Só fui fazer uma entrevista para o negócio dos Homens da Meia-Noite.

– Você precisa preencher um FES.

– Estou bem, tenente.

– Olha, você quer ser paga pela noite de sábado, quando foi para casa mais cedo? Preencha o formulário.

Renée sabia que o preenchimento de um formulário de Ferido em Serviço ocuparia quase uma hora, e o único propósito do formulário era servir como registro de ferimentos, caso mais tarde o policial abrisse um processo contra o departamento ou desejasse uma aposentadoria precoce por incapacitação. A prefeitura jamais cobriria ou aceitaria qualquer pedido financeiro ou de aposentadoria baseado em danos que não estivessem detalhados no formulário de FES. Não importava que alguns danos se tornassem problemas muito depois de terem acontecido. Bosch era um exemplo. Tinha sido exposto a material radiativo num caso. Dez anos mais tarde, quando o dano se manifestou como uma forma de leucemia, a prefeitura tentou olhar para o outro lado porque ele não havia preenchido um formulário de FES. Por sorte, ele tinha bons médicos e um bom advogado, e se deu bem.

– Certo – disse Renée. – Vou fazer antes de sair. De qualquer modo, preciso ficar para a autópsia do Raffa.

– Certo. Talvez devamos conversar sobre isso. Sente-se, Ballard.

Renée sentou-se numa das cadeiras diante da mesa dele. Quando fez isso, notou uma pequena bolsa de couro no canto da mesa. Estava bloqueada da visão de Robinson-Reynolds por uma pasta posta em posição vertical na frente. Ele não devia ter notado ao chegar à sala mais cedo, provavelmente lendo o relatório noturno enquanto entrava.

A bolsa continha o conjunto de gazuas de Renée. Ela a pusera na mesa depois de entrar na sala, na noite anterior, para pegar o livro de pensões. E esqueceu a bolsa ao sair. Se o tenente a encontrasse, não concluiria que era dela, mas saberia que alguém estivera na sua sala durante o fim de semana de feriado, e Renée sabia que as suspeitas cairiam sobre ela. Estava tentando pensar num modo de pegá-la disfarçadamente quando Robinson-Reynolds disse que ela estava fora do caso de Raffa.

– Espera aí, o quê? – perguntou.

– Falei com o Bureau Oeste e eles estão prontos para tirar o caso das suas mãos.

– Não quero que ele seja tirado das minhas mãos. Eu trabalhei nele a noite toda, identifiquei um suspeito e quero continuar.

– Isso é ótimo, e tenho certeza de que eles vão gostar do seu bom trabalho. Mas o serviço não é seu. Você não é detetive de homicídios. Nós já falamos sobre isso, e odeio porque, cada vez que você não quer abrir mão de um caso, tenta fazer parecer que é uma traição. Não sou seu inimigo, Ballard. Há um protocolo estabelecido e nós precisamos segui-lo.

– A autópsia é daqui a duas horas. Quem vai lá?

– Estou presumindo que será você. Mas depois você deve ligar para esse cara e combinar de entregar tudo.

Ele lhe entregou uma nota adesiva por cima da mesa. Tinha seu nome na parte de cima – era a mesma que Renée tinha visto antes –, mas agora estava com outro nome e um número escrito embaixo do seu: Detetive Ross Bettany. Renée nunca tinha ouvido falar nele, mas ele pegaria seu bom trabalho e encerraria o caso.

– Fale sobre esse suspeito – pediu Robinson-Reynolds.

Renée sabia que, se mencionasse que havia conectado dois assassinatos e que o provável matador era um ex-policial do DPLA, nem mesmo iria à autópsia. Robinson-Reynolds passaria por cima dela e do Bureau Oeste e iria direto à Divisão de Roubos e Homicídios no centro da cidade. Eles pegariam isso como um gavião agarrando um pardal no ar. Ela não queria. Se não pudesse estar à frente, queria entregar o caso a Bettany de modo a ainda reter uma parte. Assim, Bettany e o parceiro precisariam dela e de seu conhecimento para solucioná-lo.

– Nós achamos que tem a ver com dinheiro – disse. – Como eu contei pelo telefone ontem, a oficina de Raffa estava num terreno valioso. Ele tinha um sócio comanditário e estava tentando encerrar o contrato. Nós achamos que o sócio contratou um matador, o intermediário que tinha juntado os dois.

Renée achou que tinha andado na corda bamba sem rede de proteção. Nada do que havia dito era falso. Só não contou a história toda.

– Nós? – perguntou Robinson-Reynolds.

– O quê?

– Você disse: "Nós achamos que tem a ver com dinheiro". Quem somos "nós"?

– Ah, desculpe, é só uma expressão. Eu quis dizer "nós", o DPLA como um todo. Nós achamos.

– Tem certeza?

– Ah, tenho. Na última vez que verifiquei, o departamento não preencheu a vaga para o meu parceiro por causa do congelamento.

O tenente assentiu, como se tudo aquilo fosse verdade.

– Você conhece um cara chamado Harry Bosch? – perguntou ele. – Aposentado do DPLA. Trabalhou aqui em Holywood por muitos anos.

Renée percebeu que tinha caído numa armadilha. Entrara por uma porta que acabara se fechando atrás dela. A próxima porta precisaria ser aberta pelo outro lado.

– Ah, sim, conheço – disse com cautela. – Nosso caminho se cruzou em algumas coisas. Por quê?

Ela queria obter o máximo possível de Robinson-Reynolds antes de tentar andar de novo na corda bamba.

– Porque tenho aqui na mesa um relatório do DEG – disse Robinson-Reynolds. – Eles estavam vigiando o serviço memorial da sua vítima, para ver quais caras da Las Palmas iriam aparecer. Em vez disso, tiraram fotos suas com um cara velho identificado como Harry Bosch, conversando com outro cara que não parecia feliz por ter sido abordado.

A mente de Renée estava disparando enquanto ela tentava pensar numa resposta.

– É – disse ela. – Eu estava conversando com o Bosch e o sócio comanditário, Dennis Hoyle.

Renée duvidava de que Robinson-Reynolds cairia na distração do nome de Hoyle, mas isso lhe deu tempo para pensar numa saída desse confronto. De uma coisa sabia: Davenport estava por trás disso. Ele mandara as fotos de vigilância para o tenente. Renée decidiu que mais tarde descobriria um modo de lidar com ele.

– E o Bosch? – perguntou Robinson-Reynolds. – Por que estava lá? Por que estava com você?

Ele levantou uma foto de vigilância, e ali estava Bosch, ao lado de Renée, enquanto confrontavam Hoyle no carro dele. Renée sabia que o único modo de se livrar era revelar o primeiro assassinato. O caso de Bosch. Se entregasse isso a Robinson-Reynolds, talvez sobrevivesse.

– Bom, veja bem – começou. – Eu peguei...

– Deixe-me ver se consigo juntar as coisas – interrompeu o tenente. – Você está com um prato cheio. Pega um assassinato na véspera de Ano-Novo e o Bureau Oeste está atolado, por isso você precisa cuidar disso durante o fim de semana. Então os Homens da Meia-Noite aparecem de novo e agora você tem isso também. Você não tem ajuda porque até mesmo Lisa Moore a abandonou e foi para Santa Barbara. É, eu sei disso. Então você está encostada na parede e se lembra do Harry Bosch, o cara aposentado que não queria estar aposentado. Você pensa: "Eu poderia pedir uma ajuda e uns conselhos a ele, mas como vou conseguir?" Por isso, você pega sua bolsinha de gazuas, invade a minha sala para pegar o livro de pensão que tem o número de Bosch. O único problema, além de ser fotografada pelo DEG, é que você esqueceu a bolsinha preta aqui, e ainda guardou o livro de pensões de volta no lugar errado. Como estou indo?

Renée o encarou, espantada. A porta da armadilha estava se abrindo.

– O senhor é um tremendo detetive, tenente – disse. – Isso é incrível. Mas há outro motivo para eu ter chamado Bosch.

– E qual é?

– Há dez anos ele trabalhou num homicídio aqui em Holywood. E, pela balística, conectei o caso do Raffa ao dele, que ainda está aberto. Eu queria falar com ele sobre isso e nós concordamos em nos encontrarmos no memorial do Raffa.

Robinson-Reynolds se recostou na cadeira enquanto avaliava.

– E quando você ia me contar isso?

– Hoje. Agora. Estava esperando a chance.

– Ballard...

Ele ia dizer algo, mas decidiu não falar.

– Só se certifique de que Ross Bettany receba tudo que você tem sobre o caso – disse, em vez disso.

– Claro.

– E, olha, eu não me importo com o que você fez. Mas me importo com o modo como fez. Você tem sorte porque acho que o Davenport, lá do DEG, é um inútil. Não sei por que ele está com raiva de você. Parece ciúme profissional. Mas o que me importo é com você invadindo minha sala. Isso não pode acontecer de novo.

– Não vai acontecer, senhor.

– Sei que não vai. Porque vou pegar uma câmera e colocar aqui, para receber um alerta sempre que alguém entrar.

Renée assentiu.

– Boa ideia – disse.

– Então pegue sua bolsinha, ligue para o Bureau Oeste e combine uma reunião para entregar o caso. Depois, ligue para o Bosch e diga que os serviços dele não são mais necessários no caso. Que, a partir de agora, é com o Bureau Oeste.

– Sim, senhor.

– E quero que você trabalhe com a equipe de agressões sexuais para deduzir os próximos passos dos Homens da Meia-Noite. Quero ser informado antes de você sair.

– Sim, senhor.

– Pode ir agora, Ballard.

Renée se levantou, pegou as gazuas no canto da mesa e foi para a porta. Antes de sair, virou-se de volta para o tenente e disse:

– Por sinal, estou de folga nas próximas três noites. O senhor já escalou alguém para o plantão?

– Ainda não. Vou pensar.

– Como ficou sabendo sobre a Lisa em Santa Barbara?

– Eu estava em Santa Barbara. Estava andando na praia e escutei uma voz. Olhei e, para minha surpresa, lá estava a Moore, numa barraca na frente do Miramar.

– O senhor disse alguma coisa?

– Não. Vou trazê-la aqui e fazer o que fiz com você. Ver se ela inventa uma história ou se conta a verdade. E não avise a ela, Ballard.

– Não vou avisar.

– Se ela me contar a verdade, vamos ficar bem. Se ela mentir para mim... bom, não posso aceitar.

– Entendo.

Renée saiu da sala e virou imediatamente à direita, para longe da sala do esquadrão e indo para o corredor da frente da delegacia. Foi até a sala de descanso, fazer uma xícara de café. Sabia que se passariam algumas horas até que pudesse dormir. Além disso, não queria estar no bureau de detetives quando Lisa Moore aparecesse para trabalhar e o tenente a chamasse. Não precisava de Lisa culpando-a por não ter avisado.

Enquanto o café pingava, Renée pensou em mandar um torpedo para Lisa, dizendo que não mentisse para o tenente.

Mas não fez isso. Lisa podia se virar sozinha e enfrentar as consequências.

27

Renée entrou na sala do esquadrão pelo corredor dos fundos e viu Matt Neumayer e Ronin Clarke em suas estações de trabalho na área de Crimes Contra Pessoas. O posto de Lisa Moore estava vazio. Renée foi até lá, pousou seu café numa das meias paredes que separavam as estações de trabalho. Era uma área para seis pessoas; metade era a Unidade de Agressões Sexuais e a outra, a unidade de CCP, que cuidava de todas as agressões que não fossem motivadas sexualmente.

– Lisa chegou? – perguntou.

– Está aqui. Foi chamada para um *powwow** com o tenente.

Renée olhou para a sala do tenente e, pelo vidro, viu Lisa sentada diante da mesa de Robinson-Reynolds.

– Sabe, Ronin, você não deveria mais usar palavras como essa – disse Neumayer.

Renée olhou para Neumayer. Ele não parecia estar falando a sério.

– *Powwow*? – perguntou Ronin Clarke. – Foi mal. Vou acrescentar essa à minha lista. Acho que não tenho consciência racial suficiente.

Em seguida, Clarke se virou para Renée.

– E aí, Ballard, você é índia? Você parece ter alguma coisa acontecendo aí.

Ele fez um gesto como se estivesse circulando o rosto dela.

---

* *Powwow* é uma reunião sagrada de povos nativos americanos. A palavra passou a se referir a qualquer tipo de reunião social, mas atualmente é considerada politicamente incorreta e até mesmo racista. N. do T.

– Quer dizer, nativa americana? – perguntou Renée. – Não, não sou.

– Então é o quê? – persistiu Clarke.

Neumayer interveio antes que Clarke ultrapassasse a linha com os dois pés:

– Renée, sente-se. Fale sobre o fim de semana.

Ela ocupou a mesa de Lisa e precisou ajustar a cadeira numa posição mais alta, para ver Neumayer e Clarke por cima das divisórias, ainda que fosse falar principalmente com Neumayer.

– Você sabe sobre o caso dos Homens da Meia-Noite, não é? – perguntou.

– Lisa contou à gente antes de vir – respondeu Neumayer.

– Bom, acho que precisamos mudar o foco um pouco.

– Por quê? – perguntou Clarke.

– O caso novo aconteceu nas colinas – respondeu Renée. – No Dell. Não é o tipo de bairro onde alguém entra para espiar através de janelas e encontrar uma vítima. Ela foi escolhida e seguida até lá. Pelo menos é o que eu acho. Assim, isso muda o modo como devemos avaliar a escolha de vítimas. Com as duas primeiras, a ideia era de que os suspeitos definiam o bairro por causa do acesso e depois encontravam as vítimas. Isso não funciona com a terceira. De modo que há alguma coisa que conecta essas vítimas, e o que quer que seja – um lugar ou algum evento real ou virtual – coloca as mulheres no radar dos suspeitos.

– Faz sentido – disse Neumayer. – Tem alguma ideia de onde fica esse... ponto?

– A conexão? Não, ainda não tenho. Mas a terceira vítima é gerente de um café em Los Feliz. Isso significa que ela tem muitas interações com estranhos diariamente. De qualquer modo, foi por esse motivo que eu fiquei. Para conversar com a Lisa e com vocês.

– Bom, aí vem ela – disse Neumayer. – Vamos para a sala da força-tarefa. Ninguém está usando o lugar.

Lisa veio até a área. Estava queimada de sol do fim de semana ou a cor se devia à vergonha ou à raiva.

Renée começou a se levantar da cadeira dela.

– Não, tudo bem, Renée – disse Lisa. – Pode ficar. Você mereceu.

– O que você está falando? – perguntou Renée.

– Você ganhou o meu cargo. Pode começar hoje.

Agora Lisa tinha a atenção de Clarke e Neumayer, que já estava juntando pastas para levar à sala da força-tarefa.

— Não sei o que você está falando — disse Renée.

— Claro que sabe. Na próxima distribuição, eu vou para o turno da noite e você vem para as agressões sexuais. E não banque a idiota. Você armou pra cima de mim.

— Eu não armei pra cima de ninguém — reagiu Renée. — E isso é novidade para mim.

— Para mim também — disse Clarke.

— Cala a boca, Clarke — disse Lisa. — Isso é entre mim e essa vaca traíra.

Renée tentou permanecer calma.

— Lisa, espera um minuto. Vamos voltar à sala do tenente e...

— Foda-se, Ballard. Você sabe que eu sou mãe solo. Tenho filhos, como é que eu vou trabalhar no turno da meia-noite? Tudo porque você ficou puta de precisar cobrir para mim.

— Lisa, eu cobri para você. Não contei absolutamente nada ao tenente sobre isso.

— Ele já sabia, Lisa — disse Neumayer. — Ele sabia sobre o Miramar.

Lisa virou seu foco a laser de Renée para Neumayer.

— *O quê?* — perguntou.

— Ele sabia — respondeu Neumayer. — Foi no Miramar, não foi? Santa Barbara? Na quinta-feira, o Dash me disse que ia passar o fim de semana lá. Se é pra lá que você foi quando deveria estar trabalhando com a Ballard, provavelmente ele viu você. Ele simplesmente perguntou como foi o seu fim de semana?

Lisa não respondeu, mas não precisaria. Seu rosto a entregou. Estava percebendo que a armadilha em que caíra, na sala do tenente, fora criada por ela mesma.

— E cai a ficha — disse Clarke. — Você fez merda, Moore.

— Cala a boca, Clarke — reagiu Lisa.

— Certo, será que a gente pode deixar essa roupa suja de lado por um tempo? — perguntou Neumayer. — Vamos à sala da força-tarefa. Temos um par de estupradores para pegar.

Houve uma calmaria antes de Lisa fazer um gesto na direção do corredor que levava à sala da força-tarefa.

— Podem ir na frente — disse ela.

Os homens se levantaram de suas estações de trabalho e Neumayer foi mesmo à frente, com um fichário branco enfiado embaixo do braço. Clarke o alcançou logo, talvez sentindo que não queria ficar no meio da tensão entre as duas mulheres.

Renée foi atrás, a uma distância de dez metros, e Lisa ocupou a quarta posição no desfile. Ela falou para as costas de Renée enquanto andavam:

– Imagino que você queira um pedido de desculpas.

– Não quero nada de você, Lisa.

De repente, Renée parou e se virou para ela. Estavam paradas no corredor, onde apenas o cara que engraxava sapatos podia ouvi-las.

– Sabe, você pode ter se fodido, mas também fodeu comigo – disse Renée. – Eu gosto do meu trabalho. Gosto da madrugada, e agora vou ficar de dia, graças a você.

Renée se virou e continuou andando pelo corredor, passando pelo posto do engraxate.

Assim que os quatro estavam acomodados na sala da força-tarefa, Neumayer pediu para Renée resumir os acontecimentos do fim de semana, já que agora estava claro que Lisa matara o trabalho. Renée fez uma atualização concisa e contou sobre os contatos com as três vítimas.

– Estou com o questionário Lambkin da terceira vítima aqui – disse. – Os outros dois já devem ter sido preenchidos. Vocês só precisam ligar para elas e pegar. Quando compararem os três, vejam se conseguem alguma combinação tripla. Ou mesmo dupla.

Clarke gemeu diante da ideia do trabalho de mesa.

– Obrigado, Ballard. Por que não fica para ajudar?

– Porque estarei dormindo, Clarke. Trabalhei a noite toda e venho trabalhando nesse caso durante todo o fim de semana. Vou sair daqui assim que a gente terminar essa reunião.

– Tudo bem, Renée – disse Neumayer. – Daqui pra frente a gente cuida disso.

– É bom, porque devo tirar os próximos três dias de folga.

– Certo – disse Neumayer. – Por que você não entrega o questionário da terceira vítima e a gente parte daí? Pode ir pra casa.

– Além disso, a gente pode ter conseguido alguma coisa – continuou Renée. – Esses sacanas cortaram a luz de rua perto da casa de cada vítima. Eles queriam que o lugar ficasse escuro.

– Puta que pariu – murmurou Clarke.

– Como você conseguiu isso? – perguntou Neumayer.

– Um morador da Dell me contou que a luz do lado de fora da casa da vítima estava apagada na noite anterior ao ataque. Hoje de manhã fui ao DIP verificar as ordens de serviço e...

– DIP? – perguntou Lisa.

– Departamento de Iluminação Pública. No Santa Monica, perto da Virgil. Verifiquei as ordens de serviço, e nas ruas das outras duas vítimas foram cortadas luzes mais ou menos na mesma época dos ataques. A hora exata não é conhecida, porque eles trabalham a partir das reclamações. Mas os registros das reclamações combinam. Acho que os caras cortam as luzes, escurecendo as ruas para quando voltarem fazer a merda. Pedi que a perícia procurasse digitais nos postes e nas placas de acesso dos postes, mas acho que é uma possibilidade remota.

– Isso é bom, Renée – disse Neumayer.

– Mas o que rende para a gente? – perguntou Clarke.

– Seu idiota, o fim de semana do feriado de Martin Luther King é, tipo, daqui a duas semanas – observou Lisa. – Precisamos ficar ligados com o DIP e talvez a gente consiga alguma coisa sobre o próximo ataque.

Renée assentiu.

– Exato. E o contato já está feito. Vou receber um telefonema a cada vez que informarem que uma lâmpada se apagou, desde hoje até o feriado.

Clarke pareceu magoado por não ter deduzido o óbvio.

– Parece excelente – disse Neumayer. – Talvez estejamos conseguindo alguma vantagem sobre esses caras. Ronin e Lisa, cada um escolha uma vítima. Vão pegar os questionários e depois vamos nos reunir aqui e começar a fazer os cruzamentos. Renée, bom trabalho. Agora vá para casa dormir.

Renée assentiu. Não disse que precisava ir a uma autópsia.

– Me liguem se descobrirem alguma coisa – pediu.

– Ah, uma coisa antes de a gente encerrar – disse Neumayer. – Eu queria falar sobre a mídia. Nós tivemos sorte porque eles não pegaram isso. Mas agora, com um terceiro caso, o negócio vai sair. De algum modo, sempre sai. Agora que temos essa pista das luzes de rua, ainda estou querendo manter a investigação sob sigilo. Mas é perigoso.

Era sempre uma situação sem vencedores. Ir a público alertava os suspeitos e permitia que eles mudassem o modus operandi usado para descobri-los. Não ir a público deixava o departamento escancarado às críticas por não ter avisado às pessoas sobre a existência da ameaça. De um modo tipicamente cínico, a decisão de ir ou não a público seria tomada puramente segundo linhas políticas para o departamento, sem consideração pelas vítimas que poderiam ser poupadas desse trauma.

– Vou falar sobre isso com o tenente – disse Neumayer. – Mas se a coisa vazar, nossa imagem não vai ficar boa. Eles vão gritar que deveríamos ter avisado ao público.

– Talvez devêssemos – disse Renée. – Esses dois já podem encarar prisão perpétua pelos vários estupros. Assim que deduzirem isso, provavelmente vão subir de tom. Vão parar de deixar vítimas vivas.

– E esse é o risco que a gente corre – concordou Neumayer. – Deixe-me falar com o tenente, e ele pode querer conversar com o pessoal de relações com a mídia. Digo a vocês o que for decidido.

Enquanto voltavam à sala do esquadrão, Lisa não falou nada com Renée. O relacionamento amistoso e profissional que compartilhavam antes parecia ter sumido completamente e de uma vez por todas.

Renée atravessou a sala e bateu à porta aberta de Robinson-Reynolds. Ele sinalizou para ela entrar.

– Ballard, achei que você tinha ido embora.

– Fiquei para dar os informes ao pessoal das agressões sexuais. E agora preciso ir à autópsia.

– Então provavelmente ouviu falar sobre a próxima distribuição. Você está fora do turno da meia-noite, Ballard. Eu ia te contar.

– É, ouvi dizer. E, tenente, preciso perguntar: por que estou sendo castigada pelos pecados da Lisa?

– O que você está falando? Você não está sendo castigada.

– Ela disse que eu estou fora do último turno e que ela está dentro.

– Exatamente. Você vai para a mesa das agressões sexuais, onde tenho certeza de que teremos uma melhoria enorme. Você e Neumayer vão formar uma equipe ótima. Clarke é um peso morto, mas em geral é inofensivo.

– Esse é o ponto. Eu gosto de trabalhar à noite. Ao castigar Lisa, o senhor está me castigando. Eu não queria sair do turno da noite.

Robinson-Reynolds fez uma pausa. Renée viu a mente dele borbulhando. Ele partira da suposição de que nenhum detetive gostava de trabalhar no turno da meia-noite. Mas esse era o seu ponto de vista, e não o de Renée.

– Estou vendo que posso ter feito merda – disse ele. – Você não quer se mudar.

Renée balançou a cabeça.

– A única mudança que quero é para a homicídios, no centro, e sabemos que isso não vai acontecer. Assim, eu gosto da madrugada. É uma boa variedade de casos, não tenho um parceiro peso morto para carregar, estou fora das vistas e fora da mente. Para mim é perfeito.

– Certo, vou rescindir a ordem. Quando for feita a próxima distribuição, você continua no terceiro turno.

– E a Lisa?

– Não sei. Provavelmente vai ficar onde está, e eu vou sujar a ficha dela. Mas, Renée, não conte a ela que eu voltei atrás. Quero que ela fique cozinhando com isso durante uma semana, até que a nova distribuição seja postada. Esse vai ser o castigo dela.

Renée balançou a cabeça.

– Tenente, ela tem filhos e vai começar a fazer arranjos para conseguir ajuda durante as noites. Acho que o senhor deveria contar a ela. Faça uma anotação na ficha dela, como o senhor disse, mas não deixe que ela fique pendurada desse jeito.

– Isso precisa ser uma experiência de aprendizado, Ballard. E não conte a ela. Nenhuma palavra. É uma ordem.

– Positivo.

Renée saiu desanimada da delegacia.

Às vezes, parecia que as maiores barricadas no que era chamado de sistema de justiça estavam do lado de dentro, antes mesmo de você passar pela porta.

28

A autópsia foi rotineira, mas a visão do corpo nu de Javier Raffa na mesa de exame mostrou a Renée até que ponto ele tinha ido para escapar da vida de gangue e dar exemplo ao filho, Gabriel. Além do que ela já vira no pescoço, havia cicatrizes a laser em todo o peito, na barriga e nos braços, um doloroso mapa de remoção de tatuagens. Supôs que ele teria demorado anos para se livrar de tudo aquilo. Renée se lembrou dos monges que praticavam autoflagelação com chicotes e outros instrumentos para pagar os pecados. Quaisquer que fossem os pecados de Javier Raffa, ele pagara um preço doloroso.

Só restava uma tatuagem no corpo. Era um sol nascente sobre a água, na escápula esquerda. Não mostrava nenhum símbolo ou palavra que significasse filiação a alguma gangue.

– Bom, ele conseguiu manter uma – disse o Dr. Zvader, o legista encarregado da autópsia. – Um sol poente.

Renée percebeu que não havia como saber se era um sol nascente ou poente, ainda que os dois pudessem ter significados diversos.

– Engraçado – disse. – Eu estava achando que era um sol nascente.

– Estamos na Califórnia. Tem de ser poente.

Renée assentiu. Ele estava provavelmente certo, mas isso a fez se sentir mal. Um sol poente significava o fim do dia. Um sol nascente era um começo. Uma promessa. Imaginou se Raffa sabia que seu tempo era curto.

Ficou na sala de autópsia até Zvader encontrar a bala que havia matado Raffa engastada na cartilagem do nariz. Tinha penetrado a cabeça pelo topo do crânio, atravessado o cérebro e se alojado atrás do nariz. Raffa morrera.

– Acho que ele estava olhando os fogos de artifício quando morreu – disse Zvader.

– Isso é triste demais.

– Bom, é melhor do que saber o que está vindo e sentir medo.

Renée assentiu. Talvez.

O projétil estava muito danificado, primeiro pelo impacto com o crânio e depois pela cartilagem. Zvager o depositou em um saco para provas, com seu nome e o número do processo no Instituto Médico Legal, antes de entregá-lo a Renée.

Renée foi até a Unidade de Balística deixar o projétil para análise de comparação no banco de dados do RNIIB. Era uma possibilidade ainda mais remota do que a comparação de estojos, por causa do dano causado ao projétil. O banco de dados era essencialmente para comparações de estojos. Tanto que a comparação de projéteis ficava na fila de espera, e Renée sabia que não esperaria um técnico para fazer a análise. Teria sorte se recebesse alguma notícia em menos de uma semana.

No caminho, recebeu um telefonema de Carl Schaeffer, o supervisor do pátio do DIP.

– Recebemos uma reclamação. Uma nova.

– Uma luz de rua apagada?

– É, a chamada acabou de chegar. Na Outpost.

– Em primeiro lugar, Sr. Schaeffer, obrigada por se lembrar de telefonar.

– Sem problema. Estou com o seu cartão aqui na mesa.

– Já tem algum detalhe?

– Não, a mulher só disse que a luz na frente da casa dela apagou. Eu ia mandar um carro, mas pensei em primeiro verificar com a senhora.

– Obrigada. Não mande o carro. Me deixe dar um telefonema e ver se consigo enviar um perito primeiro. Eu telefono, ou então um colega meu, quando o poste estiver liberado para fazer o conserto.

– Tudo certo, detetive.

– E, Carl, não quero que você se esqueça de me ligar quando acontecerem essas reclamações, mas não sei se gostaria que meu cartão ficasse na sua mesa. Lembre, quero que isso seja um negócio discreto, e notei que o relógio de ponto fica na sua sala. Todo mundo marca o cartão aí, não é?

– Certo, entendi. Agora ele vai ficar na gaveta.

– Obrigada, Carl. Pode me dar o endereço exato ou a localização do poste do qual estamos falando, e o nome da pessoa que reclamou?

Schaeffer deu a informação. O poste em questão ficava na parte baixa da Outpost Drive, uma rua sinuosa, nos morros, que ia para o norte a partir da Franklin Avenue até chegar à Mulholland Drive. Renée pensou em desconsiderar o telefonema de Schaeffer porque ainda faltavam onze dias para o próximo fim de semana com feriado, e nos casos anteriores a luz da rua tinha sido danificada apenas aproximadamente um dia antes do ataque dos Homens da Meia-Noite. Mas a Outpost ficava do outro lado do Passo Cahuenga, em relação à Dell. Os dois primeiros ataques tinham acontecido mais ou menos na mesma área – pelo menos na mesma zona de patrulha. O caso da Dell podia ser o início de um segundo agrupamento.

Além disso, precisava considerar que um quarto ataque já poderia ter acontecido no fim de semana do feriado anterior, e ainda não ter sido informado. O fato era que não podia desconsiderar a dica dada por Schaeffer.

Depois de deixar a bala que matara Javier Raffa na Unidade de Balística, foi até a Outpost e localizou o poste em questão. Parou o carro junto ao meio-fio para sair e olhar mais de perto. Era uma luminária estilo bolota de carvalho, como as da Dell. Não viu nenhum sinal óbvio de mexida na placa de acesso na base do poste. A luz ficava diretamente em frente à casa de onde viera a reclamação, do outro lado da rua. A mulher que morava ali e fizera a reclamação se chamava Abgail Cena. A casa era o que Renée sempre chamava de estilo "fazenda espanhola". Tinha só um andar e era ampla, com teto de telha canal vermelha e fachada de estuque branco. Havia arbustos e outras plantas enfileiradas na frente, embaixo de cada janela. Também havia uma garagem anexa que fez Renée se lembrar da casa de Cindy Carpenter e da possível rota de acesso dos homens que a agrediram.

Primeiro ligou para a Unidade Forense, requisitando um perito para examinar a placa de acesso do poste. Depois ligou para Matt Neumayer e contou sobre o telefonema de Carl Schaeffer, do pátio do DIP.

– O que você acha? – perguntou Neumayer. – Será que eles estão mudando as coisas? O modus operandi não combina.

– Não sei. Mas também precisamos considerar que, se foram eles, isso já pode ter acontecido na semana passada. Eles podem ter atacado duas mulheres e a luz apagada só ter sido informada agora.

– Ah, merda, você tem razão. Pode ser um caso não informado.

– Eu posso vir e sentar aqui na vizinhança esta noite, sem ser óbvia, mas agora preciso descansar um pouco. Estou ficando sem pique. Estava pensando que seu pessoal poderia pesquisar quem mora na vizinhança, talvez determinar se essa tal de Abgail Cena mora sozinha ou se existe alguma outra mulher nesta quadra específica.

– É, vamos fazer isso. Vá dormir um pouco. E não se preocupe com essa noite. Sei que você está de folga. Se quisermos fazer tocaia aí, vamos dar um jeito. Talvez eu devesse fazer Lisa se acostumar com as luzes noturnas.

Isso revelou a Renée que Robinson-Reynolds não tinha contado a Neumayer que ia rescindir a mudança de Lisa para o turno da noite. Sentiu-se mal por guardar segredo para um sujeito bom como Neumayer, mas precisava obedecer à ordem do tenente. E não queria ter nada a ver com os jogos de comando que ele estava fazendo.

– Positivo – disse Renée. – Me mande um e-mail, se tiver arranjado isso. Eu gostaria de saber o que está acontecendo.

– É isso aí, Renée. Bons sonhos.

– É, veremos. Ah, espera, Lisa e Ronin pegaram os outros questionários Lambkin?

– Estão indo pegar agora. Preferiram ir juntos, em vez de se separar.

– Saquei. Bom, me avise isso também. Seria bom se encontrássemos um cruzamento triplo entre os três casos.

– Facilitaria nosso trabalho.

– Positivo.

Renée desligou e decidiu que precisava parar de falar "positivo" como despedida. Isso estava ficando velho. Enquanto se inclinava adiante para virar a chave na ignição, viu um movimento à esquerda, e era o portão da garagem da casa de Abgail Cena subindo.

Havia um jipe Mercedes classe G prateado na baia, e logo ela viu as luzes de freio se acenderem, seguidas pelas de ré. O Mercedes saiu de ré da garagem e, em seguida, o grande portão desceu de novo. Renée mal podia ver a silhueta da pessoa ao volante por causa dos vidros escuros, mas achou que o perfil dos cabelos indicava que era uma mulher. O Mercedes chegou à rua e depois foi até o semáforo na esquina da Franklin, a dois quarteirões dali.

Renée estava morta de cansaço, mas sua curiosidade de investigadora – ao mesmo tempo uma bênção e uma maldição – a dominou. Fez um retorno e seguiu o carro. Queria dar uma olhada em Abgail Cena – se é que era ela – e ver se a mulher se encaixava no perfil estabelecido com as três primeiras vítimas dos Homens da Meia-Noite.

Seguiu o Mercedes para o leste pela Franklin, na direção de Los Feliz. Pensou que pelo menos estaria mais perto de casa quando esse pequeno exercício terminasse.

Um telefonema chegou ao seu celular, vindo de um número desconhecido. Atendeu com um simples alô, já que estava tecnicamente fora de serviço.

– Detetive Ballard, aqui é Ross Bettany, da Homicídios do Bureau Oeste. Precisamos nos encontrar, para eu pegar aquele caso do bandido de gangue e ver o que você tem.

Renée fez uma pausa para pensar na resposta.

– Acabei de sair da autópsia, e não é um caso de bandido de gangue.

– Me disseram que o cara era da Las Palmas.

– Era. Ele saiu da gangue há muito tempo. Não foi negócio de gangue.

– Bom, os meus dois últimos foram, de modo que esse vai ser uma mudança bem-vinda. Quando podemos nos falar? Minha parceira, Denise Kirkwood, está de folga hoje, acrescentou um dia ao fim de semana. Será que podemos ver você amanhã?

Renée ficou aliviada. Precisava dormir um pouco. Viu o Mercedes que seguia sair da Franklin para o estacionamento do supermercado Gelson's na Canyon Drive. Um pequeno jato de adrenalina disparou na sua exaustão, porque ela sabia, devido ao questionário de Cindy Carpenter, que ela comprava nesse Gelson's, assim como uma das outras vítimas.

– Amanhã, tudo bem – disse. – Estou indo para casa dormir pela primeira vez em cerca de vinte e quatro horas. A que horas? Onde?

– Vamos encontrar você em Hollywood. Depois, podemos sair para dar uma olhada nas coisas, partir de onde você deixou. Que tal às nove, na Divisão de Holywood? Você terá dormido o suficiente?

Ele fez a pergunta com bom humor, mas Renée ficou travada no "de onde você deixou". Essas palavras a incomodavam, e de novo hesitou em entregar o caso. Seu bom trabalho. O bom trabalho de Bosch. Queria estar lá quando fisgassem os quatro dentistas e Christopher Bonner. *Se* Bettany e Kirkwood conseguissem fisgá-los.

– Ainda está aí, Ballard? – instigou Bettany.

— É, às nove na delegacia, está bem. Se você quiser fazer alguma coisa hoje, pode redigir um mandado de busca para os registros empresariais da vítima. Não tive tempo de examinar o escritório dele na oficina.

— Certo. Provavelmente vou esperar até amanhã. Denise é que faz a parte de escrever.

Renée conhecia essa rotina. O detetive assume o papel alfa e faz a mulher cuidar da casa e da papelada.

— Bom, Divisão de Hollywood. Onde? — perguntou Bettany.

— Podemos nos reunir na sala da força-tarefa. Ela não está sendo usada.

— O que é uma força-tarefa, não é?

A pergunta era retórica. Ele estava se referindo à seca de trabalho policial proativo que acontecia ultimamente. Renée decidiu não entrar nesse assunto.

— Vejo vocês, então — disse.

Guardou o celular e olhou o Mercedes classe G que ela seguia parado numa vaga pintada de azul, para deficientes, na frente da loja. Renée simplesmente parou na pista da entrada do estacionamento para observar. Olhou pelo retrovisor e viu outro carro chegar atrás dela, mas ele tinha espaço para passar. Depois de alguns segundos, a porta do classe G se abriu e uma mulher usou o estribo lateral do veículo para descer.

Parecia ter sessenta e poucos anos, com o cabelo preso num rabo de cavalo. Usava máscara preta com grandes lábios vermelhos impressos na frente. Era uma coisa espalhafatosa, mas Renée achou que a mulher provavelmente pensava que aquilo era engraçado. Ela passou pela porta automática do supermercado levando suas sacolas de compras reutilizáveis.

A mulher estava muito fora da faixa etária das três vítimas conhecidas. Renée supôs que, se a luz de rua do outro lado da casa dela tinha sido danificada pelos Homens da Meia-Noite, a vítima pretendida seria outra pessoa na Outpost. Decidiu verificar com Neumayer, na ida dos dois à Outpost, depois de ter dormido.

Do Gelson's até seu prédio eram apenas dez minutos. Depois de entrar no apartamento, foi direto para o quarto, pôs a arma, o distintivo e as algemas na mesinha de cabeceira, largou as roupas ali mesmo no chão e vestiu o agasalho que deixara na cama na última vez em que havia dormido. Ajustou o alarme do telefone para dali a seis horas e, em seguida, entrou embaixo das cobertas da cama desfeita, cansada demais até mesmo para escovar os dentes.

Na mesinha, pegou tampões de ouvido de espuma, para ajudar a abafar os sons diurnos normais da cidade, e pôs uma máscara de dormir, para isolar a luz.

E em dez minutos sumiu do mundo, mergulhando de cabeça num sono profundo, onde a água que fazia redemoinhos ao redor era preta e havia lábios vermelhos espalhafatosos flutuando no vazio.

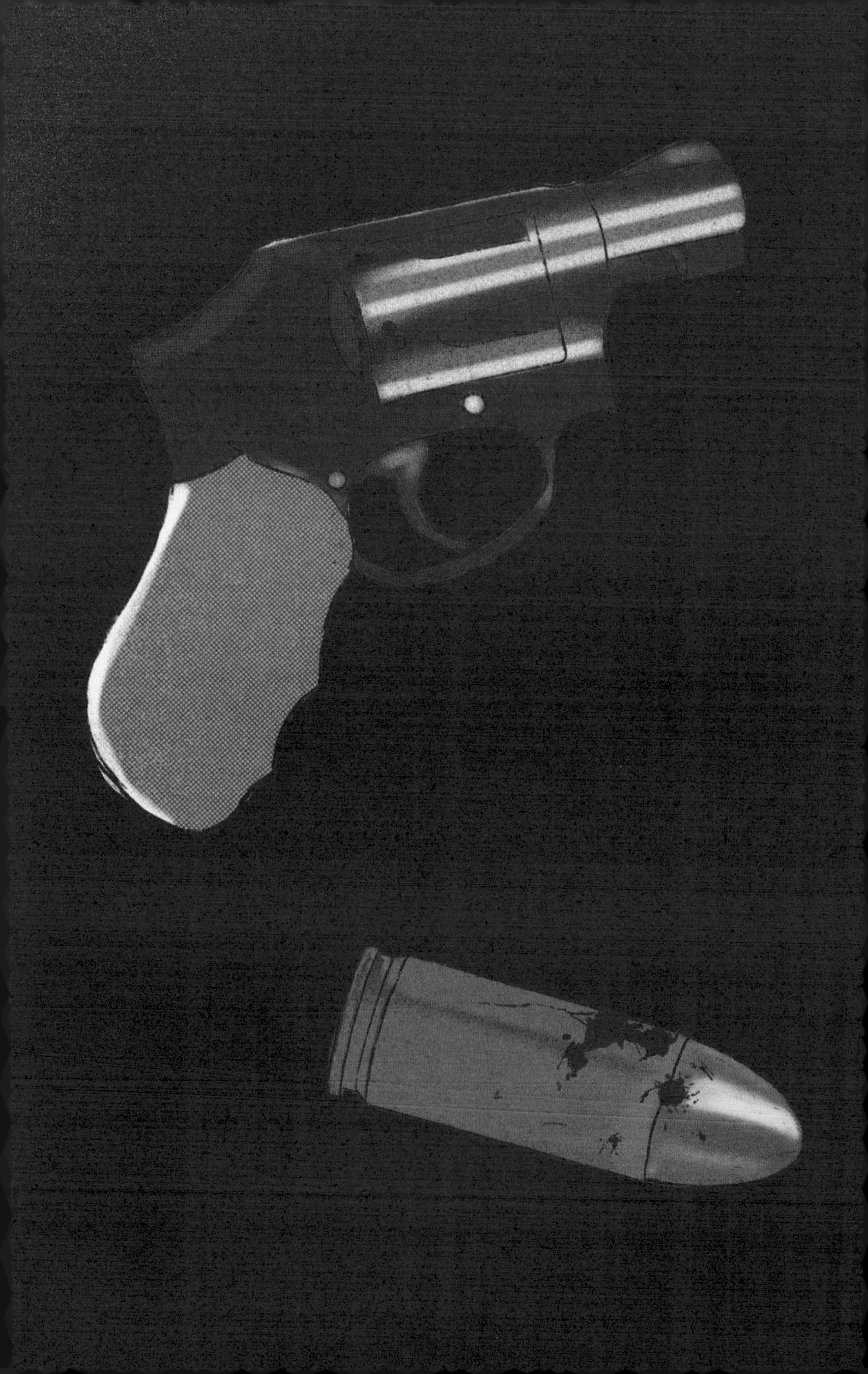

SEGUNDA PARTE
USO DE FORÇA

29

Sentiu o peso nas costelas e nos braços antes de qualquer outra coisa. Abriu os olhos para a escuridão e percebeu que fora vendada. Não, era a máscara de dormir. Uma mão cobria sua boca e apertava o maxilar. Seu primeiro pensamento foi nos Homens da Meia-Noite – *Como eles me encontraram? Será que me viram na Outpost?* Sua memória saltou para o carro que vira pelo retrovisor, entrando atrás dela no estacionamento do Gelson's.

Tentou lutar, mas o peso em cima era grande demais. Virou a cabeça violentamente para o lado, para soltar o aperto da mão no maxilar e poder gritar, mas o aperto aumentou com velocidade igual. Seu rosto foi puxado de volta para cima e o queixo foi pressionado, forçando a boca a abrir.

Ouviu o característico estalo metálico de uma arma sendo engatilhada, e isso afastou os pensamentos nos Homens da Meia-Noite. Nenhuma das vítimas tinha mencionado uma arma de fogo. Eram dois contra uma, eles não precisavam de arma.

Renée percebeu que todo o peso estava na metade superior do seu corpo. O atacante estava montado nas suas costas, com as pernas prendendo seus braços contra a cama. Não conseguia mover a parte de cima do corpo, mas os quadris e as pernas estavam soltos. Essa era a falha no ataque.

Em um esforço tomado pelo pânico e carregado de adrenalina, levantou os joelhos, plantou os pés no colchão e projetou os quadris para cima, empurrando o agressor para a frente, contra a cabeceira.

O movimento foi inesperado e o agressor bateu na dura cabeceira de madeira com um som oco. O cano da arma raspou pelo queixo de Renée, mas a pistola não disparou. O braço direito de Renée ficou livre e ela o usou para empurrar o agressor para fora da cama, do lado esquerdo. Ouviu-o bater no chão. Arrancou a máscara de dormir e viu um homem que ela reconheceu imediatamente no chão.

Era Bonner.

Ele estava se esforçando para se levantar. O braço esquerdo veio se balançando para cima, na direção dela, com a arma – a arma dela – na mão. Renée recuou o cotovelo direito e acertou um golpe com toda a força no pescoço dele.

Bonner caiu de volta no chão, largou a arma e levou as duas mãos ao pescoço. Seu rosto ficou vermelho e os olhos se arregalaram quando ele percebeu que não conseguia respirar. Renée percebeu que esmagara a garganta do sujeito com o primeiro golpe. Soltou-se do cobertor e do lençol e rolou para o chão. Em seguida, montou em cima dele, empurrou a arma pelo chão, atrás do seu corpo, e pegou o telefone, ligando para o 911.

– Aqui é a detetive Ballard, DPLA, preciso de uma ambulância para o quatro três quatro três da Finley, imediatamente. Há um homem aqui que não consegue respirar.

Bonner começou a fazer sons engasgados e agora seu rosto estava mais roxo do que vermelho.

– Espere que vou fazer o pedido – disse o despachante da emergência.

Renée precisava esperar. Tentou pôr a mão embaixo do queixo de Bonner para ver se conseguia sentir onde estava o bloqueio. Ele empurrou sua mão instintivamente.

– Pare de se defender – disse ela. – Estou tentando ajudar.

Como se respondesse, porém mais provavelmente devido à falta de oxigênio que ia para o cérebro, as mãos de Bonner se afastaram do pescoço e tombaram no chão. Um som seco e raspado saía da boca aberta. Seus olhos estavam abertos, olhando para ela, e ele estava morrendo.

O despachante voltou ao telefone.

– Certo, estamos a caminho.

– Quanto tempo para chegar?

– Quatro minutos.

– Ele não vai conseguir. Está apagando agora mesmo.

– Você consegue abrir a passagem?

– Está esmagada.

Renée disse o número do seu apartamento e o código do portão principal, em seguida desligou. Rapidamente abriu sua lista de contatos e ligou para Garrett Single. Ele atendeu imediatamente.

– Renée, como está a pancada na cabeça?
– Garrett, escuta. Preciso que você me ensine a fazer uma traqueostomia.
– Espera aí, o que você...
– Escuta, não há tempo. Estou com um homem aqui que não consegue respirar. A parte superior da garganta está bloqueada. A ambulância está vindo, mas ele não vai durar tanto. Diga como faço uma traqueostomia. Agora.
– Ele está engasgado, é?
– Porcaria, não! Preciso que você me diga o que fazer. Agora!
– Certo, certo, onde exatamente é o bloqueio?
– Na parte superior da garganta. Ele está há mais de um minuto sem ar. Está apagando.
– Acima ou abaixo do pomo de adão?
– Acima.
– Certo. Bom. Ponha alguma coisa embaixo do pescoço, de modo a ficar livre e arqueado, o queixo apontando para cima.

Renée pôs o telefone no viva-voz, depois o pousou no chão. Enfiou a mão embaixo da cama e, às cegas, pegou um tênis de corrida. Levantou o pescoço de Bonner com uma das mãos e enfiou o tênis embaixo, como uma cunha.

– Certo, já fiz. E agora?
– Certo, isso é importante. Você precisa encontrar o ponto.
– Que ponto?
– Use o dedo e trace pela frente do pescoço. Você vai procurar um ponto entre os anéis. O pomo de adão é o anel grande. Vá para baixo e encontre o próximo anel.

Renée seguiu as instruções e encontrou o segundo anel.

– Achei, achei.
– Certo, você quer o ponto macio entre os anéis. Você tem uma faca? Você precisa de um bisturi ou uma faca para fazer uma incisão pequena.

Renée estendeu a mão e abriu completamente a gaveta, que caiu no chão por cima da cabeça de Bonner. Remexeu entre os bagulhos que jogara ali dentro depois da mudança – todas as coisas para as quais planejava encontrar um lugar mais tarde. Encontrou o pequeno canivete Blackie Collins que usava quando era policial de rua. Apertou a trava e abriu a lâmina.

– Certo, peguei. Onde eu corto?
– Certo, no ponto macio que você encontrou entre os anéis. O tecido mole. Você precisa fazer uma incisão aí. Mas, primeiro, tem certeza de que ele não está respirando? Você não vai querer fazer isso se...
– Ele está roxo, Garrett. Só diga o que fazer.
– Certo, uma incisão pequena, de uns sete milímetros entre as cartilagens. Horizontal e não muito profunda. Você não quer atravessar a traqueia. Não mais do que um centímetro e meio.

Renée posicionou cuidadosamente a ponta da lâmina e a empurrou contra a pele. Imediatamente saiu sangue que escorreu pelos dois lados do pescoço de Bonner até o chão de madeira. Mas não era muito, e Renée percebeu isso como sinal de que o coração de Bonner estava parando.

– Certo, estou lá.
– Certo, você precisa colocar o tubo para que o ar...
– Merda, que tubo? Eu não pensei...

Renée estendeu o braço e remexeu o entulho na gaveta com a mão livre, ao mesmo tempo em que mantinha cuidadosamente o canivete no pescoço de Bonner. Não viu nada que pudesse funcionar.

– Você tem um canudinho de plástico, uma caneta ou alguma coisa que possa...
– Não! Não tenho merda nenhuma! Meu Deus...

Ela se lembrou de uma coisa e puxou a gaveta de baixo da mesinha de cabeceira. Depois de ter destroncado o ombro surfando alguns anos antes, tinha comprado uma bomba de recirculação que empurrava água fria num saco de borracha que ela podia colocar no ombro para aliviar a dor e o inchaço. Um tubo de plástico transparente conectava a bomba ao saco. Puxou-o de dentro da gaveta e pôs no chão.

– Certo, achei uma coisa. Posso tirar o canivete do pescoço dele para cortar o tubo?
– Faça isso.
– De que tamanho você quer o tubo?
– Não precisa ter mais de quinze centímetros.

Renée puxou o canivete e rapidamente cortou um pedaço de quinze centímetros do tubo usando a lâmina afiada como navalha.

– Certo, já tenho. E agora?
– Ponha uma ponta do tubo na incisão e enfie na traqueia.

– Certo, enfiei. Ele simplesmente começa a respirar ou o quê?

– Não, você precisa provocar isso. Sopre dentro do tubo. Verifique o peito dele, certifique-se de que está subindo. Não com muita força. Seja gentil.

Renée pulou de cima de Bonner e foi para o lado. Soprou suavemente no tubo e viu o peito dele subir.

– Certo – disse.

– Bom, observe o peito dele – disse Single. – Você precisa ver se ele está respirando sozinho.

– O peito desceu. E só.

– Tente de novo, tente de novo.

Renée repetiu o procedimento, sem resultado.

– Nada. Estou tentando de novo.

– Talvez você precise respirar para ele até a chegada do resgate.

Renée tentou de novo e depois se agachou, bem baixo, para olhar o perfil do peito de Bonner. Viu-o descer enquanto o ar escapava pelo tubo. Mas então ele subiu de novo, sozinho.

– Acho... que ele está respirando. É, ele está respirando.

– Muito bem, detetive. Como está a cor dele?

Renée olhou o rosto de Bonner. O roxo estava sumindo. Havia sangue novo circulando.

– Está bom. Está chegando.

– Certo, quero que você me ligue pelo FaceTime, para que eu possa olhar. Pode fazer isso?

Renée desligou sem responder e em seguida ligou de volta pelo FaceTime. Enquanto esperava a conexão, estendeu a mão para cima da cama e pegou as algemas. Prendeu uma no pulso direito de Bonner e a outra na estrutura de metal da cama, a uns trinta centímetros de distância.

Olhou para Bonner. Os olhos dele pareciam fendas e ele não dava nenhum sinal de estar consciente, mas sem dúvida estava respirando. Havia um som baixo, assobiado, saindo do tubo que ela inserira no pescoço dele.

Single atendeu à chamada e Renée viu o rosto dele. Parecia estar ao ar livre, e ela viu os tijolos amarelos do posto de bombeiros atrás.

– Você está machucada – disse ele. – Você está bem?

Pela primeira vez, Renée se lembrou do cano da arma sendo arrastado pelo queixo. Levantou a mão para tocar o ferimento e sentiu sangue.

– Estou bem – disse. – Dê uma olhada nele.

Ela virou a câmera para que Single visse Bonner no chão. Agora podia escutar sirenes, mas não tinha certeza se elas estavam no seu lado da ligação ou no de Single.

– Está vendo?

– Estou. É, parece bom. Na verdade, parece perfeito. Ele está respirando e a cor está boa. O resgate está chegando?

– É, acho que estou escutando agora.

– É, são eles. Estão chegando. Quem é esse cara? Você o algemou?

– Acabei de fazer isso, para o caso de ele acordar. Eu estava dormindo e ele invadiu o apartamento. Ia me matar com minha própria arma. Acho que para fazer parecer que era suicídio.

– Meu Deus, por quê?

– Ele é suspeito de assassinato. De algum modo, descobriu que eu estava atrás dele e onde eu moro.

– Puta que pariu!

– É.

Renée tentou pensar em como Bonner podia ter sabido sobre ela e a investigação. A resposta mais fácil era Dennis Hoyle. Tinha falado com Hoyle, e ele, por sua vez, mandou Bonner atrás dela. Isso a fez lembrar: Bosch também estivera lá.

– Escuta, Garrett, preciso dar outro telefonema – disse. – Obrigada demais por me ajudar.

– Não sei se eu deveria ter feito isso, se esse cara estava tentando matar você.

Renée sorriu.

– Talvez essa seja a coisa mais doce que já me disseram. Ligo para você mais tarde.

– Estou aqui. E, Renée, que bom que você está bem.

Depois de desligar, Renée telefonou imediatamente para Bosch. Ele atendeu e não havia nada que indicasse tensão na voz.

– Harry, você está bem?

– Por que não estaria?

– Porque o Bonner acabou de tentar me matar. Está no chão do meu apartamento.

– Me dá o endereço. Estou indo.

– Não, a coisa foi resolvida. Mas você está bem? Achei que ele podia ter ido antes atrás de você.

– Tudo numa boa. Tem certeza de que você está em segurança?
– Tenho. Quase matei ele. Mas tenho gente vindo. Fique aí, mas atento. Depois de resolver isso, quero fazer uma visita ao Dr. Hoyle.
– Quero estar lá para isso.

Renée desligou. Ouviu as sirenes emudecendo na frente do prédio. Sabia que precisava trabalhar depressa. Agachou-se e começou a revistar os bolsos da calça de Bonner. Encontrou num bolso um telefone que parecia um pré-pago barato, de loja de conveniência, e em outro uma pequena carteira de couro com um conjunto de gazuas – que ele tinha usado para entrar no apartamento. Não havia chave de veículo, nem nada mais.

Recolocou as gazuas no bolso, onde havia encontrado, mas enfiou o telefone embaixo dos bagulhos na gaveta da mesinha. O som das bijuterias e outros pertences fez Bonner se remexer. Houve um som mais alto de ar saindo pelo tubo de respiração e ele abriu os olhos enquanto Renée se afastava da gaveta. Ele fez menção de levantar a parte de cima do corpo, mas parou rapidamente ao sentir que havia alguma coisa errada. Tentou mover a mão direita, mas ela estava algemada à cama. Levou a esquerda até a garganta e encontrou o tubo saindo.

– Se tirar isso, você morre – disse Renée.

Ele a encarou.

– Eu esmaguei sua traqueia – disse ela. – Você está respirando por esse tubo.

Os olhos dele se moveram, observando o quarto e a situação geral. Sem mexer a cabeça, ele baixou os olhos e viu a algema. Em seguida, olhou para Renée, e ela viu algo se registrar nos olhos dele. Era como se ele entendesse onde estava e o que iria acontecer.

Num movimento rápido, Bonner levantou a mão e arrancou o tubo. Jogou-o por cima da cama, para o outro lado do quarto. Em seguida, olhou para Renée enquanto seu rosto começava a avermelhar. Foi então que ela ouviu a equipe de resgate passando pela porta do apartamento.

30

Já fazia horas que Renée estava na sua entrevista com a DIF quando soube, com certeza, que Bonner falecera. Seus dois entrevistadores estavam repassando os acontecimentos depois de ele supostamente – palavra deles, e não dela – arrancar o tubo do pescoço.

– Olha, por que eu colocaria o tubo na garganta do cara, tentando salvar a vida dele, e depois tiraria de novo? – perguntou ela.

– É isso que estamos tentando descobrir – respondeu Sanderson.

O capitão Gerald "Sandy" Sanderson era o principal entrevistador. Além disso, era o policial encarregado da Divisão de Investigações de Uso da Força – o homem que durante anos tivera a tarefa de pôr para fora os maus policiais que se envolviam em tiroteios questionáveis, sufocamentos e outros usos não autorizados de força. Diante das pressões e políticas atuais do departamento e do público, todo mundo no serviço acreditava que todo policial que tivesse qualquer situação complicada estava frito. Os detalhes do incidente não importavam. Sanderson estava ali para limar os gumes afiados do departamento e deixar tudo liso. Isso significava expulsar aqueles cujas ações pudessem ser consideradas controversas, segundo qualquer ponto de vista.

Renée sentira isso depois de dois minutos, e não de duas horas, de entrevista. Um suspeito de assassinato obviamente a seguira e usara gazuas para invadir sua casa enquanto ela dormia. Ela havia se defendido e o homem tinha morrido, fosse por sua própria mão ou não, e ela estava sendo martelada pelas pessoas que deveriam apoiá-la. O mundo tinha virado pelo avesso, e pela primeira vez em muito tempo Renée achou que poderia perder o emprego. E, também pela primeira vez em muito tempo, achou que talvez isso não fosse tão ruim assim.

A entrevista estava acontecendo no bureau de detetives da Divisão Nordeste, que abarcava Los Feliz. Isso era rotina, mas mesmo assim Renée se sentia afastada da sua divisão e das pessoas com quem trabalhava. Num determinado ponto, quando o auxiliar de Sanderson, o detetive Duane Hammel, saiu para pegar pilhas novas para o seu gravador, Renée viu o tenente Robinson-Reynolds parado na área aberta. Isso lhe deu um alívio momentâneo porque sabia que poderia confirmar o que ele sabia sobre sua investigação. Ela não havia contado sobre Bonner, porém, pelo seu último relato, ele sabia que ela estava chegando perto de alguma coisa.

Renée não tinha olhado as horas desde que fora acordada pelo ataque de Bonner. Não sabia por quanto tempo tinha dormido, e, portanto, não conseguia estabelecer que horas eram. Seu telefone tinha sido levado. Era dia claro quando Bonner a atacou e quando o corte no seu queixo foi tratado na ambulância. Mas agora estava numa sala sem janelas pelo que achava que seriam duas horas.

– Então vamos ligar os pontos mais uma vez – disse Sanderson. – Você está dizendo que não conhecia Christopher Bonner, nem teve nenhuma interação prévia com ele, correto?

– Sim, correto. A primeira vez em que me encontrei com ele, se quiser chamar isso de encontro, foi quando acordei e ele estava em cima de mim, tentando enfiar minha arma na minha boca.

– Então, como ele sabia onde você morava, aparentemente conhecia os seus horários e sabia que você estaria dormindo às três da tarde?

Renée agradeceu porque Sanderson tinha enfiado um marco temporal na pergunta. Agora podia extrapolar deduzindo que era algum momento entre 18 e 19h. Porém, mais importante era Sanderson ter perguntado como Bonner sabia sobre seu horário de dormir. De jeito nenhum Hoyle saberia qual era sua designação de serviço ou seus horários apenas a partir do cartão de visita ou pela rápida interação entre os dois. Decidiu não mencionar isso na resposta a Sanderson.

– Como falei repetidamente nessa entrevista – disse –, ontem eu tentei interrogar Dennis Hoyle no memorial de Javier Raffa. Ele estava nitidamente assustado. Numa investigação de homicídios, uma das primeiras perguntas é:

quem se beneficia? A resposta neste caso é Dennis Hoyle. Minha tentativa de entrevistá-lo o levou a pular no carro e ir embora. Ele não queria falar comigo. Agora preciso presumir que ele telefonou para Bonner, que veio atrás de mim. Esses são os pontos e essa é a conexão.

— Isso vai exigir mais investigações — disse Sanderson.

— Espero que sim, porque não quero que Hoyle se livre disso ou do assassinato de Raffa.

— Entendo, detetive. Um momento, por favor.

Sanderson se recostou na cadeira e olhou para as próprias pernas. Renée sabia que ele estava com o telefone em cima da coxa e provavelmente recebendo mensagens de textos de seus outros investigadores do DIF. Quando trabalhava com um parceiro, Renée tinha o mesmo costume. Isso permitia informações e perguntas em tempo real.

Sanderson olhou para ela depois de ler a última mensagem.

— Detetive, por que Harry Bosch está ligando para o seu celular a cada trinta minutos?

Renée mantivera Bosch completamente fora da sua história enquanto era interrogada. Agora precisava responder com cuidado, para não pisar em nenhuma mina terrestre. Estando isolada por mais de duas horas, pelo que sabia, a equipe de Sanderson já devia ter entrevistado Bosch. E Sanderson já devia saber a resposta. Precisava garantir que as histórias dos dois combinassem, mesmo não sabendo o que Bosch diria.

— Bom, como o senhor provavelmente sabe, Harry é aposentado do DPLA — começou. — Eu tive casos que envolviam algumas investigações antigas dele, por isso o conheço há quatro ou cinco anos e ele meio que assumiu uma função de mentor para mim. Mas, especificamente neste caso, eu disse que conectei o assassinato de Raffa a outro a partir da balística. Esse outro caso, em que o nome da vítima era Albert Lee, foi investigado por Harry Bosch há nove anos. Quando fiz essa conexão, procurei Bosch para pedir informações e obter qualquer ideia possível a respeito.

— E obteve?

— Sim, foi uma informação de Bosch que me permitiu descobrir quem se beneficia. No caso de Albert Lee, a empresa e a apólice de seguro ficaram para um dentista que tinha emprestado o dinheiro de que ele precisava para manter a empresa funcionando. Esse dentista era sócio de Hoyle em outra empresa. Bosch me ajudou a fazer essas conexões. Bonner se tornou o suspeito de ser o matador nos dois casos. Mas acredito que ele foi mandado atrás daquelas vítimas, assim como foi mandado atrás de mim.

– Pelos dentistas.

– Positivo.

Renée balançou a cabeça imediatamente. Precisava parar com isso.

– Então, quando falarmos com o Bosch, ele vai contar a mesma história? – perguntou Sanderson.

– Se ele falar com vocês. Ele não saiu do departamento em bons termos. Portanto, boa sorte com isso.

– E não existe nada de romântico entre você e Bosch?

– Se eu fosse homem e tivesse procurado um detetive aposentado que tivesse conexão com o meu caso, o senhor perguntaria se havia algum romance entre nós?

– Vou considerar isso como um não.

– Pode considerar como quiser, mas não vou responder a perguntas assim. E fico feliz que isso esteja sendo gravado.

Sanderson a encarou, tentando fazê-la baixar os olhos, mas ela nem piscou.

– Agora posso perguntar uma coisa? – perguntou Renée.

– Você sempre pode perguntar. Não posso prometer que vou responder.

– Vocês encontraram o carro do Bonner?

– Por que pergunta isso?

– Porque presumo que, se ele foi de carro, parou perto da minha casa, e como ele não tinha nada no bolso além das gazuas, presumo que haja um telefone, uma carteira, talvez notas e outras coisas no carro dele. Talvez a arma com que matou minhas duas vítimas. Se eu fosse vocês, estaria procurando o carro dele agora mesmo.

– Posso garantir que a investigação está continuando fora desta sala, detetive. Não precisa se preocupar com isso.

– Bom. E a mídia? Já está por dentro?

– Detetive, nesta sala eu faço as perguntas. Há outra pessoa telefonando repetidamente para o seu celular, e gostaria de perguntar a respeito. Garrett Single, o paramédico que você disse que a ensinou a fazer a traqueostomia de campo. Ele ligou mais vezes do que Bosch. Por quê?

– Bom, só vou saber de verdade quando eu ligar para ele e perguntar, mas acho que ele quer saber se eu estou bem.

– Ele se importa com você.

– Acho que sim.

Renée se preparou para a pergunta sobre romance, mas Sanderson a surpreendeu.

– Obrigada, detetive. E, por enquanto, acho que temos informações suficientes da sua parte. Vamos colocá-la no serviço interno até completarmos nossa investigação. Enquanto isso, ordeno que não faça contato nem fale com a mídia sobre esse incidente. Se for procurada por alguém da mídia, você deve repassar a pessoa a...

– Espere um minuto. Quem vai trabalhar no caso? Não vamos abandonar isso enquanto você e o seu pessoal decidem se eu fiz alguma coisa errada.

– Pelo que sei, o caso já foi transferido para a Homicídios do Bureau Oeste. Eles vão assumir daqui em diante. Segundo seu próprio testemunho, estamos falando de um homicídio. Tenho certeza de que eles vão resolvê-lo rapidamente e você vai voltar ao trabalho.

– Não estou falando do Bonner se matar. Estou falando do caso de Javier Raffa e do de Albert Lee.

– De novo, o Bureau Oeste vai cuidar disso.

Só então Renée percebeu o que estava em jogo. Christopher Bonner era ex-policial do DPLA e esse era um problema de imagem. Não era somente um negócio gigantesco o fato de um ex-policial do DPLA ser provavelmente um matador de aluguel antes e depois de deixar o cargo, mas não se sabia se ele ainda tinha conexões no departamento. Graças às perguntas de Sanderson, Renée já fazia alguma ideia das conexões com que Bonner ainda contava. Acrescente-se a isso os livros de assassinatos desaparecidos, e este se tornava um escândalo de alta octanagem esperando para explodir na mídia. Era melhor manter tudo compartimentalizado. Associar os assassinatos de Albert Lee e Javier Raffa e solucioná-los só atuaria contra o departamento.

– Eu sei o que você vai fazer – disse Renée bruscamente.

– É mesmo? O que eu vou fazer, detetive?

– Vai lixar e varrer. Como sempre. Esse departamento está totalmente fodido. É como se a gente nem se incomodasse mais com as vítimas. O negócio é proteger e servir à imagem, e não aos cidadãos.

– Já terminou, detetive?

– Ah, sim, já terminei. Cadê o meu telefone? Cadê minha arma? Quero de volta.

Sanderson se virou para Hammel, que tinha voltado e estava parado de costas para a porta.

– O tenente dela está com o telefone – disse o ajudante.

Sanderson se virou de volta para Renée.

– Fale com o seu tenente sobre o telefone – disse ele. – Sua arma está sendo examinada. Ela será devolvida a você quando for adequado. Enquanto isso, pode pedir ao seu tenente uma arma de substituição temporária. Talvez não seja necessário, já que você ficará no serviço interno.

Sanderson esperou, por um momento, que Renée respondesse. Ela não fez isso.

– Então acho que terminamos aqui – disse ele.

Todos se levantaram. Os homens do DIF estavam mais perto da porta, e Renée deixou que eles saíssem antes. Quando saiu, por fim, da sala de entrevista, encontrou Robinson-Reynolds esperando numa área aberta, vazia. Através das janelas de caixilhos, Renée viu que lá fora estava totalmente escuro.

O tenente se levantou de junto da mesa em que estivera apoiado, com os braços cruzados.

– Renée, você está bem?

– Estou.

– Vou levá-la de volta à sua casa.

– O senhor está com o meu telefone?

– Estou. Eles me deram.

Robinson-Reynolds enfiou a mão no bolso do paletó e pegou o telefone de Renée. Ela verificou a tela, para ver quem tinha ligado. Cinco minutos antes Bosch havia tentado, de novo, falar com ela.

Decidiu só ligar para ele quando estivesse sozinha, mas enquanto o tenente olhava, mandou rapidamente um torpedo dizendo a Bosch que estava bem e que ligaria em meia hora.

Dez minutos depois, estava no banco do carona do carro de Robinson-Reynolds, dizendo para ele pegar a Commonwealth Avenue e ir para o sul.

– Você provavelmente vai querer pegar umas coisas e ficar em outro lugar por um tempo – disse Robinson-Reynolds. – A casa de algum amigo. Ou, se quiser um hotel, dou um jeito de o departamento fazer um vale, para isso.

– Não, vou ficar bem.

– Tem certeza? Seu quarto provavelmente está uma bagunça completa. Cortesia da perícia.

– Eu tenho um sofá grande.

– Certo, Renée.

– E o Bureau Oeste?

– O que é que tem?

– Ross Bettany me ligou para pegar o caso. Eu deveria me reunir com ele amanhã.

– Então se reúna. Ele vai pegar.

– Quero saber se eles vão trabalhar nisso. O Bonner era do DPLA. Com o Sanderson, senti que isso não ia a lugar nenhum, porque solucionar significa divulgar que um policial veterano do DPLA virou matador de aluguel.

– Você acha mesmo que eles encobririam... um assassinato?

– São dois assassinatos, pelo menos. E sim, acho, porque Bonner, o pistoleiro, está morto. Para Sanderson, o caso está encerrado. Dar o próximo passo e pegar as pessoas que ordenaram as mortes é perigoso, porque o negócio do Bonner vai transbordar e o departamento vai ter o rabo chutado de novo.

– Não exagere, Ballard.

Renée notou que ele tinha voltado a chamá-la pelo sobrenome.

– Não é exagero. É a realidade em que a gente vive.

– Talvez. Mas a realidade vai ser do Bureau Oeste, não nossa. Portanto, só siga o protocolo, Ballard. Entregue o caso ao cara e volte a trabalhar no caso dos Homens da Meia-Noite.

– Positivo.

Disse isso num tom de resignação, sinalizando que jamais falaria essa palavra de novo.

31

Renée atravessou o pátio central para usar a escada, porque o elevador do prédio era lento demais. Mas antes de chegar ao primeiro degrau ouviu seu nome ser chamado. Virou-se e viu um homem saindo de um apartamento no primeiro andar. Era o ciclista que ela conhecera no fim de semana, mas já não conseguia se lembrar do nome dele.

– Oi – disse ela.

– Aconteceu uma coisa maluca aqui hoje. Está tudo bem?

– Agora está.

– Quero dizer, me disseram que um cara invadiu seu apartamento e tentou matar você.

– Foi. Mas é complicado e a polícia está investigando.

– Mas você é da polícia.

– Sou, mas não estou investigando isso, realmente não posso falar a respeito.

Ela começou a voltar para a escada.

– Não estamos acostumados com esse tipo de coisa aqui.

Renée se virou de volta.

– Então isso é bom. Eu também não estou.

– Bom, sei que você é nova. E espero que esse tipo de coisa não passe a ser normal. Como presidente da associação de proprietários, sinto que eu precisava dizer isso.

– Desculpe, qual é o seu nome mesmo?

– Nate. A gente se conheceu na...

– Na garagem, eu me lembro. Bom, Nate, não considero normal quando alguém tenta me matar na minha cama. Mas você deveria saber que ele era um estranho e que foi uma invasão de domicílio. E sugiro que, na próxima vez em que você tiver uma reunião de proprietários, proponha rever a segurança aqui. Ele entrou no prédio de algum modo, e eu odiaria responsabilizar a associação de proprietários por qualquer coisa. Isso pode sair caro.

Nate empalideceu.

– Ah, totalmente – disse. – Eu, ah, vou convocar uma reunião especial para rever a segurança do prédio.

– Bom. Eu gostaria de saber o que for decidido.

Dessa vez, Renée se virou e Nate não tinha mais nada a dizer. Ela subiu a escada de dois em dois degraus e viu que sua porta tinha sido deixada destrancada pelos investigadores. Típica incompetência do DPLA. Trancou-a depois de entrar e rapidamente atravessou o apartamento até o quarto. A gaveta de bagulhos que ela havia tirado da mesinha de cabeceira naquela tarde, durante a luta com Bonner, ainda estava no chão. Viu pó de digitais no puxador. Remexendo na gaveta, encontrou o telefone pré-pago que enfiara no meio das coisas. Viu que ele tinha sido desligado ou que a bateria estava descarregada.

Procurou o botão de ligar e não encontrou. Apertou o botão do "o" com o polegar, mas nada aconteceu. Em seguida, tentou o "1" e finalmente a tela se iluminou. Assim que o aparelho estava totalmente ligado, ela começou a procurar números armazenados e ligações recentes. Não havia nada disso, mas o aplicativo de mensagens tinha um único recado, às 16h30 daquele dia, vindo de um telefone com código de área 818. Era apenas uma palavra: Informe.

– Peguei você – sussurrou ela.

Olhou para o telefone por alguns instantes, pensando no próximo passo. Sabia que precisava ser cuidadosa. Se respondesse de modo errado, a pista poderia desaparecer como fumaça de cigarro ao vento. Se usasse o telefone de qualquer modo – para mandar uma mensagem ou telefonar –, poderia alterar alguma prova. Decidiu esperar e fechou o telefone. Foi à cozinha, colocou-o num ziplock e o lacrou. Em seguida, pegou seu telefone e ligou para Bosch.

– Topa dar uma volta? – perguntou ela.

– Claro. Quando?

– Agora.

– Venha me pegar.

– Estou indo. E, ah, vou precisar de uma arma. Eles estão examinando a minha e a de reserva está no meu armário da delegacia.

– Sem problema.

Renée gostou de como ele respondeu, sem nenhuma pergunta nem hesitação.

– Certo, já vejo você – disse.

32

Depois de sair da garagem, Renée deu uma volta no quarteirão e encontrou uma equipe da Divisão de Investigações Especiais trabalhando embaixo de luzes portáteis na Hoover, um quarteirão atrás do seu prédio. Havia um reboque oficial da polícia se posicionando na frente de um Chrysler 300 preto. Uma mesa tinha sido armada embaixo de uma das luzes de cena do crime e Renée reconheceu o rosto do homem que estava com uma prancheta, escrevendo o que ela presumiu que fosse um registro de provas. Parou junto ao meio-fio, saiu e se aproximou das luzes.

– Reno – disse.

Reno levantou os olhos e claramente se lembrou de Renée, da chamada para a casa de Cindy Carpenter.

– Detetive Ballard – disse ele. – Você está bem? Parece que foi por pouco, para você.

– Foi. Você trabalhou no meu apartamento também?

– Trabalhei.

– Maneiro. E esse é o carro do sacana?

– É, e vamos levar para procurar digitais.

– Onde vocês encontraram a chave?

– No pneu esquerdo da frente.

Renée olhou para a mesa. Havia três sacos de papel pardo para provas, lacrados com fita adesiva vermelha. Um deles tinha um adesivo alertando que o saco continha uma arma de fogo. Ela tentou esconder a empolgação e agir como se já soubesse de tudo.

Apontou para o saco.

– É a P22?

– É. Também estava no espaço acima do pneu. Não é um bom lugar para guardar uma arma. É sempre o primeiro ou segundo lugar onde a gente procura. E supostamente ele já foi policial, pelo que ouvi dizer.

– E munição?

– Só a que havia na arma.

– Remington?

– É.

– Certo, bom, boa noite.

– Pra você também.

Renée voltou ao seu carro. Tinha confiança de que a arma encontrada no espaço acima do pneu do carro de Bonner tinha sido usada nos dois homicídios que ela conectara.

Foi para a casa de Bosch, verificando as horas no painel. Achou que poderia pegá-lo e chegar à casa de Hoyle por volta das onze. O horário tardio funcionaria a seu favor. Ninguém gosta de ter um policial batendo à porta tão tarde da noite.

Seu telefone tocou e ela viu que era Garrett Single que estava ligando.

– Oi, Garrett.

– Oi, Renée. Você está bem?

– Estou.

– Que bom saber.

– Obrigada pela ajuda. Desculpe se pareceu que eu estava gritando com você.

– De jeito nenhum. Mas, ei, achei que você deveria saber, uns detetives do DIS vieram aqui falar comigo sobre isso.

– Quer dizer, DIF?

– Ah, não sei, talvez. Vocês, do outro lado do muro, têm siglas demais. Aquilo lá é uma tremenda sopa de letrinhas.

– O que você contou a eles?

– Só que ajudei a tentar salvar o cara e depois falei pelo FaceTime com você.

Renée percebeu que tinha se esquecido completamente de ter falado com Single pelo FaceTime, para que ele verificasse visualmente o ponto de inserção da traqueostomia no pescoço de Bonner. Depois de o estresse e a inundação de adrenalina na luta de vida e morte terem se esvaído, os momentos tinham perdido clareza e ela esquecera alguns detalhes. Nem mencionara a ligação pelo FaceTime durante a entrevista com o DIF. Achou esse lapso compreensível: era o motivo pelo qual ela gostava de entrevistar uma vítima de violência várias vezes, em vários dias. Agora experimentara pessoalmente o modo como os detalhes voltavam depois de um tempo.

– Cara, foi uma pena você não ter gravado aquilo – disse Renée.

– Ah, na verdade, eu gravei. Tenho um aplicativo. Achei que deveria gravar, para o caso de precisarmos olhar de novo.

– Você contou isso a eles?

– Contei, eles quiseram pegar.

– Você deixou que eles levassem o seu... espera aí, você está falando pelo seu telefone.

– Só mandei o vídeo para eles. Eu não entregaria meu telefone.

– Fantástico. Pode mandar para mim? Só quero olhar.

– Claro. O resto está bem? Quero dizer, os caras que vieram aqui fizeram um monte de perguntas sobre você.

– Pelo que sei, está tudo bem. Estava limpo. Mas ainda estou trabalhando. Quero dizer, devo ficar no serviço interno até sair o relatório.

– Então devo deixar você ir.

– Vamos nos falar amanhã, certo? Acho que até lá as coisas vão se acalmar.

– Claro. Cuide-se.

– Você também.

Renée desligou. Ficou aliviada ao saber que havia um registro de vídeo de pelo menos parte do evento sob investigação. Sabia que qualquer coisa capturada por Single apoiaria a história que ela havia contado ao DIF. Mais do que isso, estava feliz por Single ter ligado.

Um sorriso brincou no seu rosto na escuridão do carro, enquanto ela dirigia.

33

Renée demorou para chegar à casa de Bosch porque passou pela delegacia, para pegar um carro descaracterizado da unidade de investigação de drogas, um rádio e preparar uns dois dossiês falsos. Depois de pegar as chaves de um Mustang indicado como carro de compra de drogas com captura de áudio e vídeo, foi até o fundo do estacionamento procurar o veículo. Encontrou o tenente Rivera parado junto ao porta-malas aberto do carro pessoal dele. Pelo jeito, ele estava chegando ao trabalho. Supondo que Sanderson e a equipe do DIF não estariam jogando uma rede muito grande na investigação sobre Bonner, Renée decidiu fazer uma tentativa com Rivera.

Foi direto para ele enquanto o tenente pegava sua arma no cofre.

– Ballard, achei que você estava de folga essa noite – disse ele.

– Estou, mas estou trabalhando num caso para o pessoal do dia. Preciso perguntar uma coisa, tenente.

– Manda ver.

– Ontem à noite, perguntei ao senhor sobre Christopher Bonner. Depois disso, o senhor ligou para ele, não foi?

Rivera ganhou tempo pondo a arma no coldre e depois fechando o porta-malas.

– Ah, posso ter ligado. Por quê?

Renée supôs que Rivera provavelmente tinha dormido durante o dia e não sabia do acontecido.

– Porque hoje ele invadiu meu apartamento e tentou me matar.

– *O quê?*

– De algum modo, ele soube que eu estava de olho nele. Assim, obrigado, tenente, espero que não tenha sido o senhor que deu o meu endereço.

– Espera um minuto, Ballard. Eu não fiz isso. Só falei que alguém tinha perguntado por ele, como qualquer pessoa faria com um amigo. Você não me disse que estava investigando ele. Disse que o nome dele apareceu num caso seu. Foi só isso que eu disse. Ele invadiu sua casa? Meu Deus, eu não tinha...

– Ele está morto.

– Morto?

– É, e o senhor deve esperar uma visita do DIF.

Renée foi andando e o deixou parado. Era boa a sensação de ter feito a conexão, mas sabia que isso não preenchia todas as lacunas. Além do mais, achava que jogar o DIF em cima de Rivera era uma ameaça vazia. Não esperava que Sanderson levasse a investigação muito mais longe do que já havia ido.

Demorou cinco minutos para achar o carro descaracterizado no estacionamento enorme. Em seguida, precisou abastecê-lo na bomba do departamento na Wilcox, no posto do outro lado da rua. Por fim, partiu e foi na direção da casa de Harry Bosch nas colinas.

Passou-se mais uma hora antes de parar diante da casa de Dennis Hoyle, com Bosch sentado ao lado e totalmente a par do seu plano.

– Vamos lá – disse ela.

Os dois saíram e se aproximaram da casa. Havia uma luz acesa em cima da porta da frente, mas a maioria das janelas estava escura. Renée apertou uma campainha e bateu. Olhou em volta, procurando uma câmera de segurança, mas não viu nenhuma.

Depois de mais uma batida e um aperto na campainha, Hoyle finalmente atendeu. Estava usando uma calça de moletom e uma camiseta de mangas compridas com a silhueta de um surfista estampada. Tinha um celular na mão.

– Vocês dois – disse ele. – Que diabo é isso? É quase meia-noite.

Havia uma expressão de surpresa no rosto dele, mas Renée não tinha como discernir se era devido à visita tardia ou porque ela ainda estava viva.

– Sabemos que é tarde, Dr. Hoyle – explicou Renée. – Mas achamos que o senhor não ia gostar que isso acontecesse no meio do dia, com os vizinhos olhando.

– O que foi? Vocês vão me prender? Por quê? Eu estava dormindo!

Trabalhando no turno da noite, Renée tinha ouvido mais de uma vez um protesto incongruente sobre o sono como algum tipo de salvaguarda contra a prisão ou um interrogatório policial. Levou a mão às costas, por baixo da jaqueta, para tirar as algemas do cinto. Em seguida, baixou o braço para que Hoyle as visse na mão. Era um truque antigo que reforçaria a suposição dele, de que seria preso.

– Precisamos falar com o senhor – disse Renée. – Podemos fazer isso aqui ou na delegacia de Hollywood. A escolha é sua.

– Certo, aqui – respondeu ele. – Quero falar aqui.

Ele se virou e olhou para dentro de casa.

– Mas minha família está...

– Vamos conversar no carro.

Ele hesitou de novo.

– No banco da frente – disse Renée. – Enquanto estivermos conversando, não iremos a lugar nenhum.

Como se quisesse tranquilizá-lo, ela prendeu as algemas de novo no cinto, dizendo:

– Meu parceiro vai ficar do lado de fora do carro, está bem? Não tem muito espaço atrás. Então só o senhor e eu vamos conversar. Muito privado.

– Acho que sim. Mas de qualquer modo é esquisito.

– Então vamos para dentro da casa e tentaremos não acordar ninguém.

– Não, não, pode ser no seu carro. Desde que a gente não vá a lugar nenhum.

– Certo, então.

Bosch foi na frente, pelo passeio calçado de pedras que atravessava a grama bem aparada, até o carro descaracterizado.

– Esse é o seu carro pessoal?

– É, e peço logo desculpas. Ele está meio sujo por dentro.

Bosch abriu a porta do lado do carona para Hoyle, que entrou. Em seguida, Bosch fechou a porta e olhou para Renée, enquanto ela circulava por trás do veículo, até o lado do motorista. Ele assentiu. O plano estava indo bem.

– Fique perto da frente – sussurrou ela.

Em seguida, abriu a porta do motorista e entrou. Pelo para-brisa viu Bosch se posicionar encostado no paralama frontal, do lado do carona.

– Ele parece realmente velho para ser detetive – disse Hoyle.

– É o detetive mais velho ainda vivo em Los Angeles. Mas não conte a ele que eu disse isso. Ele vai ficar furioso.

– Não se preocupe. Não vou dizer nada. Por que vocês não têm um carro de detetives?

— O aquecimento não está funcionando no que nos deram. Por isso pegamos o meu. Está com frio? O senhor deve estar com frio.

Ela pôs a chave na ignição e a virou até acionar os acessórios. As luzes do painel se acenderam e ela estendeu a mão para o controle do aquecimento.

— Diga se quiser mais quente.

— Estou bem. Vamos acabar logo com isso. Preciso acordar cedo amanhã.

Renée verificou Bosch de novo pelo para-brisa. Ele estava de braços cruzados e cabeça baixa, adotando a postura de um sujeito cansado dessas entrevistas de rotina. Hoyle se virou e olhou para a porta de casa, como se estivesse se lembrando de que precisava entrar de novo por ela antes que isso terminasse. Renée usou esse momento para se inclinar adiante, enfiar a mão embaixo do painel e ligar o sistema de áudio e vídeo. O carro era equipado com três câmeras escondidas e microfones para gravar compras de drogas sob disfarce. Agora captaria tudo que fosse dito ou feito ali dentro a partir desse momento, e o registro seria armazenado em um chip no gravador localizado no porta-malas.

— Certo, preciso começar dando os avisos padrões dos seus direitos — disse ela. — O departamento exige isso em todas as entrevistas, mesmo se a pessoa não for suspeita, por causa de decisões adversas nos tribunais que...

— Olha, não sei. Você disse que só queria conversar, e agora está dizendo quais são os meus direitos? Isso não é...

— Certo, escute, só preciso informar seus direitos e perguntar se o senhor os entende. Nesse ponto, o senhor tem duas opções: falar comigo ou não falar comigo, e nós prosseguimos a partir daí.

Hoyle balançou a cabeça e pôs a mão na maçaneta. Renée soube que estava a ponto de perdê-lo.

Apertou o botão que baixava a janela. Chamou Bosch, que deu a volta no carro. Em seguida, pegou o rádio no console central e estendeu para ele.

— Talvez a gente precise de um carro para o transporte do custodiado — disse. — Pode cuidar disso?

— Posso.

Bosch estendeu a mão para o rádio.

— Espera, espera — disse Hoyle. — Meu Deus, está bem, leia os meus direitos. Eu falo só para acabar com isso.

Renée pegou o rádio de volta e Bosch assentiu. A coisa estava andando como eles tinham imaginado.

Ela levantou a janela e se virou para Hoyle. De memória, pronunciou o Aviso de Miranda e ele reconheceu que entendia quais eram os seus direitos e que concordava em falar com ela.

– Certo – disse ela. – Vamos conversar.

– Faça suas perguntas.

– Depois de se encontrar conosco no memorial, ontem, para quem o senhor telefonou?

– Telefonei? Não telefonei para ninguém. Vim para casa.

– Eu lhe dei o meu cartão. Preciso saber com quem o senhor falou sobre mim.

– Estou dizendo, não falei com ninguém.

Hoyle tinha levantado a voz o suficiente para Bosch escutar. Este olhou para Ballard por cima do ombro. Ela assentiu ligeiramente. Bosch pegou seu telefone e começou a dar um telefonema. Afastou-se do paralama dianteiro e foi até a frente do carro enquanto esperava a conexão.

– Para quem ele está ligando? – perguntou Hoyle.

– Não sei. Mas o senhor precisa pensar com cuidado, Dr. Hoyle.

Renée fez uma pausa, observando Bosch. Ele segurou o telefone junto ao ouvido por alguns instantes, depois encerrou o telefonema. Renée olhou para o celular que ainda estava na mão de Hoyle. A tela permanecia escura. Hoyle não tinha mandado a mensagem de "Informe" para Bonner – pelo menos, não pelo telefone que ele estava segurando. Agora Renée precisava pensar em quem teria feito isso.

– Pensar com cuidado em quê? – perguntou Hoyle.

– Esse é um dos momentos em que a decisão que o senhor tomar afetará o resto da sua vida.

Hoyle se virou para a porta e de novo estendeu a mão para a maçaneta.

– Agora você está me amedrontando. Vou sair.

– Se sair, na próxima vez em que me vir será quando eu chutar sua porta com um mandado de busca e arrastá-lo de lá na frente dos seus vizinhos.

Hoyle se virou de volta para ela.

– *O que você quer?*

– O senhor sabe o que eu quero. Para quem telefonou depois que nos encontrarmos no memorial?

– Para ninguém!

Renée começou a estender a mão para o banco de trás do carro.

– Quero que o senhor olhe uma coisa, doutor.

Ela pegou duas pastas grossas no piso do banco de trás e pôs no colo.

– Quero que saiba que estamos de olho no senhor desde Albert Lee e John William James.

– Mas por que estão de olho em mim?

– Pelos contratos de antecipação de recebíveis, a fraude com o seguro, a empresa que o senhor e seus amigos montaram, os assassinatos...

– Ah, meu Deus, isso não pode estar acontecendo.

– Está. E é por isso que o senhor precisa fazer uma escolha, aqui. Ajudar ou atrapalhar. Porque, se não puder me ajudar, eu vou atrás do próximo sócio. Se ele não ajudar, vou para o próximo. Alguém vai ser inteligente ou dar uma de esperto. E aí vai ser tarde demais para os outros. Só preciso colocar alguém de dentro na frente do grande júri. Eu achava que seria o senhor, mas isso não importa.

Ele se inclinou adiante, e por um momento Renée pensou que o sujeito vomitaria no piso, na frente do banco. Mas então ele voltou a se inclinar para trás, de olhos fechados, com sofrimento gravado no rosto.

– Isso tudo é culpa do Jason – disse. – Eu nunca deveria...

– Jason Abbott? – perguntou Renée.

– Não, não vou dizer mais nenhuma palavra a não ser que você prometa me proteger. Ele vai mandar o cara dele atrás de mim.

– Nós podemos protegê-lo. Mas nesse momento o senhor precisa me dar o que eu preciso. Com quem o senhor falou sobre mim depois do memorial? Essa é a primeira pergunta.

– Certo, certo. Contei ao Jason. Disse que a polícia tinha me arrochado e ele gritou comigo por ter ido àquele lugar.

– O senhor sabe quem é Christopher Bonner?

– Não, não sei.

– Quem encontrava as pessoas para quem o senhor e os outros emprestavam dinheiro?

– Jason tinha alguém. Eu nunca me envolvi.

– O senhor não sabia que ele mandaria...

– Não! Nunca. Não sabia de nada disso até que ele fez. E aí era tarde demais. Eu fiquei parecendo culpado. Todos nós ficamos.

– E então apenas foi em frente com isso.

– Eu não tinha escolha. Você não vê? Eu não queria ser morto. Olha o que aconteceu com o J.W.

– John William James.

– É. O J.W. disse "chega" ao Jason, e olha o que aconteceu com ele.

– Quantos foram?

– Quantos o quê?

– O senhor sabe o que estou perguntando. Quantas vezes o empréstimo levou à morte de alguém?

Hoyle baixou a cabeça com vergonha e fechou os olhos. Renée avisou:

– Se o senhor mentir para mim uma vez, não vou mais ajudá-lo.

– Foram seis. Não, sete. Javier Raffa foi o número sete.

– Incluindo James?

– É. É.

Renée olhou para Bosch através do para-brisa. Ele estava de olho no que acontecia dentro do veículo, sem conseguir ouvir o que Hoyle dizia. Os dois se encararam e Renée assentiu. Tinha conseguido. Hoyle estava gravado em vídeo.

– Volte para dentro, doutor – disse ela. – Não conte a ninguém sobre isso. Se contar, eu vou saber e vou enterrar o senhor.

– Está bem. Mas o que eu faço agora?

– Só espere. O senhor vai receber notícias de um detetive chamado Bettany. Ross Bettany. Ele dirá ao senhor o que deve fazer.

– Está bem.

– Pode sair agora.

34

Bosch tinha trazido uma garrafa térmica com café. Quando Renée o apanhou, ele saiu com a garrafa e dois copos. Renée disse que eles não estavam indo para uma tocaia, mas ele respondeu: *a gente nunca sabe*.

Bosch sempre fora uma espécie de guru de investigação de homicídios para Renée. Desde a noite em que ela o pegou examinando pastas no bureau D – muito depois de ele ter se aposentado. Ela não tinha certeza se era sabedoria ou experiência, ou se a experiência trazia a sabedoria, mas sabia que ele jamais era apenas um apoio. Era o sujeito que Renée sempre procurava nas horas de aperto, e ela confiava nele.

Só chegaram à casa de Jason Abbott depois da uma da madrugada. A casa estava escura e não houve resposta às repetidas batidas à porta. Os dois avaliaram se ele sabia que o cerco ao seu redor estava se fechando e, por isso, havia fugido. Mas isso não se encaixava aos fatos conhecidos. Ele podia já saber que Bonner estava morto, mas até mesmo essa era uma possibilidade remota, já que o homem que tirara a própria vida no apartamento de Renée não portava identificação. Renée sabia que era Bonner porque o reconheceu. Mas sua identidade só seria liberada pelo Instituto Médico Legal depois de ser confirmada pelas digitais e outros meios.

Renée acreditava que, na melhor das hipóteses, Abbott só saberia que Bonner estava desaparecido em ação. O matador não tinha respondido à mensagem de texto, nem prestado contas de nenhum modo. Abbott podia ter passado pelo bairro de Renée e visto a atividade da polícia, mas, de novo, não parecia provável que ele tivesse informações suficientes que o fizessem fugir.

Renée era a única pessoa que conhecia o quadro geral e não o compartilhara com ninguém além de Bosch.

Decidiram ficar um tempo e ver se Abbott retornaria. E era aí que o café na garrafa térmica entrava.

– Como você sabia que a gente pararia aqui, talvez a noite toda? – perguntou Renée.

– Não sabia. Só vim preparado.

– Você é que nem aquele cara nos livros do Wambaugh, O Original. Não, O Oráculo. Eles o chamavam de Oráculo porque sempre sabia de tudo bem antes.

– Gosto de *O Original*.

– Harry Bosch, O Original. Maneiro.

Ele levou a mão ao banco de trás para pegar a garrafa térmica.

– Algum dia você se vê parando? – perguntou Renée.

– Acho que, quando eu parar, tudo para, sabe?

Ele pôs os dois copos no painel e se preparou para servir o café.

– Quer um pouco?

– Claro, mas você pode dormir, se quiser. Esse é o meu horário normal, então vou ficar numa boa.

– As horas sombrias pertencem a você.

– É isso aí.

Ele entregou a ela um copo de café puro, avisando:

– Está quente.

– Obrigada. Mas é sério. Eu dormi bem até o Bonner me acordar. Basta um copo e eu vou estar em condições de funcionar a noite toda. Pode dormir.

– Veremos. Vou te fazer companhia pelo menos por um tempo. E o carro? O pessoal da narcóticos não vai precisar dele de volta de manhã?

– Se você me perguntasse isso há um ano, a resposta seria... bom, para começo de conversa eu não teria pego o carro. Mas agora, depois do George Floyd, com o mundo concentrado no combate à Covid, a falta de verbas no departamento e todo o resto? Ninguém está fazendo merda nenhuma. Eu nem pedi esse carro. Só peguei porque não vão sentir falta dele.

– Eu não sabia que a coisa estava tão ruim.

– Muita gente está só empurrando com a barriga. Os crimes aumentaram, mas as prisões diminuíram. E muita gente está largando o serviço.

Preciso ser honesta, estou até pensando em largar, Harry. Você acha que precisa de uma parceira?

Ela disse isso rindo, mas, em muitos sentidos, falava sério.

– Quando quiser, desde que você não precise de pagamento regular. Falta muito para você receber uma pensão, não é?

– É, mas pelo menos vou receber de volta o dinheiro que depositei no fundo de aposentadoria. Além disso, acho que eu poderia voltar a dormir na praia.

– Você vai precisar de outro cachorro.

Renée sorriu, depois pensou em Pinto, o cachorro que ela deveria conhecer em breve. Mas ele não seria grande coisa como cão de guarda.

– Mesmo assim – disse Bosch. – É sempre mais fácil mudar uma organização por dentro. Os protestos de rua não vão fazer isso.

– Você acha que eu posso chegar ao comando? A pessoa precisa estar no décimo andar para mudar alguma coisa.

– Não necessariamente. Sempre pensei que se a gente lutar o bom combate, isso é percebido. E aí talvez o próximo cara faça a mesma coisa. A coisa certa.

– Não creio que ainda seja esse tipo de departamento.

Ela tomou um gole do café quente e pensou ter reconhecido a qualidade imediatamente. Levantou o copo num brinde.

– Onde você consegue essa coisa? – perguntou.

– Minha filha. Ela vive experimentando coisas diferentes, depois passa para mim. Esse ficou bom. Eu gosto.

– Eu também. Maddie tem um gosto ótimo. Você disse que ela está com um namorado?

– É, os dois estão morando juntos. No seu bairro, na verdade. Ainda não fui lá. Não me convidaram.

– Onde é?

– Você desce pela Franklin e pega a primeira à esquerda depois da ponte Shakespeare, na St. George. Lá em cima, perto do reservatório.

– Mas você disse que nunca foi lá.

– Bom, você sabe, eu precisava verificar. Não estive lá dentro, digamos assim.

– Você é um tremendo paizão. Quem é o cara? Você está preocupado?

– Não, ele é um garoto bom. Trabalha no cinema, construindo cenários.

– É um trabalho sindicalizado, não é?

– É. O IATSE, local trinta e três. Ele está indo bastante bem, e os dois só têm isso para viver, com ela na academia. O negócio andou devagar para ele no ano passado, agora está melhorando. Mas eu ajudei um pouco, para eles se virarem.

– Você alugou a casa para eles, não foi?

– Bom, eu ajudei os dois a começarem, é.

– Você é um tremendo paizão.

– Você já disse. Hoje em dia, estou parecendo mais um avô.

– Qual é! Você ainda tem um bocado de casos em que trabalhar, Harry.

– Especialmente se arranjar uma parceira.

Renée sorriu e os dois ficaram num silêncio tranquilo. Mas então ela se sentiu mal por ter criticado o departamento em que a filha dele queria entrar.

– Desculpe o que eu falei antes, sobre o departamento. É só um ciclo, e quando Maddie sair da academia, vai fazer parte do novo DPLA.

– Espero que sim.

Voltaram a ficar em silêncio, e depois de um tempo ela ouviu a respiração calma de Bosch. Olhou. Ele tinha acabado de baixar a cabeça e começado a dormir. Ainda segurava o copo vazio. Isso é que era habilidade.

Ela pegou seu telefone e verificou as mensagens. Garrett Single tinha mandado um e-mail com a gravação da conversa pelo FaceTime, de quando verificou se Bonner estava adequadamente entubado durante a traqueostomia. Renée baixou o volume e começou a assistir ao vídeo, mas parou quando percebeu que não queria ver Bonner.

Em vez disso, abriu o navegador do telefone e entrou no site do Wags and Walks. Navegou até a página de Pinto, o cachorro que conheceria em breve. Havia várias fotos dele, tiradas no abrigo.

Um vídeo curto mostrava o cachorro interagindo com os cuidadores provisórios. Ele parecia atento e querendo agradar, mas também cauteloso e talvez carregasse cicatrizes de experiências passadas. Mesmo assim, Renée tinha uma sensação boa em relação a Pinto. Mal podia esperar para conhecê-lo e levá-lo para casa.

Fechou o vídeo quando ouviu um ping. A princípio achou que era o telefone de Bosch. Mas então o som se repetiu e ela percebeu que vinha do telefone pré-pago de Bonner no ziplock, que estava no bolso do seu casaco. Pegou o saco e conseguiu abrir o telefone sem tirá-lo do plástico.

A mensagem tinha apenas três letras: E AÍ?

Renée olhou para Bosch. Ele ainda estava dormindo, de cabeça baixa. Ela queria responder e tentar convencer a pessoa que estava mandando a mensagem para Bonner a se encontrarem. Seria bom ter o conselho de Bosch – havia considerações legais para a resposta à mensagem –, mas ela não queria acordá-lo.

Olhando o telefone, viu que a bateria estava baixa, e o conector de carga não parecia se encaixar com o carregador do iPhone. Logo o celular ficaria inútil, a não ser que fosse carregado.

Num impulso, começou a digitar um texto de resposta:

```
Complicações. Vamos nos encontrar no lab.
```

Esperou, e em um minuto o telefone começou a tocar com uma chamada do número para o qual tinha mandado a mensagem. Recusou a chamada e mandou outra mensagem.

```
Não posso falar. Rodando.
```

Recebeu uma resposta imediata:

```
Que complicações?
```

Ela digitou imediatamente:

```
Conto no Crown. S ou N?
```

Passou-se mais de um minuto. E depois:

```
Quando?
```

Sem demora ela digitou:

```
Agora. Deixe o portão aberto.
```

Esperou uma resposta, mas não veio nenhuma. Precisava presumir que o encontro estava de pé. Virou a chave do Mustang e olhou para Bosch. O barulho do motor o acordou. Ele abriu os olhos.

– Estamos indo – disse Renée. – Marquei um encontro no Crown Labs.
– Com quem?
– Ainda não sei.

35

O portão do Crown Labs fora deixado aberto, como combinado. Havia um único carro no estacionamento quando Renée e Bosch chegaram. Era um Tesla Modelo S com uma placa especial em que se lia 2TH DOC. Renée parou logo atrás, de modo que ele não pudesse sair.

– Vejamos se Hoyle estava contando a verdade – disse ela.

Em seguida, tirou o rádio do carregador e fez uma pesquisa da placa pelo centro de comunicações. Era um registro corporativo. O carro pertencia a uma empresa chamada 2th-Doc LLC.

– É uma das empresas que pertencem ao laboratório, pela minha pesquisa – disse Bosch. – Jason Abbott é o CEO.

– É isso aí.

Saíram e se aproximaram da porta que tinha a placa com o dente de desenho animado. Renée viu que eles estavam embaixo de uma rota dos aviões que iam para o aeroporto de Burbank. Não havia voos operando a essa hora da noite, mas o leve cheiro de combustível de jatos ainda pairava no ar.

Renée verificou a linha do telhado e notou as câmeras nos cantos da frente do prédio e em cima da porta. Eles não surpreenderiam ninguém lá dentro.

A porta estava destrancada. Renée a abriu e entrou primeiro, com Bosch logo atrás. Chegaram a uma pequena área de recepção, vazia, que parecia ser um local para receber entregas de suprimentos para o laboratório, e não pessoas. Estava totalmente silenciosa.

Renée olhou para Bosch. Ele assentiu na direção de um corredor escuro atrás do balcão de recepção. Ela tirou do coldre a arma que pegara emprestada com Bosch e a segurou ao lado do corpo, enquanto passava ao redor do balcão.

As luzes do corredor estavam apagadas, mas Renée não viu nenhum interruptor na parede para ligá-las. Havia várias portas abertas que levavam a espaços escuros e uma entrada iluminada à esquerda, perto do fim do corredor. Renée passou lentamente pela primeira porta. Enfiou a mão junto à parede interna, onde achava que poderia haver um interruptor de luz. Encontrou-o, e as luzes do teto se acenderam, revelando um grande laboratório com várias estações de trabalho e equipamentos e suprimentos para fazer implantes e coroas dentárias.

Seguiu pelo corredor, cada vez mais consciente da situação precária dos dois.

– DPLA – gritou. – Jason Abbott, apareça.

Houve um longo silêncio seguido pelo que parecia um grito abafado no final do corredor. Renée começou a se mover rapidamente em direção à porta iluminada, levantando a arma com as duas mãos.

– DPLA! – gritou. – Estou entrando!

Agachou-se enquanto passava pela porta. Podia ouvir os passos de Bosch logo atrás.

Entraram em um escritório grande, com uma área de estar à esquerda e uma escrivaninha à direita. No meio, havia um homem sentado numa cadeira. Estava parcialmente amordaçado: um pedaço de pano branco fora enfiado em sua boca e preso por braçadeiras de plástico, que envolviam a cabeça e passavam por cima da boca. Braçadeiras de plástico também prendiam os pulsos do homem aos braços da cadeira, e os tornozelos, às pernas.

Renée fez uma varredura da sala com a arma, para garantir que não havia mais ninguém presente. Depois verificou a porta aberta que dava num pequeno banheiro à direita, atrás da mesa. Em seguida, guardou a arma no coldre e voltou ao centro da sala.

– Harry? Você...

– Certo.

Bosch entrou, abrindo um canivete que tirou de um bolso. Primeiro trabalhou na mordaça, afastando a braçadeira do maxilar do sujeito para cortá-la. Em seguida, tirou o pano da boca do homem e o largou no chão. Renée notou que era uma toalhinha, provavelmente apanhada no banheiro.

– Ah, graças a Deus – disse o homem. – Achei que ele voltaria primeiro.

Bosch passou a cortar as braçadeiras dos pulsos e dos tornozelos.

– Quem é o senhor? – perguntou Renée. – O que aconteceu aqui?

– Sou Jason Abbott. Dr. Jason Abbott. Vocês me salvaram.

Ele estava usando jeans e uma camisa azul-claro, de botões, com a bainha para fora da calça. As braçadeiras de plástico tinham deixado marcas nas bochechas. Ele tinha pele avermelhada e olhos azuis sob fartos cabelos escuros, encaracolados.

Quando seus pulsos foram soltos, ele começou a esfregá-los imediatamente para trazer a circulação de volta.

– O que aconteceu? – repetiu Renée. – Quem fez isso com o senhor?

– Um homem. O nome dele é Christopher Bonner. É um ex-policial. Ele me amarrou.

Depois de se agachar para cortar as braçadeiras dos tornozelos de Abbott, Bosch se levantou e recuou. Abbott baixou a mão e esfregou os tornozelos, exagerando a ação, e depois se levantou inseguro e tentou dar alguns passos. Rapidamente estendeu as mãos e se apoiou na frente da mesa.

– Não estou sentindo os pés – disse. – Estou amarrado há horas nessa cadeira.

– Dr. Abbott, sente-se aqui no sofá – pediu Renée. – O senhor precisa contar exatamente o que aconteceu.

Renée segurou Abbott pelo braço e o ajudou a ir, inseguro, da mesa até o sofá, onde se sentou.

– Bonner veio aqui e me amarrou.

– Quando foi isso?

– Mais ou menos às duas horas. Ele entrou, estava com uma arma, e eu precisei deixar que ele me amarrasse com essas coisas de plástico. Não tive escolha.

– Duas da tarde ou da madrugada?

– Duas da tarde. Há umas doze horas. Que horas são, afinal?

– Já passam das quatro.

– Meu Deus. Fiquei quatorze horas naquela cadeira.

– Por que ele amarrou o senhor?

– Porque ia me matar, acho. Disse que precisava fazer uma coisa, e acho que queria que eu estivesse vivo e sem álibi quando ele fizesse isso. Depois voltaria e faria parecer que eu é que tinha cometido o crime. Ia me matar, fazer parecer que era suicídio ou alguma outra coisa, e eu ficaria com a culpa.

– Ele contou tudo isso?

– Sei que parece fantástico, mas é verdade. Ele não me contou tudo. Mas fiquei sentado aqui durante quatorze horas, porra, e deduzi. Quero dizer, por que outro motivo ele me amarraria e me manteria aqui?

Renée sabia que, quanto mais mantivesse Abbott falando, mais a história dele ficaria implausível e as falhas apareceriam.

– O que ele precisava ir fazer? – perguntou.

– Não sei. Mas acho que ia matar alguém. É isso que ele faz.

– Como o senhor sabe?

– Ele me disse. Me disse na cara. Esse sujeito me controla há anos. Ele tem me chantageado, me ameaçado, me obrigado a fazer coisas. E não só eu. Todos nós.

– Quem são "todos nós", Dr. Abbott?

– Meus sócios. Eu tenho sócios no laboratório, e o Bonner chegou e assumiu o controle. Quero dizer, ele era policial. Nós ficamos com medo. Fizemos o que ele mandava.

Renée teve de presumir que Abbott não sabia que Bonner estava morto. Mas tentar pôr a culpa no ex-policial era provavelmente o melhor ardil que ele pôde imaginar ao vê-la com Bosch pelas câmeras externas do laboratório e deduzir que não fora Bonner que mandara as mensagens sobre "complicações".

– Então o senhor acha que isso era uma espécie de plano elaborado da parte do Bonner?

– Não sei. Pergunte a ele. Se conseguir encontrá-lo.

– Ou o senhor acha que foi uma coisa de momento?

– Eu já disse que não sei.

– Porque eu notei essas braçadeiras de plástico que prendiam o senhor à cadeira, que vieram do laboratório no final do corredor. Vi algumas no chão, lá.

– É, então ele deve ter apanhado quando voltou para cá.

– Quem deixou que ele entrasse no prédio?

– Eu. Nós estávamos fechados hoje, emendamos com o feriado do fim de semana. Eu estava aqui sozinho, fazendo um trabalho, e ele tocou a campainha do portão. Eu não tinha ideia do que ele ia fazer. Deixei que ele entrasse.

Renée chegou mais perto do sofá.

– Me deixe ver os seus pulsos.

– O quê? Você vai me prender? Por quê?

– Quero ver os seus pulsos – disse Renée, com calma.

— Ah.

Ele estendeu as mãos, expondo os pulsos abaixo dos punhos da camisa. Renée não viu nenhum sinal de ferimento, nem qualquer marca que ficaria caso Abbott tivesse permanecido preso por tanto tempo quanto dizia. A própria Renée tivera essa experiência uma vez e sabia como os pulsos dele deveriam estar.

— Por que o senhor não perguntou qual era o meu nome? — perguntou Renée.

— Ah, não sei. Acho que só pensei que você diria em algum momento.

— Sou Ballard. A pessoa que o senhor mandou Bonner matar.

Por um momento tudo parou e ficou em silêncio enquanto Abbott registrava as palavras.

— Espera aí — disse ele, então. — O que você está falando? Eu não mandei ninguém a lugar nenhum.

— Qual é, Dr. Abbott, essa coisa toda aqui, a toalhinha e as braçadeiras, o senhor fez isso. Não foi uma tentativa ruim, para o tempo que o senhor teve, mas o senhor não vai enganar ning...

— Está maluca? O Bonner me amarrou. Se ele tentou matar você, fez isso por conta própria. E ele ia me culpar por isso. Nós dois somos vítimas.

Renée podia visualizar como Abbott tinha feito a coisa. Primeiro a mordaça, deixando-a suficientemente frouxa para que ele pudesse trincar os dentes. Renée notara como ela estava frouxa quando Bosch começou a cortá-la.

Em seguida, ele prendeu os pés às pernas da cadeira. Depois, colocou uma braçadeira frouxa num dos braços da cadeira, em seguida prendeu um pulso do outro lado, antes de passar a mão livre pela braçadeira frouxa e apertá-la usando os dentes. Olhou para Bosch, para ver se eles estavam em sintonia, e ele assentiu ligeiramente. Ela olhou de volta para Abbott.

— Eu poderia me sentar naquela cadeira e em dois minutos me prender como o senhor fez — disse ela. — Sua história é uma merda, Dr. Abbott.

— Você entendeu errado. Eu sou a vítima aqui.

— Cadê o seu telefone?

— Meu telefone?

— É, o seu celular. Onde está?

Pelos olhos e pela reação dele, Renée viu que Abbott percebeu que deixara passar uma coisa e que havia uma falha na sua história. Tinha deixado uma coisa fora do plano.

– Está ali na mesa – disse.

Renée olhou e viu um iPhone na mesa.

– E o pré-pago? – perguntou.

– Que pré-pago? Não há nenhum pré-pago.

Renée olhou para Bosch e assentiu.

– Ligue, Harry – disse.

Bosch pegou seu celular e ligou para o número que tinha mandado as mensagens para o pré-pago de Bonner.

– O que ele está fazendo? – perguntou Abbott. – Para quem ele está ligando?

Houve um zumbido na sala.

– Ele está ligando para o senhor – respondeu Renée.

Ela acompanhou o som até a mesa. O zumbido continuava soando em intervalos. Renée começou a abrir gavetas, tentando encontrá-lo. Quando puxou a gaveta de baixo, o som ficou mais alto. Ali, perto de uma caixa de envelopes e uma pilha de blocos de notas adesivas, havia um celular preto igual ao que Ballard encontrara com Bonner.

– O senhor se esqueceu disso, não foi? – perguntou ela.

– Isso não é meu. O Bonner, ele pôs aí!

Renée não tocou no telefone porque presumiu que somente as digitais de Abbott seriam encontradas nele. E se não houvesse digitais, eles procurariam DNA. Fechou a gaveta. Aquela seria uma prova fundamental e ela alertaria Ross Bettany que a usasse.

Deu a volta na mesa e foi na direção do sofá.

– De pé, Dr. Abbott – ordenou.

– Para quê? – exclamou ele. – O que está acontecendo?

– O senhor está preso pelo assassinato de Javier Raffa – respondeu Renée. – E isso é só o começo.

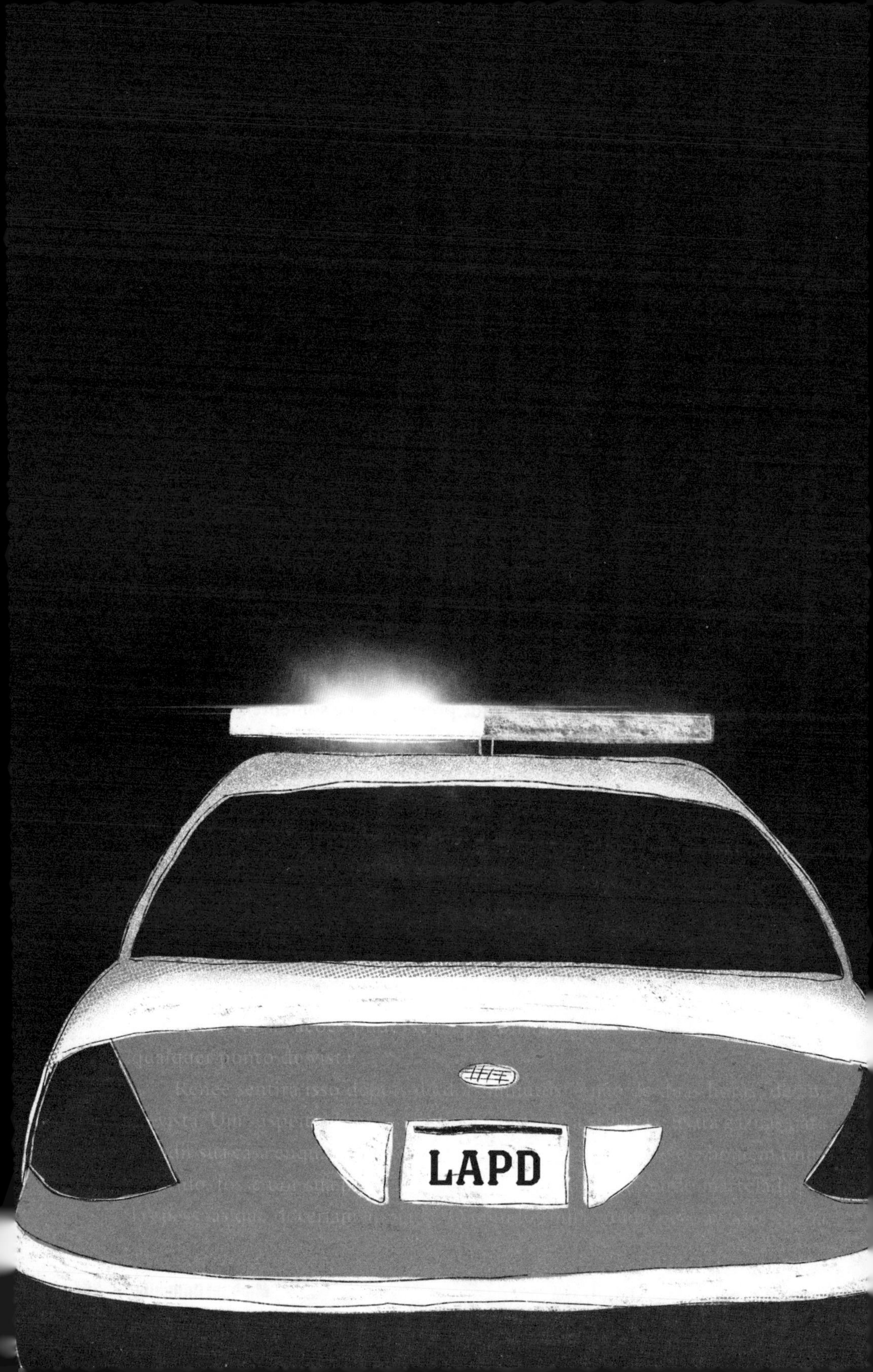
LAPD

TERCEIRA PARTE
A INSURREIÇÃO

36

Renée pediu um carro da Divisão de North Hollywood, que ficava ali perto, para transportar Abbott até a cadeia de Van Nuys, onde ele foi fichado por suspeita de assassinato. Depois disso, deixou Bosch em casa e foi para a delegacia de Hollywood, onde passou as três horas seguintes trabalhando na papelada para justificar a prisão e montando o pacote do caso para a promotoria e para Ross Bettany, que presumivelmente o levaria a um promotor, para dar continuidade aos procedimentos pós-prisão.

Às nove horas estava imprimindo tudo isso e anexando as páginas nas três argolas do livro do assassinato, quando Bettany apareceu com sua parceira, Denise Kirkwood.

Renée encarou Bettany.

– Esse é o seu dia de sorte.

– Como assim? – perguntou ele.

– Consegui para vocês um sujeito de dentro, disposto a falar para salvar o próprio rabo. E fichei seu primeiro suspeito há umas quatro horas.

– Você fez o quê?

Renée estalou as argolas do fichário, fechou-o e o entregou a ele.

– Está tudo aqui. Leia e me ligue se tiver alguma pergunta. Trabalhei a noite inteira, então, vou sair agora. Boa sorte, mas acho que vocês não vão precisar. Está tudo aí.

Renée deixou Bettany de boca aberta e Kirkwood com um sorriso do tipo "é isso aí, garota". Voltou ao seu carro e foi para o oeste até chegar a um corredor industrial ao longo da via expressa 405. Num pátio cercado e com o som da via expressa elevada zumbindo acima, sentou-se num banco com Pinto, o mestiço de chihuahua resgatado que ela poderia pegar. O cachorro marrom e branco pesava quatro quilos, tinha focinho comprido de terrier e uma expressão esperançosa nos olhos cor de âmbar. Deram meia hora para Renée decidir, mas ela demorou menos de dez minutos.

O cachorro veio com uma caixa de metal para transporte, um saco de dois quilos de comida seca e uma guia com uma bolsinha de sacos para as fezes. Renée levou-o à praia perto da Channel Road, na boca do cânion de Santa Monica, onde se sentou de pernas cruzadas num cobertor e o deixou correr sem a guia.

Ali a praia tinha o ponto mais fundo ao longo do litoral do condado e estava quase deserta. O céu estava límpido, e um ligeiro frio vinha do Pacífico num vento com força suficiente para jogar areia no cobertor. Renée conseguia enxergar até a ilha Catalina e a silhueta dos petroleiros que saíam do porto atrás de Palos Verde.

O cachorro tinha ficado cinco semanas num canil. Renée adorou vê-lo correr para um lado e para o outro na areia diante dela. Ele sabia instintivamente que não deveria se afastar. Olhava para ela a intervalos de alguns segundos e parecia perceber que ela o havia salvado de um futuro sombrio.

Quando finalmente se cansou, o cachorro subiu no seu colo para dormir. Ela fez carinho e disse que agora tudo ficaria bem.

Ele estava ali quando Renée recebeu o telefonema que vinha esperando desde que deixara Bettany e Kirkwood com o livro do assassinato. Era o tenente Robinson-Reynolds informando que ela fora suspensa por insubordinação até segunda ordem. O tenente foi formal e usou uma voz monótona para dar a notícia, mas depois abandonou o tom oficial e expressou a decepção, dizendo o que as ações dela significavam para ele.

– Você me deixou mal, Ballard. Você me envergonhou, trabalhando a noite toda nisso e me deixando saber pelo comando do Bureau Oeste. Espero que te expulsem do departamento por causa disso. E vou estar bem aqui, esperando para ajudar.

E desligou antes de ouvir a resposta.

– Eles tentaram me matar – disse ela para o telefone mudo.

Pousou o telefone no cobertor e olhou para o mar preto-azulado. Insubordinação era uma ofensa passível de expulsão. Suspensa até segunda ordem significava que o departamento tinha vinte dias para readmiti-la ou levá-la a uma audiência no Conselho de Direitos, que era essencialmente um julgamento, em que um veredicto de culpa poderia resultar no afastamento definitivo.

Não se incomodou com nada disso. Já esperava que as coisas chegassem a esse ponto desde o momento em que escondera o telefone de Bonner em sua gaveta de bagulhos. Naquele momento, ultrapassara os limites aceitáveis do trabalho policial.

Pegou o telefone e ligou para a única pessoa que ela acreditava que se importaria com qualquer uma dessas coisas.

– Harry – disse. – Estou fora. Suspensa.

– Merda. Acho que a gente sabia que isso aconteceria. Como foi? CIP?

Conduta Indigna de um Policial era um crime menor do que insubordinação. Essa era uma sugestão esperançosa da parte de Bosch.

– Não. Insubordinação. Meu tenente disse que vão tentar me demitir. E que ele vai ajudar.

– Escroto.

– É.

– O que você vai fazer?

– Não sei. Provavelmente só vou passar uns dias na praia. Pegar onda, brincar com meu cachorro, pensar na vida.

– Você tem um cachorro novo?

– Acabei de pegar. Estamos nos dando muito bem.

– Quer um trabalho novo para combinar com o cachorro?

– Quer dizer, com você? Claro.

– A grana é pouca, mas você passaria facilmente pela verificação de antecedentes.

Renée sorriu.

– Obrigada, Harry. Vamos ver como as coisas andam.

– Estou aqui, se você precisar.

– Eu sei.

Renée desligou e pousou o telefone. Olhou para o mar, onde o vento levantava espuma branca nas ondas que traziam a maré.

37

Na noite de terça-feira, Renée desligou o telefone, vestiu o agasalho de moletom e dormiu durante dez horas no sofá da sala, ainda não se sentindo pronta para voltar ao quarto, onde quase morrera. Acordou na quarta-feira sentindo dor, o corpo magoado pela luta com Bonner, além do apoio irregular dado pelo sofá. Pinto dormia enrolado junto aos seus pés.

Ligou o telefone. Apesar de suspensa, não tinha sido retirada do sistema de alerta geral do departamento. Viu que havia recebido uma mensagem anunciando que todas as divisões e unidades do departamento estavam entrando outra vez em alerta tático devido a distúrbios em Washington, D.C., e que eram esperados protestos na cidade. Isso significava que todo o departamento se mobilizaria em turnos de doze horas, para disponibilizar mais policiais nas ruas. Pela distribuição anterior, Renée estava no turno B, trabalhando das seis da noite às seis da manhã, segundo o plano de reação.

Pegou o controle remoto da TV e ligou na CNN. A tela se encheu imediatamente com imagens de pessoas, hordas inteiras, invadindo o Capitólio dos Estados Unidos. Ficou zapeando e a notícia estava em todos os canais abertos e a cabo. Os comentaristas chamavam aquele ato de insurreição, uma tentativa de impedir que a eleição presidencial acontecida dois meses antes fosse legitimada. Renée assistiu num silêncio atônito durante uma hora, sem sair do sofá, antes de finalmente mandar uma mensagem para o tenente Robinson-Reynolds.

Presumo que ainda estou no banco, não é?

Não precisou esperar muito pela resposta.

Fique no banco, Ballard. Não venha para cá.

Pensou em responder com um comentário sarcástico sobre ter sido acusada de insurreição dentro do departamento, mas deixou passar. Levantou-se, calçou um par de tênis e levou Pinto para seu primeiro passeio pela vizinhança. Foi até a Los Feliz Boulevard e voltou. As ruas estavam quase desertas. Pinto ficou perto, jamais esticando a guia. Lola sempre retesava a corda, avançando com todos os seus trinta quilos. Renée sentia falta disso.

Depois de voltar para casa e dar a Pinto um pouco da ração do Wags and Walks, retornou ao sofá. Nas duas horas seguintes, com o controle remoto na mão, ficou zapeando pelos canais e assistindo às imagens perturbadoras de completa ilegalidade, tentando compreender como as divisões no país tinham crescido a ponto de indivíduos sentirem necessidade de invadir o Capitólio e tentar mudar o resultado de uma eleição em que 160 milhões de pessoas tinham votado.

Cansada de assistir e pensar no que via, pegou duas barras energéticas e um pouco mais de ração para o cachorro. Na garagem, pôs a prancha de stand up e a míni nos racks do teto do Defender. Já ia entrar no carro quando uma voz veio de trás.

– Vai surfar?

Renée girou. Era o vizinho. Nate, do 13.

– O quê? – perguntou ela.

– Vai surfar? O país está desmoronando, há protestos em toda parte, e você vai surfar. Você é policial, não devia estar... não sei... fazendo alguma coisa?

– O departamento está funcionando em turnos de doze horas. Se todo mundo for trabalhar agora, não vai haver ninguém para trabalhar à noite.

– Ah, certo.

– O que *você* está fazendo?

– Como assim?

– Que porra você está fazendo, Nate? Vocês odeiam a gente. Vocês odeiam os policiais até a merda chegar, e aí precisam de nós. Por que *você* não vai lá e faz alguma coisa?

Renée se arrependeu imediatamente de ter dito isso. As frustrações com seu trabalho e com a vida tinham acabado de disparar contra a pessoa errada.

– Vocês são pagos para proteger e servir – disse Nate. – Eu, não.

– É, certo. Tudo bem.

– Isso aí é um cachorro?

Ele apontou para Pinto, através da janela do carro.

– É, é o meu cachorro.

– Você precisa da aprovação da associação de moradores para isso.

– Eu li as regras. Posso ter um cachorro com menos de dez quilos. Ele não pesa nem cinco.

– Mesmo assim, você precisa de aprovação.

– Bom, você é o presidente, certo? Está dizendo que não aprova que eu tenha um cachorro num apartamento onde, de algum modo, um homem conseguiu passar pela segurança do prédio, invadir e me atacar?

– Não. Estou dizendo que existem regras. Você precisa fazer um pedido e receber a aprovação.

– Certo. Vou fazer isso, Nate.

Ela o deixou ali e entrou no Defender. Pinto pulou imediatamente no seu colo e lambeu seu queixo.

– Tudo bem – disse Renée. – Você não vai a lugar nenhum.

Uma hora depois, estava remando para o oeste ao longo da Sunset, com o cachorrinho no nariz da prancha, alerta, mas tremendo. Era uma experiência nova para ele.

O sol e o ar salgado trabalharam fundo nos seus músculos e aliviaram a tensão e a dor. Era um bom exercício. Remou durante noventa minutos: quarenta e cinco na direção de Malibu e quarenta e cinco de volta. Estava exausta quando entrou na barraca que montara na areia e tirou um cochilo, com Pinto dormindo no cobertor aos seus pés.

Só voltou para casa depois do anoitecer. De propósito, deixara o telefone para trás e descobriu que havia acumulado várias mensagens durante o dia. A primeira era de Harry Bosch, querendo saber como ela estava e mencionando que achava que tinha visto tudo na vida, mas jamais esperava ver o Capitólio invadido por seus próprios cidadãos.

A segunda mensagem era uma notificação formal de que uma audiência no Conselho de Direitos tinha sido marcada para dali a duas semanas, no Prédio da Administração Policial. Renée salvou a mensagem. Sabia que precisaria levar um advogado do sindicato. Mais tarde daria esse telefonema. Mas a mensagem seguinte era do sindicato, um policial chamado Jim Lawson dizendo que também tinham recebido a notificação sobre a audiência no Conselho de Direitos e estavam preparados para defendê-la. Renée salvou também essa e passou para a próxima, que tinha chegado às 14h15, de Ross Bettany.

– É, ah, Ballard, aqui é o Ross Bettany. Me ligue de volta. Preciso falar uma coisa com você. Obrigado.

A última mensagem tinha vindo duas horas depois e era de Bettany outra vez, com a voz um pouco mais intensa.

– Aqui é o Bettany. Preciso mesmo que você me ligue. Esse tal de Hoyle e o advogado dele dizem que só falam com você, que só confiam em você. Por isso a gente tem de pensar em alguma coisa. Obviamente precisamos começar a falar com o cara. Precisamos indicar o Abbott até amanhã de manhã, do contrário, o caso vai escorrer pelo ralo. Ligue para mim. Obrigado.

Depois de uma prisão e de um fichamento, o promotor tinha quarenta e oito horas para fazer as acusações e indiciar o suspeito ou rejeitar o caso. O fato de Hoyle estar com um advogado também acrescentava uma complicação. Renée supôs que Bettany tinha entregado ao promotor o que ela havia passado para ele, e que o funcionário que recebera a documentação exigiu mais alguma coisa: por exemplo, que Hoyle desse uma declaração formal, voluntária, em vez da gravação sub-reptícia que ela havia feito no carro.

Bettany deixara o número do celular junto com as duas mensagens. Renée pensou que ligar para ele talvez fosse uma violação às ordens de não realizar nenhum trabalho policial durante a suspensão, mas mesmo assim ligou.

– Você sabe que eu estou suspensa, não sabe?

– Sei, Ballard, mas você deixou um sanduíche de merda para mim.

– Nada disso, te dei um pacote prontinho, que você só precisava levar para a promotoria.

– É, eu fiz isso, mas eles disseram que não serve.

– Quem recebeu a papelada?

– Um carinha chamado Donovan. Um tremendo babaca.

– O que há de errado com o pacote?

– Você gravou o Hoyle sem o conhecimento dele. Hoyle já tem um advogado, um figurão chamado Dan Daly, que está gritando que foi uma armadilha. Assim que o Donovan escutou a gravação, viu problema. Em primeiro lugar, com quem você estava falando quando baixou a janela e disse que poderia precisar de um transporte para Hoyle?

Por um momento, René ficou imobilizada. Percebeu que tinha baixado a janela e falado com Bosch enquanto gravava Hoyle. Isso fazia parte do jogo, mas tinha sido um erro.

– Ballard? – instigou Bettany.

– Era Bosch, o cara que trabalhou no caso original. O assassinato de Albert Lee.

– Ele não está aposentado?

– É, está, mas eu o procurei para falar sobre o caso porque o livro do assassinato sumiu. Eu precisava que ele me contasse sobre a investigação e nós estávamos juntos quando o negócio do Hoyle aconteceu.

Houve silêncio enquanto Bettany digeria essa explicação incompleta.

– Bem, isso não é bom, mas não é o problema – disse finalmente. – O problema é que você disse a Bosch que poderia precisar de um transporte, e Donovan diz que essa é uma tática ameaçadora e coercitiva, que pode invalidar toda a gravação. Ele disse para eu repassar a coisa toda com o Hoyle, mas Hoyle diz que só fala com você. E isso é meio esquisito, porque você enganou o cara, mas ele só confia em você. É nesse pé que a gente está.

Agora Renée ficou em silêncio, pensando nessa mudança de sorte. Um erro que ela cometera agora trabalhava a seu favor. Disse:

– Eles precisam me readmitir se quiserem que eu faça a entrevista.

– É isso aí, sim. Nesse meio-tempo, o Donovan está trabalhando num acordo de imunidade com o Daly.

– Você contou a alguém sobre isso?

– Meu tenente sabe, e ele está falando com o seu, acho. Com alguém em Hollywood.

Renée quase sorriu, pensando na encrenca em que Robinson-Reynolds estava, tendo apostado na sua suspensão naquela manhã, com a resposta curta e grossa à sua mensagem de texto e agora precisando que ela voltasse ao trabalho para salvar um caso de múltiplos homicídios.

– E o Hoyle, onde está? – perguntou.

– Em casa, eu acho. Ou onde o Daly o enfiou.

– Certo, vou ligar para o meu tenente e falo de novo com você.

– Faça isso rápido, Ballard, está bem? Não queremos soltar esse tal de Abbott. Ele tem dinheiro e conexões para desaparecer, com certeza.

Renée desligou e telefonou imediatamente para o celular de Robinson-Reynolds. Ele não se incomodou com nenhum tipo de cumprimento e Renée não estava esperando isso.

– Renée, você falou com o Bettany?

– Acabei de falar.

– Bom, parece que na noite passada você caiu na merda com as suas armações, mas agora está saindo cheirando a rosas.

– Pois é. Estou readmitida ou não? Precisamos pegar o Hoyle esta noite. As vinte e quatro horas do Jason Abbott acabam de manhã.

– Estou trabalhando nisso. Marque a entrevista para esta noite. Você vai ser readmitida no instante em que entrar na sala.

– É uma readmissão permanente ou temporária?

– Veremos, Ballard. Não sou eu que vou decidir.

– Obrigada, tenente.

Disse isso com um sarcasmo animado. Desligou e, em seguida, ligou de volta para Bettany, confirmando:

– Tudo bem. Marque para essa noite e me ligue.

– Positivo – disse Bettany.

38

A entrevista de Dennis Hoyle aconteceu às oito da noite no bureau de detetives da Divisão de Van Nuys. Bettany, Kirkwood e Donovan estavam a postos e instruíram Renée sobre os pontos principais que precisavam entrar na gravação. Hoyle estava acompanhado por seu advogado, Daniel Daly, que examinou o acordo de delação premiada assinado por seu cliente. Hoyle estava se livrando com facilidade, assumindo ser culpado de conspiração para cometer fraude, em troca do testemunho contra Abbott e possivelmente outros. Quanto à sentença, ele correria o risco diante de um juiz. O acordo foi baseado em sua honestidade e sua afirmação de que jamais havia participado do planejamento, nem tinha conhecimento prévio dos assassinatos de pessoas que aceitavam empréstimos do consórcio. No papel, era o acordo mais doce que poderia existir, mas Donovan e seus superiores é que tinham decidido. Provavelmente o plano não verbalizado incluía um esforço para romper o acordo, pegando-o numa mentira. E, se isso não acontecesse, o juiz da sentença poderia ser informado sobre a extensão dos delitos que Hoyle cometera junto com seu bando e maximizar a sentença para o crime de conspiração.

Renée pediu que Bettany e os outros ficassem do lado de fora da sala do interrogatório, assistindo por um monitor. Como Hoyle dizia que só falaria com ela, Renée não queria que ele pensasse que ela e Bettany formavam uma equipe. Entrou na salinha cinza e sentou-se diante de Hoyle e do advogado. Colocou o telefone na coxa, uma concessão a Donovan, permitindo que ele mandasse alguma mensagem caso não gostasse do que visse na tela.

— Em primeiro lugar, preciso deixar claros os limites legais desta entrevista – disse Renée. – O senhor precisa declarar que entende que, se mentir diretamente para mim ou, de qualquer modo, se omitir, o acordo perderá o efeito e o senhor será processado por conspiração para cometer assassinato.

Hoyle abriu a boca para responder, mas Daly estendeu o braço, como um pai impedindo que uma criança andasse às cegas para o meio da rua.

— Ele entende – disse Daly. – Isso está no acordo.

— Mesmo assim quero ouvir diretamente dele – contrapôs Renée.

— Eu entendo – confirmou Hoyle. – Vamos acabar logo com isso.

— Sei que não está no acordo, mas também quero outra coisa – disse ela.

— O que é? – perguntou Daly.

— Quero que ele abra mão de qualquer direito sobre a propriedade que pertencia a Javier Raffa.

— Nem pensar – disse Daly.

— Então pode esquecer este acordo. Não vou deixar que ele se livre disso e tire o imóvel da família do homem que ele e seus coleguinhas escrotos mataram.

Imediatamente seu telefone zumbiu e Renée olhou para a mensagem de Donovan.

Que porra você está fazendo?

Ela levantou os olhos de volta, diretamente para Hoyle, esperando que sua expressão indignada o fizesse se submeter.

Dessa vez, Hoyle estendeu o braço para impedir o advogado.

— Tudo bem – disse ele. – Eu concordo.

— Você não precisa – reagiu Daly. – Nós já negociamos o acordo e isso não...

— Eu disse que está tudo bem – interrompeu Hoyle. – Quero fazer isso.

Renée assentiu.

— O assistente da promotoria vai preparar uma emenda ao acordo – disse ela.

Em seguida, fez uma pausa para ver se Daly tinha mais alguma coisa a dizer. Não tinha.

— Certo, vamos começar.

E assim foi. A história de Hoyle não mudou muito em relação à primeira vez em que a havia contado a Renée. Mas, agora, ela fez perguntas destinadas a revelar mais sobre as origens do consórcio de empréstimos e se, desde o início, o plano era eventualmente assassinar as pessoas que pegassem o dinheiro. Renée sabia que eventualmente os advogados de Abbott e quaisquer outras pessoas levadas para a investigação estudariam a transcrição da entrevista em busca de qualquer rachadura em que uma dúvida razoável pudesse ser enfiada no processo.

A entrevista terminou perto da meia-noite, então Hoyle foi levado por Bettany e Kirkwood para ser fichado e liberado com a acusação de conspiração. Enquanto isso, Donovan apresentava as acusações formais contra Abbott, aguardando sem fiança até o indiciamento. Então a fiança certamente seria discutida.

Logo depois de terminar a entrevista e olhá-los levar Hoyle embora, Renée recebeu uma mensagem de Robinson-Reynolds. Ele não desperdiçou palavras.

```
Você está de volta ao banco.
```

Ela não se incomodou em responder. Foi para casa sem receber agradecimento de ninguém. Tinha transformado o que deveria parecer um acidente aleatório no Ano-Novo num caso de múltiplos homicídios digno de crédito, mas como ultrapassara a linha com pelo menos um dos pés, precisava ser empurrada para o lado e até mesmo escondida, se possível, dos advogados de defesa.

Tinha deixado Pinto na caixa de transporte e precisou acordá-lo quando chegou em casa. Prendeu a guia na coleira e o levou para passear. Era uma noite límpida e fria. As luzes das casas na Franklin Hills brilhavam e ela foi naquela direção, sem passar por ninguém nas ruas. Até a Ponte Shakespeare estava deserta e as casas abaixo encontravam-se escuras. Depois de o cachorro fazer suas necessidades, Renée pôs tudo num saco e deu meia-volta.

Os noticiários de fim de noite na TV a cabo eram uma reprise dos espantosos acontecimentos do dia em Washington. Agora corria a notícia de que um policial tinha morrido devido a ferimentos enquanto defendia o Capitólio. Todos os policiais vão trabalhar achando que cada dia pode ser o último. Mas Renée duvidava que aquele policial jamais tivesse imaginado que daria a vida cumprindo o dever como ele cumpria. Foi dormir com pensamentos sombrios sobre o país, sua cidade e o futuro.

Devido ao trabalho, Renée estava acostumada a dormir durante o dia e não mudava a programação nos dias de folga. Consequentemente tinha o sono leve e se remexia sempre que algum som penetrava no cochilo. Pinto, ainda se acostumando à casa nova e ao ambiente, também dormia um sono entrecortado, movendo-se na caixa a intervalos de uma hora, mais ou menos.

Uma mensagem de texto a acordou de uma vez por todas às 6h20 – não porque a ouviu chegar, mas porque a tela do telefone se iluminou. Era de Cindy Carpenter.

> Como você ousa? Você deveria proteger e ser-
> vir. Não faz uma coisa, nem outra. Como con-
> segue dormir à noite?

Renée não fazia ideia do que ela estava falando, mas, não importando o que fosse, as palavras a acordaram de vez.

Queria telefonar imediatamente, mas se conteve porque duvidava que o telefonema fosse ao menos atendido. Imaginou se a mensagem teria algo a ver com uma chateação residual de Cindy por ela ter feito contato com seu ex-marido.

Mas então veio outra mensagem ainda mais perturbadora. Era de Bosch.

> Você precisa olhar o jornal. Aconteceu um
> vazamento em algum lugar.

Renée pegou seu laptop rapidamente e entrou no site do *Los Angeles Times*. Bosch era das antigas – recebia o jornal de papel. Renée assinava a versão on-line. Encontrou a matéria publicada em destaque na página principal.

O DPLA JOGOU COM INVESTIGAÇÃO
DE ESTUPROS EM SÉRIE: MAIS VÍTIMAS
ACABARAM SENDO AGREDIDAS
por Alexis Stanishewski
Repórter contratado do Times

Depois de dois homens invadirem uma casa em Hollywood e estuprarem uma mulher, o Departamento de Polícia de Los Angeles iniciou uma investigação em escala total.

Mas o supervisor da investigação optou por mantê-la sob sigilo, com a esperança de identificar e capturar a incomum dupla de estupradores. Nenhum aviso foi dado ao público e pelo menos mais duas mulheres foram atacadas nas cinco semanas seguintes.

Segundo fontes, esse caso é um exemplo das escolhas que os investigadores enfrentam ao perseguir criminosos em série. A rotina de um suspeito pode levar à sua captura, mas atrair a atenção do público para uma onda de crimes pode resultar na mudança dos padrões identificáveis, tornando mais difícil prender os culpados.

Nesse caso, três mulheres foram sexualmente agredidas e torturadas por homens que invadiram suas casas no meio da noite, o que levou os investigadores a apelidá-los de "Homens da Meia-Noite". Na quarta-feira, quando indagados sobre o caso, policiais da Unidade de Relações com a Mídia permaneceram em silêncio, enquanto o tenente Derek Robinson-Reynolds, supervisor dos detetives da Divisão de Hollywood, se recusava a explicar ou defender sua decisão de manter a investigação sob sigilo. O *Times* apresentou um pedido formal de acesso aos relatórios policiais relacionados aos crimes.

Uma das vítimas disse que ficou perturbada e com raiva ao saber que a polícia sabia sobre os estupradores antes de ela ser agredida, na noite de Ano-Novo. Seu nome não está sendo revelado devido à política do *Times* de não identificar as vítimas de crimes sexuais.

"Sinto que, se eu soubesse que esses sujeitos estavam andando por aí, talvez pudesse ter tomado precauções e não ser uma vítima", disse a mulher, chorando. "Sinto que fui violentada primeiro por esses homens e depois, de novo, pelo departamento de polícia."

A vítima descreveu quatro horas angustiantes que começaram quando foi acordada na cama por dois homens usando máscaras, que a vendaram e se revezaram agredindo-a. A vítima disse que acreditava que os dois homens a matariam quando o ataque brutal terminasse.

"Foi horrível", disse ela. "Fico revivendo isso. É a pior coisa que já me aconteceu."

Agora ela se pergunta se o seu sofrimento poderia ser impedido, caso o departamento de polícia tivesse informado ao público sobre os Homens da Meia-Noite.

"Talvez eles tivessem parado, ou talvez simplesmente tivessem ido para outro lugar, se soubessem que a polícia estava atrás deles", disse a vítima.

Todd Pennington, sociólogo da Universidade do Sul da Califórnia especializado em crimes, disse ao *Times* que o caso dos Homens da Meia-Noite deixa claras as escolhas difíceis enfrentadas pelas forças da lei.

"Não existe uma resposta certa aqui", disse ele. "Se você mantém a investigação sob sigilo, tem muito mais chance de fazer uma prisão. Mas se ficar quieto e não fizer essa prisão rapidamente, o público corre perigo. Você está condenado se fizer e está condenado se não fizer. Neste caso, a decisão foi um tiro pela culatra e houve vítimas adicionais."

Pennington disse que os criminosos em série raramente param de cometer crimes a não ser que sejam impedidos pela polícia.

"É preciso perceber que, mesmo se a polícia tivesse divulgado a investigação, é improvável que esses dois homens parassem de cometer os crimes", disse ele. "Em vez disso, teriam mudado os padrões. Porém, mais provavelmente ainda, haveria vítimas adicionais. E esse é o dilema que enfrentamos ao decidir se devemos ir a público. Para a polícia, é uma situação sem possibilidade de vitória."

O rosto de Renée ficou quente enquanto ela lia a matéria. Depois de dois parágrafos, soube que provavelmente o departamento concluiria que ela era a fonte anônima, já que o único vilão citado era o homem que tinha buscado sua suspensão. Além disso, sabia que esse não seria o final da coisa. O *Times* era o jornal mais importante e estabelecia o exemplo para a maior parte do resto da mídia na cidade. Sem dúvida, cada veículo de notícias local pularia em cima da história e o departamento ficaria de novo sob a lente de aumento.

Leu o artigo de novo e dessa vez se concentrou no que ele não revelava. Ele não mencionava que todos os ataques aconteciam em feriados e não revelava o padrão de apagar luzes dos postes. A fonte da história tomara cuidado em relação a quais informações sobre o caso seriam reveladas.

Renée achou que sabia quem era a fonte. Pegou seu telefone e ligou para Lisa Moore. A cada toque ficava com mais raiva, de modo que, quando o telefonema finalmente foi atendido pela caixa de mensagens, estava pronta para disparar com os dois canos.

– Lisa, sei que foi você. Provavelmente eu vou levar a culpa, mas sei que foi você. Você prejudicou toda uma investigação só para sacanear o Robinson-Reynolds porque ele pôs você à noite. E sei que você calculou que eu levaria a culpa por isso. Portanto, vai se foder, Lisa.

Desligou, arrependendo-se quase imediatamente da mensagem que tinha deixado.

39

A história ficou durante dois dias nos noticiários de TV, rádio e internet, alimentada principalmente por uma entrevista coletiva convocada às pressas no prédio da administração policial, em que um porta-voz do departamento minimizou a reportagem do *Times*, dizendo que, segundo as provas, as conexões entre os crimes eram tênues, mas o fato de cada um dos casos envolver dois perpetradores parecia conectá-los. Para a sorte do departamento, a insurreição no Capitólio engarrafou o espaço nos noticiários nas TVs, nas rádios e nos jornais, e a história desapareceu na contracorrente da narrativa mais importante. Renée não teve nenhuma notícia de Robinson-Reynolds, mas o silêncio dele parecia confirmar a crença de que ela era a responsável pelo vazamento inicial. Além disso, Renée não recebeu nenhuma notícia de volta de Lisa Moore, nem mesmo para negar a acusação que ela havia deixado na mensagem.

Outra história que não atraiu atenção foi a prisão de um respeitado dentista numa conspiração de assassinatos. Agora Renée estava fora do caso, mas com um telefonema para Ross Bettany ficou sabendo que a investigação avançava lentamente. Enquanto a prisão de Jason Abbott havia sido divulgada na mídia, o envolvimento de Dennis Hoyle como testemunha cooperativa e do ex-policial Christopher Bonner como matador permaneceram em sigilo. Renée sabia que isso não duraria para sempre, especialmente quando começassem as audiências no tribunal, mas o departamento atuava segundo a política tácita de espaçar os golpes contra sua reputação sempre que isso fosse possível.

No sábado recebeu um telefonema de Garrett Single, perguntando se ela e seu novo cachorro gostariam de fazer uma caminhada. Antes Renée já tinha enviado para ele uma foto de Pinto. Ele sugeriu o Elysian Park, porque havia muitas sombras no caminho. Renée não caminhava no Elysian desde que era cadete na academia de polícia, ali perto. Achou que Pinto poderia gostar. E, como Garrett havia dito, a trilha era amigável para os cães e devia estar menos apinhada do que outros locais populares para caminhadas. Renée concordou em se encontrarem lá, já que Garrett vinha de sua casa em Acton, que ficava do outro lado das Montanhas San Gabriel. Renée sabia que naquela comunidade moravam muitos bombeiros, porque eles só iam para o trabalho uma vez por semana, cumprindo turnos de três dias e dormindo no posto. Depois tiravam quatro dias de folga. Duas viagens de duas horas por semana não eram grande coisa.

Na segunda-feira de manhã, Renée acordou em Acton, depois de passar as últimas trinta e seis horas com Garrett. A casa dele era enfiada numa encosta áspera no vale Antelope, onde, pelo que ele tinha alertado, coiotes e linces andavam soltos. Ela fez café enquanto Garrett tomava um banho de chuveiro, depois saiu para um deque dos fundos voltado para um jardim, no qual ele dissera que vinha trabalhando durante meses. Renée estava com uma manta do sofá enrolada nos ombros. O tempo com Garrett tinha sido bom, mas ela se sentia inquieta e frustrada. Fora expulsa de tudo. O caso de Raffa estava na fase processual, de modo que não a incomodava tanto quanto estar completamente de fora da investigação dos Homens da Meia-Noite. O que aumentava duplamente a frustração era o fato de ter sido ofendida por Cindy Carpenter e não ter nenhuma notícia de Lisa Moore sobre como o caso vinha sendo investigado. Isso a fazia desconfiar de que ninguém estava mais perto de identificar e prender a dupla de estupradores.

Andava entre os arbustos e repassava os fatos do caso quando ouviu Garrett chegar por trás. Ele a envolveu com um dos braços e usou o outro para puxar seu cabelo para longe da nuca. Deu-lhe um beijo ali.

– O que você acha? – perguntou ele.

– De quê?

– Da vista. Quero dizer, olha só esse lugar.

Renée nem tinha notado. Não estivera olhando para além dos seus pensamentos sobre o caso.

– É bonita – disse. – Nítida.

— É mesmo. É por isso que eu gosto.
— Não, você gosta por causa do valor da propriedade e do espaço aberto. Os policiais e os bombeiros sempre gostam de espaço.
— Verdade. Mas preciso ser honesto. Gosto dos cumes afiados.
— Então preciso ser honesta. É muito longe da água.
— Como assim? O rio Santa Clara fica logo depois daquela montanha.
— É, estou falando de um oceano. O Oceano Pacífico. Pela última vez em que ouvi dizer, não dá para surfar no rio Santa Clara. Nem quando tem água nele.
— Mas é um bom contraponto: montanhas e oceanos, não é? O deserto e a praia têm pelo menos uma coisa em comum.
— Areia?
— Adivinhou.

Garrett riu, e quando ele parou, Renée ouviu seu telefone tocando na bancada da cozinha, lá dentro. Era a primeira vez, em trinta e seis horas, e ela havia pensado que estava fora do limite da área da sua operadora. Mas ali estava: um telefonema.

— Me deixe atender — disse.
— Qual é! Nós estamos falando sobre o futuro.

Renée passou correndo pela porta, mas o toque do telefone parou antes que ela o alcançasse. Viu que o número era interurbano, mas não o reconheceu. Hesitou em ligar de volta às cegas. Podia ser sobre sua audiência no Conselho de Direitos. Ainda não sabia se ela aconteceria no dia programado, depois de ter sido tirada da suspensão e em seguida posta de volta. Esperou, e logo apareceu na tela um aviso de mensagem de áudio. Relutante, tocou no botão de reproduzir.

"Detetive Ballard, aqui é o Carl Schaeffer, do Departamento de Iluminação Pública. Eu vi a agitação no noticiário sobre os tais Homens da Meia-Noite. Suponho que seja a sua investigação e que, de algum modo, o segredo vazou. Mas, só para o caso de ainda importar, eu queria dizer que recebemos um pedido de manutenção hoje, de uma luz no Hancock Park, e estou aqui, se a senhora quiser os detalhes."

Renée ligou imediatamente para Schaeffer.

— Detetive, como vai?
— Bem, Sr. Schaeffer. Recebi sua mensagem. O senhor mandou alguém consertar a luz?

– Não, ainda não. Pensei em verificar primeiro com a senhora.

– Quem ligou avisando?

– Um cara que a gente conhece lá. Nós o chamamos de prefeito da praça Windsor. Não é na rua dele, mas as pessoas de lá sabem que ele é o encarregado dos postes e outras coisas do bairro. Ele telefonou hoje de manhã. Na verdade, foi agorinha mesmo. Logo antes de eu ligar para a senhora.

– Pode me dar o nome dele?

– John Welborne.

Além disso, Schaeffer deu a Renée o número do telefone do qual Welborne ligara para fazer o pedido de manutenção.

– Eu estava certo sobre os Homens da Meia-Noite, que foi por causa deles que a senhora veio aqui, falar das luzes?

– Por que o senhor diz isso? Saiu alguma coisa nos jornais sobre as luzes?

– Não que eu tenha visto. Eu apenas somei dois e dois. O jornal disse que três mulheres foram atacadas, e a senhora tinha perguntado sobre três luzes diferentes.

– Sr. Schaeffer, Carl, acho que você seria um ótimo detetive, mas, por favor, não fale a ninguém sobre isso. Esse negócio não foi totalmente confirmado e pode prejudicar a investigação, caso se torne de conhecimento público.

– Entendi completamente, detetive. Não contei a ninguém e certamente não vou contar. Mas obrigado pelo elogio. Quando era novo, eu cheguei a pensar em ser policial.

Garrett entrou em casa e viu a expressão séria no rosto de Renée. Ele abriu os braços, como a perguntar se podia fazer alguma coisa. Renée balançou a cabeça e continuou a falar com Schaeffer.

– O senhor pode me dar o endereço do poste de luz do qual estamos falando, Sr. Schaeffer?

– Claro que posso. Me deixe olhar aqui.

Ele leu um endereço na North Citrus Avenue.

– Entre a Melrose e a Beverly Boulevard – acrescentou, solícito.

Renée agradeceu e desligou. Olhou para Garrett.

– Preciso ir – disse.

– Tem certeza? Eu só volto amanhã. Achei que a gente poderia pegar o cachorro e...

– Eu preciso. É o meu caso.

– Achei que você não tinha mais casos.

Renée não respondeu. Voltou ao quarto dele para pegar suas coisas e tirar Pinto da caixa de transporte, onde ele estava dormindo. Estivera usando as roupas da bolsa de surfe, que mantinha no carro, e Pinto vinha comendo comida enlatada comprada num minimercado no lugar em que se passava pelo centro da cidade de Acton. Sua estadia com Garrett tinha começado com uma refeição na churrasqueira dos fundos da casa dele. No Elysian Park, ele havia se orgulhado de fazer um bom churrasco e ela decidiu testar.

Depois de dar uma volta com Pinto na área de mato baixo ao redor da casa, ela pôs suas coisas e o cachorro no Defender e estava pronta para ir.

Junto à porta aberta, Garrett lhe deu um beijo de despedida.

– Sabe, isso poderia funcionar – disse ele. – Você mantém sua casa na cidade e surfa quando eu estiver de plantão. Três dias na água, quatro na montanha.

– Então você acha que, só porque faz um fantástico sanduíche de frango desfiado, uma garota vai desmaiar e cair nos seus braços, é?

– Bom, eu também faço uma carne de peito fantástica, se você quiser voltar a comer carne vermelha.

– Talvez na próxima vez eu ceda.

– Então haverá uma próxima vez?

– Muita coisa vai depender da tal carne de peito.

Ela o empurrou gentilmente e entrou no Defender.

– Cuide-se – disse ele.

– Você também.

Na ida para o sul, em direção à cidade, Renée esperou até sair do vale de Santa Clarita e ter um bom sinal de telefone antes de ligar para o número de John Welborne. A chamada caiu no *Larchmont Chronicle* – o jornal comunitário que atendia a Hancock Park e aos bairros ao redor – do qual, como ela ficou sabendo, ele era dono, editor e repórter. O fato de ele ser da mídia tornou o telefonema um tanto complicado. Renée precisava de informações, mas não queria que elas fossem parar no jornal.

– Sr. Welborne, aqui é a detetive Ballard, do DPLA. Posso falar uns minutos com o senhor?

– Sim, claro. É sobre a matéria?

– Que matéria?

– Na quinta-feira nós publicamos uma matéria sobre o levantamento de fundos para o policial da Divisão de Wilshire que perdeu a esposa de Covid.

– Ah, não, não é isso. Sou da Divisão de Hollywood. Preciso falar com o senhor, extraoficialmente, sobre uma coisa que não tem nenhuma relação com o jornal. Não quero que isso saia no jornal, pelo menos por enquanto. Essa é uma conversa em *off*. Está bem?

– Sem problema, detetive Ballard. Nós somos um jornal mensal, e ainda faltam duas semanas até a data do fechamento.

– Bom. Obrigada. Quero perguntar sobre o telefonema que o senhor deu hoje de manhã para o Departamento de Iluminação Pública. O senhor deixou uma mensagem dizendo que há uma luz de poste apagada na North Citrus Avenue.

– Ah, sim, eu deixei uma mensagem. Mas, detetive, eu não sugeri que algum crime tenha sido cometido.

– Claro que não. Mas isso pode ter alguma conexão com um caso que estamos investigando. Por isso fomos alertados, e também é por isso que eu quero manter a coisa em sigilo.

– Entendo.

– Pode me contar o que o senhor disse sobre a luz apagada?

– Foi uma amiga de Martha, a minha mulher. O nome dela é Hannah Stovall. Ela sabia que poderia ligar para mim e eu alertaria as autoridades competentes. A maioria das pessoas nem sabe que nós temos um Departamento de Iluminação Pública. Mas elas sabem que eu conheço pessoas que conhecem pessoas. E me procuram.

– E ela telefonou para o senhor?

– Na verdade, não, ela mandou um e-mail para a minha mulher, pedindo conselho. Eu agi a partir daí.

– Entendo. O senhor pode me dizer o que sabe sobre Hannah Stovall? Por exemplo, quantos anos o senhor acha que ela tem?

– Ah, eu diria que trinta e poucos. É jovem.

– Ela é casada, mora sozinha, divide a casa com alguém?

– Não é casada, e tenho quase certeza de que mora sozinha.

– E o senhor sabe o que ela faz para viver?

– Sei. Ela é engenheira. Trabalha no Departamento de Transporte. Não sei bem o que ela faz, mas posso perguntar a Martha. Parece que a senhora está vendo se ela se encaixa em algum tipo de perfil.

– Sr. Welborne, no momento realmente não posso dizer sobre o que é a investigação.

– Entendo. Mas, claro, estou louco para saber o que está acontecendo com nossa amiga. Ela está em perigo? A senhora pode me dizer isso?

– Eu...

– Espera... Isso tem a ver com os Homens da Meia-Noite? É na mesma área geral de pelo menos dois ataques.

– Sr. Welborne, preciso que o senhor pare de fazer perguntas. Mas garanto que sua amiga não corre perigo e que faremos todas as salvaguardas para manter a coisa assim.

Renée tentou mudar de assunto.

– Agora, o senhor sabe onde a lâmpada apagada fica, em relação à casa dela? É perto?

– Pelo que sei, fica bem na frente da casa. Foi por isso que ela notou que estava acesa numa noite e apagada na outra.

– Certo, e o senhor pode me dar o número do telefone de Hannah Stovall?

– Assim, agora, não, mas posso conseguir. Posso ligar de volta para a senhora, nesse número, daqui a alguns minutos? Só preciso telefonar para minha mulher.

– Sim, estou nesta linha. Mas, Sr. Welborne, por favor, não conte à sua mulher do que isso se trata. E, por favor, nem o senhor, nem sua mulher devem ligar para Hannah falando disso. Preciso manter a linha dela desocupada para eu mesma ligar.

– Claro, só vou dizer que o número é necessário para o pedido de manutenção da luz.

– Obrigada.

– Fique a postos, detetive. Já ligo de volta.

40

Renée adiou o telefonema para Hannah Stovall até bolar um plano que pudesse compartilhar com ela em segurança. Criando uma estratégia para os passos que daria, dirigiu em silêncio pelo resto do caminho até a cidade, exceto por um curto telefonema para Harry Bosch. Sabia que, se não houvesse mais ninguém para apoiar sua jogada, sempre haveria Bosch. Pediu que ele ficasse a postos, sem contar o motivo, e ele não questionou. Simplesmente disse que estaria preparado e esperando qualquer coisa, que a apoiaria.

Chegou a Hollywood pouco depois de uma da tarde, pegou a Melrose até a North Citrus Avenue e, em seguida, virou em direção ao sul para passar pelo poste em frente ao endereço dado por Carl Schaeffer. Não diminuiu a velocidade. Apenas examinou e continuou em movimento. A Citrus ficava nos limites externos do que poderia ser considerado Hancock Park. Era no lado oeste da Highland e as casas aqui eram menores, do pós-guerra, com garagens para apenas um carro. Pouco a pouco, o bairro estava sendo infiltrado por novas edificações, na forma de cubos de dois andares construídos até os limites do terreno e, em seguida, murados e fechados com portões. Junto das casas de um andar em estilo espanhol que povoavam originalmente o bairro, as novas construções pareciam estéreis e sem alma.

Enquanto dirigia, Renée verificou os veículos parados junto ao meio-fio em busca de qualquer sinal de vigilância, mas não viu nada indicando que os Homens da Meia-Noite estivessem observando a próxima vítima. Na Beverly virou à direita, fez um retorno quando pôde e em seguida voltou à Citrus. Seguiu pela rua na direção oposta à de onde tinha vindo. Dessa vez, quando passou pelo poste em questão, olhou para a placa na base procurando qualquer sinal de que ela tivesse sido mexida. Não viu nada, mas não esperava ver.

De volta à Melrose, virou à direita e parou imediatamente junto ao meio-fio na frente da Osteria Mozza. O popular restaurante estava fechado por causa da Covid e havia espaço à vontade para estacionar. Pôs a máscara, saiu e abriu o porta-malas. Tirou Pinto da caixa e prendeu a guia. Em seguida, andou com o cachorro em direção à Citrus, e no caminho atendeu a um telefonema de John Welborne. Ele deu o número do telefone de Hannah Stovall e a informação adicional de que ela provavelmente estaria em casa, porque fazia trabalho remoto durante a pandemia.

Virou para o sul na Citrus e começou a andar pelo lado oeste da rua – o que iria fazê-la passar pelo poste defeituoso. Foi devagar, deixando o cachorro estabelecer o ritmo enquanto farejava e marcava território pela rua. A única dica que ela poderia ter dado – se os Homens da Meia-Noite estivessem olhando – foi puxar Pinto para longe do poste em questão, de modo a não marcá-lo e possivelmente destruir a prova.

Verificou disfarçadamente a casa onde Hannah Stovall morava. Não havia carro na frente e a garagem estava fechada. Renée observou que era uma garagem anexa, que certamente dava acesso interno à casa, como a de Cindy Carpenter.

Continuou andando, e na Oakwood atravessou a Citrus e voltou para o norte pelo outro lado da rua, como uma dona de cachorro querendo dar ao bichinho novos gramados para farejar e marcar.

Depois de voltar ao Defender, olhou o relógio do painel. Eram duas e meia da tarde, talvez um pouquinho cedo para dar início ao plano. Além disso, precisava pensar em Pinto.

Havia um canil de hospedagem noturna no Santa Monica Boulevard, perto da delegacia de Hollywood. Lola ficara lá algumas vezes e sabia que era limpo, receptivo e não muito apinhado. O melhor de tudo era que podia usar seu telefone para acessar a câmera na sala de brincadeiras, para verificar como Pinto estava.

Levou uma hora para chegar à Dog House, abrir uma conta nova e deixar Pinto para passar a noite. Seu coração doeu ao perceber que o cachorro poderia pensar que estava sendo rejeitado e posto de volta num abrigo.

Abraçou-o e prometeu voltar no dia seguinte, tranquilizando mais ela mesma do que o cachorro.

Sua vaga diante do Mozza não tinha sido ocupada e ela parou de novo ali, pouco antes das quatro horas, ajustando os retrovisores para pegar qualquer veículo que saísse da North Citrus Avenue atrás dela. Em seguida, deu o telefonema inicial para Hannah Stovall, e a estratégia que tinha formulado foi acionada.

A ligação foi atendida imediatamente.

– Alô, estou procurando Hannah Stovall.

– Sou eu. Quem quer falar?

– Estou ligando por causa do informe sobre um poste de luz que está apagado na sua rua.

– Ah, sim. Bem na frente da minha casa.

– E há quanto tempo você avalia que ela está apagada?

– Só desde ontem. Sei que estava funcionando no sábado porque a luz atravessa a persiana do meu quarto. É como uma luz noturna para mim. Ontem à noite, notei que estava apagada, e hoje de manhã mandei um e-mail para Martha Welborne. Isso está parecendo muita atenção por causa de uma luzinha de rua. O que está acontecendo?

– Meu nome é Renée Ballard. Sou detetive do Departamento de Polícia de Los Angeles. Não quero assustá-la, mas acredito que alguém possa estar planejando invadir sua casa.

Renée não conhecia um modo mais gentil de dizer isso. Mas, como esperava, Hannah Stovall reagiu com alarme extremo.

– Ah, meu Deus... quem?

– Não sei, mas...

– Então como você sabe? Você simplesmente liga para as pessoas e faz elas se cagarem de medo? Não faz sentido. Como vou saber que você é mesmo policial? Detetive ou sei lá o que você disse que é.

Renée já tinha previsto que precisaria provar quem ela era. Perguntou:

– Este número é de um celular?

– É. Por que você quer saber?

– Porque vou desligar e mandar fotos da minha carteira de identidade e do meu distintivo da polícia. Em seguida, vou ligar de novo e explicar com mais detalhes o que está acontecendo. Pode ser, Srta. Stovall?

– Pode. Mande a mensagem. O que quer que isso seja, quero que acabe logo.

– Eu também, Srta. Stovall. Estou desligando e já vou ligar de volta.

Renée desligou, tirou fotos do distintivo e da carteira de identidade da polícia e mandou para Stovall. Esperou alguns minutos para elas chegarem e serem vistas, depois ligou de novo.

– Alô.

– Hannah... posso chamar você de Hannah?

– Claro, tudo bem, só diga o que está acontecendo.

– Certo, mas não vou adoçar a pílula porque preciso da sua ajuda. Há dois homens por aí agredindo mulheres na área de Hollywood. Eles invadem as casas no meio da noite e atacam. Acreditamos que eles apagam as luzes dos postes perto da casa da vítima uma ou duas noites antes do ataque.

Houve um longo silêncio pontuado por respirações repetidas.

– Hannah, você está bem?

Nada.

– Hannah?

Finalmente ela voltou a falar.

– São os Homens da Meia-Noite.

– São, Hannah.

– Então por que você não está aqui agora mesmo? Por que eu estou sozinha?

– Porque eles podem estar vigiando você. Se nós aparecermos, perdemos a chance de capturá-los e acabar com isso.

– Você está me usando como isca? Ah, meu Deus, porra!

– Não, Hannah, você não é uma isca. Temos um plano para mantê-la em segurança. De novo, é por isso que estou ligando, em vez de ir aí. Há um plano. Quero contar a você, mas preciso que fique calma. Não há motivo para pânico. Eles não aparecem durante o dia. Eles...

– Você disse que eles podiam estar vigiando.

– Mas não vão invadir sua casa durante o dia. É perigoso demais para eles. E o fato de sua lâmpada estar apagada prova que eles irão à noite. Entende?

Não houve resposta.

– Hannah, você entende?

– Entendo. O que você quer que eu faça?

– Bom, Hannah. Fique calma. Em uma hora isso terá terminado e você estará em segurança.

– Promete?

– Prometo. Agora quero que você faça o seguinte. Você mantém seu carro na garagem, não é?

– É.
– Que tipo de carro é? Que cor?
– Um Audi A6. Prata.
– Certo, e onde você faz compras de supermercado?
– Não entendo. Por que está perguntando isso?
– Só responda, Hannah. Onde você faz compras?
– Geralmente no Pavilions, na Vine. Esquina da Melrose com a Vine.

Renée não estava familiarizada com a loja, mas percebeu imediatamente que era um local diferente dos mercados frequentados pelas outras três vítimas dos Homens da Meia-Noite.

– Tem um café lá dentro?
– Tem um Starbucks.
– Certo. Quero que você entre no seu carro e vá ao Pavilions. Se tiver sacolas reutilizáveis, leve uma delas, como se fosse fazer umas compras pequenas. Mas primeiro vá ao Starbucks. Eu encontro você lá.
– Preciso sair daqui?
– Vai ser mais seguro se você não estiver aí esta noite, Hannah. Quero que você saia sem que nada pareça incomum. Você só vai à loja pegar um café e alguma coisa para jantar. Está bem?
– Acho que sim. E depois?
– Vou encontrar você lá, nós vamos conversar mais um pouco e aí vou colocar você nas mãos de outro detetive, que vai garantir que você seja vigiada e fique em segurança até isso acabar.
– Quando devo sair?
– Assim que puder. Vá até a Melrose, vire à direita e siga para o mercado. Você vai passar por mim e eu vou saber se você está sendo seguida. Depois encontro você no Starbucks. Pode fazer isso, Hannah?
– Posso. Já disse que posso.
– Bom. Ponha na sacola reutilizável uma escova de dentes e qualquer coisa de que você possa precisar para uma noite fora. Mas não leve muita coisa. Você não quer gerar desconfiança.
– Bom, vou precisar do meu computador. Preciso trabalhar amanhã.
– Certo, pode levar o computador. Faça parecer que você está carregando outras bolsas dentro da sacola.
– Entendi.
– E que tal uma máscara? De que cor você tem?

– Preta.

– Preta é bom. Use-a.

Renée sabia que precisaria usar sua máscara do DPLA pelo avesso.

– Certo. Mais uma coisa, Hannah.

Renée olhou para as roupas que estava usando. Como tinha vindo direto de Acton, estava vestida de modo casual, com jeans e uma camisa social branca, emprestada de Garrett.

– Você tem uma calça jeans e uma blusa branca, que possa usar? – perguntou.

– Ah, tenho jeans. Sei que todo mundo tem uma blusa branca. Mas eu, não.

Renée olhou por cima dos ombros para o banco de trás, onde tinha vários casacos e outras roupas.

– Que tal um agasalho com capuz? Você tem um casaco com capuz vermelho ou cinza?

– Cinza, tenho. Está aqui mesmo. Por que está perguntando sobre as minhas roupas?

– Porque eu vou trocar de lugar com você. Use o casaco com capuz cinza quando for ao Starbucks.

– Certo.

– Qual é o comprimento e a cor do seu cabelo?

– Meu Deus. Meu cabelo é castanho, curto.

– Você tem algum chapéu que possa usar?

– Tenho um boné dos Dodgers.

– Perfeito. Use isso e me mande uma mensagem de texto ou ligue para este número antes de sair. Assim vou estar preparada.

– Vou mandar uma mensagem.

Desligaram. Renée estava preocupada com a hipótese de Hannah fazer alguma coisa que chamasse atenção de alguém que a estivesse vigiando. Mas era tarde demais para se preocupar com isso.

Era hora de chamar o reforço. Renée se sentia isolada demais de seu próprio departamento para pedir ajuda. Já estava trabalhando sem rede de segurança e provavelmente fornecendo mais argumentos para a audiência no Conselho de Direitos. Avaliando a situação, notou que era seu chefe que estava tentando demiti-la, e sua parceira no caso dos Homens da Meia-Noite era qualquer coisa, menos uma parceira. Lisa Moore tinha se mostrado indigna de confiança, preguiçosa e vingativa.

Para Renée não existia dúvida de quem ela precisava chamar. Ele atendeu imediatamente.

– Certo, Harry. Agora vou precisar da sua ajuda.

41

A mensagem de texto de Hannah Stovall chegou vinte minutos mais tarde. Renée mandou de volta um emoji de polegar para cima e depois esperou, olhando pelo retrovisor lateral. Alguns minutos se passaram antes que ela visse o Audi prateado emergir da North Citrus Avenue e virar à direita na Melrose. Verificou o carro que passava e vislumbrou a motorista usando um boné azul dos Dodgers.

O olhar de Renée voltou para o retrovisor e ela esperou, vigiando. Deixou dois minutos passarem. Nenhum carro emergiu da Citrus seguindo Hannah. Saiu de perto do meio-fio e seguiu pela Melrose num esforço para alcançar o Audi, mas um semáforo na Cahuenga a atrapalhou. Quando finalmente entrou no estacionamento do Pavilions, precisou percorrer dois corredores antes de ver o Audi. Então avistou uma mulher com um boné dos Dodgers entrar no supermercado carregando uma sacola reutilizável que parecia pesada com pertences.

Estacionou e foi rapidamente até a entrada da loja. Os protocolos da Covid determinavam que uma porta era de entrada e a saída ficava do outro lado da fachada frontal. Renée entrou e achou a franquia do Starbucks logo na parte de dentro. Havia uma fila de quatro pessoas, e a mulher da sacola de compras pesada estava na última posição. Renée verificou as outras pessoas na fila, não viu nada de suspeito e entrou também.

– Hannah – sussurrou. – Sou Renée.

Hannah se virou para olhá-la, e Renée mostrou discretamente o distintivo e em seguida o guardou.

– Certo, e agora? – perguntou Hannah.

– Vamos tomar café. E conversar.

– O que há para conversar? Você me matou de medo.

– Desculpe. Mas agora você vai ficar completamente segura. Vamos esperar até estarmos sentadas para falar sobre o plano.

Logo estavam em uma mesa na lateral do balcão da franquia do Starbucks.

– Certo, eu tenho outro investigador a caminho – disse Renée. – Ele vai levar você a um hotel onde poderá passar a noite. E vai ficar de guarda o tempo todo. Esperamos que de manhã isso esteja terminado.

– Por que esses homens me escolheram? Eu nunca fiz mal a ninguém.

– Nós acompanhamos os padrões deles, mas ainda não sabemos todas as respostas. Isso só significa que vamos descobrir tudo quando os pegarmos. E graças a você ser atenta à sua vizinhança e notar a luz do poste apagada, agora estamos na melhor posição possível para fazer isso.

– Era difícil não ver. Como eu disse, ela ilumina minha janela à noite.

– Bom, nós tivemos sorte por você ter notado. Enquanto esperamos meu colega, posso fazer umas perguntas sobre sua rotina?

Renée começou a fazer as perguntas contidas na pesquisa feita com as outras vítimas dos Homens da Meia-Noite. Sabia a maioria delas de cor e não precisava de uma cópia do questionário. Logo ficou claro que Hannah Stovall era um ponto ainda mais fora da curva do que Cindy Carpenter, lá em cima no Dell. Ainda que ela morasse razoavelmente perto das duas primeiras vítimas, o mundo delas não parecia se cruzar em lugar nenhum, além de frequentar alguns dos mesmos restaurantes na área. Durante a pandemia, Hannah trabalhava em casa e raramente saía, a não ser para comprar comida. Nem costumava pegar comida para viagem; em vez disso, optava pela entrega em domicílio. Esse tipo de entrega tinha sido um foco de interesse no início da investigação, porque as duas primeiras vítimas usavam isso de vez em quando. Mas os investigadores ficaram sabendo que elas utilizavam serviços diferentes, e uma revisão das transações evidenciou que elas jamais haviam sido atendidas pelo mesmo entregador.

Foi quando abordaram a vida pessoal que Renée encontrou uma conexão entre Hannah e as outras vítimas. Hannah nunca havia se casado, mas tivera um relacionamento de longo prazo que terminou mal. Seu companheiro tinha sido licenciado do emprego e as tensões cresceram quando Hannah precisou trabalhar em casa, como a maior parte do resto do mundo.

– Eu ficava no Zoom e telefonando o dia inteiro, e isso fazia com que ele se lembrasse do que tinha perdido – disse ela. – Ele começou a se ressentir porque eu não havia perdido o emprego e por ser eu quem punha dinheiro em casa. Nós discutíamos o tempo todo e logo a casa ficou pequena demais para nós dois. A casa é minha, por isso, pedi que ele fosse embora. Foi medonho. E falar sobre esse assunto também é medonho.

– Sinto muito.

– Eu só gostaria que isso acabasse.

– Você vai superar. Prometo.

Renée olhou em volta, procurando Bosch, mas não o viu. Também procurava qualquer homem que estivesse de olho nelas. Não viu ninguém que atraísse atenção.

– Qual é o nome do seu ex? – perguntou.

– É sério? Por que você precisa saber disso?

– Preciso de todas as informações que puder conseguir. Não significa que todas tenham a ver ou sejam importantes.

– Bom, não me sinto confortável dando o nome do meu ex-namorado. Finalmente estou numa situação em que nós podemos trocar mensagens de texto sem ter de xingar um ao outro. E estragaria tudo, se você fosse bater à porta dele para garantir que ele não é um dos Homens da Meia-Noite. Posso garantir que não é. Ele nem está na cidade agora.

– Está onde?

– Cancún, acho. Algum lugar no México.

– Como você sabe?

– Ele me mandou uma mensagem dizendo que ia para o México. Presumo que seja Cancún, porque nós fomos lá uma vez e ele adorou.

– Então ele não estava preocupado com a Covid a ponto de ir a um país estrangeiro?

– Eu perguntei isso. Eu nem sabia que era possível ir de avião para o México e voltar, atualmente. Falei que era melhor ele não trazer Covid de volta para a empresa.

– Quer dizer que vocês trabalham juntos?

– Bom, nós trabalhávamos, até a chegada da pandemia. Então ele foi posto de licença e eu fui mantida. Isso provocou umas brigas feias.

– Ele partiu para o físico?

– Não, não, não quis dizer isso. Foram só umas brigas *verbais* feias e demoradas. A coisa nunca partiu para o lado físico.

– Mas agora ele voltou a trabalhar com você?

– Foi contratado de volta pelo departamento. Tecnicamente nós trabalhamos no mesmo lugar, mas eu sou projetista, por isso trabalho em casa. Gilbert é engenheiro de campo e precisa estar presente. Foi por isso que eu disse que era melhor ele não trazer Covid de volta.

– Ele estava tentando causar ciúmes em você, dizendo que ia ao México?

– Não, acho que não. Ele não conseguia achar o calção de banho e perguntou se tinha deixado na minha casa.

– Não é estranho ele tirar férias depois de voltar da licença compulsória?

– É, um pouco. Fiquei surpresa. Mas ele disse que era só um fim de semana prolongado. Um negócio meio de improviso, porque uns caras iam pra lá e alguém tinha um local onde ficar. Na verdade, eu não fiz perguntas. Procurei o calção e depois mandei uma mensagem dizendo que ele não estava aqui, e só.

Renée olhou em volta outra vez, imaginando por que Bosch estaria demorando tanto. Mas ele estava ali, parado perto do balcão de entrega, esperando para ser chamado à conversa. Renée acenou para chamá-lo e o apresentou. Bosch puxou uma cadeira de outra mesa e se sentou.

– Certo, estamos todos aqui – disse Renée. – Hannah, quero que a gente faça o seguinte. Eu vou ser você esta noite e você vai ficar num bom hotel, com Harry vigiando. Vou pegar seu boné e seu carro emprestados e ir para a sua casa. Se eles estiverem vigiando, vão achar que foi você quem voltou. Aí vou ficar lá dentro, esperando e preparada, se eles agirem. E pedirei reforços assim que precisar.

– Posso dizer uma coisa? – perguntou Hannah.

– Claro. Eu preciso da sua permissão para fazer isso. Alguma coisa errada?

– Bom, para começo de conversa, eles são dois, certo? E você é só uma.

Bosch assentiu. Ele expressara a mesma preocupação quando Renée ligou.

– Bom, como eu disse, posso pedir ajuda, se precisar – respondeu Renée. – E, por causa dos outros casos, nós sabemos que um deles sempre entra sozinho, prende a vítima e deixa o outro entrar. Assim, eu só preciso me preocupar com um de cada vez, e gosto das minhas chances nesse caso.

– Certo. Vocês é que são da polícia.

– Vou pegar umas coisas, de modo a parecer que estava fazendo compras, e depois vou embora. Só preciso das chaves do seu carro e da sua casa.

Você e o Harry vão esperar dez minutos, só para garantir, e depois podem ir embora também.

– Certo.

– Você tem alguma rotina noturna que eu deva saber?

– Na verdade, não. Acho que não.

– Quanto ao banho? Você prefere tomar de manhã ou à noite?

– Definitivamente de manhã.

– Certo. Mais alguma coisa?

– Não consigo pensar em nada.

– Geralmente você liga a TV?

– Assisto ao noticiário. CNN, Trevor Noah, só isso.

– Certo. Vou pegar umas coisas, colocar na sacola e depois vou.

Renée foi até a porta, pegou um cesto numa pilha e entrou na seção de frutas e legumes, onde começou a escolher maçãs e laranjas, para o caso de precisar comer algo enquanto ficava de vigília. Logo Bosch estava ao lado dela.

– Só para deixar claro: não estou satisfeito com isso – disse ele.

Renée olhou para além dele, certificando-se de que Hannah ainda estava à mesa do Starbucks.

– Você está se preocupando demais, Harry. Eu vou pedir apoio no momento em que ouvir alguma coisa. Eles vão chegar em dois minutos.

– Se eles forem. Você está agindo completamente fora das regras, e o setor de comunicações não vai saber que diabos você está fazendo se pedir ajuda.

– Preciso trabalhar desse jeito porque *estou* fora das regras. E não vou entregar isso para alguém que, no fundo, não se importa nem com o caso, nem com as vítimas. Alguém que prefere usar o caso para se vingar, em vez de resolver.

– Lisa não é a única que você pode chamar, e você sabe. Você só quer fazer isso sozinha, mesmo que seja extremamente perigoso.

– Você está exagerando, Harry.

– Não estou, mas sei que você não vai mudar de ideia. Por isso, quero que me ligue de hora em hora, entendido?

– Entendido.

– Bom.

Renée pôs uma batata-doce no cesto e decidiu que tinha o suficiente para passar a noite, se necessário.

– Vou pagar e vou para a casa.

– Certo. Lembre-se: de hora em hora, na hora cheia.

– Saquei. E se você passar algum tempo com ela, pergunte sobre o ex-namorado.

– O que é que tem?

– Não sei. Alguma coisa parece estranha. Tive a mesma sensação com o ex de Cindy Carpenter. O de Hannah foi passar um fim de semana prolongado no México depois de ficar sem trabalho na maior parte do ano passado. Parece meio conveniente, para mim.

– É, parece.

– De qualquer modo, preciso ir.

Ela se virou na direção dos caixas, deu alguns passos e se virou de volta.

– Ei, Harry, está lembrado da outra noite, quando nós brincamos dizendo que eu ia sair da polícia e trabalhar com você?

– Lembro, claro.

– E se não fosse brincadeira?

– Ah... é, para mim seria bom.

Renée assentiu.

– Certo.

42

Na volta para a casa na North Citrus Avenue, Renée precisou ligar para Hannah Stovall com mais perguntas. Sabia que isso arriscava solapar a confiança de Hannah, mas precisava reconhecer, pelo menos para si mesma, que o plano estava evoluindo de minuto a minuto à medida que várias questões e decisões lhe vinham à mente.

Hannah estava com Bosch no carro dele, quando atendeu.

– Hannah, como eu abro a garagem? Não estou vendo nenhuma chave eletrônica.

– Está programada no carro. Há um botão embaixo do retrovisor. Na verdade, são três botões, mas o que você vai usar é o primeiro.

– Certo, já vi. E esqueci de perguntar: tem algum alarme?

– Tem, mas eu nunca uso. Acontecem alarmes falsos demais. E, de qualquer modo, não tem nenhum na porta da garagem para a cozinha porque, de certa forma, já é dentro de casa.

– E seria incomum você dar um passeio à noite? Tipo se eu quiser simplesmente ter uma ideia geral do lugar?

– Eu deveria ter mencionado isso. Em geral, dou uma volta quando termino o trabalho. Para limpar a mente. Só ando uns dois quarteirões.

– Certo.

Renée começou a pensar em como faria isso. A hora do passeio era agora mesmo.

– Detetive?

– É, tudo isso é bom. O que você usa quando vai caminhar?

– Bom, não troco de roupa nem nada. Vou com o que eu estiver vestindo.
– Está bem. Algum chapéu?
– De vez em quando, eu uso um chapéu.
– Está bem.
– Você vai me avisar se acontecer alguma coisa, não é?
– Claro. Você vai ser a primeira a saber.

Três minutos depois, Renée chegou com o Audi na entrada de veículos da casa de Hannah e apertou o botão para abrir a garagem. Segurou o telefone junto ao ouvido esquerdo, fingindo que estava ligando para alguém, de modo a ter o rosto parcialmente escondido de qualquer um que olhasse. Agora eram quase seis horas e o sol tinha baixado no céu. O dia estava escorrendo para as horas de escuridão.

Entrou na garagem, apertou o botão de novo e esperou que o portão se fechasse, antes de sair do carro.

Usou uma chave do chaveiro que Hannah lhe dera para abrir a porta que ligava a garagem à cozinha. Entrou, apertou o interruptor para acender as luzes e ficou parada, ouvindo a casa. Só escutava o zumbido baixo da geladeira. Pôs a sacola de compras do Pavilion na bancada, tirou as maçãs e laranjas e as colocou numa prateleira da geladeira, e a batata-doce na bancada. Depois se curvou até a bainha dos jeans e tirou a arma de Bosch de um coldre de tornozelo.

Moveu-se lentamente pela casa, verificando cada cômodo. A cozinha tinha uma entrada em arco, que dava numa sala de jantar, e outra que levava a um corredor que ia até os fundos da casa. Passou pela sala de jantar e entrou na de estar. Havia uma lareira com uma TV de tela plana em cima. Verificou a porta da frente, que estava trancada.

Em seguida, foi pelo corredor, verificando um quarto de hóspedes, outro quarto – convertido em escritório durante a pandemia ou antes – e um banheiro. A última parada foi no quarto principal, que incluía um closet e um banheiro grande. A suíte principal ocupava todos os fundos da casa, e no banheiro havia uma porta que dava no quintal. Estava trancada com duas voltas na chave, mas Renée a abriu para olhar o quintal antes que ficasse escuro demais. Hannah tinha criado uma área de estar, num deque de madeira, perto da porta do banheiro. Havia um cinzeiro numa mesa, que precisava ser esvaziado.

O quintal tinha uma cerca de tábuas que incluía uma área isolada com lixeiras e recipientes para reciclagem. Nesse espaço havia um portão de madeira trancado, dando para um beco de serviço nos fundos.

Renée enfiou a arma na calça, às costas, e puxou o agasalho por cima. Saiu para o beco e olhou para o norte e para o sul, mas não viu nenhum veículo ou qualquer outra coisa que levantasse suspeita ou preocupação. Seu telefone zumbiu e ela viu que era Bosch ligando.

– Estamos no W, dois quartos lado a lado. Vamos ficar aqui e pedir serviço de quarto.

– Bom. Estou na casa.

– Ainda não gosto disso, você aí sozinha. Eu deveria estar aí, e não aqui.

– Vou ficar bem. Vou ligar para Hollywood e deixá-los de prontidão.

– Você sabe que eles não vão gostar disso.

– Mas não terão escolha.

Houve uma pausa enquanto Bosch pensava, antes de responder.

– Por que você está fazendo isso, Renée? É meio maluco. Você não parece ter um plano bem elaborado. Por que não entrega tudo a eles?

– Harry, você não sabe como o departamento está agora. Eu não podia correr o risco de que eles fizessem merda.

– Bom, não se esqueça de me manter a par, também.

– Eu sei, de hora em hora, na hora cheia. Você vai ter notícias minhas.

Renée desligou e permaneceu alguns instantes no beco, pensando num plano. A casa de Hannah ficava a apenas duas casas da rua transversal, a Oakwood. Percebeu que poderia sair pela porta da frente, fazer a caminhada fingindo ser Hannah e dar a volta retornando rapidamente pelo beco – e estar dentro e a postos se os Homens da Meia-Noite agissem.

Voltou para o quintal, deixando a porta do cercado do lixo destrancada. Entrou na casa pela porta junto ao deque de fumar e deixou essa porta também destrancada.

No closet, achou uma pequena coleção de chapéus. Queria algo que escondesse seu rosto melhor do que o boné dos Dodgers. Encontrou um chapéu de pano com aba larga, frouxa, provavelmente usado para trabalhar no jardim ou fazer outras tarefas ao ar livre. Seu cabelo era um pouco mais escuro e mais comprido do que o de Hannah, por isso, ela o prendeu num rabo de cavalo antes de colocar o chapéu. Além disso, ela era mais magra do que Hannah. Examinou os cabides até achar um casaco volumoso, mas aceitável para caminhar numa noite de inverno. Tirou o agasalho com capuz, vestiu o casaco e estava pronta para sair.

Quando se virou para sair do closet, viu um trinco na parte de dentro. Fechou a porta, empurrou o trinco e testou a segurança. Parecia firme, e Renée percebeu que Hannah tinha transformado o closet num cômodo seguro. Era uma atitude inteligente.

Olhou em volta, dentro do closet, e encontrou um roteador de Wi-Fi numa prateleira, além de um kit de sobrevivência numa mochila. Hannah tinha se preparado bem, e era bom saber que havia esse espaço para onde recuar, se necessário.

Antes de sair, Renée percorreu a casa mais uma vez para decidir quais lâmpadas acenderia. Não poderia ligar nada quando voltasse para dentro, já que isso poderia alertar alguém que estivesse vigiando. Deixou a luz do closet acesa, também, além das da cozinha e uma na sala de estar.

Junto à porta da frente puxou a máscara por cima do nariz, para aumentar o disfarce, colocou fones de ouvido e saiu. Trancou a porta e pôs no bolso do casaco o chaveiro que pegara com Hannah.

Andou por um caminho de pedras até a calçada. Olhou para os dois lados, como se decidisse para onde ir. Seus olhos examinaram os carros na rua, mas agora estava escuro demais para enxergar dentro de qualquer um deles. Os Homens da Meia-Noite podiam estar vigiando e esperando, e ela não saberia. Pegou o telefone e virou o rosto para a tela, como se estivesse escolhendo que música ouvir, mas continuou a examinar a rua, os olhos logo abaixo da aba do chapéu. Depois guardou o telefone, olhou para a luz apagada no poste, como se a notasse pela primeira vez, e virou para o sul na direção da Oakwood.

Caminhou rapidamente até o cruzamento e virou à direita. Assim que chegou ao beco, virou de novo à direita e acelerou o passo. Levou menos de três minutos para passar pelo cercado do lixo e entrar no quintal, desde que tinha fechado a porta da frente. Duvidava que tivesse havido tempo para uma invasão, mas tirou a arma de baixo do casaco e entrou na casa pela porta do deque. Segurando a arma em posição, percorreu os cômodos, com cuidado para ficar longe de janelas que pudessem revelar que tinha voltado.

Verificou a garagem por último, dando uma volta completa ao redor do Audi e olhando embaixo dele. Não encontrou nenhum sinal de invasão.

Voltou para dentro e examinou a casa de novo, procurando o melhor local para esperar e estar a postos. Decidiu-se pelo escritório, porque era o cômodo mais central. Além disso, oferecia duas opções para se esconder, caso acontecesse a invasão. Havia um armário com porta deslizante que tinha um grande espaço não utilizado. E ao longo da parede à esquerda da porta ficava um arquivo de quatro gavetas que oferecia um ponto cego em relação à entrada.

Puxou a cadeira e sentou-se. Pôs a arma na mesa e pegou o telefone. Ligou para Lisa Moore, mas não esperava que ela atendesse – principalmente depois da mensagem que tinha deixado na quinta-feira anterior. O telefonema caiu na caixa postal e Renée desligou. Em seguida, escreveu uma mensagem.

> Lisa, me ligue se quiser participar da prisão dos HMN. Estou dentro da casa da próxima vítima. Você está de plantão essa noite?

Mandou a mensagem, satisfeita por, ao menos, ter dado a Lisa a chance de se envolver em seu próprio caso. Em seguida, ligou para o telefone da mesa de Neumayer porque não tinha o número do celular dele. E a primeira falha em seu plano apressado surgiu. O telefonema caiu na caixa postal e ela escutou a voz de Neumayer: "Aqui é o detetive Neumayer. Estarei fora da cidade até dezenove de janeiro e, quando voltar, respondo ao seu telefonema. Se for uma emergência, disque 911. Se for sobre um caso que esteja sendo investigado, por favor, ligue para a linha direta do bureau de detetives e peça para falar com a detetive Moore ou o detetive Clarke. Obrigado."

Agora Renée sabia que deveria ligar para Robinson-Reynolds ou, no mínimo, para Ronin Clarke, mas não fez uma coisa nem outra. Decidiu esperar e ver se Lisa Moore telefonaria de volta.

Seu planejamento apressado e incompleto estava começando a pesar. Pensou em ligar para Bosch e aceitar a oferta dele, de ficar ali como apoio. Mas sabia que não poderia deixar Hannah Stovall sem vigilância, ainda que fosse improvável que os Homens da Meia-Noite soubessem sua localização atual. Tentou imaginar suas motivações para agir tão rapidamente com um plano tão incompleto. Sabia que tudo se devia à desilusão crescente com o trabalho, o departamento, as pessoas que a cercavam. Mas não com Bosch. Bosch era a constante. Era mais firme do que todo o departamento.

Tentou afastar os pensamentos sombrios acessando o vídeo da sala de brincadeiras da Dog House, para ver como Pinto estava. A imagem era granulosa e pequena, mas ela conseguiu ver Pinto deitado embaixo de um banco, olhando a ação dos outros cachorros, possivelmente muito tímido para participar. Ela havia chegado rapidamente ao ponto em que amava o cachorrinho, e imaginou por que alguém o teria maltratado e abandonado.

De algum modo, nas correntes cruzadas dos pensamentos, chegou a uma decisão. Talvez fosse apenas uma coisa momentânea, mas sabia que fazia muito tempo que esse momento estava chegando.

Desligou o vídeo e redigiu um pequeno e-mail para o tenente Robinson-Reynolds. Releu a mensagem duas vezes antes de apertar o botão de enviar.

Imediatamente se encheu com um sentimento de alívio e certeza. Tinha tomado a decisão certa. Não havia mais volta.

Seus pensamentos foram interrompidos por um telefonema do celular de Lisa Moore.

– Que porra você está fazendo, Renée?

– O que estou fazendo? Vejamos. Eu consegui uma pista sólida e estou seguindo. Sei que pode parecer uma ideia muito fora da caixa, mas...

– Você está suspensa. Está no banco.

– Você acha que os Homens da Meia-Noite estão no banco? Acha que você os assustou? Seu pequeno movimento na semana passada, para puxar um pouquinho o tapete do tenente, só fez com que eles mudassem as coisas, Lisa. Eles ainda estão por aí, e eu sei para onde eles vão. Eles estão vindo para mim.

– Onde você está?

– Vou dizer uma coisa: fique a postos. Eu ligo quando precisar de você.

– Renée, escuta. Tem alguma coisa errada. Sua avaliação está ruim. Onde quer que você esteja, precisa de apoio e de um plano. Com uma atitude dessas você está dando ao departamento tudo de que precisa para se livrar de você. Não está vendo?

– É tarde demais. Eu já me livrei dele.

– O que você está falando?

– Acabei de me demitir. Mandei minha demissão para o tenente.

– Você não pode fazer isso, Renée. Você é uma policial boa demais.

– Já fiz.

– Então o que você está fazendo agora? Saia daí e peça o apoio. Você está se expondo ao perigo. Você...

– Eu sempre me expus ao perigo. Mas não sou mais policial. Isso significa que não sigo as regras. Ligo quando precisar de você. Se precisar.

– Não estou entendendo. O que você...

Renée desligou. E sentiu imediatamente a euforia e a certeza de sua decisão começando a se esvair.

– Merda – disse.

Levantou-se e enfiou o telefone no bolso de trás. Em seguida, pegou a arma e a manteve ao lado do corpo. Foi até a porta, decidida a fazer outra varredura na casa, de modo a conhecer bem o espaço caso precisasse se deslocar no escuro.

Tinha acabado de entrar no corredor quando a casa começou a tremer. Não era um terremoto, e sim apenas uma vibração grave. Um tremor. Percebeu que alguém estava abrindo o portão da garagem.

43

Renée recuou rapidamente para o escritório escuro. A princípio, ficou parada junto à porta e esperou. O corredor oferecia uma visão direta até a sala de estar e a porta da frente. Do outro lado de uma entrada em arco, à esquerda, ficava a cozinha, e através dela dava para ver a beirada da porta que ligava à garagem. Fixou-se naquele ponto, com a arma ainda ao lado do corpo.

Logo o tremor no piso começou de novo e ela soube que o portão da garagem estava se fechando. Alguns instantes depois, viu a maçaneta da porta da cozinha começando a girar. A porta se abriu para dentro, a princípio bloqueando sua visão de quem estava entrando.

Então, a porta se fechou e um homem de macacão azul-escuro ficou parado ali, como ela estivera, tentando ouvir a casa. Renée recuou mais para as sombras do escritório, mas ficou de olho no homem. Não respirava.

O homem usava luvas sintéticas pretas e uma máscara de esquiador verde, que tinha sido enrolada para cima, revelando o rosto, porque ele não esperava que houvesse alguém na casa. Ele iria puxá-la para baixo quando Hannah Stovall retornasse da caminhada. Tinha uma pochete presa em volta do macacão, com a bolsa na frente. As sobrancelhas e as costeletas revelavam que ele era ruivo.

– Certo, entrei – disse ele. – Algum sinal dela?

Renée se imobilizou. Ele estava falando com alguém. Então viu o fone branco no ouvido direito. Não havia fio. Era uma conexão Bluetooth com um telefone preso numa faixa na parte superior do braço direito.

Renée não tinha se planejado para o caso de ele estar em comunicação constante. Outra falha em seu plano muito falho.

– Certo – disse o homem. – Vou dar uma olhada. Avise quando avistar a mulher.

O homem saiu da nesga de visão que Renée tinha da cozinha. Ela ouviu a geladeira se abrir e depois fechar. Em seguida, escutou passos no piso de madeira e percebeu que ele tinha ido para a sala de estar. Também escutou um som que não pôde identificar. Era como tapas, espaçados em vários intervalos. Escutou a voz dele outra vez, mas agora estava mais longe.

– A puta quase não tem comida na porra da geladeira.

Ele passou pela frente do corredor, na sala de estar, e Renée viu que o sujeito estava jogando para cima uma das maçãs que ela pusera na geladeira, fazendo o som de tapa quando a pegava de volta. Precisava pensar. Se o ruivo estava em comunicação constante com o parceiro, ela precisava bolar um modo de dominá-lo sem que o parceiro percebesse e talvez fugisse.

Queria pegar os dois.

O som de passos ficou mais alto e ela soube que ele estava entrando no corredor. Moveu-se rapidamente e em silêncio para o ponto cego do outro lado do arquivo e deslizou pela parede até ficar agachada. Segurou a arma entre os joelhos, com as duas mãos.

Os passos pararam e a luz do teto se acendeu. Então o homem falou de novo:

– Temos um escritório doméstico. Monitores duplos. Cara, ela tem um material de primeira aqui... Acho que vou pegar um desses pro meu setup.

As luzes se apagaram e os passos continuaram. Renée ouviu o homem informar o que viu no banheiro do corredor, no quarto de hóspedes e depois na suíte principal. O modus operandi tinha obviamente mudado, talvez por causa da exposição na mídia ou pela programação de Hannah, que trabalhava em casa. De qualquer modo, a invasão tinha acontecido muito mais cedo do que nos três casos anteriores. Ela sabia que isso provavelmente significava que eles não esperariam várias horas escondidos, até Hannah ir dormir. Renée acreditava que agora o plano era agir rapidamente, incapacitar e controlar Hannah e, em seguida, trazer o segundo homem. A suíte principal estava provavelmente descartada como esconderijo, porque era para lá que Hannah iria depois da caminhada. Com isso, restavam o quarto extra, o escritório e o banheiro do corredor. Renée acreditava que o escritório era a melhor opção. A mesa ficava encostada numa parede e o armário, do lado oposto, significando que, se Hannah se sentasse à mesa, ficaria de costas para a porta do armário. O ruivo poderia surpreendê-la por trás – se ela fosse trabalhar de novo depois de voltar para casa.

Renée esperou, ensaiando na mente os movimentos que faria quando ele voltasse ao escritório. Um tipo de movimento se ele a visse e outro se ele passasse sem notá-la, no caminho para olhar dentro do armário.

– Bicho, ela tem um quarto seguro na porcaria do closet. O cara não contou isso pra gente.

Houve silêncio enquanto Renée pensava no significado da segunda frase.

– Certo, certo, estou olhando. Você disse que ainda não havia sinal dela.

Silêncio.

– Está bem, então.

As palavras quase fizeram Renée se encolher. Estavam mais próximas. O ruivo estava retornando ao escritório.

– Acho que o melhor lugar é o escritório.

Enquanto dizia isso, o homem entrou no cômodo e as luzes do teto voltaram a se acender. Ele passou pelo arquivo sem notar Renée e foi diretamente ao armário. Ela não hesitou. Saltou de pé e foi em direção às costas dele. Ele estava abrindo a porta do armário quando ela levou a mão ao seu ouvido direito e arrancou o fone. Ao mesmo tempo levantou a arma com a mão esquerda e encostou o cano na base do crânio dele. Apertando o fone com força, sussurrou:

– Se quiser viver, não diga nenhuma palavra, porra.

Renée pôs o fone no bolso, segurou o homem pelo colarinho e o puxou para trás, mantendo a arma encostada nele o tempo todo e continuando a sussurrar:

– Abaixado. De joelhos.

Ele fez isso, e agora estava com as mãos à altura dos ombros, para mostrar que obedecia. Renée tirou o telefone da faixa do braço do homem. A tela mostrava uma conexão com alguém identificado apenas como Stewart. Pôs o telefone no viva-voz.

– ... aconteceu? Ei, você está aí?

Ela apertou o botão de silenciar, depois segurou o telefone junto ao rosto do sujeito.

– Agora vou tirar isso do silencioso e você vai dizer que tudo está bem e que só tropeçou numa caixa no armário. Entendeu? Se disser qualquer outra coisa, será a última vez que você vai falar na vida.

– Você é o quê? Da polícia?

Renée puxou o percussor da arma. O estalo característico deu a mensagem.
– Está bem, está bem. Eu digo a ele.
– Diga.
– Foi mal, cara, eu tropecei. Tem um monte de caixas e merdas aqui.
– Você está legal, Bri?
– Estou, só fodi o joelho um pouco. Tá tudo nos trinques.
– Tem certeza?
Renée apertou o botão de silenciar.
– Diga que tem – ordenou. – E diga para ele continuar vigiando a mulher. Anda.
Ela desligou o mudo.
– Tenho. Só avise quando vir a dona.
– Falou, cara.
De novo, Renée apertou o ícone para silenciar a ligação e pôs o telefone na mesa.
– Certo, fique parado.
Com uma das mãos segurando a arma junto à cabeça dele, Renée tateou a pochete e procurou uma fivela, mas não achou.
– Certo, baixe uma das mãos e tire a pochete.
O homem baixou a mão direita. Renée ouviu um estalo e a mão dele voltou segurando a pochete pela alça.
– Largue no chão.
O homem obedeceu. Então, Renée usou a mão livre para revistá-lo e verificar os bolsos do macacão. Não achou nada.
– Certo, quero que você se deite de rosto para baixo. Agora.
De novo ele obedeceu, mas protestando.
– Que porra você é? – disse enquanto se abaixava.
– Fique deitado e não fale, a não ser que eu mande. Entendeu?
Ele ficou quieto. Renée apertou mais o cano contra a nuca do sujeito.
– Ei, entendeu?
– Entendi, pega leve, eu entendi.
O homem se abaixou e Renée manteve a arma encostada no pescoço dele o tempo todo, depois apoiou um dos joelhos nas costas dele.
Percebeu que suas algemas estavam no kit de equipamentos no carro, onde as guardara quando estava fora de serviço, indo se encontrar com Garrett. Mais uma falha acrescentada ao plano.

Pegou a pochete que o ruivo tinha acabado de largar no chão.

– Vejamos o que você tem aí – disse.

Pôs a pochete nas costas dele e abriu o zíper. A bolsa continha um rolo de fita adesiva, um canivete e uma venda preparada antecipadamente com material adesivo, destinada a Hannah Stovall. Havia uma tira de preservativos e um controle remoto da garagem.

– Parece que você está com o kit de estupro inteiro aí, hein, Bri? – disse ela. – Posso chamar você de Bri, como seu parceiro fez?

O homem no chão não respondeu.

– Tudo bem se eu usar um pouco da sua fita?

De novo não houve resposta.

– Vou considerar que isso é um sim.

Depois de pousar a arma nas costas do homem, Renée juntou as mãos dele e enrolou a fita adesiva nos pulsos, puxando o rolo enquanto fazia isso. Podia senti-lo tentando manter os pulsos separados.

– Pare de resistir – ordenou.

– Não estou resistindo – gritou ele no chão. – Não consigo juntar os pulsos.

Renée abriu o canivete e cortou a fita. Depois, pegou a arma e se levantou. Pôs a fita e o canivete na mesa e em seguida abaixou a mão e arrancou a máscara de esquiador de cima da cabeça dele, fazendo o rosto quicar de volta no chão e liberando uma torrente de cabelos ruivos.

– Merda! Cortou meu lábio.

– É o menor dos seus problemas.

Renée baixou a mão e pegou o controle remoto da garagem. Viu que era um controle programável, como o que recebera do senhorio do seu apartamento. Ele informara que, uma vez por ano, a associação de moradores mudava o código, como medida de segurança, e que lhe daria a nova combinação para instalar. Agora ela entendia como os Homens da Meia-Noite entravam na casa de cada vítima.

– Quem deu o controle da garagem a você? – perguntou.

Não obteve resposta.

– Tudo bem. Vamos descobrir.

Afastou-se dele, indo para o lado.

– Vire a cabeça, mostre o rosto.

Ele fez isso. Renée viu um pouco de sangue nos lábios. Ele parecia jovem, não teria mais de 25 anos.

– Qual é o seu nome completo?
– Não vou dizer meu nome. Se quiser me prender, prenda. Eu invadi a casa, grande coisa. Pode me fichar e veremos o que acontece.
– Má notícia, garoto. Eu não sou policial e não estou aqui para fichar você.
– Deixa de merda. Dá para ver que você é policial.
Renée se abaixou e segurou o revólver de modo que ele o visse.
– Os policiais têm algemas. E não usam revólveres pequenos como esse. Mas, quando a gente terminar com você e o seu parceiro, vão desejar que fôssemos da polícia.
– É, "a gente" quem? Não estou vendo mais ninguém aqui.
– Você vai descobrir logo.
Renée queria enrolar os tornozelos dele com a fita, para impedir que ele se levantasse, mas também queria mantê-lo falando. Bri não estava entregando nada, mas ela sentia que, quanto mais ele falasse, maior seria a chance de escorregar e fornecer alguma coisa útil ou importante.
– Fale sobre as fotos.
– Que fotos?
– E os vídeos. Sabemos que você e o seu colega documentaram os estupros. Pra quê? Para vocês mesmos ou para mais alguém?
– Não sei que porra você está falando. Que estupros? Eu invadi essa casa pra roubar coisas, só isso.
– E quem estava falando com você pelo telefone?
– O motorista de fuga.
O homem se remexeu no chão, de modo que sua bochecha direita ficasse para baixo e ele pudesse olhar para Renée. Ela respondeu pegando o telefone e se inclinando para tirar uma foto. Ele virou imediatamente o rosto para baixo de novo.
– Isso vai ser postado em toda a internet. Todo mundo vai saber quem você é e o que você fez.
– Foda-se.
– Como vocês escolhem as mulheres?
– Quero um advogado.
– Parece que você não entende, Brian, que você não está nas mãos da polícia, nem, digamos, do sistema de justiça tradicional. Você estava certo, mas só pela metade. Eu já fui policial. Não sou mais. Abandonei porque o sistema não funciona. Não faz o que deveria para proteger os inocentes de monstros

como você. Agora você está sob custódia de um sistema de justiça diferente. Vai contar tudo que a gente quiser saber e vai responder pelo que você fez.

– Sabe de uma coisa? Você é maluca, porra.

– O que você quis dizer com "o cara" não falou sobre o quarto seguro?

– Não sei o que você está falando. Eu não disse isso.

– Quem contou a você sobre Hannah Stovall?

– Quem é essa?

– Quem te deu o controle da garagem?

– Ninguém. Quero um advogado. Agora.

– Nenhum advogado pode ajudar você. Aqui não existem leis.

O telefone de Renée começou a tocar. Ela o pegou e verificou. Era Harry Bosch. O relógio na tela dizia que ela estava dez minutos atrasada para a verificação horária. Atendeu e falou primeiro:

– Peguei um deles.

– Como assim, pegou um deles? – perguntou Bosch.

– Como eu disse. Assim que pegarmos o outro, eu ligo para você vir.

Bosch fez uma pausa ao perceber o que estava acontecendo.

– Estou interrogando o sujeito agora – disse Renée. – Tentando. Se ele não quiser falar, podemos fazer a coisa do seu jeito.

– Estou indo.

– Tudo bem. Podemos fazer desse jeito também.

– Sei que você está jogando com ele. Quer que eu chame as tropas?

– Não, ainda não. Está tudo bem.

– Bom, estou indo. De verdade.

Renée desligou e pôs o telefone na mesa. Em seguida, pegou o telefone do invasor e descobriu que o aparelho estava protegido por senha. Mas tinha sido ajustado para permitir a pré-visualização de mensagens. E havia uma mensagem parcial na tela.

```
Falei com o cara; o quarto seguro
foi acrescentado depois
```

A mensagem estava cortada nesse ponto.

– Você recebeu uma mensagem, Bri – disse ela.

– Você precisa de um mandado para olhar meu telefone.

Renée deu um riso falso.

– Você estaria correto... se eu fosse da polícia. De qualquer modo, a mensagem é do seu parceiro. Diz que ele verificou com o cara e que o quarto seguro foi acrescentado depois. Depois de quê? Depois de Hannah dar um pontapé na bunda dele? Depois de dizer para ele sair da vida dela?

– Quem são vocês, porra?

A voz de Brian havia mudado. Tinha perdido o tom de confiança e superioridade. Renée olhou para ele.

– Você vai descobrir logo. E vai ser muito mais fácil se você responder às minhas perguntas. Quem contou sobre Hannah Stovall?

– Olha, só me leva pra polícia, tá certo? Me entrega.

– Não creio que isso...

Houve um estrondo súbito na frente da casa.

Renée levou um susto. Em seguida, voltou para o corredor, levantando a arma. Olhando pelo corredor, viu que a porta da frente da casa estava escancarada, o portal lascado no lugar onde estivera a fechadura. Mas não havia ninguém à vista. Foi nesse momento que ela percebeu que o sujeito no chão tinha usado um código com o companheiro. *Nos trinques*. Ela havia achado que era uma expressão estranha quando ele a usou, mas para seu cérebro não tinha ficado claro que era um código.

– Aqui atrás! – gritou Brian. – Aqui atrás!

Renée olhou para o escritório e viu que o ruivo estava movendo os pulsos para cima e para baixo, um contra o outro, tentando esticar a fita com a qual ela o prendera.

– Não se mexe, porra! – gritou.

Ele a ignorou e continuou esfregando os pulsos como se fossem dois pistões num motor.

– Parado!

Ela levantou a arma e apontou para ele. De rosto no chão, ele olhou para ela e apenas sorriu.

Em sua visão periférica, Renée viu um movimento à esquerda. Virou-se e viu outro homem de macacão azul e máscara de esquiador passando pela porta da cozinha e entrando no corredor. Ele partiu na sua direção sem hesitar. Ela virou a mira para a esquerda, mas ele chegara muito rapidamente, jogando o ombro contra Renée no instante em que ela disparou a arma.

O som foi abafado entre os dois corpos caindo no chão do corredor. O homem mascarado rolou de cima dela, cruzando os braços na frente do peito e gemendo. Renée viu uma marca de queimadura e o ferimento de entrada da bala disparada contra o peito dele.

– *Stewart*!

O grito veio do escritório. Renée sentiu o chão contra suas costas estremecer enquanto o ruivo entrava rapidamente no corredor. Viu que ele pegara o canivete na mesa e o segurava numa das mãos ainda com a fita adesiva enrolada. Ele viu o parceiro se retorcendo no chão e depois virou o olhar cheio de ódio para Renée.

– Sua...

Renée disparou um tiro do chão. Acertou-o embaixo do maxilar, a trajetória subindo para o cérebro. Ele caiu feito uma marionete, morto antes mesmo de bater no chão.

44

A sala de interrogatório estava apinhada. Havia muito hálito de café e pelo menos um dos homens na frente de Renée era fumante. Era uma das poucas vezes no último ano em que ela se sentia feliz por usar máscara. Estava sentada junto a uma mesinha de aço, de costas para a parede. Ao seu lado estava Linda Boswell, sua advogada da Liga de Proteção da Polícia. Os três homens à frente estavam sentados de costas para a porta. Era como se, de algum modo, Renée precisasse passar por eles para sair. E sentados ombro a ombro eles ocupavam todo o espaço, de uma parede lateral à outra. Não havia como rodeá-los. Ela precisaria atravessar direto.

Dois homens eram da Divisão de Investigação do Uso da Força. O capitão Sanderson, chefe da unidade, estava sentado na frente e no centro, e à sua esquerda estava David Dupree, um cara magro, que Ballard identificou como o fumante. Imaginou que, se ele não estivesse usando máscara, ela veria a boca cheia de dentes amarelos.

O terceiro homem era Ronin Clarke, representando a força-tarefa dos Homens da Meia-Noite, já que Neumayer estava de férias e Lisa Moore tinha se desentendido com o tenente Robinson-Reynolds. Uma força-tarefa fora criada para a investigação depois do frenesi da mídia que explodiu quando a história vazou para o *Times*. Os três detetives normalmente designados para o esquadrão de Crimes Contra Pessoas também foram alocados na força-tarefa.

Havia três gravadores digitais diferentes na mesa, prontos para capturar a investigação. Renée tinha recebido uma advertência Lybarger, dada por Sanderson. Esse alerta, aprovado pelos tribunais, a compelia a responder às perguntas sobre os tiros na Citrus Avenue apenas para propósitos de investigação administrativa. Se fosse aberto um processo criminal a partir das ações de Renée, nada que ela dissesse na entrevista poderia ser usado contra ela num tribunal. Renée informara brevemente à sua advogada o que havia acontecido na casa de Hannah Stovall e o que levara aos dois disparos.

Agora Linda Boswell tentaria impedir que a coisa saísse do controle.

– Deixe-me apenas começar dizendo que a Srta. Ballard não vai responder a nenhuma pergunta da investigação de uso da força – disse. – Ela...

– Ela vai usar a Quinta Emenda? – perguntou Sanderson. – Se fizer isso, ela perde o emprego.

– Era isso que eu ia dizer antes que o senhor interrompesse. A Srta. Ballard, perceba que eu não disse "detetive Ballard", não trabalha para o DPLA, portanto, a DIF não tem nada a ver com o que aconteceu na Citrus Avenue.

– Que diabo você está falando? – perguntou Sanderson.

– Hoje mais cedo, antes do incidente na Citrus Avenue, a Srta. Ballard mandou um pedido de demissão por e-mail ao seu supervisor imediato – respondeu Linda Boswell. – Se o senhor verificar com o tenente Robinson-Reynolds, poderá confirmar o e-mail e a hora em que ele foi enviado. Isso significa que Renée Ballard não era mais policial na hora dos tiros contra os dois invasores na casa da Citrus. Era uma cidadã particular que agiu em defesa da própria vida quando dois homens armados invadiram a casa em que ela tinha permissão legal de estar.

– Isso não faz o menor sentido – disse Sanderson.

Ele olhou para Dupree e assentiu em direção à porta. Dupree se levantou e saiu da sala, provavelmente para encontrar Robinson-Reynolds, que Renée tinha visto na sala dele ao ser trazida para o interrogatório no bureau de detetives de Hollywood.

– Bom, esses são os fatos, capitão – disse Linda Boswell. – A Srta. Ballard pode mostrar o e-mail que ela enviou, se o senhor quiser. Enquanto isso, ela está totalmente disposta a contar ao detetive Clarke o que aconteceu e está ciente de que pode haver a necessidade de uma investigação consequente.

– Isso é um truque, e nós não vamos fazer jogos – reagiu Sanderson. – Ela responde às perguntas ou nós vamos à promotoria.

Linda Boswell zombou.

– Vocês podem fazer isso, claro. Mas o que vão levar à promotoria? É facilmente estabelecido pela proprietária que ela deu permissão a Renée

Ballard para estar dentro da casa. Ela entregou voluntariamente as chaves da casa e do carro. A prova física no local mostra claramente uma invasão e que Renée, temendo pela própria segurança, disparou contra dois invasores que logo serão oficialmente identificados como os estupradores em série conhecidos como Homens da Meia-Noite. Portanto, vejamos, vocês vão pedir ao promotor eleito que processe, por algum motivo, a mulher que matou esses dois estupradores depois de eles invadirem a casa onde ela estava sozinha? Bom, só posso desejar boa sorte, capitão.

Os olhos de Clarke revelaram que ele estava tentando reprimir um sorriso por trás da máscara. Então, a porta da sala se abriu e Dupree entrou de novo. Ele fechou a porta, mas permaneceu de pé. Sanderson olhou para ele, e Dupree assentiu. Tinha confirmado o e-mail de demissão enviado para Robinson-Reynolds.

Sanderson se levantou.

– A entrevista está encerrada – disse.

Ele pegou seu gravador, desligou-o e acompanhou Dupree para fora da sala. Clarke não se mexeu e pareceu que ainda se esforçava para manter o rosto sério.

– Com isso, resta o senhor, detetive Clarke – disse Linda Boswell.

– Eu gostaria de conversar com Renée – respondeu ele. – Mas preciso...

A porta foi escancarada, interrompendo Clarke. O tenente Robinson-Reynolds entrou. Encarou Renée enquanto falava com Clarke.

– Ela foi alertada?

– Ela recebeu o Lybarger, mas não o Miranda, se é isso que o senhor quer saber – respondeu Clarke. – Mas está disposta a falar e diz que há uma investigação consequente, que nós...

– Não, não vamos falar – disse Robinson-Reynolds. – Isso acabou. Por enquanto. Saia.

Clarke se levantou, pegou seu gravador e saiu da sala.

Robinson-Reynolds continuou encarando Renée.

– Desligue isso – disse ele.

Renée começou a estender a mão para o gravador.

– Não – inverveio Linda Boswell. – Não acho que seja...

– Desligue – disse Robinson-Reynolds. – E você pode ir. Preciso dizer a Ballard uma coisa que não pode sair desta sala.

Linda se virou para Renée, dizendo:

– Se quiser que eu fique, eu fico.
– Tudo bem, eu vou ouvir.
– Vou estar aí fora.
– Obrigada.

Linda se levantou e saiu da sala. Renée desligou o gravador.

– Ballard – disse Robinson-Reynolds. – Acho difícil acreditar que você armou essa coisa para matar aqueles dois escrotos. Mas se eu descobrir que você fez isso, vou partir para cima de você.

Renée sustentou o olhar dele por um longo momento, antes de responder:

– E estará errado, assim como está errado em relação a eu ter vazado para o *Times*. E, homens como aquele dois? Eles se livraram com facilidade. Por mim, eles apodreceriam na prisão pelo resto da vida. Era melhor do que se livrar como se livraram.

– Bom, em relação a isso, veremos. E já sei quem vazou para o *Times*.

– Quem?

Robinson-Reynolds não respondeu. Deixou a porta aberta ao sair.

– Foi bom trabalhar com o senhor também – disse Renée para a sala vazia.

Guardou seu gravador no bolso e saiu. Linda Boswell estava esperando na sala do esquadrão. Renée viu Lisa Moore e Ronin Clarke na área do esquadrão de Crimes Contra Pessoas, junto com os outros designados para a força-tarefa. Toda a equipe tinha sido convocada para cuidar da investigação dos dois homens em quem Renée havia atirado. Se Robinson-Reynolds havia desmascarado Lisa como a responsável pelo vazamento da história para o *Times*, aparentemente ainda não tinha feito nada a respeito.

– Ele disse alguma coisa que eu deveria saber? – perguntou Linda.

– Nada que valha a pena ser repetido. Obrigada pelo que você fez lá dentro. Você arrebentou.

– Faz quatro anos que eu bato de frente com o Sanderson. Ele é um tremendo fanfarrão. A única coisa intimidante no sujeito é o hálito, e graças a Deus ele precisou usar máscara.

Renée não conseguiu conter o sorriso, mesmo escondido por sua máscara.

– Então ele era o fumante – disse Renée. – Achei que era o Dupree.

– Não, era o Sanderson. Bom, agora a má notícia: não posso mais defender você, já que você não é mais policial.

– Certo. Entendo.

– Posso recomendar um bom advogado de fora, se você precisar.

– Obrigada.

– Acho que não vai precisar, porque não creio que haverá nenhum questionamento das suas ações. Elas foram a própria definição de legítima defesa. E, deixando de lado meu diploma de advogada, foi você quem arrebentou hoje, Renée.

– As coisas não aconteceram como eu tinha planejado.

– Precisa de uma carona para algum lugar?

– Não, acho que tenho alguém esperando aí fora.

– Está bem. Foi um prazer.

As duas bateram os punhos e Linda Boswell foi para a saída da frente. Renée foi até a área do esquadrão de agressões sexuais. Lisa Moore não levantou a cabeça, mas Renée soube que ela a viu se aproximar. Agora Clarke estava sem máscara. Ele usou o polegar e o indicador para fazer mímica de disparar uma arma, soprando no cano e depois pondo a arma no coldre como um pistoleiro do Velho Oeste.

– Já conseguiram identificar aqueles dois? – perguntou Renée.

– Estamos trabalhando – respondeu Clarke. – Mas o tenente deu ordens. Não podemos falar com você agora.

Renée assentiu.

– É, eu saquei.

Saiu da sala do esquadrão pelo que presumiu ser a última vez, indo para a saída principal, o que a fez passar diante da sala do tenente. Robinson-Reynolds estava atrás da mesa, sem máscara, falando ao seu telefone fixo. Ela sustentou o olhar dele enquanto passava. Não disse nada.

Bosch estava esperando na frente da delegacia, encostado na lateral do seu velho Cherokee.

– Tudo bem? – perguntou ele.

– Por enquanto. Mas não acabou.

45

Na manhã de quarta-feira, Renée e Bosch estavam no terminal internacional do aeroporto de Los Angeles, esperando a chegada do voo 3598 da AeroMexico, vindo de Cancún. Bosch usava terno e segurava um pedaço de papel que Renée tinha imprimido com o nome GILBERT DENNING. Estavam do lado de fora da saída do setor de bagagens e da alfândega dos Estados Unidos, onde choferes profissionais aguardavam seus clientes. O voo tinha pousado trinta e cinco minutos antes, mas por enquanto ainda não havia sinal de Denning. Renée tinha uma foto dele no telefone, recebida de Hannah Stowall. Mas, com a exigência de máscaras, era difícil comparar metade de um rosto com a foto.

O aeroporto estava quase vazio. Os poucos viajantes tinham passado pelas portas automáticas em ondas – um punhado de pessoas puxando malas ou empurrando carrinhos de bagagem seguidas por minutos sem nenhum movimento. Os choferes e as famílias que esperavam entes queridos continuavam olhando para as seis portas.

Renée estava começando a imaginar se, de algum modo, os dois tinham deixado de perceber Denning, se ele teria passado por eles ou pegado um ônibus para outro terminal. Mas então um homem usando boné dos Dodgers, óculos escuros e carregando apenas uma mochila pendurada no ombro parou diante de Bosch e apontou para a placa que ele segurava.

– Ei, sou eu, mas não pedi um chofer. Meu carro está na garagem.

Renée se adiantou rapidamente e falou:

– Sr. Denning? Precisamos falar sobre sua ex-namorada.

– O quê?

– Hannah Stovall. Precisamos falar sobre ela. Poderia vir conosco, por favor?

– Não, não vou a lugar nenhum até vocês dizerem o que está acontecendo. Hannah está bem?

– Estamos aqui para ajudá-lo, senhor. Se o senhor fizer o favor...

– O que você está dizendo? Não preciso de nenhuma ajuda. Vocês são da polícia? Mostre o distintivo, mostre alguma identificação.

– Não somos da polícia. Estamos tentando impedir que isso chegue à polícia. Não creio que o senhor gostaria, Sr. Denning.

– Impedir que o quê chegue à polícia?

– O seu envolvimento em um crime ao mandar dois homens à casa de Hannah para que ela fosse espancada e agredida sexualmente.

– O quê? Isso é insano. Fiquem longe de mim.

Ele deu um passo atrás, para sair em ângulo pela esquerda de Bosch. Bosch se moveu para bloqueá-lo.

– Essa é sua única chance de resolver – disse ele. – Se for embora, a coisa vai virar caso de polícia. Garantido.

Denning empurrou Bosch e foi em direção à saída do terminal. Bosch se virou para observá-lo. Renée começou a ir atrás, mas Bosch segurou seu braço.

– Espere – disse.

Viram Denning passar pela porta de vidro e ir até o cruzamento que levava à garagem. Havia várias pessoas esperando a luz do semáforo mudar, para atravessarem.

– Ele vai olhar para trás – disse Bosch.

De fato, Denning olhou para trás, para ver se eles continuavam ali. Virou-se para a frente outra vez e o trânsito parou enquanto o sinal de travessia começava a piscar. As pessoas começaram a ir em direção ao estacionamento coberto. Denning entrou no cruzamento, deu três passos e em seguida se virou. Passou com ar decidido pela porta, voltando ao terminal, e foi direto até Renée e Bosch.

– O que vocês querem? – perguntou.

– Que você venha conosco – disse Renée. – Para podermos conversar.

– Não tenho dinheiro. E o pessoal da saúde no portão disse que eu devo ficar dez dias de quarentena.

– Você pode ficar de quarentena quanto tempo quiser, depois de conversarmos. Caso contrário, tenho certeza de que arranjarão uma cela para você na cadeia do condado.

O sangue estava sumindo do rosto de Denning. Ele cedeu.

– Certo, certo, vamos.

Os três saíram juntos do terminal.

Na garagem, Denning foi levado até o banco de trás do Defender de Renée. Dez minutos depois, saíram do aeroporto e seguiram pelo Century Boulevard.

– Aonde nós vamos? – perguntou Denning. – Meu carro está lá atrás.

– Não é longe. Vamos trazer você de volta.

Alguns quarteirões depois, Renée virou à esquerda para o estacionamento do hotel Marriott.

– Mudei de ideia – disse Denning. – Me levem de volta. Quero falar com um advogado.

Renée parou numa vaga diante do hotel e disse:

– Se quiser voltar agora, pode ir andando. Mas tudo muda, se você for. O seu trabalho, sua casa, sua vida.

Ela o encarou pelo retrovisor.

– De qualquer modo, é hora de sair – disse.

Denning abriu a porta, saiu e pendurou a mochila no ombro.

Bosch e Renée o olharam, de dentro do carro, como se esperassem por sua decisão. Denning abriu os braços, dizendo:

– Ainda estou aqui. Podemos ir logo aonde nós vamos?

Renée e Bosch saíram e começaram a ir em direção à entrada do hotel. Denning foi atrás.

Tinham reservado um quarto no sexto andar. Não sabiam quanto tempo demoraria para Denning abrir o bico, e o fato de só haver uma saída agradava Bosch, que poderia bloqueá-la facilmente. O lugar era chamado de suíte executiva, com uma parede separando a área do quarto de uma pequena área de estar onde havia um sofá, uma poltrona e uma escrivaninha.

– Sente-se no sofá – disse Renée.

Denning obedeceu. Renée ocupou a poltrona e Bosch puxou a cadeira da escrivaninha, virando-a para ficar de frente para Denning, mas também bloqueando o caminho dele para a porta.

– Posso dar seis mil a vocês – disse Denning. – É só isso que eu tenho guardado.

– E o que você desejaria de nós, em troca? – perguntou Renée.

– Não sei. Por que estou aqui? Você disse que, se a gente não conversasse, seria questão de polícia. Não sei o que é, mas não quero envolver a polícia.

Renée esperou para ver se Denning se incriminaria mais. Mas ele parou de falar.

– Não queremos dinheiro – disse Renée. – Queremos informação.

– Que informação?

– Você sabe o que aconteceu na casa de Hannah Stovall há duas noites?

– É, vi pela internet, no México. Os dois caras que invadiram a casa... ela atirou neles.

Renée assentiu, como se confirmasse. Era fácil entender como Denning havia chegado à conclusão errada. No noticiário que saiu depois do incidente na noite de segunda-feira, o DPLA não disse o nome da mulher que tinha matado os Homens da Meia-Noite, citando uma política de não identificar vítimas de crimes de agressão sexual. Estava claro que, se Renée não tivesse tido sucesso naqueles momentos no corredor, ela se tornaria a vítima mais recente dos Homens da Meia-Noite. O departamento havia ocultado sua identidade para evitar as complicações e perguntas que surgiriam, caso seu nome e sua ex-afiliação fossem conhecidos.

Renée não estava interessada em esclarecer a crença de Denning. Queria que ele pensasse que qualquer conexão com ele teria morrido junto com os Homens da Meia-Noite.

– Sabemos que você contou a eles sobre a distribuição dos cômodos da casa e que deu o controle remoto para abrir a garagem – disse Renée.

– Vocês não podem provar isso.

– Não precisamos. Não somos da polícia. Mas sabemos que foi isso que aconteceu e estamos dispostos a manter segredo em troca da informação de que precisamos.

– Que informação? E, se vocês não são policiais, por que querem isso?

– Queremos saber como você contatou os Homens da Meia-Noite. Porque há outros como você por aí, e queremos contatá-los.

– Olha, nem era assim que eles se chamavam – disse Denning. – Foi a mídia que fez isso. A coisa toda explodiu no noticiário na semana passada e eu quis impedir os dois, mas era tarde demais. Eles silenciaram. Mas isso é uma coisa que eu posso provar. Eu tentei impedir. E, se existem outros, não conheço nenhum. Posso ir agora?

Ele se levantou.

– Não – ordenou Bosch. – Sente-se.

Denning ficou sentado e olhou para Bosch, provavelmente avaliando um homem que tinha o dobro da sua idade. Mesmo assim, alguma coisa no olhar penetrante de Bosch o esfriou e ele se sentou de novo.

– Você precisa recuar mais – disse Renée. – Antes de tentar impedir os dois, como você fez contato com eles?

Denning balançou a cabeça, como se desejasse refazer o passado.

– Eram só dois caras na internet. Nós começamos a conversar e uma coisa levou a outra. A Hannah... ela realmente me sacaneou... e eu... deixa pra lá. Que se foda.

– Onde, na internet, você encontrou os dois caras? – perguntou Renée.

– Não sei. Eu estava surfando... tem um monte de sites. Fóruns. Todo mundo fica anônimo, saca? Pra poder falar o que sente. A gente só coloca ali, e algumas pessoas respondem e dizem coisas. Falam sobre outros lugares aonde ir. Dão senhas. Isso simplesmente acontece. Tem muita coisa, se vocês estiverem procurando. Saca, um lugar onde todo mundo já esteve na mesma situação que você. Você foi sacaneado por uma mulher. E meio que entra na toca do coelho.

– Essa toca do coelho... você está falando da Dark Web?

– É, sem dúvida. Todo mundo, tudo é anônimo. Esses caras, os tais Homens da Meia-Noite, tinham um site, e eu consegui a senha. E então... foi isso.

– Como você acessou a Dark Web?

– Fácil. Primeiro arranjei uma VPN, depois usei o Tor.

Renée sabia que Bosch provavelmente não tinha a menor noção sobre Dark Web, mas por meio de casos e boletins do FBI ela tinha um conhecimento rudimentar de como as VPNs – redes virtuais privadas – e os navegadores da Dark Web, como o Tor, funcionavam.

– E como, especificamente, você encontrou os Homens da Meia-Noite?

– Eles postavam num fórum que dizia, você sabe, que eram da área de Los Angeles e estavam... é... dispostos a... fazer coisas... a empatar o jogo, acho que é como a gente poderia dizer.

Denning olhou para o lado, humilhado demais por seus atos para sustentar o olhar de Renée.

– Olhe para mim – disse ela. – Era assim que eles chamavam o negócio? "Empatando o jogo"?

Denning virou o rosto de volta para Renée, mas manteve os olhos abaixados.

– Não, eles... acho que o título da página era "Ensinar Uma Lição a Ela". É, e eu... fiz uma postagem sobre a minha situação, então eles me deram um site e uma senha para verificar, e a partir daí as coisas meio que andaram sozinhas.

– Como o site era chamado?

– Não tinha nome. Muita coisa não tem nome. Era um número.

– Você tem um laptop nessa mochila?

– Ah, tenho.

– Quero que mostre. Entre no site.

– Ah, não, não vamos fazer isso. É uma coisa realmente ruim, e eu...

Ele parou quando Bosch se levantou e foi na direção do sofá. Renée podia ver que alguma coisa na postura de Bosch deixava Denning inseguro. Os punhos de Harry estavam fechados, as cicatrizes nos nós dos dedos estavam brancas. Denning se recostou no sofá enquanto Bosch pegava a mochila dele e começava a abrir o zíper dos compartimentos até encontrar o laptop. Bosch foi até a mesa, pôs o computador em cima, puxou a cadeira de volta e disse:

– Mostre a porra do site.

– Certo. Pega leve.

Ele foi até a mesa e se sentou. Abriu o laptop. Renée se levantou e ficou atrás, para ver a tela. Ficou olhando enquanto Denning se conectava à internet do hotel.

– Alguns lugares têm bloqueios para a Dark Web – explicou ele. – Não deixam a gente usar o Tor.

– Veremos – disse Renée. – Continue.

Não houve bloqueios e Denning pôde entrar na sua VPN e usar o navegador Tor para acessar o site dos Homens da Meia-Noite. O número que ele digitou era 5-2-1-1-2-1-5, e Renée o memorizou. Então ele acrescentou uma senha numérica que Renée memorizou também.

– Os números representam letras – disse Denning. – A - 1, B - 2, e assim por diante. A tradução é EULAE, "Ensinar Uma Lição a Ela", mas só descobri isso mais tarde.

Denning disse isso num tom sugerindo que jamais teria se aventurado no site se soubesse o que os números significavam. Talvez ele conseguisse se convencer disso, mas Renée duvidava que qualquer outra pessoa acreditaria.

– E acho que a senha é...

– "Puta". É, eu deduzi isso.

O site era um show de horrores. Continha dezenas de fotos e vídeos de mulheres sendo estupradas e humilhadas. Os homens que cometiam as atrocidades nunca eram vistos, mas sem dúvida eram os Homens da Meia-Noite, porque as ações combinavam com os relatos das vítimas nos casos conhecidos por Renée. Mas havia mais de três vítimas no site. Aparentemente os casos não tinham sido conectados ou as vítimas não os tinham denunciado, provavelmente por medo dos agressores ou do sistema para o qual seriam sugadas.

Cada arquivo digital era rotulado com um nome. Quando Renée viu um arquivo chamado Cindy1, mandou Denning abri-lo. Reconheceu imediatamente Cindy Carpenter, mesmo vendada com fita adesiva, numa foto horrenda de sua agressão.

– Certo, já chega – disse.

Quando Denning foi lento em desligar a tela, Bosch estendeu a mão e fechou o computador. Denning puxou os dedos no último instante.

– Meu Deus! – berrou ele.

– Volte para o sofá – ordenou Bosch.

Denning cedeu, levantando as mãos como se não quisesse encrenca.

Renée precisou se recompor por um momento. Queria se afastar desse quarto e desse homem, mas conseguiu fazer as últimas perguntas.

– O que eles queriam? – perguntou.

– Como assim?

– Eles queriam dinheiro para fazer isso? Você pagou a eles?

– Não, eles não queriam nada. Acho que gostavam de fazer isso. Sabe, eles odiavam todas as mulheres. Existem pessoas assim.

Denning disse isso de modo a sugerir que era diferente deles. Odiava uma mulher a ponto de mandar dois estupradores a atacarem. Mas não odiava todas as mulheres, como eles.

Isso fez Renée sentir mais repulsa ainda. Precisava ir embora. Olhou para Bosch e assentiu. Agora sabiam tudo que precisavam saber.

– Vamos – disse Bosch.

Ele e Renée se levantaram. Denning olhou para os dois, ainda no sofá.

– É só isso? – perguntou.

– Só – respondeu Renée.

Bosch pegou o laptop na mesa e o jogou, mais contra Denning do que para ele.

– Calma aí – protestou Denning.

Em seguida, Denning pôs o computador cuidadosamente no compartimento acolchoado da mochila e se levantou.

– Nós vamos até o meu carro agora, não é?

– Pode ir andando – respondeu Renée. – Não quero ficar perto de você.

– Espera aí, vocês...

Bosch deu um soco que acertou Denning na barriga com uma força que negava sua idade. Denning largou a mochila no chão com uma pancada surda e caiu de volta no sofá, ofegando.

Renée foi para a porta enquanto Bosch permanecia um momento, para ver se Denning se levantaria. Mas ficou claro que isso não aconteceria por um bom tempo.

Bosch foi atrás de Renée no corredor. Alcançou-a na metade do caminho até os elevadores.

– Aquela última parte não estava no roteiro – disse ela.

– É. Foi mal.

– Relaxa. Não me incomodou nem um pouco.

46

A pedido de Renée, Bosch foi dirigindo. Por mais que seus pensamentos estivessem sombrios, não queria nada que a distraísse deles. Bosch lhe devolveu o minigravador. Tinha estado com ele no bolso do paletó. Renée testou o som da gravação e viu que estava bom. Tinham registrado tudo que Denning havia dito. Em seguida, começou uma nova gravação e repetiu os números do site e da senha fornecidos por Denning. Então, se encostou na porta do carona e pensou no que tinha visto no computador dele. Depois de um tempo, pegou o telefone. Tinha deixado Pinto na Dog House naquela manhã. Abriu a página da câmera do canil e o viu no local familiar, embaixo do banco. Alerta e observando os outros. Guardou o telefone e se sentiu mais preparada para os pensamentos sombrios.

– Então... – disse Bosch finalmente. – O que você está pensando?

– Que temos assentos na primeira fila de um mundo bastante fodido.

– O abismo. Mas você não pode deixar que ele o puxe para baixo, parceira. Estar na primeira fila significa que você precisa tentar fazer alguma coisa a respeito.

– Até mesmo sem distintivo?

– Até sem distintivo.

Estavam na via expressa 405 indo para o norte e se aproximando da saída para a 10. Bosch afastou a mão esquerda do volante e girou o pulso.

– O que foi? – perguntou Renée.

– Aquele soco saiu num ângulo ruim.

– Bom, espero que você tenha houdinizado ele.

Tinha lido em algum lugar que Houdini havia morrido de um soco na barriga.

Bosch pôs a mão de volta no volante, perguntando:

– O que vamos fazer com isso?

– Ainda acho que a melhor aposta é o FBI. Eles têm condições de lidar com toda a criptografia e o mascaramento. Muito mais do que o DPLA.

– Eu realmente não estava muito por dentro daquela coisa de Dark Web. Para dizer a verdade, nem sei como funciona.

Renée sorriu e olhou para ele.

– Não precisa saber. É para isso que estou com você, agora.

Bosch assentiu.

– Bom, e que tal um resumo?

– Na Dark Web nada é indexado – começou Renée. – Não existe Google nem nada assim. Você precisa saber para onde vai, e uma coisa pode levar a outra. Foi o que aconteceu com Denning. Ele encontrou pessoas com o mesmo tipo de ideias totalmente deturpadas, e isso o levou aos Homens da Meia-Noite.

– Certo.

– O problema é que a Dark Web oferece anonimato. Ele disse que tem uma VPN. É uma rede virtual privada que mascara a identidade do computador quando ele está surfando nos sites. E ele usa o Tor como navegador. É como o ponto-com da Dark Web, que criptografa os movimentos dele, ricocheteando pelo mundo inteiro para atrapalhar ainda mais o rastreamento. Assim ele fica anônimo na Dark Web e não pode ser rastreado. Supostamente.

– Supostamente?

– O FBI é conectado com a NSA e toda a sopa de letrinhas de agências federais. Nisso eles são de ponta. Fazem coisas das quais o público não tem ideia. Por isso digo para irmos até eles. Eu entrego o site com todas aquelas coisas horríveis e a senha para entrarem. Eles só precisam disso. E partem daí. Vão poder identificar as três vítimas conhecidas. A última que vimos era do meu caso, Cindy Carpenter. E eu saquei o lance do ex-marido dela assim que falei com ele. O cara precisa dançar por causa disso. Eles vão espremer o Denning e fazer com que ele testemunhe, mas ele não vai se livrar. Vou garantir isso. Se deixarem ele se livrar, eu conheço o nome de um repórter do *Times* que adoraria essa história.

Bosch assentiu, dizendo:

– Todos precisam dançar.

– E vão. O bureau vai ficar em silêncio, mas a marreta vai cair em cima de todos eles ao mesmo tempo. Um enorme acerto de contas com sujeitos escrotos. E se não acontecer assim, a gente dá um telefonema, e isso vai provocar alguma ação.

Bosch assentiu de novo.

– Quando devemos procurar o FBI?

– Que tal agora?

Bosch ligou a seta e começou a pegar as pistas de transição para a 10, em direção ao oeste. Iam para o centro da cidade.

EPÍLOGO

R enée estava andando pela Finley com Pinto quando viu o SUV preto parado em fila dupla na frente do seu prédio. Tinha saído para dar uma volta com o cachorro, para que ele cuidasse das necessidades, antes de ir surfar em Trancas Point. Demoraria mais de uma hora para chegar lá. O informe do surfe tinha alertado sobre um *swell* de oeste e ventos do norte, condições perfeitas para Trancas. Ela não ia à ponta desde antes da pandemia, e se sentia ansiosa para estar no oceano, pegando umas ondas. Iria sozinha, a não ser pelo cachorro. Garrett Single estava de plantão.

Quando chegou mais perto, ouviu o SUV ligado e, pelo número da placa, viu que era um carro oficial, não um serviço de limusines esperando alguém para levar ao aeroporto. Um homem grande, de terno, esperava a volta do passageiro junto à porta do carona. Ela tirou os fones de ouvido e desligou a música do celular. Marvin Gaye estava cantando *What's Going On*.

Quando chegou ao portão do prédio, viu um homem grisalho com uniforme policial completo e quatro estrelas no colarinho. Era o chefe de polícia. Ele ouviu a guia do cachorro tilintar e se virou para vê-la se aproximando.

– Detetive Ballard? – perguntou ele.

– Bom, eu sou Renée Ballard. Não sou mais detetive.

– Era sobre isso que eu queria falar. Nós já nos conhecemos?

– Não, não pessoalmente. Mas sei quem é o senhor, chefe.

– Há algum lugar onde possamos falar em particular?

– Acho que ninguém pode nos ouvir aqui.

O argumento era claro. Ela não o convidaria a entrar.

– Então aqui está bom – disse ele.

– O que posso fazer pelo senhor?

– Bom, andei avaliando o seu trabalho em alguns casos que chegaram recentemente às manchetes. Seu trabalho não creditado, devo dizer. Tanto antes quanto depois de você entregar o distintivo.

– E?

Ele enfiou a mão no bolso e pegou um distintivo. Renée reconheceu o número. Era o que ela havia usado até duas semanas antes.

– Quero que você o aceite de volta – disse ele.

– O senhor quer que eu volte?

– Quero. O departamento precisa mudar. Para isso, precisa mudar por dentro. Como conseguiremos isso se as pessoas boas, que podem fazer mudanças, optam por partir?

– Não creio que o departamento queira alguém como eu. E não creio que o departamento queira mudar.

– Não importa o que o departamento quer, detetive Ballard. Se uma organização não muda, ela morre. E é por isso que quero você de volta. Quero que você ajude a provocar a mudança.

– Qual seria o meu cargo?

– O que você quiser.

Renée assentiu. Pensou em Bosch e em como ele tinha dito que a mudança precisava acontecer por dentro. Um milhão de pessoas protestando nas ruas não era o suficiente. E ela pensou na parceria que tinha planejado com Bosch.

– Posso pensar nisso, chefe?

– Claro, pense. Só não demore demais. Temos muito trabalho a fazer.

Ele levantou o distintivo.

– Vou guardar isso até receber notícias suas.

– Sim, senhor.

O chefe voltou para o carro e o chofer manteve a porta aberta para que ele entrasse. O SUV preto partiu pela Finley e Renée ficou olhando.

Depois foi pegar onda.

AGRADECIMENTOS

Muito obrigado à equipe Ballard e Bosch, uma coalizão estelar de editores, leitores, consultores e investigadores que ajudaram o autor deste romance de maneiras imensuráveis. Dentre eles estão Asya Muchnick, Bill Massey, Emad Akhtar, Pamela Marshall, Betsy Uhrig, Jane Davis, Heather Rizzo, Dennis Wojciechowski, Henrik Bastin, John Houghton, Terrill Lee Lankford e Linda Connelly. A mesa-redonda de detetives inclui Mitzi Roberts – a inspiração para Renée Ballard –, além de Rick Jackson, David Lambkin e Tim Marcia, todos inspirações. Muito obrigado a todos que deram uma mãozinha ao autor.